Als kleiner Junge verliert Niels Bryde seine Eltern und kommt unter die Obhut eines Pfarrers auf Jütland. Die Geborgenheit und das einfache Landleben prägen seine Kindheit. In Kopenhagen, wohin ihn die Pflegeeltern zum Theologiestudium schicken, gerät Niels unter den Einfluss der naturwissenschaftlichen Strömungen seiner Zeit. Nach einem Zerwürfnis mit dem Pflegevater zieht er als Arzt in den Deutsch-Dänischen Krieg. Die furchtbaren Erlebnisse dort und der Cholera-Tod seiner Geliebten führen Niels schließlich zurück zur Familie. ›Sein oder nicht sein‹ entfaltet ein geradezu überbordendes Panorama seiner Zeit, das bei aller Sehnsucht nach verlässlichen Traditionen davon zeugt, dass die Entzauberungen der Moderne nicht aufzuhalten sind. Mit der Neuübersetzung von Erik Gloßmann liegt Andersens Roman erstmals seit Ende des 19. Jahrhunderts wieder auf Deutsch vor.

Hans Christian Andersen wurde 1805 in Odense (Dänemark) geboren. Ab 1831 sind seine Dichtungen in Deutschland erschienen. 1839 wurde die erste Märchensammlung – das Genre, das den Autor weltberühmt werden ließ – in deutscher Sprache veröffentlicht. Der große Durchbruch gelang 1845 mit der Sammlung ›Neue Mährchen und Erzählungen für Kinder‹. Darüber hinaus aber war Andersen auch ein angesehener und viel gelesener Romanautor seiner Zeit. Sechs Romane erschienen zwischen den Jahren 1835 und 1871 auf Deutsch. Andersen starb am 4. August 1875 in Kopenhagen.

Unsere Adresse im Internet: www.fischerverlage.de

HANS CHRISTIAN ANDERSEN

SEIN ODER NICHT SEIN

Aus dem Dänischen
von
Erik Gloßmann

Mit einem Nachwort des Übersetzers

Fischer Taschenbuch Verlag

Die dänische Originalausgabe erschien 1857.
Die Übersetzung folgt dem Text aus:
Hans Christian Andersen *At vaere eller ikke vaere,*
C.A. Reitzels Forlag, Kopenhagen 1877.

Veröffentlicht im Fischer Taschenbuch Verlag,
einem Unternehmen der S. Fischer Verlag GmbH,
Frankfurt am Main, März 2005

Lizenzausgabe mit freundlicher Genehmigung
des ars vivendi verlags, Cadolzburg

Die dänische Originalausgabe erschien 1857
unter dem Titel ›At vaere eller ikke vaere‹
im Verlag C. A. Reitzel, Kopenhagen.
Druck und Bindung: Clausen & Bosse, Leck
Printed in Germany
ISBN 3-596-16476-1

»To be, or not to be: that is the question«
William Shakespeare

ERSTER TEIL

1. DER ALTE PFARRER, DER »BRUDER DES GENERALS« UND ANDERE BEMERKENSWERTE PERSONEN

»Bring mir ein gutes Buch mit!«, sagte die Tochter des Pfarrers.

»Und mir einen bösen Buben, schlechter Leute Kind, damit ich einen guten Christen aus ihm machen kann!«, fügte ihre Mutter hinzu, als der Vater schon im Wagen saß und sie den Wettermantel ausbreiteten, um ihn gegen den scharfen Westwind zu schützen.

Der Pfarrer, der alte Japetus Mollerup, wollte Kopenhagen wieder einmal sehen. Dreißig Jahre war er nicht dort gewesen. Nun kam man leicht dahin, denn von Århus fuhr ein Dampfschiff hinüber. Lebhaft und warmherzig war der Alte, ein Verkünder des Wortes im alten Glauben, in alter Innerlichkeit. Doch wir sollten auch seine Schwäche erwähnen, die darin bestand, dass er zu viel und schlechten Tabak rauchte. Es hätte gar keinen Zweck, dies zu leugnen; man merkte es sofort. Der Tabakdunst war dermaßen in jedes seiner Kleidungsstücke eingedrungen, dass der strenge Duft nach herbem, so genanntem »guten Knaster« nicht einmal gewichen wäre, wenn man sie über das Weltmeer gesandt hätte. Doch dort, wo er sich in Kopenhagen zuerst sehen lassen wollte, würde man kaum eine Bemerkung darüber machen: In der Regenz, wo ein Verwandter auf demselben Stock wohnte, auf dem auch Japetus Mollerup in seiner Studentenzeit gehaust hatte.

Beide Zimmer waren aufgeräumt und hergerichtet; Röcke und Hosen hingen verborgen in einer Ecke, die Bücher standen in Reih und Glied, und den Tisch, auf dem sonst Papiere, Kollegienhefte, Butterbrotteller, Tintenfässer und Hemdkragen durcheinander lagen, bedeckte ein weißes Tuch. All das hatte der Student, der heute der

Gastgeber war, selbst erledigt, denn Poul, der mehreren Studenten aufwartete, hatte so viel anderes zu tun, dass er es kaum schaffen konnte. Poul war, wie witzige Köpfe behaupteten, ein hoch angesehener Mann, der die höchste Stellung im königlichen Kopenhagen einnahm. Er war nämlich Portier, Türhüter, wie sie auch sagten, des astronomischen Observatoriums oben auf dem Runden Turm. Dort wohnte er über allen Autoritäten, die Turmwächter ausgenommen. Jeden Morgen stieg er von seiner Höhe herab, um die Stiefel der Studenten zu putzen und ihre Kleider auszuklopfen. Nachmittags ging er einkaufen, wobei er in seinem kleinen Sohn Niels einen tüchtigen Helfer hatte. Niels war lebhaft und aufgeweckt, ja sogar ein halber Lateiner, wie wir später sehen werden. An diesem Tag war, wie gesagt, viel zu besorgen; eine ganze Flasche Punsch-Extrakt, feiner Käse sowie verschiedene Sorten Wurst sollten geholt werden.

Der Ehrengast des festlichen Abends, der alte Japetus, war selbst der Erste, der sich einfand, und zwar in Staatskleidern, nach alter Mode genäht von einem jütländischen Bauernschneider, der in der Harde herumwanderte und Herren wie Knechte einkleidete. Der alte Pfarrer sah ganz stattlich aus; die schwarze Kalotte passte gut zu seinem silberweißen Haar. Das ganze Gesicht strahlte vor Freude, als er nun in der alten Stube vor seinem Neffen und den Söhnen guter Freunde stand. Es sei herrlich, versicherte er, wieder mit der Jugend in dem alten roten Haus zusammen zu sein.

Herrlich ist es, als alter Mann mit den Jungen jung sein zu können.

Der ganze Kreis bestand aus Jütländern, mit Ausnahme eines Studenten, der als Ältester gelten konnte, ein Freund des Neffen, der einst von dem alten Pfarrer auf die Universität vorbereitet worden war. Er wurde der »Bruder des Generals« genannt – wer war er also, und wer war der General? Nun, dieser war General nur in der Abkürzung; es ist schließlich viel zu umständlich, »Generalkriegskommissar«

zu sagen, und außerdem klingt es nicht so bedeutend, also ließ er sich »General« und seine Gattin »Generalin« nennen. Durch sie war er etwas geworden; er war nicht den Büroweg gegangen, sondern den Eheweg. Der Bruder dagegen hatte gar keinen Weg eingeschlagen. Er war eine Art Genie. Sein Vermögen und, schlimmer noch, seine Zukunft in einem guten Amt hatte er Erfindungen geopfert, insbesondere Luftballons. Und dieselben hatten alles, was er besaß, in nichts aufgehen lassen. Von Natur aus war er dazu bestimmt, Kunstliebhaber und Mäzen zu sein und für das Schöne zu leben – doch davon kann man nicht leben, es frisst einen eher auf. Derzeit bestritt er sein dürftiges Auskommen damit, Korrektur zu lesen und auf Auktionen gute alte Bücher und Kupferstiche zu kaufen, die er dann wiederum Sammlern überließ. Im Allgemeinen war er mit guter Laune gesegnet, dann sah er von den Dingen in dieser Welt nur die angenehme Seite und lachte über sie und sich und seinen Bruder, den »General«. Aber es kamen auch Zeiten, da war er in miesester Stimmung, geistig und körperlich wie gelähmt und völlig krank. Dann scheute er die Menschen und schloss sich in sein Zimmer ein. War der Anfall vorüber, tauchte er doppelt lustig wieder auf und spottete darüber, wie er sich selbst so hatte plagen können. An diesem Abend war er der Lebhafteste von allen.

Punsch wurde eingeschenkt und der alte Pfarrer hielt sich streng an dieses eine Glas, dem nicht »nachgeholfen« werden durfte. Es sei eine Lust, in Kopenhagen zu sein und in dieser lebendigen Zeit zu leben, meinte er. Kopenhagen habe große Vorteile. Die hohen Häuser, die engen Gassen und die vielen Nachbarn, ganze Familien, die gegenüber und nebenan sowie in den Stockwerken darüber und darunter wohnten, erinnerten jedoch allzu sehr an die Arche Noah.

»Man kann auch frisch und frei wohnen«, behauptete der Bruder des Generals, der übrigens Herr Svane hieß und so wollen auch wir ihn nennen. »Ich hoffe, dass sich mein alter

Freund auch zu mir heraufbemüht und meine bescheidene Wohnung besichtigt. Sie liegt zwar im Hinterhaus, doch die Aussicht – die kann in Venedig nicht besser sein. Der große Kanal von der Knippelsbro zum Zollhaus geht genau unter meinen Fenstern vorbei. Nicht einmal der Rhein führt so klares, grünes Wasser. Außerdem kann man die Werften, Docks, Häuser und Türme sehen und die vorbeifahrenden Schiffe beobachten.«

»Oh ja!«, rief der Pfarrer. »Das muss ich sehen; ich werde dich besuchen! Was treibst du denn gerade? Hast du etwas Besonderes in Arbeit?«

»Es ist wie mit den Sternschnuppen«, teilte Herr Svane mit. »Die Ideen fallen genauso leicht auf mich herab und verlöschen ebenso schnell wieder. Ich denke an eine Tragödie, die ich niemals schreiben werde; ich sammle für ein Volksbuch, zu dem es nie ein Manuskript geben wird …«

»Und die Tragödie, die du nie schreiben wirst?«

»Ja, eine Tragödie ist es, in der niemand stirbt, in der aber die Hauptperson gequält wird, wie man nur gequält werden kann, ohne dass man dabei ums Leben kommt – falls es so weit käme, hätte man ja das Ende der Qualen und damit der Tragödie erreicht. Es ist die Tragödie von Ambrosius Stub, dem dänischen Dichter, der die frischen, klangvollen Lieder sang, der als Spaßmacher an die adligen Höfe Fünens ging und vor Leuten den Narren machte, die geistig unter seinen Schuhsohlen standen. Aber die Tragödie wird nicht geschrieben. Ich habe Vergnügen daran, sie in mir zu tragen, ohne mir blöde Bemerkungen der anderen anhören zu müssen.«

»Aber du kannst sie doch wenigstens aufs Papier bringen, auch wenn sie dann liegen bleibt!«, rief der alte Pfarrer.

»Es ist schon genug liegen geblieben, vergraben und vergessen, wovon dies neue Geschlecht nichts ahnt! Es wäre vielleicht eine gute Tat, ein Buch herauszugeben: ›Rettungsanstalt für vergessene Autoren‹, wo alles Gute aufgetischt wird, was zu Unrecht in Vergessenheit geraten ist. Ja, das ist auch eine Idee – eine von den Sternschnuppen, die wieder verlöschen! Aber wir sprachen gerade von einem Besuch bei mir – können wir nicht eine Zeit ausmachen, um die Wohnung zu besichtigen? Es handelt sich um eine Art Vogelbauer, Luftballon, *old curiosity shop*!«

»Dort sieht es aus wie in Hoffmanns Gehirnkasten«, bemerkte einer aus der Gesellschaft, »Hoffmann in Callots Manier!«

»Ich werde schon hinfinden«, versicherte der Pfarrer noch einmal.

»Hier haben wir übrigens den besten Begleiter«, sagte Herr Svane, als der kleine Niels, der Sohn Pouls vom Runden Turm, mit einer Karaffe frischen Wassers ins Zimmer trat. »Er ist mein Patensohn«, fuhr er fort. »Stimmt's, mein Junge?«

Niels nickte lächelnd.

»Er liest *Tausendundeine Nacht* und obendrein noch Latein!«

»Sonst dürfte er diese gelehrten Hallen auch gar nicht betreten«, kam ein Kommentar aus der Runde.

Man sah sofort, dass der Junge lebhaft und aufgeweckt war. Die Studenten hatten sich mit ihm beschäftigt; das Lesen fiel ihm ebenso leicht wie das Auswendiglernen. Er konnte lange Gedichte vollständig aufsagen, ja sogar eine der Oden des Horaz auf Lateinisch. Man hatte ihm eines Tages *Maecenas atavis edite regibus* gezeigt und gesagt: »Wenn du den Kerl auswendig lernen und vom Runden Turm heruntertragen kannst, bist du ein ganzer Lateiner und sollst das Recht haben, diesen Boden der Gelehrsamkeit zu betreten, um uns Butter und gesalzene Heringe zu holen.«

Der Junge las und lernte die Ode, und von da an wurde er »der Lateiner« genannt, und jeder Student hielt sich für einen Maecenas.

»Ja, er ist der jüngste Lateiner unter uns«, hieß es, und man reichte ihm ein halbes Glas Punsch; dann musste er seinen Horaz aufsagen und das tat er laut und richtig.

»Er wird sein Glück schon machen«, sagte Herr Svane. »Nicht, weil er mein Patensohn ist, sondern weil er von hoher Geburt ist; das macht viel aus. Er ist so hoch geboren, wie man nur geboren werden kann, denn er kam auf dem Runden Turm zur Welt, wo er noch immer mit seinem Vater wohnt und die Sterne bewacht. Die Mutter ist tot und dahin.«

Am nächsten Vormittag zur vereinbarten Zeit sollte Niels im *Alten Vorwerk*, wo Japetus Mollerup logierte, erscheinen und ihn dann Punkt elf Uhr zu Herrn Svane hinaufführen. So war es ausgemacht, und auf Niels konnte man sich verlassen.

Der alte Pfarrer brach an diesem Abend schon um neun Uhr auf. Er brauche Ruhe, aber morgen …! Was würde der Tag bringen? Daran dachte er, als er sich im *Alten Vorwerk* zu Bett legte; daran dachte der kleine Niels, der mit seinem Vater in den Runden Turm hinaufstieg, hoch über Höfe und Häuser, in das kleine Zimmer, in dem sie wohnten.

Der Tag morgen, was bringt er? Ja, es ist immer gut, dass man es nicht weiß. Hier wurde es ein Tag der Entscheidungen, in mehr als einer Hinsicht.

Herr Svane wohnte, wie gesagt, in einem Hinterhaus in der Amaliegade, nahe der Stelle, wo heute das Casino steht. Eine nicht ganz saubere Hintertreppe führte dort hinauf, dann folgte ein enger Gang, der durch die darin abgestellten Dinge wie Sandkisten, Plättbretter und alte Holzkörbe noch schmaler wirkte. Gemütlich war es nicht gerade; das Ganze deutete auf einen Umzug oder das samstägliche Großreinemachen hin. Doch hier sah es immer so aus, und außerdem lag alles im Halbdunkel. Umso heller strahlte das kleine Zimmer von Herrn Svane, wenn man es erst erreicht hatte. In all seiner Dürftigkeit hatte es etwas freundlich Einladendes. Die Wände waren mit Bildern und Versen beklebt, wie man es auf alten spanischen Wänden sieht; lächerliche Annoncen, aus der Zeitung herausgeschnitten, Anekdoten und Gedichte hingen kreuz und quer zwischen zum Teil illuminierten Kupferstichen. Bis zur Decke reichende Bücherregale standen zu beiden Seiten des einzigen, aber sehr großen Fensters, das von frischem Efeu wie von einer Girlande umrankt wurde. Von hier blickte man auf die Lagerhäuser, über das breite, salzige Gewässer und nach Nyholm mit seinem Kran und den großen Hallen oder über grüne Bäume und Wiesen auf eine Lagune, die sich zur Ostsee öffnete, von wo sich Schiffe mit prallen Segeln näherten. Herr Svane lächelte, als wollte er sagen: Das gehört alles mir! Ich muss nicht ins Ausland reisen – sie kommen doch aus der Ferne zu mir, gerade hier vorbei! Er schaute sich um in seinem kleinen Zimmer; die Tür zur Schlafkammer stand offen. Überall war es rein und nett und machte der Vermieterin Ehre; man vergaß das Umzugschaos auf dem Gang. Ein leuchtend weißes Tuch war über einen kleinen Tisch gebreitet; dort stand ein Teller mit Brezeln und Kuchenstücken. Doch vor allem fiel ein kleiner bemalter und mit Schnitzereien verzierter Schrank ins Auge. Darauf standen Nipp- und Spielsachen, als bewahrte Herr Svane das Spielzeug aller Kinder der Straße auf.

Die Uhr schlug elf, doch Japetus Mollerup, der alte Pfarrer, zeigte sich noch nicht, und auch nicht der kleine Niels, der ihn heraufführen sollte und der doch als so zuverlässig galt. Das Dienstmädchen der Vermieterin, das Herrn Svane mit heißem Wasser für Kaffee und Tee versorgte, war schon dreimal da gewesen, um zu fragen, ob es nun Zeit für die Schokolade sei. Denn der Pfarrer sollte ordentlich bewirtet werden, und Schokolade, das wusste Herr Svane aus alten Zeiten, war sein Leibgetränk. Wo aber blieb er, und wo blieb Niels?

Jetzt schlug die Glocke zwölf – kamen sie vielleicht gar nicht?

Endlich waren Schritte von der Treppe zu hören. Es klopfte an die Tür – es war der Pfarrer, aber allein, ohne Begleiter. Niels sei nicht zu ihm gekommen; vergebens habe er bis zwölf Uhr auf ihn gewartet. Dann sei ihm die Zeit zu lang geworden und er habe den Weg selbst gefunden.

Woran lag es, dass der sonst so zuverlässige Niels nicht gekommen war? Dieser Auftrag war doch bestimmt sein erster und einziger Gedanke an diesem Morgen gewesen! Auch sein Vater hätte ihn erinnert, und dennoch ...

Ja, wie klärte sich diese Angelegenheit? Sie hatte eine Erklärung, die weder der Pfarrer noch Herr Svane erahnen konnten und die für jeden Einzelnen von Bedeutung war.

Ein geistreicher Professor sagte einmal in einer seiner vortrefflichen Vorlesungen, als er einen klaren Begriff von der kunstvollen Zusammensetzung des menschlichen Körpers geben wollte: »Das Gehirn ist der Sitz der Seele, das heißt, es ist der Prinzipal. Das Rückenmark ist nur das große Hauptbüro, wo die vom Chef gegebenen Anweisungen ausgeführt werden. Von dort verlaufen die elektromagnetischen Drähte der Nerven. Der Chef befiehlt: Ich will dort oder dort hin! Nun wird die Maschinerie in Bewegung gesetzt; die Gliedmaßen tun ihre Pflicht. Damit hat der Verstand nichts zu tun. Er denkt nicht: Jetzt muss dieser Fuß gehoben und jene Drehung ausgeführt werden. Die Gliedmaßen gehorchen dem ihnen gegebenen Befehl, bis sie eine neue Anweisung erhalten, während sich die Seele anderem Wirken hingibt, an das Vergangene und das Kommende denkt.« Das ist etwas, was wir jede Stunde erleben, doch sind wir an das ganze Wunder – und um ein solches handelt es sich wahrlich – so gewöhnt, dass wir nicht darüber nachdenken. Zumindest tat Poul vom Runden Turm das nicht, als er an diesem Morgen auf die Straße trat und überlegte, ob er zuerst nach rechts oder nach links gehen sollte; in beiden Richtungen hatte er etwas zu erledigen. Er stand, wie gesagt, eine Sekunde still; die Seele hatte den Gliedmaßen noch keine eindeutige Anweisung erteilt, diesen oder jenen Weg einzuschlagen, denn rechts oder links, es blieb sich ja gleich – ja, da muss es noch einen höheren Befehl geben als den, welchen unsere Seele zu erteilen hat. Poul wählte links und verursachte dadurch eine Begebenheit von größter Bedeutung: für ihn selbst, für seinen Sohn und für uns alle, die wir diese Blätter lesen.

Wie viel hängt nicht von der Bestimmung eines einzigen Augenblicks ab, davon, ob man rechts oder links wählt! Jetzt war der Befehl erteilt; die Füße gehorchten. Ein großes Plakat mit dem Bild eines Ochsen war oben an der Ecke angeklebt, das musste er sich anschauen, nur eine Sekunde, aber diese Sekunde brauchte er! Dann bog der Mann um die Ecke in die Seitenstraße ein, und dort, so pünktlich, wie kein Mensch es berechnen könnte, rutschte einem Dienstmädchen im dritten Stock ein Fenster aus den Händen und traf Poul genau am Kopf, so dass er zu Boden stürzte, nicht tot, aber mit einem Loch im Schädel, groß genug, dass die Seele herausfliegen konnte. Leute eilten herbei; Poul wurde zu einem Barbier und von dort ins Hospital gebracht, wo ihn zufälligerweise einer der jungen Ärzte von der Regenz her kannte.

Als Niels zum *Alten Vorwerk* gehen wollte und aus dem Runden Turm trat, kam ein Junge aus der Nachbarschaft auf ihn zu und starrte ihn an.

»He du, warum siehst du mich so an?«

»Weil dein Vater von einem Fenster erschlagen worden ist! Das weißt du doch sicher.«

»Du spinnst, kein Wort davon ist wahr!«

»Glaubst du, ich würde in solchen Dingen lügen?«

Auf diese Weise erfuhr Niels von dem Unglück. Er erschrak, wollte es aber nicht glauben und wäre weiter zum *Alten Vorwerk* gegangen, wenn nicht Mutter Børre, die alte Obstfrau, die im Eingang des Runden Turmes saß und Früchte verkaufte, den Nachbarsjungen näher befragt hätte. Sie jagte Niels Angst ein, als sie ihm sagte, jetzt sei nicht die Zeit, zum *Alten Vorwerk* zu gehen, er solle den Pfarrer Pfarrer sein lassen und sich lieber genauer nach seinem Vater erkundigen. Es sei gewiss ein Unglück geschehen, denn damit müsse man immer rechnen! Nun rannte

Niels auf dem schnellsten Weg zum Hospital, doch als er dort ankam, war der Vater schon tot.

Japetus Mollerup und Herr Svane saßen in lebhaftem Gespräch beieinander und hatten die letzte Tasse Schokolade getrunken. Niels könne nicht erkrankt sein, meinte Herr Svane, denn dann wäre sein Vater gekommen; es müsse etwas anderes im Weg gewesen sein – vielleicht ein paar Hunde in jeder Straße. »Denn vor denen fürchtet er sich«, erklärte Herr Svane. »Er macht lieber einen langen Umweg, als einem Hund zu nahe zu kommen. Hunden gegenüber ist er ein richtiger Feigling.«

Da ging die Tür auf und Niels trat ein, verweint und jammernd. »Mein Vater ist erschlagen worden!«, waren seine ersten Worte, und vor lauter Schluchzen konnte er kaum von dem Unglück erzählen.

Es ist schlimm, wenn man zusehen muss, wie ein Kind begreift, dass es von nun an ganz allein sein wird.

»Du armer Junge«, sagte der alte Pfarrer und erkundigte sich nach Niels' Verwandten und wo er denn jetzt unterkommen könne.

»Er hat niemanden«, flüsterte Herr Svane. »Ich bin sein Pate, ich stehe ihm wohl am nächsten.« Und zu Niels gewandt sagte er: »Na, wisch dir die Tränen ab, weinen hilft nicht – jetzt mag der liebe Gott helfen!«

»Er hat niemanden«, wiederholte der Pfarrer nachdenklich. »Die Wege des Herrn sind unergründlich.« Und der alte Mann schaute den Jungen mit traurigen Augen an.

Niels war wirklich ganz und gar verlassen, gute Menschen oder das Armenwesen – Begriffe, die wir nicht als gegensätzlich verstanden wissen wollen, wir sind hier nicht bei der Zeitung – mussten sich seiner annehmen.

Dem Pfarrer kamen die Worte seiner Frau in den Sinn, die sie bei seiner Abreise geäußert hatte: Bring mir einen bösen Buben, damit ich einen guten Christen aus ihm machen kann. Doch Niels war kein böser Bube, war nicht schlechter Leute Kind. Das alte, brave Ehepaar wollte in dieser Richtung etwas Gutes tun – genau das wurde ein oder zwei Jahre später durch den »Verein zur Rettung verwahrloster Kinder« verwirklicht.

Japetus Mollerup hatte schon am Abend zuvor Gefallen an Niels gefunden; der Junge war lebhaft und klug, und die Tatsache, dass er eine ganze Ode des Horaz auswendig konnte, zeugte von einem guten Gedächtnis. Nun stand er so ganz verlassen und traurig da – wäre er nur ein verwahrlostes Kind, ein »böser Bube« gewesen, der Pfarrer hätte ihn sofort mitgenommen. So aber zögerte er, aus reiner Gewissenhaftigkeit. Er wusste wohl, dass seine Frau im Großen und Ganzen mit seiner Entscheidung und seiner Handlungsweise zufrieden sein würde; sie hatte sich, ohne es zu wissen, den Schülern des Pythagoras angeschlossen, die unbedingt glaubten, was der Meister diktierte. Im Falle eines Zweifels begnügten sie sich mit »αὐτός ἐφα« (Er hat es selbst gesagt). Was ihr Mann, der Pfarrer, sagte, war für sie das einzig Richtige, wenn sie selbst es auch nicht begriff. Sollte er nun hier seine Macht und Souveränität zeigen? Er grübelte weiter und verriet schließlich Herrn Svane, worum seine Gedanken kreisten.

»Das ist gut, das ist sehr gut!«, rief dieser, als er begriffen hatte, worin das Problem bestand. Dann lachte er laut über die buchstäbliche Auslegung der Worte.

»Sie wollen also einen bösen Buben haben, ein moralisch verdorbenes Kind? Unser Herrgott gönnt es Ihnen besser! Ist es nicht, als hätte er Ihnen genau das überreicht, was Sie gesucht haben, aber in guter Gestalt? Wenn nun absolut ein Makel dabei sein muss, damit Sie etwas zum Verbessern haben – nun, den gibt es. Er hat ein Stück von einem Troll in sich, er geht manchmal in die Luft! Stimmt's, Niels? Trotzdem werden Sie Ihre Freude an ihm haben, und ich rede jetzt so lange, bis Sie ihn nehmen. Als Pate habe ich bei der Taufe versprochen, für sein Christentum zu sorgen, wenn die Eltern nicht mehr sind, und deshalb beschwöre ich Sie: Nehmen Sie ihn!«

Japetus Mollerup zögerte noch immer und wollte sich nicht recht entschließen. Herr Svane versuchte weiter, ihn in einer Mischung aus Spaß und Ernst zu überzeugen. »Keiner weiß, in welche Hände der Junge hier in der Stadt fallen würde. Seine Anlagen sind wie ein guter Acker, den man sorgfältig bearbeiten und auf den man die richtige Saat streuen muss. Aber sonst ... Wie gesagt, der Junge ist in Ordnung – und ein Troll steckt auch in ihm.«

Eine paar schwere Tränen in den Augen des Jungen gaben der Goldmünze des Mitleids ihr volles Gewicht, und der Beschluss war gefasst: Der alte Pfarrer fühlte, dass er vor seiner Frau und seinem Gewissen rechtfertigen konnte, dieses Kind zu sich zu nehmen.

Niels würde also Kopenhagen verlassen und mit nach Jütland reisen, in das stille Leben auf einem Pfarrhof in der Heide.

Das sei ein großes Glück im Unglück, sagten alle, und dieses Glück strahlte auch in Niels' junges Herz hinein. Das Neue, Unerwartete erfüllte ihn, und nachdem er am Sarg seines Vaters bitter geweint hatte, schien die Sonne wieder in sein kindliches Gemüt. Er verabschiedete sich von den Freunden in der Regenz und auch vom Runden Turm, seiner Heimat. Ja, der Turm barg gleichsam die Summe seines bisherigen Lebens, und deshalb müssen wir noch vor der Abreise mit ihm dort hinauf, wo alle Gedankenkeime der kommenden Zeit ruhten. Wie er selbst müssen wir dieses Heim kennen, von wo er einen Schatz an Erinnerungen auf die Heide und in sein späteres bewegtes Leben mitnehmen würde.

Wir wollen mit ihm auf den Runden Turm steigen und ein klareres Bild vom kleinen Niels bekommen.

2. DER RUNDE TURM

Jeder Kopenhagener kennt den Runden Turm und die Leute in der Provinz kennen ihn wenigstens aus dem Kalender, auf dem er als Holzschnitt das Titelblatt ziert. Man weiß, dass König Christian IV., dem Ewald und Hartmann das Gold des Liedes zu seiner Reise in die Unsterblichkeit mitgegeben haben, den Runden Turm als Sternwarte für Dänemarks berühmtesten Mann, Tycho Brahe, gebaut hat. Für Tycho Brahe, der das Land hatte verlassen müssen, als der König noch minderjährig gewesen war.

In dem Turm gibt es keine Treppe mit Absätzen, man gelangt hinauf über einen Wendelgang, so glatt und eben, dass Zar Peter von Russland einst mit einem Vierspänner hinaufgefahren sein soll. Oben angekommen, soll er einem Diener befohlen haben sich hinabzustürzen, und dieser hätte gehorcht, wenn er nicht vom Dänenkönig daran gehindert worden wäre. »Wären deine Leute auch so gehorsam?«, fragte der Zar. »Ich würde einen solchen Befehl nicht geben«, antwortete der König. »Aber ich weiß von jedem meiner Diener, selbst dem geringsten, dass ich meinen Kopf in seinen Schoß legen und ruhig schlafen könnte.»

So geht die Sage, und für den Dänen ist sie sehr schmeichelhaft. Für den kleinen Sohn des Pförtners dort oben handelte es sich natürlich um eine wahre Begebenheit. Durch seine genaue Kenntnis der Örtlichkeit wusste er jedoch, dass der Zar nicht bis ganz oben ans Geländer gefahren sein konnte, sondern vor der Tür seiner Eltern aus dem Wagen gestiegen sein musste, weil von dort eine Treppe mit mehreren Absätzen hinaufführte.

Es gibt gewiss wenige Orte in Kopenhagen, die den Gedanken und der Phantasie so viel zu bieten haben wie der Runde Turm – und ganz besonders, wenn man da oben geboren ist, wie zufällig Niels.

Mitten in der geschäftigen Stadt, in der viel befahrenen, engen Gasse, die zur Kirche hinaufführt, erhebt sich der alte Turm mit seinen offenen Fensterbögen, durch die der Wind pfeift und hinter denen sich im Winter Schneewehen auf dem Steinboden bilden. Orgeltöne und Psalmgesänge, die unten über den Gräbern von Wessel und Ewald erklingen, dringen mit Macht herauf.

Durch den Runden Turm gelangt man in die Universitätsbibliothek, die sich wie ein großer Saal über den Gewölben der Kirche erstreckt und deren Regale kreuz und quer verlaufende Straßen bilden. Ganz hinten, ungefähr an der Stelle, wo unten in der Kirche der Altar steht, befand sich zu jener Zeit das altnordische Museum. Hier wurden tausend Jahre alte Steinkeile, Aschekrüge und Schwerter aufbewahrt. Das klingt jetzt wie ein Beitrag zur Beschreibung Kopenhagens, aber in der Erinnerung dessen, der einmal der kleine Niels genannt wurde, der Sohn des Poul vom Turme, klang es noch in Mannesjahren wie ein schönes Lied aus der Kindheit. Wir erfassen nur die einfachen Worte, er aber vernahm die Melodien.

Aus der gegenüberliegenden Regenz, der Kaserne der Studenten, klang an sternenhellen Abenden und im klaren Mondschein der Gesang der jungen »Herren im Reich des Geistes« herüber. So frisch, so beschwingt erhob er sich zu der Pförtnerwohnung oben auf dem Turm, dass man, wenn die Fenster offen standen, jedes Wort verstehen und mitsingen konnte. Oft saß Niels da und lauschte; es war so vergnüglich. Unter ihm lag die quirlige Stadt wie im Traum. An den dunklen Abenden wirkten die von Laternen beleuchteten Straßen wie Nebelstreifen. Hier und da blinkte ein Licht aus einer Dachkammer. Er sah es auch durch das Glas seiner Gedanken und versuchte, sich die Stadt in vergangenen Zeiten vorzustellen: als sie nur ein Fischerdorf war, als sie zu einem Handelsplatz wurde, zu einem »Kaufmannshafen«, und zur Königsstadt heranwuchs, so wie er es gelesen hatte.

In vielen stürmischen Nächten lag er wach in seinem Bett und hörte, wie sonderbar der Wind durch die scheibenlosen Fensteröffnungen brauste und pfiff. Es war, als wollte er den alten Turm in die Höhe heben. Dass der Sturm Macht und Stärke entfalten konnte, hatte Niels bereits erfahren, als er einmal mit seinem Vater bei ebensolchem Wetter heraufgestiegen war. Das Laternenlicht tanzte längs der Mauer über die aufgestellten Runensteine und Sarkophage hinweg; unwillkürlich schärfte sich der Blick, man wurde hellhörig. Dann blies der Sturm das Licht aus und drückte Vater und Sohn mit plötzlicher Wucht gegen die Wand, während es über und unter ihnen sauste, brauste und heulte. Es war ein Windstoß, den man körperlich fühlen konnte. Sie mussten sich ihm beugen und spürten, dass der Turm dasselbe tat!

Die Kindheit hier oben war eine ganz eigene Zeit der Träume gewesen. Wenn Niels später eine Biene um eine Blüte kreisen sah, ganz oben an der Spitze eines schlanken Rosenstocks, dann dachte er an seine Kinderzeit im Runden Turm. Dort oben hatte er seine Tage wie eine Biene im Genuss träumend verbracht, dort hatte er dasselbe Spiel gespielt, dieselbe Lust empfunden, von der wir in Tiecks Geschichte *Die Elfen* lesen, wo diese mit der kleinen Marie Obstkerne in die Erde legen und zwei schlanke Bäume emporschießen, in deren Wipfeln sich die Kleinen schaukeln und in die Welt hinausblicken konnten. Auch er hatte sich oben im Turm auf seinen Gedanken geschaukelt; der Turm war sein Zauberbaum gewesen, der hoch über Stadt und Land hinausragte.

Auch das Schauerliche fand hier, wo er aufwuchs, eine Repräsentantin, und das war keine andere als die sonst höchst respektable Mutter Børre, die alte Obstfrau. Wir haben schon erwähnt, dass sie am Eingang des Turmes ihren Platz hatte, wo sie Früchte und die bei den Kindern so beliebten Zuckerschweinchen für einen Schilling das Stück verkaufte, billige, leckere und immer rosarote Süßigkeiten. Sommer wie Winter saß sie da; nur in der kältesten Zeit hatte sie eine Feuerkieke dabei. Manchen verdorbenen Apfel, manches zerbrochene Ferkel hatte sie Niels geschenkt, doch seit er über die ersten Kinderjahre hinausgekommen war, aß er nichts mehr, was sie berührt hatte. Nein, er warf alles weit von sich und war nicht einmal dazu zu bewegen, ihr die Hand zu geben. Es schauderte ihn, wenn sie ihm übers Haar strich – und warum? Weil er von seinen Eltern gehört hatte, dass sie ihr Skelett bei lebendigem Leibe einem Doktor vom Hospital vermacht habe. Das war das Gruselige: dass sie schon zu Lebzeiten als Leiche verkauft war. Es war eine Art Vertrag, wenn auch nicht mit dem Teufel, so doch mit dem Tod. Dafür erhielt sie eine jährliche Pension von zwei Reichstalern. Einmal, als diese gerade ausbezahlt worden war, lieh sich die Pförtnerfrau einen Taler. Niels sollte ihn wechseln gehen, und es schien ihm, als trüge er Blutgeld in der Hand.

Sauber und nett war es in der kleinen Kammer der Pförtnerleute oben an der Sternwarte. Tagsüber hatte Vater Poul ja viele Gänge durch die Stadt zu machen, aber am Abend blieb er gern daheim bei Frau und Sohn und las laut von den alten Zeiten in Dänemark. Oft waren prächtige Bilder in den Büchern, so dass man alles sehen konnte, wie es früher gewesen war. Er durfte diese Bände aus der Universitätsbibliothek leihen; dort wusste man, dass er behutsam und ordentlich mit ihnen umging.

Die eigene Büchersammlung der Familie bestand nur aus zwei Bänden, der Bibel der Mutter und dem alten Märchenbuch *Tausendundeine Nacht,* das Niels gehörte. Er hatte es von seinem Paten, Herrn Svane, geschenkt bekommen. Beide Bücher wurden ständig gelesen und Niels kannte sie in- und auswendig. Die Bibel und das Märchenbuch, so verschieden sie im Inhalt waren, galten der Kinderseele doch gleichermaßen als Bücher der Wahrheit. Ein Schriftsteller, wir glauben Humboldt, sagt, dass Träume Gedanken sind, die man im wachen Zustand nicht zu Ende gedacht hat und die sich nun im Schlaf lösen. Deshalb träumt man nie, was man am liebsten will oder woran man am intensivsten denkt. Wie sehr sich Niels in Gedanken oder Wünschen in die Rolle des Aladin versetzt hatte, können wir nicht sagen, aber ein Traum seiner Kindheit wurde für sein reiferes Alter bedeutungsvoll. Er träumte nämlich eines Nachts, dass er wie Aladin in die Höhle hinabstieg, wo Tausende von Schätzen und schimmernden Früchten ihn fast blendeten. Aber er fand und erhielt die Wunderlampe, und als er mit ihr nach Hause kam, da war es – die alte Bibel seiner Mutter.

Wie bedeutungsvoll wurde dieser Traum mit der Zeit! Das Kind kann träumen, was der Ältere erst nach den Kämpfen des Lebens – nicht zu greifen, sondern nur zu schauen vermag.

Der ferne Orient, wo *Tausendundeine Nacht* herstammt, und der Boden, wo die heiligen Geschichten der Bibel ihr Leben gehabt hatten, waren für ihn ein und dasselbe Stück Welt; Damaskus und Jerusalem, Persien und das steinige Arabien waren für ihn ein und dasselbe vertraute und heimliche Reich, das mit Dänemark, wo er lebte, die ganze Welt bildete. Andere Reiche und Länder wurden wohl ab und an in seiner Gegenwart erwähnt, doch sie waren ihm fremd und schienen ihm ferner als Sonne und Mond – denn die konnte er wenigstens sehen. Es gab sogar eine Zeit, da glaubte er, die dunklen Flecke auf dem Mond wären ein Mann, der Kohlen gestohlen hatte und zur Strafe dort oben saß, damit ihn alle Menschen sehen konnten. Das war eine schreckliche Strafe!

»Das ist kein Kohlendieb«, sagte Herr Svane. »Das ist ein kleiner Kobold, der in einem Glasballon herumfliegt und den Leuten zuschaut, wenn sie schlafen. Nimm dich in Acht vor diesem Luftschiffer; er fliegt rund um die Welt und lacht uns alle aus!«

Diese Erklärung machte einen tiefen Eindruck auf Niels, und er erzählte sie weiter, auch dem Studenten, der dem astronomischen Professor bei den Instrumenten half.

»Das ist ja ein gefährlicher Aberglaube! Was für eine Unwissenheit bei einem, der so nahe an der Kopenhagener Sternwarte wohnt!«, rief der Student und ließ ihn durch eines der großen Fernrohre schauen. Und der Mond zeigte sich als eine riesengroße Kugel mit Landkartenzeichnungen darauf. Der Student ließ ihn auch die Sonnenflecken beobachten, und es schien Niels, als würden sie sich erweitern und zusammenziehen. Und nun hörte er, dass Sonne wie Mond, ja jeder einzelne Stern ein ganzer Erdball sei. Es war, als lausche er einem Märchen. Einen wirklich klaren Begriff bekam er zwar nicht, aber seine Phantasie schweifte hinaus in den unendlichen Weltraum. Er bevölkerte jeden einzelnen Stern mit Menschen und überlegte, ob sie wohl dort oben mit ihren Fernrohren Kopenhagen und den Runden Turm sehen konnten, wo er wohnte.

Oft wünschte er sich nun, wie die Schwalben fliegen zu können, die pfeilschnell an seinem Fenster vorbei in den Turm hineinschossen, wo sie hin- und herflatterten und wieder davonjagten: So müsste er den blinkenden Stern erreichen können. »Du brauchst aber ein paar hundert Jahre bis dort hinauf«, hatte der Student gesagt, und die Worte waren so fest in seine Gedanken gewachsen, dass er tatsächlich eines Nachts träumte, er erhöbe sich so schnell und leicht wie die Schwalbe von der Erde, die kleiner und kleiner wurde. Doch der Stern, dem er entgegenflog, wurde nicht größer. Er war weit draußen in dem unendlichen Raum; und wieder vernahm er die Stimme des Studenten: »Du brauchst ein paar hundert Jahre dort hinauf!« Doch dahin wollte er, musste er, und er flog, wurde gleichsam von der Luft getragen – und immer klarer leuchtete der Stern, doch er kam ihm nicht näher. Und er erwachte mitten im Flug, weit vom Ziel entfernt.

Der Vater hatte laut aus einem Buch vorgelesen, einer alten dänischen Übersetzung von *Der hinkende Teufel.* In diesem Märchen kam der Leibhaftige zu einem Studenten, der oben über der Stadt wohnte, fast wie sie selbst im Runden Turm.

Nachts hob der Teufel die Dächer an und ließ den Studenten alles sehen, was darunter vor sich ging. Die Phantasie machte dasselbe Experiment mit Niels. Doch was er sah, waren nicht allein gedeckte Tische, Gesellschaften, die sich um Braten und Kuchen versammelt hatten, oder die Herrlichkeit des Weihnachtsabends mit leuchtenden Christbäumen. So einen bekam er selbst jedes Jahr, aber nur einen kleinen. Er stand in einem Blumentopf und war mit Garn und echten Äpfeln behangen. An der Spitze leuchtete ein Goldstern, der an den Geburtsstern Jesu erinnern sollte. Aber gerade am Heiligen Abend, als er gegessen hatte und zuhören wollte, wie der Vater eine Geschichte las, stieß die Mutter einen Seufzer aus und blieb ganz starr sitzen, als wäre sie tot. Der Vater lief, um den Arzt zu holen, ein Aderlass wurde vorgenommen, die Mutter öffnete ihre Augen, doch von diesem Moment an waren alle ihre Glieder gelähmt. Es war ein Hirnschlag; nur in ihren Augen zeigte sich noch Leben. Wenn sie das Bett überhaupt einmal verließ, musste sie getragen werden. So vergingen fünf schwere, lange Monate.

Noch immer wurde abends laut aus der Bibel vorgelesen, und man sah an den Augen der Mutter, dass sie verstand. Oft war gesagt worden, dass die Bibel Gottes Wort sei, und deshalb nahm Niels eines Abends in frommem und kindlichem Glauben das Buch und berührte damit den stummen Mund seiner Mutter. Sein Gedanke dabei war, dass die Bibel, Gottes Mund, die Lippen seiner Mutter wie in einem Kuss berühren sollte. Es war, als hätte ihn die Kranke verstanden: Nie sollte Niels den Ausdruck vergessen, der aus ihren Augen leuchtete; in ihnen lag die einzige Verbindung ihrer Seele zur Umwelt.

Ende Mai starb sie. Für Niels war es der erste große Verlust, der erste Riss in dem schönen Bilderbuch des Lebens – aber der Vater lebte ja noch und das Zuhause blieb ihm. Doch eine Hälfte der Welt war verschwunden.

Sie trugen den Sarg der Mutter den Turm hinab. Auf der Straße wartete der Leichenwagen der Armen; zu Fuß folgten Mann und Sohn auf dem langen Weg durch das Nordtor zum Friedhof. Die Sonne schien, die Bäume zeigten das erste zarte Grün, und in den Seen, an denen sie vorbeikamen, spiegelte sich der blaue Himmel. Niels war nie zuvor außerhalb der Wälle Kopenhagens gewesen; er kannte die Vorstädte, die Felder, Wiesen und Wälder nur aus der Perspektive des Turmes. An diesem frischen, herrlichen Frühlingstag kam er zum ersten Mal ins Grüne und lernte Blumen und Bäume aus der Nähe kennen – ausgerechnet am Grab seiner Mutter.

Man erzählt von einer englischen Familie, die auf der Reise mit dem Dampfschiff nach Petersburg für einige Stunden in Kopenhagen an Land ging, einen Wagen bestieg und dem Kutscher zurief: »Fahr uns da hin, wo es etwas Schönes zu sehen gibt!« Aber das Schönste, was der Kutscher kannte, waren nicht Galerien oder Museen; nein, es war der Assistens-Friedhof. Dorthin kutschierte er die Engländer, und sie sollen so begeistert gewesen sein, dass sie gelobten wiederzukommen, um sich hier begraben zu lassen, denn es sei der schönste Ort der Welt! So hat es zumindest der Kutscher erzählt, und Niels war derselben Meinung wie dieser und die ganze englische Familie: Es war der schönste Platz auf der Welt! Er wünschte, mit seinem Vater hier bleiben zu können, unter den herrlichen Bäumen, in denen die Vögel sangen, wo Bilder an den Mauern prangten, wo die Gräber mit Monumenten, Blumen und Kränzen geschmückt waren. Hier war es so festlich, so anmutig, und doch weinte er, weil sein Vater weinte. Und über den Sarg der Mutter warfen sie die schwarze, schwere Erde.

Langsam gingen sie wieder nach Hause in den alten Turm. Niels war nun alles für den Vater. Er hatte den Platz der Mutter im Herzen des Mannes eingenommen; das begriff er. Weniger leicht ist zu begreifen, dass ein Kind – bei aller Liebe, die es empfangen hat – seine Mutter so schnell vergisst. Und doch ist es so. Auch Niels vergaß seinen Kummer, vergaß fast die Mutter, und in den ersten drei darauf folgenden Jahren hatte das Leben für ihn keine größeren Schattenseiten. Nur eine – Hunde!

War er auch sonst ein lebendiger, manchmal aufbrausender Charakter, gab es doch eine feige Seite an ihm: Er hatte eine angeborene Angst vor Hunden! Das war sein großes Problem – dass diese Kreaturen überhaupt existierten. Wenn ein Hund nur an ihm schnüffelte, fuhr ihm ein Schock durch die Glieder, und man wird begreifen, welche Qualen es ihm bereitete, durch die Straßen seiner Heimatstadt zu gehen, die selbst im Ausland – und zu Recht – für ihre unglaublichen Hundemeuten bekannt war. Reisende haben darüber geschrieben und behauptet, dass Kopenhagen in dieser Beziehung sogar Konstantinopel übertreffe, das für seine Scharen herrenloser Köter bekannt ist. »In Kopenhagen sind sie nicht herrenlos!«, sagte Herr Svane, und wir wollen nun hören, was er bei guter Laune über den tierischen Trieb der Hauptstadt zu erzählen pflegte:

»Hier sind die Hunde nicht herrenlos, hier gibt es keine vagabundierenden Meuten! Nein, jedes Tier hat ein Zuhause, denn jeder Herr, jeder Knabe und jede Dame hat einen Hund. Am schlimmsten ist es im Hafen. Dort, auf den Obstkähnen und Frachtschiffen, bellen und jaulen sie in die Nacht hinaus. Gnade Gott dem, der in dieser Straße einen leichten Schlaf hat, denn mit der Ruhe ist es bald vorbei. Wird ein Hund ausgesperrt, so bellt er mit oder heult wie ein neues Tau auf einer alten Winde, wenn schwere Lasten emporgezogen werden. Das hört wieder ein anderer nachtschwärmender Hund und antwortet. So entsteht ein Duett, Terzett und so weiter, und es kommt erst zum Finale, wenn die Nacht vergeht und der neue Tag anbricht. Und dann hat man das ganze Schauspiel: Vier, fünf Hunde stehen herum und versperren dir Tür und Tor, zwei liegen in der Sonne und blockieren den Gehweg, ein bissiger Köter schießt quer über die Straße und rennt ehrbare Leute fast über den Haufen, der Spitz der Madame bellt aus dem offenen Fenster heraus, eine kleine Promenadenmischung kläfft sich vor der Haustür heiser, der Mops wackelt eklig und fett herbei, wie ein Aas, das man aus dem Wasser zieht; wenn man ihn ansieht, steigt es einem hoch. Dazu kommen Hunde, die dazu geboren sind, an der Kette zu liegen, Hunde für ledige Jungfrauen, Hunde mit Dressur und Hunde im reinen Naturzustand. Und Hunde gibt es nicht nur auf der Straße, sondern auch in den Höfen und Stuben, oft auf den Sofas, manchmal sogar in den Betten und auf den Tischen. Eine richtig große Bestie, ohne jedes Eau de Cologne, mitten in der Wohnung, von der ganzen Familie als vollwertiges Mitglied derselben geherzt und geküsst – das ist keine Übertreibung. Aber ich finde, man treibt es zu weit mit den Hunden!«

So sprach Herr Svane. Jetzt endlich war der kleine Niels die Plage los und all den Kötern entronnen. Aber er ließ auch Kopenhagen und sein Heim im Runden Turm hinter sich. Nun, der Turm würde noch unverändert schwer und grau dastehen, wenn er, vielleicht nach Jahren, wieder in die Stadt kommen sollte. Doch Niels wäre älter und in vielem verändert.

Seine Kleider wurden in einen kleinen, stabilen, hölzernen Koffer gelegt. Die alte Bibel und *Tausendundeine Nacht* folgten – das war die ganze Bibliothek vom Runden Turm – und dann ging die Reise nach Jütland.

3. DER PFARRHOF AUF DER HEIDE · MUSIKANT-GRETHE

Über Silkeborg – zu dieser Zeit dachte noch keiner daran, dass sich hier einmal eine Stadt entwickeln würde – führte der tiefe, schwere Sandweg nach Westen, in die Heimat: zu dem alten Pfarrhof an den Hügeln von Hvindingedal, die am Langsee von dem großen Wald abgeschnitten und von der sich wie ein Meer ausdehnenden Heide begrenzt wurden. Es war ein später, finsterer Abend; die Reisenden waren ebenso müde wie die Pferde. In Einsamkeit und Stille ging es nur langsam voran. Endlich schlug ein Hund an.

»Das ist unser Hofhund«, rief der Pfarrer. »Hier kann man jeden Laut aus weiter Entfernung hören!«

Der Gruß des Hundes war der erste in der neuen Heimat. Wie mochte es hier aussehen? Nun, seit einigen Stunden war alles, was irgendwie aussehen konnte, von der Dunkelheit wie weggewischt.

Bereits am Abend zuvor waren Wagen und Pferde nach Århus gesandt worden, damit sie ausruhen und frische Kräfte für die Heimreise sammeln konnten. Aber nun waren die Tiere erschöpft und zuckelten dahin – wenn nur kein Rad brach! Der Sand wurde tiefer und die Nacht noch finsterer. Lange hörte man das Brausen des Wassers durch die Schleuse an der Gudenå, ab und zu erklangen seltsame Vogelschreie, die Niels zusammenfahren ließen, aber selbst an diese fremden Geräusche gewöhnte er sich. Allmählich fielen ihm die müden Augen zu; die einförmige, langsame Bewegung des Wagens und das Scheuern des Sandes an den Rädern schläferten ihn ein. Da wusste er noch nichts von den Sagen und Erscheinungen dieser Gegend, sonst hätte der dunkle Abend sowohl ihn als auch jene belebt.

Niels erwachte erst, als sie im Pfarrhof ankamen. Alles war in Bewegung, alle waren auf den Beinen. Die Lichter schienen von selbst in den Zimmern herumzulaufen und zu rufen: »Jetzt kommen sie! Jetzt kommen sie!« Der Hund bellte, der Hahn und die Hennen auf der Stange krähten und gackerten, die Holzschuhe der Mägde klapperten über den Hof, und die Frau des Pfarrers wartete mit lächelndem Gesicht und bekam einen Kuss. Neben ihr stand ein nicht mehr ganz junges Mädchen mit sanften, nachdenklichen Zügen. Sie war etwa achtundzwanzig Jahre alt, hieß Bodil und war das einzige Kind des Ehepaars. Man hatte Kerzen in die Fenster gestellt, eine richtige Festbeleuchtung, und in der guten Stube war der Tisch zur Feier des Tages weiß gedeckt. Man war davon ausgegangen, dass der Pfarrer an diesem Tag unmöglich etwas Ordentliches zu essen bekommen haben konnte, Wirtshausessen zählte kaum als halbe Mahlzeit. Deshalb bekam er nun eine warme Suppe, Hasenbraten und Bohnen.

Frau Mollerup hatte viel zu erzählen, viel mehr als ihr Mann, der von weit her zurückkehrte: Der Marder habe fünf Enten geholt, eines der Bilder sei gestern vom Haken gefallen und habe sie dermaßen erschreckt, dass sie an eine Vorwarnung glauben wolle. Der neue Amtsrichter mit seiner jungen Frau sei schon da gewesen und habe in der ganzen Gegend Besuche gemacht. Ja, es war viel geschehen in den vierzehn Tagen, die Japetus Mollerup in Kopenhagen verbracht hatte.

Bodil kümmerte sich besonders um Niels; freundlich und von ganzem Herzen hieß sie ihn willkommen. Auch die gottesfürchtige, brave Frau Mollerup begrüßte ihn mit einem milden: »Willkommen in unserem Haus«, aber sie konnte vor sich selbst nicht verbergen, dass sie lieber ein moralisch etwas verdorbenes Kind empfangen hätte, um es zum Guten zu geleiten und auf Erden ihre Freude und im Himmel ihren Lohn daraus zu ziehen. Ein solches hätte sie mit größerer Herzlichkeit aufgenommen – so sind wir armen Menschen in unseren guten Vorsätzen.

Bodil führte Niels die Treppe hinauf in seine kleine Kammer; Frau Mollerup legte ihm sehr ans Herz, das Licht zu löschen. Bodil kam später noch einmal herein und sah nach, ob er es auch getan hatte. Er lag im Bett, weich und gut in dem reinen, frischen Leinen, und betete sein Vaterunser. Aber so müde er auch war, er konnte doch nicht sofort einschlafen.

Es waren ja erst vierundzwanzig Stunden vergangen, seit er Kopenhagen und sein Zuhause, den Runden Turm, verlassen hatte. In der kurzen Zeit hatte er so unendlich viel erlebt wie sonst nicht in Jahren. Er war auf einem Dampfer gewesen und bei herrlichem Wetter auf dem segellosen Schiff an mehr als hundert anderen Schiffen vorbeigeglitten, die alle ihre Segel gesetzt hatten, ihnen aber doch nicht folgen konnten. Er hatte die ganze Küste Seelands, Helsingør und Kronborg gesehen, ja Schweden war so nah gewesen, dass sie einzelne Menschen zu Fuß und zu Pferde hatten unterscheiden können. Er war in Jütland in einer ganz fremden Stadt an Land gegangen und von dort über Höhen gefahren, die eine großartige Aussicht geboten hatten. Er war an Sandhügeln vorbeigekommen, die so mächtig waren, wie er sich richtige Berge vorstellte; er war in einen großen Wald hinein und wieder hinaus gefahren, immer in stiller Einsamkeit. Unterwegs im Wirtshaus, wo sie sich ausruhten, war ihm alles ziemlich seltsam vorgekommen, auch die Sprache der Leute. Und nun sollte dieses Land, dieser Ort hier seine Heimat werden. Aber er kannte sie doch gar nicht, und die Menschen waren ihm fremd. Diese Gedanken hielten seine Sinne gefangen und seine Augen offen.

Durch das Fenster leuchtete ein großer Stern zu ihm herein – den kannte er! Von derselben Stelle, aus derselben Höhe, so schien es ihm, hatte er an vielen Abenden in das Zimmer im Runden Turm geschienen. Der Stern war ihm also gefolgt, und er freute sich über ihn wie über einen alten Freund. Noch einmal flüsterte er sein Abendgebet und schlief dann ein.

Am nächsten Morgen, als er zum Tee gerufen wurde, klang ihm Musik entgegen; lange, anhaltende Töne wie von einer Schalmei oder Harmonika – und um Letztere handelte es sich. In der Wohnstube saß eine betagte Bäuerin, die mit großem Ernst eine alte Volksmelodie aus ihrem Instrument zauberte. Die Alte hatte prächtige große, blaue Augen.

Der Pfarrer saß ihm Lehnstuhl, und mit einem freundlichen Lächeln sagte er, nachdem der letzte Ton verklungen war: »Danke, Grethe. Das war also dein Willkommensgruß. Ich wusste, dass du mir ein Ständchen bringen würdest!«

»Ja«, antwortete sie. »Und ich wusste, dass Sie gestern Abend nach Hause kommen würden, und ich bin lange aufgeblieben, um den Heimkehrer aus dem königlichen Kopenhagen nach der langen, langen Reise zu begrüßen. Ich stand in meiner Tür und wartete, aber dann war meine gewöhnliche Schlafenszeit so weit überschritten, dass ich ins Bett kroch. So bin ich eben jetzt am Morgen gekommen.« Und sie küsste die Hand des Pfarrers.

Das war die Musikant-Grethe, wie sie genannt wurde; sie wohnte in einem Torfhaus am Hügel. Sie war mit dem Besten gekommen, was sie hatte, ihrem Schatz in dieser Welt, einem Schatz, der Zinsen abwarf. Schon seit Jahren besaß sie die Harmonika, und durch ihr ausgezeichnetes Gehör hatte sie darauf spielen gelernt, ohne eine Note zu kennen. Jede alte Melodie, die sie summte, jedes neue Lied, das sie hörte, konnte sie sehr schnell auf ihrem Instrument wiedergeben. Es wurde ihr zu einer kleinen Erwerbsquelle, dass sie gelegentlich auf Bauernhochzeiten zum Tanz aufspielte. Sie liebte diese Harmonika so innig wie ein lebendes Wesen und freute sich über jeden Ton. Musik war nun einmal die Freude ihres Lebens. Es war ein besonderes Erlebnis, wenn sie in das nächste Kirchspiel hinüberkam, wo junge Leute wohnten, die ein Klavier besaßen. Die Frau spielte ganz reizend darauf. Musikant-Grethe hatte einmal draußen auf dem Gang gestanden und der himmlischen Musik gelauscht. Ein paar Mal war sie hereingerufen worden, und einmal, als sie mit der jungen Frau allein gewesen war, hatte sie ihre Schüchternheit überwunden. Schon nach kurzer Zeit fand sie von selbst die richtigen Tasten und spielte die Melodie nach. Wäre Musikant-Grethe in anderen Lebensverhältnissen geboren worden – vielleicht wäre ein musikalisches Genie, eine europäische Größe in der Welt der Töne aus ihr geworden. So war sie nur die Musikant-Grethe.

Für Niels war sie die erste Bekanntschaft in der neuen Heimat. Bald kamen andere dazu, die Knechte und Mägde, das Feder- und Milchvieh, die ganze Besatzung, alles neu und unterhaltsam. Was für ein Gegensatz zu dem, was Kopenhagen und das Zimmer auf dem Runden Turm zu bieten hatten! Hier auf dem Pfarrhof gab es auch einen Hund, aber er lag an der Kette. Der bellte natürlich auch, aber er kannte das Haus und wusste also, wer dazugehörte. Die Schweine grunzten, die Enten schnatterten, Tauben und Spatzen spazierten friedlich herum, die Mägde nickten und die Knechte sangen. Die Mundart war für Niels nicht leicht zu verstehen; sie glich, so schien es ihm, nur entfernt dem Dänischen, das man in Kopenhagen sprach.

Es war ein wahrhaft christliches Haus, in das Niels gekommen war, es waren rechtschaffene Menschen mit dem Willen zum Guten. Hier gab es viel Herzlichkeit und – ein wenig zu viel Tabakrauch. Daran war der Pfarrer schuld, doch das Vergnügen, das er daran fand, gönnten ihm alle. Seine Frau und Bodil hatten sich ja auch daran gewöhnt.

Vierzehn Tage war Japetus Mollerup nicht zu Hause gewesen, doch der Duft der Pfeife war nicht mit auf die Reise gegangen, er wohnte hier, ebenso wie russischem Leder und englischen Büchern spezielle Gerüche innewohnen und wie die Arbeitskleidung eines Tischlers den Duft der Holzspäne nicht verliert.

Im Herzen des alten Japetus Mollerup wohnte die Lehre Christi, oder anders ausgedrückt: die Liebe. Seine Predigt in der Kirche war vom selben Geist, der sich jedoch in einer anderen Form äußerte. Wie es in den Bildern der großen Meister des Mittelalters nicht das Grässliche, das tropfende Blut, all das Krasse ist, was uns rührt und erhebt, sondern das fromme, tiefe Gefühl und die schöne Einfalt im Glauben, so waren es auch nicht die Worte der Predigt über das Höllentor, den strengen Gott und die Abscheulichkeit der Sünde, die wunderbar die Zuhörer ergriffen, sondern die Innerlichkeit, die seine Rede beseelte, und die Überzeugung, mit der sie vorgetragen wurde. Pfarrer und Gemeinde verband etwas Patriarchalisches; der alte Mollerup fand Worte des Glaubens und der Wahrheit, auf die man sich verließ. Und die, die ihm am nächsten stand, seine brave, christliche Hausfrau, sah am verklärtesten zu ihm auf. Sie gab ihm ihr ganzes Ich, ihre Persönlichkeit; seine Gedanken und seine Meinung waren für sie die einzig richtigen, sein Wort war ihr Gesetz, sein Verstand ihr helles Licht. Dass dieser Mann nicht Probst geworden war, galt ihr als das deutlichste Zeichen für das Unrecht in der Welt. Sie stellte sich oft die Herrlichkeit des Jüngsten Gerichts und das Feuer der Hölle in seiner ganzen Entsetzlichkeit vor – und dann kam die sündige Natur des Menschen bei ihr zum Vorschein. Sie konnte nämlich nicht umhin, an diesen oder jenen aus ihrer Bekanntschaft zu denken, der brennen müsste, wenn auch nicht ewig, so aber doch für einige Zeit. Und einer ihrer höchsten Wünsche war, dass Gott das Ende der Welt in ihre Lebenszeit verlegen möge, damit sie das Jüngste Gericht sehen und erfahren konnte, wem es schlecht erging. Sie wollte sich einfach überzeugen, ob sie auch niemanden zu Unrecht verdammt hatte.

Das dritte Blatt am Herzklee war die Tochter Bodil. Sie war nicht nach einer Rittersfrau aus dem Mittelalter so genannt worden, sondern nach einer verstorbenen Tante, der Frau eines Drechslers. Bodil hatte ein selten tiefes, nachdenkliches Gemüt. Das klare Licht des Verstandes leuchtete ihr in der kleinen sie umgebenden Welt und das Licht des Glaubens in dem großen Reich des Geistes. Die schöne alte Sitte, dass das Gesinde gleichsam mit zur Familie gehörte, hatte sich hier behauptet; selbst die Tiere waren ein Stück näher in den Zusammenhalt gerückt. Sogar der Hofhund wedelte freundlich mit dem Schwanz, wenn Bodil ihm das Futter brachte und Niels sie in gehörigem Abstand begleitete. Der Hahn plusterte sein rotgelbes, glänzendes Gefieder auf und stolzierte auf dem Misthaufen herum; die Enten watschelten gemütlich umher und scheuten sich nicht, aus dem Trog des Hundes zu naschen. Spatzen und Tauben hüpften zwischen den Schweinen hindurch, die auf dem Stroh faulenzten und den Sonnenschein genossen.

Die Hügel von Hvindingedal, die ganze Gegend um Silkeborg waren zu jener Zeit eine Einöde und lagen gleichsam außerhalb der zivilisierten Welt. Damals dachte keiner daran, dass hier am Langsee eine Stadt entstehen würde. Nicht einmal die Grundlage dafür, die Fabrik, konnte man sich vorstellen – sie wurde erst sieben Jahre nach Niels' Ankunft errichtet. Zu jener Zeit wurden alle Geschäfte als Tauschhandel abgewickelt; in der ganzen Gegend existierte nur ein einziger Fünftalerschein, und jeder wusste, wer ihn gerade besaß. So war es tatsächlich!

Der erste Tag in der neuen Heimat war und sollte auch für Niels ein Ruhetag sein. Später würde man ihm schon etwas zu tun geben, denn Müßiggang ist aller Laster Anfang.

Gegen Abend stopfte der Pfarrer seine Pfeife, die er auch tagsüber nur während der Mahlzeiten aus dem Mund genommen hatte, und machte sich, wie er es seit Jahren zu tun pflegte, auf eine Wanderung über die Felder in die Heide hinein. Er nahm Niels mit, der den ganzen Tag über nicht aus dem Haus gekommen war.

Sie gingen über eine magere, rote Erde; die Maulwurfshügel schienen aus Tripel zu bestehen. Überall wuchsen Blumen, kleine und feine, rote und gelbe. Sie erreichten die nächste Anhöhe; groß und weit erstreckte sich die von blühendem Ginster bedeckte Heide. Beschienen von der untergehenden Sonne sah sie aus wie das Rote Meer mit langen, wie erstarrten Wellen. Im Nordwesten lagen die Wälder und Seen von Silkeborg, die Moore mit den Schwarzstörchen und die Wälder, wo Königsadler und Uhus hausten. Hoch über allem erhob der Himmelberg seine rotbraune Kuppe. Alles war so still, dass man noch das leiseste Geräusch hörte; man vernahm das Summen der Fliege und das ferne Sprudeln einer Quelle. Und darunter lag ein Klang wie von einer Äolsharfe. Aber es war eine Harmonika; Musikant-Grethe machte Musik. Hier, ganz dicht am Hügel, an der nordwestlichen Seite, lag ihr Haus, aus Steintorf gebaut. Das Dach war mit Heidekraut bewachsen, so dass es wie in die Umgebung eingepasst erschien; es trug auch Moos, grüne Pflanzen, Hauswurz, ja sogar einen wilden Rosenstrauch. Musikant-Grethe stand in der halb offenen Tür; die Sonne färbte ihre Wangen rot. Sie spielte, sollte man glauben, zu ihrem eigenen Vergnügen, doch vor ihr bewegte sich eine sonderbare Gestalt in grotesken Verrenkungen; sie spielte zum Tanz! Wer die Geschichte von Peter Schlemihl und seinem verkauften Schatten, der in der Welt herumwandert, kennt, wäre überzeugt gewesen, diesen Schatten leibhaftig vor sich zu sehen. Das konnte unmöglich ein richtiger Mensch sein – so schmal, dünn und winzig! Ein großer blauer Kasten mit roten Buchstaben und einem Trageriemen aus Leder stand vor der Grethe, wie ein Souffleurkasten, den man vor Beginn des Balletts abzuräumen vergessen hatte.

»Das ist ja der Schneider!«, rief der Pfarrer. Mit einem Lächeln blieb er stehen und schaute den seltsamen Sprüngen zu, ohne dass die Musikerin oder der Tänzer merkten, dass sie nun ein Publikum hatten. Als der Schneider seine letzte Drehung mit einem »hui, hui!« beendet hatte, applaudierte Japetus Mollerup und rief: »Laudabilis! Das nenne ich einen Tanzmeister!«

Es war der Flickschneider, die »Nähnadel«, wie ihn Witzbolde wegen seiner Schmächtigkeit nannten. Der Spott wächst, wie die Schatten, je nördlicher man kommt. Bei den Grönländern wird er zur entscheidenden Instanz in Streitfragen und urteilt stets genauso gerecht wie Duelle in zivilisierten Ländern. Der Flickschneider wanderte von Haus zu Haus und ging bei Gutsherrn wie bei Bauern ein und aus. Manchmal blieb er Tage oder Wochen, um Kleider auszubessern, zu ändern oder zu wenden. Er war wie eine lebende Zeitung, besaß jedoch diplomatisches Geschick, das in seiner Gutmütigkeit oder, wenn man will, Vorsichtigkeit begründet lag. Er wusste zu erzählen, ohne jemandem zu schaden, ohne scharfe Spitzen, aber dennoch lebhaft. Den Ort für seine Geschichten oder die Personen selbst nannte er oft gar nicht, sondern umschrieb sie und fügte hinzu: »Vielleicht ist eine kleine Lüge darin gewesen, aber manchmal gibt man ja auch ein wenig Milch in den Kaffee, damit er nicht so bitter schmeckt.«

Der Flickschneider nahm den Kasten, in dem er seine Kleider aufbewahrte, und schwang ihn sich auf den Rücken. Dann schloss er sich dem alten Mollerup an und folgte ihm, in ein ruhiges Gespräch vertieft, zum Pfarrhof, wo er ein paar Wochen arbeiten sollte. Dort war er willkommen, das sah man in allen Gesichtern; es war eine Freude wie am Tag zuvor bei der Heimkehr des Hausherrn aus Kopenhagen. Aber der Flickschneider brachte ihnen auch ausführliche Neuigkeiten mit und war außerdem, wie sie es nannten, »ein guter Leser«, das heißt, er beherrschte diese Kunst etwas besser als die anderen. Wir müssen zugeben, dass er sich in dieser Richtung sogar verschwenderisch zeigte – er hielt sich *Århus Avis*. Allerdings erreichte ihn das Blatt nicht frisch mit der Post, denn es wurde erst vierzehn Tage herumgereicht und von sechs Familien in der Gegend gelesen. Aber dafür bekam er jeden zweiten Sonntag einen ganzen Stapel Zeitungen, und darin stand alles, was auf der Welt geschah, »sowohl das Inländische als auch das Ausländische«, und er verstand es, die richtigen Stellen vorzulesen und zu erklären. Er war klüger als dick und ein »weit gereister Mann«. Seine Bekanntschaft sollte für Niels von Bedeutung werden. Wir werden es hören.

4. DER FLICKSCHNEIDER

Es ist im Scherz von Niels gesagt worden, er sei von »hoher Geburt«, weil er oben auf dem Runden Turm geboren wurde. Hier in Jütland spielte das keine Rolle. Umso mehr sprach man von der Geburt des Flickschneiders, denn diese verlieh ihm Berühmtheit. Er trug einen historischen

Familiennamen aus dem Reich der Sagen, genauer, aus der jüngsten Sagenzeit. Der Flickschneider war ein Enkel von Peer Goldgräber.

So manchen Abend nach dem Essen saß Niels beim Gesinde und hörte den Flickschneider über Großvater Peer und den großen Schatz im tiefen Treibsand erzählen. Das Licht des Aberglaubens warf seinen bunten Schein über die öde Heidelandschaft und der Erzähler wurde zu einer historisch bedeutenden Person in der neuen Heimat.

»In Stougård bei Vejle wohnte Peer Holstener, mein Großvater«, begann er. »Er besaß einen Hof und Weideland für Kühe und Pferde. Da träumte er eines Nachts von einem großen vergrabenen Schatz und dass er nachlesen könnte, wo derselbe zu finden wäre, er müsste nur nach Voel reisen. Dort im Wirtshaus, in der Kammer, wo er schon einmal geschlafen hatte, läge ein Buch auf dem Regal, darin wäre alles genau aufgezeichnet. Er reiste nach Voel und fand das Buch. Darin stand von all dem Reichtum geschrieben, den ein Herr zu Silkeborg hatte vergraben lassen. Er sollte eine Linie von der Kirche in Gjødvad zur Turmspitze auf Linå ziehen. Dort, zehn Klafter vom Wasserspiegel von der Gudenå entfernt, würde er den Schatz finden. Die Stelle sei an einer großen Eiche zu erkennen, dreißig Ellen hoch, jedoch vom Treibsand verschüttet. Nur die Spitzen des Wipfels seien noch sichtbar, nicht größer als Pfeifenstiele. Peer verkaufte sein Eigentum für zehntausend Reichstaler und zog nach Silkeborg, wo er die Genehmigung erhielt zu graben. Er fand auch Verschiedenes wie alte Kupfermünzen, ein Hufeisen und dergleichen, aber den Schatz entdeckte er nie. Der Treibsand halte ihn fest, erklärte ihm eine alte Frau. Er verlor sein ganzes Geld dabei; zuletzt hatte er nichts mehr zum Leben. Jedes Loch, das er grub, füllte sich wieder mit dem losen Sand; jede Nacht lief ein schwarzer Hund über die Stelle – das war der Teufel! Peer Goldgräber wurde zum Bettler, kam ins Armenhaus nach Linå und starb dort.«

Der Enkel wusste so gut Bescheid, weil er es von seinem Vater hatte. Und ihm selbst war, wenn er mit seiner Kleiderkiste auf dem Rücken nachts an der Stelle vorbeikam, die das Vermögen seines Großvaters und also der ganzen Familie verschlungen hatte, wiederholt ein Licht erschienen, das darüber tanzte, und kein Treibsand hatte es verschlingen können. Für ihn war der Fall klar: Der Böse hatte es angezündet, um die Stelle zu markieren und die Leute anzulocken! Sie sollten graben und sich selbst mit dem Gold begraben.

Der Flickschneider konnte aus der Welt der Sagen wie aus der Wirklichkeit erzählen; er war ein »weit gereister Mann«, unterwegs zwischen Herrenhäusern, Pfarrhöfen und Bauernkaten. Die Zeitungen mit dem »Inländischen und Ausländischen« trug er stets bei sich. Sein lebhaftes, bewegliches Gemüt und seine gutmütige Natur waren von großer Anziehungskraft; er und Niels wurden bald gute Freunde.

Über vierzehn Tage waren sie beisammen gewesen. Es war ein Sonntag, der letzte, denn der Schneider sollte zu dem neuen Amtsrichter hinüber. Der war jung verheiratet, und die Nichte der Musikant-Grethe, die kleine Karen, diente dort als Kindermädchen. Das war ungefähr alles, was er über die Familie wusste. Alle, die auf dem Pfarrhof lebten, waren an diesem Sonntag zum heiligen Abendmahl gegangen, nur die Köchin, Niels und der Flickschneider hüteten das Haus.

Niels und der Schneider hatten ihr Vergnügen an ein paar jungen Katzen, die lustig, leicht und geschmeidig herumsprangen. Sie sollten auch nicht ersäuft, sondern bis auf eine in der Nachbarschaft verschenkt werden. Diese eine war die amüsanteste von allen; sie tollte gerade mit einem großen, blanken Messingknopf umher, den ihr der Schneider zugeworfen hatte. Sie wurde dieses Spiels nicht müde, im Gegensatz zu Niels und dem Flickschneider, die sich inzwischen über die Vorfahren des Kätzchens unterhielten: Schließlich stammte es vom Tiger ab, der auf einem anderen Kontinent lebte. Der Bruder des Pfarrers sei dort gewesen und an einer ansteckenden Krankheit gestorben. In der großen Stube oben hinge ein Porträt, das ihn in galoniertem Frack, Hemdkrause und Manschetten zeige; es sei das größte von allen Bildern.

Dorthin begaben sie sich nun, und der Schneider hatte viel zu erzählen und zu erklären. Plötzlich, sein Blick fiel zufällig auf einen Stuhl nahe der Schatulle, zuckte er zusammen, als habe er eine Schlange erblickt! Er packte Niels am Arm und rief: »Jetzt haben wir alles gesehen! Ich mag hier nicht mehr bleiben. Komm!«

Er zog Niels hastig aus dem Zimmer und schloss nicht einmal die Tür. Danach sprachen sie noch eine gute Viertelstunde von verschiedenen Dingen und trennten sich schließlich. Niels jedoch ging noch einmal hinauf, um die Porträts zu betrachten.

Etwa eine Stunde später kamen die anderen aus der Kirche zurück. Die Pfarrersfrau ging sofort in die große Stube, und als sie zurückkam, fragte sie, ob wohl jemand da drinnen gewesen sei? »Ja, Niels und der Flickschneider«, lautete die Antwort.

Als Frau Mollerup in die Kirche gehen wollte, hatte sie, die sonst gar nicht vergesslich war, wie sie behauptete, vergessen, was sie am wenigsten vergessen sollte, nämlich ihren kleinen grünen Geldbeutel und eine alte vergoldete Riechdose, ein Erbstück von Tante Bodil, der Frau des Drechslers. Die Riechdose war eine herrliche Arbeit in Form eines Eis, mit eingravierten Figuren und Blumen, und doch nicht größer als eine Walnuss, einfach wunderschön. Diese beiden Dinge sowie einen Strauß roter Nelken, im Garten selbst gepflückt, habe sie auf den Stuhl gelegt, als sie ihre Handschuhe und einen sauberen Kragen aus der Schatulle genommen hatte, ganz sicher! Der Geldbeutel liege noch da und es fehle kein Schilling, aber die Blumen seien auf den Boden geworfen worden und die vergoldete Riechdose könne sie nicht mehr finden! Sie habe dort mit den anderen Sachen gelegen und nun sei sie verschwunden! Es sei kein Fremder auf dem Hof gewesen; der Hund habe nicht angeschlagen.

»Die Dose lag dort«, bestätigte der Flickschneider, der sofort zugab, dass er mit Niels in dem Wohnzimmer gewesen war. »Ich kann es nicht leugnen.«

Niels hatte nur auf die Bilder geachtet.

»Als ich sah, was dort lag, bin ich gleich gegangen!«, rief der Schneider und erbleichte.

»Gott bewahre! Keiner denkt daran, Sie zu verdächtigen«, versicherte Frau Mollerup. »Wir alle kennen Sie doch. Machen Sie sich keine Gedanken.« Sie nickte aufmunternd und klopfte ihm auf die Schulter. Zugleich ging ihr ein Licht auf; sie sah Niels streng an, sagte jedoch nichts.

Der Flickschneider war als die ehrlichste Seele auf Erden bekannt; er war die Rechtschaffenheit in Person. Seine Empfindlichkeit in dieser Beziehung grenzte fast ans Lächerliche und wurde als Marotte, als Schwäche angesehen.

Es wird erzählt – und in den Zeitungen hat es unter der Rubrik »Zu weit getriebene Ehrlichkeit« auch gestanden –, ein ehrlicher alter Buchhalter in einem Büro in London habe eines Nachts geträumt, er hätte einen Fehler gemacht. Er soll sich das so zu Herzen genommen haben, dass er den ganzen nächsten Tag schwermütig herumgesessen und in der folgenden Nacht Selbstmord begangen habe – nur wegen einer geträumten Unterschlagung! Man zählt solche Phänomene zum Gebiet des Wahnsinns, aber es gibt wirklich Menschen, die in dieser oder jener Hinsicht ein so krankhaft verfeinertes Gewissen haben, dass sie nicht einmal den Schatten eines Traums darauf vertragen können. Mit einer solchen Sensibilität war unser Schneider versehen oder besser: geschlagen. Das wusste und respektierte man auch an den meisten Orten, an denen er arbeitete. Seine Korrektheit ging so weit, dass er über jeden Faden und jeden Fetzen, der verarbeitet wurde oder übrig blieb, Rechenschaft ablegte, so dass der eine oder andere den Eindruck gewinnen konnte, dahinter verberge sich etwas Unredliches. Damit tat man ihm großes

Unrecht. Psychologisch merkwürdig war auch die sonderbare Unruhe, die ihn überkam, wenn er in fremden Räumen Geld herumliegen sah. Er wich dann aus und zog sich zurück, so auffällig, dass man ihm ein paar Mal die Frage gestellt hatte, ob er vielleicht einen angeborenen Drang zum Stehlen habe und sich aus Angst vor der Versuchung so benehme. Solche Worte machten ihn ganz krank; er ging dann mehrere Tage still und in sich gekehrt umher. So war nun einmal seine Natur.

Auf den Flickschneider fiel hier also nicht der Schatten eines Verdachts, doch Frau Mollerup war auf einen anderen Gedanken gekommen. Sie erinnerte sich an die verdorbenen Sitten Kopenhagens, an all das Böse dort, und so wurde ihr der Gedanke zur Gewissheit. Hatte sie am Ende doch erhalten, was sie haben wollte: einen bösen Buben, ein Kind von schlechten Gewohnheiten? Plötzlich griff sie nach Niels' Hand und führte ihn in ihr Schlafzimmer. Mit fester Stimme sagte sie, ihm in die Augen sehend: »Wo hast du die Dose versteckt? Warum hast du sie genommen? Du hast es getan! Ich weiß es!«

»Nein, nein«, rief er und das Blut wich aus seinem Gesicht.

Sie hielt seine Hand so fest umklammert, dass er zitterte. Daraus schloss sie wiederum, dass sie mit ihrer Beschuldigung Recht hatte, und fügte streng hinzu: »Weißt du nicht, dass so etwas ins Zuchthaus führt?«

»Ich habe die Dose nicht berührt! Ich habe sie nicht einmal gesehen!«, schrie Niels, und eine Heftigkeit, die hier noch niemand an ihm kennen gelernt hatte, kam zum Vorschein. Dieses Temperament hatte Herr Svane gemeint, als er gesagt hatte: »Er hat ein Stück von einem Troll in sich, er geht manchmal in die Luft.«

»Schlagt mich tot!«, rief der Junge, riss sich los, stürzte zur Tür und rannte über die Felder in die Heide hinaus, wo er sich bald im dichten Kraut verfing und hinfiel. Er rupfte ganze Büschel aus und trat mit den Füßen danach, wälzte sich umher und blieb schließlich erschöpft liegen.

Es war bestimmt eine halbe Stunde vergangen, als er den Kopf hob und aufschaute. Vor ihm stand eine fremde Frau. Ein rotes Tuch umrahmte das goldbraune Gesicht mit den schwarzen Augen, die glänzten wie bei einem Vogel. Auf dem Rücken trug sie ein schweres Bündel und darüber hing, in Felle gewickelt, ein Kind. Sie stützte sich auf einen knorrigen Stock und sprach kein Wort. Es war eine Zigeunerin, eine vom Lumpengesindel, wie man sie hier oben nannte. Sie blickte ihn starr und ruhig an.

»Kingio«, rief sie, »müde, matt« bedeutet dieses Wort. Hätte einer zugehört, der ihre Sprache verstand, er hätte sofort festgestellt, dass sie nicht zu dem Teil des jütländischen Gesindels gehörte, den man zum »zusammengelaufenen europäischen Pack« zählte. Nein, sie war eine echte Zigeunerin; davon zeugten ihre Gesichtszüge und ihre blitzenden Augen. Sie betrachtete Niels noch einige Sekunden und ging dann langsam in Richtung Pfarrhof davon.

Ihre Gestalt, ihr ganzes Auftreten hielt Niels für einen Moment gefangen, doch bald wurde er wieder von seinen früheren Gedanken überwältigt. Er legte sich zurück; die Erinnerung kam wie eine große Woge über ihn. Er dachte an das Leben auf dem Pfarrhof und die Menschen dort. Er erinnerte sich an seine Heimat in Kopenhagen, an die Freunde in der Regenz und schließlich an seine Eltern. Wie tief, wie innig kann eine Kinderseele empfinden! Hoffnungslos ist der Kummer des Kindes in seiner Tiefe. Er wusste, dass er die vergoldete Riechdose nicht gesehen und erst recht nicht angerührt hatte, und doch war er von seiner Pflegemutter gezielt beschuldigt worden. Das Gemüt des Kindes ist so weich, so sensibel, dass es, wie die Blumenknospe, die durch einen für unsere Augen unsichtbaren Nadelstich tödlich verletzt wird, verkümmern kann. Nie mehr wollte er in den Pfarrhof zurückgehen, das war sein Entschluss – aber nicht der Ratschluss Gottes.

Bodil hatte den Gedanken ihrer Mutter, Niels könnte die Riechdose genommen haben, gleich von sich gewiesen.

Beide suchten sie nach ihm. Die Zigeunerin sagte ihnen, wo er war, und Bodil ging allein zu ihm hinaus.

»Du bist ein guter Junge und unschuldig«, sagte sie und reichte ihm freundlich die Hand. »Ich glaube dir, und meine Mutter glaubt dir auch; ich habe es ihr erklärt. Weg ist weg! Aber vielleicht wird sie ja doch wieder gefunden. Komm, lass uns zusammen reingehen. Halte dich an mich, ich bin ja jetzt deine Schwester, das habe ich im Herzen deinen verstorbenen Eltern im Herzen versprochen. Du hast sie ja noch lieb, und sie haben dich nicht verlassen. Sie sehen jede gute Tat, die du vollbringst, und freuen sich daran. Traurig sind sie nur, wenn du deinen Jähzorn nicht unterdrückst und nicht so bist, wie du, ich weiß es, selbst sein willst: gut und brav!« Und sie küsste ihn auf die Stirn.

Da schossen ihm die Tränen in die Augen, und er klammerte sich an ihre Hand.

»Ich habe die Dose nicht gesehen, ich habe sie nicht angefasst!«, wiederholte er.

»Ich glaube dir, und Mutter glaubt dir. Reden wir nicht mehr davon.« Und es wurde nicht mehr davon gesprochen. Frau Mollerup schien sogar freundlicher gegen ihren Pflegesohn gesonnen zu sein. Der alte Pfarrer sagte kein Wort zu der ganzen Angelegenheit. Bodil aber hatte sich einen Platz in Niels' Herzen erobert.

Am nächsten Morgen zog der Flickschneider weiter. Sein Sinn war nicht erleichtert; seine Phantasie war dabei, der Ausdruck sei gestattet, die Schrauben loszudrehen.

Etwa vierzehn Tage vergingen. Niels las und lernte seine Lektionen; er war fleißig und aufgeweckt. Weltgeschichte und Geographie wurden sein liebster Zeitvertreib. Bodil war die Erste, die seinen Eifer bemerkte und ihm half, das Gelesene zu verstehen. Außerdem machte sie eine andere Entdeckung, die wir erwähnen müssen.

Alle jungen Katzen waren verschenkt worden – bis auf die niedlichste, die mit dem blanken Knopf des Flickschneiders gespielt hatte und jetzt dasselbe Vergnügen daran fand, Kartoffeln hinterherzuspringen. Bodil fand dieses Kätzchen eines Tages oben in der großen Stube. Es spielte mit einer Kugel, die nun bis an die Wand rollte, an die der Garten grenzte, und dort in ein Mäuseloch fiel. Bodil holte sie wieder heraus; dabei fiel ihr der schlechte Zustand des Fußbodens auf. Es gab mehrere Löcher, und aus einem blinkte es hell – es war die Riechdose. Wahrscheinlich war das Kätzchen an jenem Sonntag in das Zimmer geschlüpft und auf den Stuhl gesprungen. Dann hatte es mit dem vergoldeten Schmuckstück gespielt, bis dieses in ein Loch gerollt war. Die Katze hatte die Sache nun selbst aufgeklärt. Bodil erzählte augenblicklich ihrer Mutter davon, und die gute alte Dame griff sich Riechdose und Katze und eilte in die Kammer, wo Niels über seinen Büchern saß. Ihr Gesicht strahlte, als sie rief: »Schau, hier, die Dose hat sich wieder angefunden! Und hier hast du den Dieb – das Kätzchen hat sie in ein Mäuseloch gerollt!« Und lächelnd warf sie das Tier auf Niels' Schoß.

Dem schoss das Blut in den Kopf; er packte die Katze und rief: »Du bist schuld! Ich werde dich zerschmettern!« Und in wildem Aufbrausen schleuderte der erregte Junge das arme Tier gegen den Kachelofen. Die Katze heulte auf und blieb mit blutendem Kopf am Boden liegen. Frau Mollerup stieß einen lauten Schrei aus und starrte abwechselnd auf den Jungen und sein Opfer.

»Um Himmels willen, was hast du getan?«

»Was ist denn los?«, fragte Bodil, die hinzugeeilt war. Als sie die Bescherung sah, schüttelte sie den Kopf und sagte traurig: »Dazu bist du also fähig …«

Da seufzte Niels tief und verbarg das Gesicht in den Händen, erschrocken über seine Tat.

Zum ersten Mal redete Japetus Mollerup streng und ernst mit seinem Pflegesohn, legte ihm die Folgen einer solchen Tat dar und sprach über die »böse Natur«, die man bekämpfen müsse. Das arme Tier sei ja ganz ohne Schuld gewesen, auch wenn sein Spiel diesmal Ärger und Kummer über einen Menschen gebracht habe. Wohin könne eine solche Unbeherrschtheit noch führen? Zu Mord und Totschlag, zu Taten, die auch durch die aufrichtigste Reue nicht wieder gutzumachen seien.

Das Kätzchen war wie gelähmt; sie mussten es im Wassergraben ertränken. Niels sah das rote Blut auf dem Fußboden, blickte in Bodils verweinte Augen und sein Herz bebte, als hätte er eine Kainstat begangen. Sein Schmerz und seine Schuldgefühle waren so stark, dass die böse Wurzel hier in den Kinderjahren einen wohltuenden Ruck erhielt. Die Reue funktionierte wie ein Riss am Dampfkessel, der den Druck ablässt und ein Unglück verhindert.

»Der arme Flickschneider«, meinte Bodil. »Ich werde ihm einen Brief schreiben und mitteilen, dass die Riechdose gefunden ist. Ich weiß, wie er sich in dieser Beziehung quälen kann; das ist wie eine Krankheit! Ich bin sicher, dass er die Geschichte noch nicht aus seinen Gedanken verbannen konnte.« Und sie erzählte, was sie von ihm selbst wusste – dass im Jahr zuvor zwei neue blanke Silbertaler, die er hier auf dem Pfarrhof bekommen und über deren Neuheit und Glanz er sich gefreut habe, Anlass für Angst und Qual gewesen seien. Der Krämer in der Stadt, bei dem er kaufte, sagte, als er das Geld entgegennahm, mit einem Lächeln: »Die sehen ja aus wie frisch geprägt!« Die Bemerkung war dem Mann einfach so herausgerutscht und hatte keine tiefere Bedeutung gehabt. Der Flickschneider jedoch bekam einen anderen Eindruck und dachte: Der glaubt bestimmt, ich habe die Münzen gefälscht oder stehe in Verbindung mit Falschmünzern. Vielleicht sind sie ja tatsächlich gefälscht! Man wird sich an mich halten und eine Erklärung verlangen! So wurde er ganz verwirrt und erklärte hastig, woher er das Geld hatte. Aber auf dem Heimweg und noch Tage später plagte er sich mit dem Gedanken, die Taler wären wirklich gefälscht gewesen, und malte sich Verwicklungen und Verhöre aus.

Wir schmunzeln darüber und können diese Ängste gar nicht verstehen. Und doch gibt es solche Naturen auf der Welt, und einer dieser Unglücklichen war unser armer Flickschneider. Bodil wollte ihm also schreiben. Aber genau an dem Tag, als sie den Brief begann, erreichte den Pfarrer ein Schreiben des neuen Amtsrichters mit der Frage, ob der Schneider ein ehrlicher Mann und ob auf dem Pfarrhof etwas abhanden gekommen sei.

Anlass für diese Frage sei, dass in seinem Haus Geld vermisst werde. Das Gesinde sei befragt und alle Stuben seien durchsucht worden. Man habe nichts gefunden; der Flickschneider jedoch sei durch seine Angst und Verlegenheit aufgefallen, und bei der Untersuchung seiner Kleiderkiste habe man in einem Strumpf einen kostbaren Ring entdeckt, der einem fremden Herrn aus Kopenhagen gehöre, der gerade zu Besuch weile. Der Schneider habe, wie jeder Dieb, seine Unschuld beteuert. Als man ihn dringlicher verhörte, habe er plötzlich geschwiegen und spiele seitdem die Rolle des Stummen. Nun liege er krank darnieder, vielleicht verstelle er sich aber auch nur. Das war der Inhalt des Schreibens.

Auf dem Pfarrhof waren alle überrascht, doch sie waren fest davon überzeugt, dass der Flickschneider nicht gestohlen hatte. Japetus Mollerup schrieb zurück und stellte dem Verdächtigen das beste Zeugnis aus. Er versicherte, dass ein solches von allen früheren Arbeitsstellen dieses braven Mannes eingeholt werden könne, und bemühte sich, das besondere Naturell des Ehrlichkeitsfanatikers zu erläutern. Bei seinem Verhalten handele es sich keinesfalls um ein Komödienspiel.

Aber was war wirklich geschehen? Man hatte den Ring tatsächlich in einem Strumpf ganz oben in der Kleiderkiste des Schneiders gefunden. Woher kam der gestohlene Ring? Wer hatte ihn da hineingelegt? Die Erklärung werden wir erst erhalten, wenn die Zeit reif ist. Wir müssen darauf warten, wie auf so vieles in dieser Welt.

Zweifel an seiner Ehrlichkeit hatten eine geheimnisvolle Macht, die bei dem Schneider jedes Mal eine fiebrige Phantasie-Krankheit hervorbrachte, obwohl ihm sein Verstand sagte: Du bist doch unschuldig! Es half nichts, die Phantasie, verfolgt von Schreckbildern, ging mit ihm durch. Und doch sprach es in ihm: Ich bin unschuldig! Stünde ich vor dem Richter, und wäre es Gott selbst, ich könnte wahrheitsgemäß sagen: Niemals habe ich wissentlich oder willentlich etwas Unrechtes getan! Sein Gedächtnis durchlief die feinsten Fäden und Verzweigungen jeder seiner Handlungen, jeder Nerv der Erinnerung vibrierte und er gelangte zu der Überzeugung, dass er ein ehrlicher Mensch war und sein müsse. Polizei und Polizeibüro waren für ihn fürchterliche Reinigungsmaschinen im Staat, ein Mahlwerk, das gar zu leicht die Kleidung eines Unschuldigen erfassen konnte – es zog einen am Ärmel, riss vielleicht den Arm ab und richtete den ganzen Menschen zugrunde! Die Gerechtigkeit war eine Frau Blutlos, eine grausame Maschinerie, für andere wohl notwendig, aber nicht für ihn. Sie folgte ihrer einmal zusammengesetzten Vernunftseinrichtung und hatte keinen Herzschlag, bloß Gesetze.

Man wird verstehen, dass der Flickschneider, nachdem man in seiner Kleiderkiste einen kostbaren Ring gefunden hatte, der einem der fremden Gäste gehörte, auch als der Dieb des verschwundenen Geldes angesehen wurde. Niemand zweifelte daran, und so wurde der arme Mann in ein Getriebe gewirbelt, das seine Phantasie mit der Kraft wilder Pferde in immer schnellere Umdrehungen versetzte. Er musste zugrunde gehen.

Er hatte keine Worte mehr; es war, als wäre er plötzlich aus großer Höhe hinabgestürzt. Der Wind brauste durch seinen Kopf, das Blut presste ihm Herz und Hirn zusammen. Er verlor den Verstand.

5. BESUCH BEI MUSIKANT-GRETHE · NIELS SOLL STUDIEREN

Es waren erst zwei Monate vergangen, seit Niels Kopenhagen verlassen hatte, und doch war so viel geschehen.

Bodil hatte es übernommen, mit ihm Geschichte und Geographie zu üben; der Pfarrer selbst erteilte ihm Religionsunterricht und ließ ihn Aufsätze schreiben. Die wimmelten zwar von grammatikalischen Fehlern, doch es war Phantasie und Leben in dem Geschriebenen. Niels' Religionskenntnisse waren gut; seine Bibelstellen kannte er nicht nur auswendig, sondern verstand sie auch.

Bodil hatte ein besonderes Talent, Feldblumen und Gräser geschmackvoll zusammenzustellen. Blätter, die ins Gelbliche spielten, platzierte sie mit längeren Halmen um das krause Herzblatt herum; Formen und Farben kontrastierten miteinander und ergaben doch ein harmonisches Ganzes. Selbst der alte Japetus hatte Freude an diesem Anblick und bemerkte: »Ja, Gott ist groß, auch in Handarbeiten!«

Niels hatte nicht nur ein Auge für diese Art Schönheit, er zeigte sogar ein verwandtes Talent. Er lernte sehr viel von Bodil. Er wusste noch nicht, wie viel er ihr einige Jahre später über Pflanzen und den Naturhaushalt der Tiere, über Sauerstoff und Stickstoff, Kohlensäure und Wasserdampf und den ganzen Kreislauf der Dinge würde beibringen können. Noch war Bodil seine Lehrmeisterin.

Eines Mittags traf sie ihn hinter dem Garten, wie er mit einem Stock in einem Ameisenhaufen herumstocherte und sich an der Verwirrung erfreute, die er dabei anrichtete. Interessiert beobachtete er, wie die Tiere versuchten, ihre großen Puppen in Sicherheit zu bringen.

»Du treibst ein böses Spiel«, mahnte Bodil. »Weißt du nicht, was du anrichtest? Du zerstörst den klugen, arbeitsamen Insekten ja Haus und Hof!« Und sie erzählte, was sie von diesen Tieren wusste. Sogar in der Bibel steht: Geh zu den Ameisen und werde weise!

Niels hörte sofort auf mit seiner Beschäftigung. Welche Bedeutung hatte von nun an jeder kleine Ameisenhaufen auf dem Feld!

Bodil war gerade unterwegs zur Musikant-Grethe, der sie ein warmes Essen bringen wollte, denn die Alte lag krank zu Bett in ihrem einsamen Haus. Niels begleitete sie. Es war in der warmen Mittagszeit; die Sonne brannte herab. Sie kamen zu der Anhöhe, von der aus man die ganze Heide überschauen konnte. Welche Aussicht! Das war nicht mehr die alte, bekannte Gegend! Paradiesisch schön lag hier eine Natur vor ihnen, wie Niels sie noch nie zuvor gesehen hatte: ein großer, stiller See, an dessen Ufern Bäume wuchsen, die sich im Wasser spiegelten; hohe Türme mit Bewuchs auf der Brustwehr, als wären es hängende Gärten. Niels' Augen strahlten, als sie diese Herrlichkeit erblickten, aber dann kam ihm der Gedanke, dass es sich um Zauberei, um Blendwerk der Trolle handeln musste. Er wusste von dem Flickschneider, dass das ganze Land hier nur so wimmelte von Trollen, die die alten, heidekrautbewachsenen Hünengräber auf glühenden Pfählen in die Höhe hoben. Er kannte auch die Geschichte vom Tannhäuser, der von Frau Venus in den Berg zu wunderbaren Herrlichkeiten geführt wurde; doch diese kamen vom Bösen. Unwillkürlich faltete er die Hände.

»Du lieber Gott, wie schön ist das!«, rief Bodil.

»Ist es auch keine Zauberei?«, fragte Niels. »Sonst gibt es doch hier nur Heide und weder Wälder noch Bäume und erst recht keinen See!«

»Nein, alles ist wirklich«, versicherte Bodil. »Ich kann es dir nicht erklären. Es ist so etwas wie der Regenbogen, der manchmal entsteht, aber nicht oft und nicht überall. Das kommt von Gott. Der Böse hat keinen Anteil daran.«

Was sie sahen, war eine Fata Morgana, wie sie sich an warmen Sonnentagen auf der jütländischen Heide und in

Wüstenländern zeigt. Das Gewässer, die Inseln, Bäume und Türme, alles trat mit klaren Umrissen so deutlich hervor, dass jedes Detail zu erkennen war.

Es war das erste Mal, dass Niels über das »Sein oder nicht Sein« nachdachte. Und hier genügte ihm Bodils Erklärung.

Endlich betraten sie das Haus der Musikant-Grethe; die niedrige Stube war sauber, aber lange nicht gelüftet. Die alte Frau lag auf einer Art Schlafbank; die Harmonika hatte sie auf einem Stuhl nahe bei sich, wie sich ein anderer Kranker vielleicht seine Lieblingsblume oder ein gutes Buch mit ans Bett nimmt. Unter der Zimmerdecke und an der Wand hingen Kränze aus Ginster und Christdorn. Die Harmonika war ihre Gesellschafterin, ihr »Herzenskind«, mit ihr sei sie nicht allein, meinte sie. Es ginge ihr heute schon besser. Sie habe Probleme mit dem Herzen, aber das gute Essen vom Pfarrhof würde dieselben wohl schnell ganz und gar vertreiben.

Bodil erzählte ihr vom Schicksal des Flickschneiders und dass er den Verstand verloren habe.

»Der arme Mensch«, sagte Musikant-Grethe. »Ja, ja, ich habe mir schon gedacht, dass es einmal so ein Ende nimmt. Niemals hat er seinen Nächsten um zeitliche Güter gebracht, nicht um so viel, wie auf einem Nagel liegen kann. Geradezu verspottet hat man ihn wegen seiner Ehrlichkeit! Es zitterte in ihm, wenn in seiner Nähe ein Diebstahl vorkam. Er konnte nicht anders, es war ihm angeboren. Ich weiß es; ich kann erklären, was mit ihm los war. Ich diente mit seiner Mutter auf demselben Hof. Eines Tages verschwand dort Geld; alles wurde durchsucht und nichts gefunden. Die Mutter des Schneiders war auf dem Feld gewesen und kam zurück. Als sie nun die Treppe hinaufsteigen will, entdeckt sie auf einer Stufe ein ganzes Bündel Scheine – das Geld, nach dem alle suchten. Sie wusste ja von nichts, nahm die Scheine und breitete sie aus. Da kommt der Hausherr dazu, er war Kammerrat, und sieht, was sie da tut. Er reißt ihr das Geld aus den

Händen und beschimpft sie so übel, dass ihr die Knie weich werden und sie zu Boden sinkt. Das mache ja weiter nichts, sagten die Leute, sie habe schließlich ein reines Gewissen! So sah es auch der Kammerrat. Aber die Folgen des Schrecks und des darauf folgenden Schwächeanfalls zeigten sich einige Monate später. Ihr Sohn kam acht Wochen zu früh zur Welt, und er war so dünn, ganz unglaublich! Die Herrschaft musste ihn Tage und Wochen in Haferschleim legen lassen. Das hatte der Doktor angeordnet; ich habe selbst die Terrine gesehen, in der er gelegen hat. Das Leben behielt er wohl, aber er wurde nie ein richtiger Mensch mit Fleisch auf den Knochen. Wie ein Schatten oder eine Vogelscheuche ging er unter den Leuten umher, und der Schreck, den die Mutter gehabt hatte, zitterte in ihm nach und kam gelegentlich über ihn wie eine Krankheit.«

Das war die Erklärung und Überzeugung der Musikant-Grethe.

»Ich denke über alles nach«, fuhr sie fort. »Ich bin alt, erinnere mich an vieles und führe dann das eine und das andere zusammen.«

»Ja, Sie haben ein gutes Gedächtnis«, bestätigte Bodil. »Und was mich freut, ist, dass Sie so schöne Lieder kennen, die ich noch nie in einem Buch gedruckt gesehen habe.«

»Die meisten habe ich aus meiner Kindheit. Damals gab es hier viele, die sie kannten; jetzt bin ich bald die Einzige. Aber auch ich fange an, sie zu vergessen. Oft fehlen mir ganze Verse, aber wenn ich auf den dazugehörenden Ton komme, dann hilft mir manchmal der Spielkasten da.« Und sie deutete auf die Harmonika. »Wenn der die Melodie trifft, dann fällt mir auch der Text wieder ein.«

»Da gibt es ein Lied über einen Königssohn und eine Prinzessin«, sagte Bodil. »Das müssen Sie mir unbedingt vorsingen, wenn Sie das nächste Mal bei uns auf dem Pfarrhof sind, damit ich es aufschreiben kann.«

»Sie haben doch schönere Dinge in den gedruckten Büchern«, meinte Musikant-Grethe. »Was ich kenne, ist nur dummes altes Zeug, aber es ist wirklich passiert!«

Im Winter hatte Bodil an mehreren Sonntagabenden Lesungen veranstaltet, und Musikant-Grethe war auch unter den Zuhörern gewesen. »Bring mir ein gutes Buch mit«, war Bodils Bitte gewesen, als ihr Vater nach Kopenhagen gereist war, und ihre Mutter hatte sich einen bösen Buben, schlechter Leute Kind, gewünscht. Ein gutes Buch hatte sie bekommen, *Holzschnitte* von Christian Winther, die echten dänischen Romanzen. Der Baum der Poesie hat viele Zweige, einige sind glatt und poliert, fast wie Mahagoni; darin liegt ihre Bedeutung. Andere Zweige sind saft- und kraftvoll, die blühende Naturfülle, und einen solchen hatte Japetus Mollerup seiner Tochter mitgebracht. Kingos *Geistiger Singechor*, ein gedrucktes Exemplar, und in Abschrift mehrere von Brorsons und Ingemanns seelen- und naturfrischen Psalmen waren ihr Besitz an poetischer Literatur. Für sie waren diese Schriften ein Schatz, und als sie merkte, welchen Sinn Niels dafür hatte, teilte sie ihren Reichtum gern mit ihm. Auf den Reichtümern des Geistes liegt ein Segen – je mehr wir an andere weitergeben können, umso wertvoller werden sie für uns. Sie ließ aus ihrem Bücherschatz den reichen Quell der Poesie strömen und erfreute Niels damit. Fast die ganze Bibel und alle Geschichten aus *Tausendundeiner Nacht* hatte er schon gelesen, bevor er hierher gekommen war. Das Gelesene leuchtete in seinem Inneren auf und er stellte sein Licht nicht unter den Scheffel; bald wusste jeder auf dem Pfarrhof von seiner Belesenheit. Er erzählte und erklärte den Leuten alles auf seine besondere Weise, so dass sie ihn den »Prediger« nannten. Aus ihm könne ein guter Pfarrer werden, meinten sie, und die Stimme des Volkes wurde für Frau Mollerup in diesem Punkt zur Stimme Gottes. Auch sie hatte ihre Freude an seiner Klugheit und besonders an seiner Bibelkenntnis. Er könne ja auch ein ganzes Stück Latein auswendig, hatte ihr Mann ihr versichert.

Wir sind es der Frau des Pfarrers schuldig zu erwähnen, dass ihr der Gedanke zuerst kam, Niels sollte studieren. Er habe den Kopf dazu, und wenn er schon nicht das gottlose Kind sei, das sie sich einmal gewünscht habe, um einen guten Christen daraus zu machen, so sei er vielleicht einer, der durch ihr geringes Mitwirken zu einem Hirten für die Herde des Herrn werden könne. Gottes Wege sind wunderbar! Wer wisse, wozu es Niels noch bringen könne; möglicherweise werde er Probst, was nicht einmal der gute Mollerup, der Würdigste und Beste, geschafft habe. Zu ihrem Bedauern hatte der Allerhöchste in dieser Welt den Menschen einen Teil der Macht übertragen. Bei Gelegenheit wollte sie mit ihrem Mann über die Sache reden.

Niels las vor und erklärte, was er gelesen hatte, hörte aber auch selbst aufmerksam zu. Vor allem, wenn vom »unsichtbaren Stein im tiefen Tal«, von Strandräubern und besonders wenn vom Schwedischen Krieg vor zweihundert Jahren erzählt wurde, als die polnischen Hilfstruppen zusammen mit Tartaren, Kalmücken und Türken ins Land gekommen waren. Diese fremden Völker waren verschwunden und jene Zeiten vergangen, aber ein Volksstamm war immer noch hier in der Heide: das »Lumpengesindel«, dieser halb mystische Vagabundenhaufen, der kam und wieder fortzog, gefürchtet und verabscheut. Der Pfarrer meinte, sie seien früher Kesselflicker gewesen, aber in erster Linie handele es sich wohl nur um zusammengelaufenes Pack, dem man nicht trauen könne. Sie gehörten nicht einmal alle derselben Rasse an. Es solle wohl echte Zigeuner darunter geben, die man an ihren kohlschwarzen Augen und der stolzen Körperhaltung erkennen könne, aber solche habe man in letzter Zeit nicht mehr gesehen. Mit einer Ausnahme – der Frau, die Niels getroffen hatte.

Musikant-Grethe wusste von ihrer Großmutter, dass die Zigeuner früher, vor langer Zeit, als es hier noch Wolfsrudel und jede Menge wilde Eber gab, als vogelfrei galten und jeder nach Belieben mit ihnen umspringen konnte. Man schnitt ihnen die Ohren ab und schlitzte ihnen die Nasen auf, wenn man sie erwischte. In den Wäldern von Silkeborg hätten die Zigeuner einst Gericht über einen der ihren gehalten. Der braune Kerl habe mit nacktem Oberkörper unter einem der großen Bäume stehen und einen weißen Stock im Mund halten müssen. Die ganze Schar habe einen Kreis um ihn gebildet und ihm nach einer Ansprache des Häuptlings ins Gesicht gespuckt. Dann sei er von den Weibern aus dem Kreis hinausgepeitscht worden und von da an aus der Gemeinschaft ausgestoßen gewesen.

Gespannt lauschte Niels solchen Geschichten. Oft lief er weit in die Heide hinaus zu den Plätzen, wo sich das Gesindel gezeigt haben sollte, aber nie traf er dort jemanden an. Auch eine Fata Morgana sah er in den nächsten Jahren nicht mehr, dabei hatte ihn dieses Ereignis doch so beeindruckt, ja geradezu erschreckt.

Der Herbst war vergangen; die Weihnachtszeit begann. Mit dem ersten Schnee stellte sich auch jene besondere Stimmung ein, die nur das einsame Landleben hervorzubringen vermag. Die Tage des Festes atmeten Leben und Freude. Die Leute tanzten in der Scheune und wurden mit Grütze und Apfelpfannkuchen bewirtet; es gab sogar Punsch. Musikant-Grethe spielte Tänze und Lieder, und die Leute meinten, es klinge genauso gut wie Violine und Klarinette. Draußen pfiff der Schneesturm; von der Landstraße, den Tälern und Hügeln war keine Spur mehr zu sehen. Die Luft war wie ein wirbelnder weißer Golfstrom. Für Musikant-Grethe war es unmöglich, ihr Haus zu erreichen, geschweige denn hineinzugelangen; die Schneemassen hatten es verschwinden lassen. Auch der Pfarrhof war eingeschneit; niemand konnte das Haus verlassen. An einem der langen Abende las Niels den anderen die biblische Geschichte von dem Engel und dem jungen Tobias vor. Anschließend spann er die Erzählung so leidenschaftlich fort, dass er gar nicht merkte, dass Japetus Mollerup höchstpersönlich unter den Zuhörern saß, bis dieser am Schluss sagte:

»Das war gut, Niels. Du hast eine schöne Bibelstunde gehalten.«

Als nun Frau Mollerup ihren stillen Gedanken aussprach, war demselben schon der Boden bereitet; die Zukunft des Knaben wurde beschlossen. Ein Schutzengel wie der, welcher den jungen Tobias begleitet hatte, folgte auch dem armen Jungen aus dem Runden Turm. Ein Mann der Bibel sollte er werden, ein ehrlicher Diener im Weingarten des Herrn.

Der Übermut der Welt und das viele Wissen brächten die Theologen dahin, mehr und mehr vom Weg des wahren Glaubens abzuweichen, meinte Japetus Mollerup. Segen bringend wäre es, wenn er das fromme kindliche Gemüt abschirmen und stärken könnte, um in ihm das Wort des Herrn rein und unverfälscht zu bewahren! Ja, es sei eine gute Idee, ein absolut richtiger Gedanke, den seine Frau da geäußert habe. Niels solle zum Lernen angehalten werden; die Befähigung dazu habe er. Es müsse in Geist und Wahrheit etwas für das arme Kind getan werden und dadurch vielleicht auch für die Mitchristen.

Japetus Mollerup war einst ein geübter und geachteter Lehrer gewesen. Außer den »General« und dessen Bruder, Herrn Svane, hatte er in seinen Studententagen noch einige andere junge Männer mit Erfolg auf die Universität vorbereitet, und alle waren tüchtige Beamte geworden. Zwar waren viele Jahre vergangen, seit er selbst Vorlesungen besucht hatte, und man verlangte jetzt wohl ein bisschen mehr; aber das Wichtigste, Griechisch und Latein, ja sogar die Mathematik, beherrschte er nach wie vor, das wusste er. Es würde ihm Vergnügen bereiten, all diese alten Übungen wieder aufzufrischen. Niels begann jetzt also ernsthaft, ein richtiger Lateiner zu werden. Wer hätte das für möglich gehalten, als er in der Regenz seinem Vater geholfen hatte, die Stiefel der Studenten zu putzen!

Lehrer und Schüler gingen mit gleichem und sogar wachsendem Eifer an die Sache heran. Der alte Pfarrer freute sich, denn Niels eignete sich leicht und spielend selbst die trockenen Grundlagen an. Bei aller Leselust blieb ihm, und das war wohl ein Zeichen des Glaubens, die Bibel die liebste Lektüre.

Es wäre indessen falsch, wenn wir annähmen, Niels hätte immer nur über den Büchern gesessen. Nein, mit der ganzen Lebhaftigkeit eines Jungen jagte er mal auf dem alten Gaul, mal auf der schnellen Stute dahin, wenn diese zum Baden an den Bach sollten. Mit Bjäf, dem Hofhund, hatte er Freundschaft geschlossen – er, der in Kopenhagen vor jedem Schoßhündchen davongelaufen war!

Der Winter war bald vorbei; der Frühling kam. Der erste grüne Zweig aus dem Wald wurde auch im Pfarrhaus ins Wasser gestellt, um zu verkünden, wie weit die Natur draußen schon gekommen war, wie warm die Luft doch sein musste. Drinnen im Zimmer merkte man es noch nicht so richtig. Das Getreide spross bereits empor, die Lerche schwang sich mit zitterndem Gesang auf, und auch die Störche waren längst zurückgekehrt. Wie immer saßen die schwarzen auf den Bäumen im Moor und blickten böse auf ihre weißen Kameraden, die im trüben Wasser herumstolzierten. Aus dem mageren Sandboden schossen Heidelbeeren und Preiselbeeren in unglaublichen Mengen. Der Farn breitete seine grünen, gefiederten Blätter aus, der Wacholder und der leuchtende Christdorn taten dem Auge gut in dem frischen Grün. Doch von ihren Schönheiten erzählt die Natur jeden Sommer; von Niels dagegen erfahren wir nicht jeden Sommer etwas, deshalb dürfen wir ihn nicht aus den Augen lassen.

6. AUF DER ENTENJAGD · »STUDENT WERDEN«

Bis zu dem alten Vorwerk am Aalwehr, wo sich heute die Stadt Silkeborg erhebt, war es vom Pfarrhof ungefähr eine Meile, denn man musste über die Hügel von Hvindingedal und um den ganzen Langsee herum, durch den die Gudenå fließt. Der Weg war sandig und mit dem Wagen kaum zu befahren. Fußgänger hatten es leichter; sie konnten die Strecke um die Hälfte verkürzen, wenn sie vom Pfarrhof aus über den Hügel direkt zum See hinunterliefen, wo das einsame Fährhaus noch heute an dem sandigen Ufer steht. Hier ist der See kaum ein paar Steinwürfe breit. Setzte man an dieser Stelle über, dann war es nur noch ein kleines Stück bis zum Aalwehr und zum Vorwerk. Dort wohnte Herr Skjødt, der sich um den Aalfang kümmerte; damals eine Konzession, die durch die Regierung vergeben wurde. Die Felder rundherum gehörten mit zum so genannten »Rittergut«, waren aber nicht bestellt. Dennoch war es hier weniger einsam als auf der Heide oder in der Gegend des Pfarrhofs. Man hätte glauben können, dass hier unten die ganze Szene für *Die Vögel* des Aristophanes gestaltet wäre. In der üppigen Wildnis aus Rohr und Schilf, wo knorrige Erlen die Gudenå überragten und Wasserlilien ganze Inseln bildeten, wimmelte es stets von Vögeln. Sie wurden nur ein paar Mal im Jahr von Jägern aufgescheucht, die von weit her zur Ottern- und Entenjagd anreisten.

Herr Skjødt war ein leidenschaftlicher Jäger, und all das Entenwild in der Küche des Pfarrhofes war »mit einem herzlichen Gruß von Herrn Skjødt« dort gelandet. Niels sah die prächtig gefiederten Enten und Vögel und hörte Herrn Skjødt von der Jagd erzählen, die ihm wie eine neue Offenbarung von Freude und Lust erschien. Aber Niels hatte noch nicht gelernt, eine Büchse abzuschießen; es verging noch eine lange Zeit, bis er mit auf die Jagd durfte.

Das geschah erst in seinem dritten Herbst auf Jütland. Herr Skjødt hatte längst bemerkt, dass Niels gern dabei gewesen wäre. Da der Junge fleißig lernte und lebhaft war, so dass es nur gut sein konnte, wenn er an die frische Luft kam, erlaubte ihm der Pfarrer, Herrn Skjødt auf die Entenjagd zu begleiten. Diese erste Pirsch, auf der er eigentlich nur zuschaute, denn er feuerte zwar die Büchse ab, traf aber nichts, blieb ihm, trotz späterer lustiger und erfolgreicher Jagdabenteuer, unvergesslich. Sie war von einem der kleinen Zufälle des Lebens begleitet, die man nie vergisst, während Erinnerungsbilder bedeutender Ereignisse verschwinden. Hier ging nämlich sein Wunsch in Erfüllung, echten Zigeunern zu begegnen.

Auf dem Pfarrhof gab es zwei Büchsen, eine gute und eine, die einen starken Rückstoß hatte. Niels würde einen ordentlichen Schlag abbekommen, deshalb rieten Bodil und Frau Mollerup, er solle ohne Waffe losziehen und nur zuschauen. Der Pfarrer dagegen meinte, dass zur Jagd eine Büchse gehöre und Niels eine haben müsse; er sei ja kein Kind mehr. Er ginge schließlich mit Herrn Skjødt, der ihn schon richtig einweisen würde; außerdem sei der Herrgott mit ihm.

In der Morgenstunde, noch vor Sonnenaufgang, mussten Niels und Herr Skjødt im Schilf sein. Deshalb verließen sie den Pfarrhof schon am Abend davor; die Nacht würden sie im alten Vorwerk verbringen. Niels hatte ein Paar große, hohe Stiefel angezogen, die dem Pfarrer gehörten; dadurch war der Marsch ziemlich beschwerlich. Aber sie hatten ja nur den kurzen Weg über den Hügel zum Fährhaus zurückzulegen. Hatten sie erst einmal übergesetzt, war es nicht mehr weit.

Es war nasskalt und windig, als sie auf der Anhöhe waren, und der ganze Langsee trug Schaumkronen. Auf ihm war einst, wie die Sage berichtet, Bischof Peter gesegelt, der sich eine Ritterburg bauen wollte. Die Stelle stand noch nicht fest, da blies ihm der Wind die Seidenkappe vom Kopf.

Er entschied, dass die Burg genau dort errichtet werden sollte, wo die Kappe niederfallen würde. Und so geschah es; von der seidenen Kappe des Bischofs stammt der Name Silkeborg, Seidenburg. Im Schwedischen Krieg wurde sie zerstört; jetzt lag kein Stein mehr auf dem anderen, nur zwei große Eichen erhoben sich hoch über die Erlen und zeigten an, wo einst das Tor der Burg gewesen war.

Herr Skjødt und Niels erreichten bald das Fährhaus. Das Boot, in dem sie übersetzen sollten, lag ganz auf das Ufer heraufgezogen im Schilf, denn die Wellen waren hoch; Gischt spritzte ihnen ins Gesicht.

Sie liefen zur Haustür, zogen an der Klingelschnur und betraten den niedrigen Raum; sogar Niels reichte hier bis an die Balken. Außer dem Fährmann und seiner Frau hielt sich noch eine Person in der Stube auf, eine kräftig gebaute Frau, die einen großen Männerhut trug. Sie beschäftigte sich mit etwas, das auf dem Fußboden lag, und die Frau des Fährmanns ließ sie, nachdem sie die Eintretenden begrüßt hatte, nicht aus den Augen.

»Es bläst ja mächtig da draußen!«, sagte Herr Skjødt. »Das Boot wird doch wohl halten?«

»Wenn mein Mann rübermuss, können Sie mit«, erklärte die Frau des Fährmanns, an die Fremde gewandt.

»Ih ja, ih ja«, kam es als Antwort.

Der Fährmann genehmigte sich erst einmal einen Schnaps, damit das Abendessen besser rutschte. Den Schnaps hatte ihm die große Jagdgesellschaft gelassen, die vor drei Tagen da gewesen war. Er sei von der feinen Sorte, vielleicht dürfe er Herrn Skjødt zu einem Gläschen einladen?

»Ih ja, ih ja«, wiederholte die Fremde; sie schien keine große Lust zu haben, über das wenig einladende Wasser zu fahren, das sich gebärdete, als gehörte es in einen stürmischen Ozean.

»Was kramen Sie da auf dem Fußboden herum?«, wollte Herr Skjødt wissen.

»Mein Gründling«, antwortete sie, und jetzt sah man, dass da ein verkrüppeltes Kind lag. Es hatte verkümmerte Gliedmaßen und einen großen Kopf mit rabenschwarzen, leuchtenden Augen. *»Fiftaris olders«*, fügte sie hinzu und zeigte fünf Finger.

»Da haben Sie ja auch ein Kreuz zu tragen«, bemerkte die Frau des Fährmanns. Doch das Gesicht der Fremden zeigte einen Ausdruck, als wollte sie sagen: Und doch ist er mir das Liebste auf der Welt. Sie erhob sich und berührte dabei die Zimmerdecke, so dass ihr Hut einknickte. Nun sah man ihre dunklen, scharfen Züge und ein Paar Augen wie die eines Raubvogels. Niels erinnerte sich, dass er diese Frau vor Jahren auf der Heide getroffen hatte; er wusste, das war eine echte Zigeunerin.

»Jetzt kommen Sie rüber«, versicherte die Frau des Fährmanns noch einmal. »Jedenfalls bis zum Aalwehr, fragen Sie Herrn Skjødt!«

Sie traten aus dem Haus; der Wind heulte im Schilf und bog die Halme, als wollte er sie brechen, doch sie neigten sich nur tief über das schwarze, schäumende Wasser. Das Boot wurde flottgemacht; Niels und Herr Skjødt setzten sich, so gut sie konnten, und fühlten sich wie in einer Schaukel. Noch schwieriger war es für die Zigeunerin, einen Platz zu finden; schließlich ließ sie sich auf dem Boden des Bootes nieder. Der »Gründling« lag auf ihrem Schoß und starrte Niels mit seinen schwarzen, scharfen Augen unverwandt an.

»Ih ja!«, schrie die Frau, als das Boot vom Ufer ablegte. Der Wind wütete, Gischt spritzte und die kleine Fähre drohte zu kentern. »Ih ja, mein Gründling!«, rief sie noch einmal und bewegte sich auf eine Art, die angesichts des Sturms mehr als unangebracht war. Der »Gründling« lachte in diesem Augenblick schallend auf; es war grauenhaft anzuhören.

»Halt 's Maul!«, brüllte der Fährmann.

Wind und Wetter erzwangen einen Umweg; es war fast dunkel, als sie das andere Ufer erreichten. Die Zigeunerin murmelte etwas, das wohl ein Dank sein sollte. Niels verstand kein Wort, und plötzlich war sie verschwunden. Doch die Frau mit ihrem Idiotenkind und die ganze stürmische Überfahrt bei diesem Wetter hatten bei ihm einen bleibenden Eindruck hinterlassen. Der Regen strömte herab, aber sie hatten ja nur noch eine kurze Strecke vor sich. Doch es war, als wateten sie durch einen Sumpf; Niels war froh, dass er die Stiefel seines Pflegevaters angezogen hatte. Trotzdem wurde er nass bis auf die Haut.

»Kein Problem«, versicherte Herr Skjødt. Als sie das Vorwerk erreicht hatten, musste sich Niels ausziehen und bekam Sachen von Herrn Skjødt, die allerdings viel zu groß waren. Seine eigenen Kleider wurden zum Trocknen ans Feuer gehängt; er musste sie ja am nächsten Morgen auf der Jagd tragen. Sie würden sicher trocken werden, im Gegensatz zu den Stiefeln, die vorsichtshalber auf die heiße Eisenplatte ganz nah vor den Kamin gestellt wurden. Aber die beiden Durchnässten kümmerten sich auch um sich selbst. Es gab gekochten und gebratenen Aal, dazu Sauerkraut und Arrakpunsch. Niels bekam ein richtig großes Glas; man brauche schließlich Kräfte für den morgigen Tag und ein Jäger müsse wohl ein Glas vertragen, meinte Herr Skjødt.

Der anstrengende Marsch und der kräftige Punsch machten Niels bald schläfrig, er ging zu Bett und schlief sofort ein. War es nun die Phantasie oder der starke Arrak, das Sauerkraut oder der fette Aal oder vielleicht alles zusammen: Der Schlaf gebar einen schrecklichen Traum. Das Idiotenkind saß auf seinem Schoß und starrte ihn mit seinen Feueraugen an. Es schien ihm, als würde er davon überwältigt; er fühlte sich wie gelähmt. Und der »Gründling« wurde immer schwerer; seine Krüppelarme verwandelten sich in Fledermausflügel und das Wesen flog auf und klammerte sich immer fester an ihn. Die Flügel waren schleimig und weich und doch so stark; er vermochte es nicht, sich von dem Untier zu befreien, denn um ein solches handelte es sich. Es lachte laut und entsetzlich, Niels hielt es nicht länger aus. Er schlug um sich; ganz deutlich spürte er den festen Griff der Klauen, so dass er davon aufwachte. Herr Skjødt stand an seinem Bett.

»Du musst aufstehen«, sagte er. »Du hast volle sieben Stunden geschlafen, seit gestern Abend halb neun liegst du in der Koje. Jetzt gehen wir auf die Jagd!«

Niels schien es, als hätte er nur eine Viertelstunde, fünfzehn angstvolle Minuten, im Bett verbracht. Froh, den qualvollen Traum los zu sein, sprang er schnell auf den kalten Boden und schlüpfte in seine noch klammen Sachen. Es war schwer, die Stiefel anzuziehen, denn die Schäfte waren in der Hitze geschrumpft; sie mussten mit Kerzenwachs behandelt werden. Dann ging es endlich los. Enten wurden geschossen, prächtige Wildenten; die Hunde holten sie aus dem Schilf. Doch von seinem ersten Jagdausflug blieben Niels vor allem die Begegnung mit dem Idiotenkind und der darauf folgende Traum im Gedächtnis. »Das hat etwas zu bedeuten!«, meinte Frau Mollerup dazu. Wir werden sehen, ob es etwas zu bedeuten hat.

Die Jagdlust war nicht gestillt; im Gegenteil, sie wuchs noch. Die Freuden der Jagd wurden mit der Zeit starke Erinnerungsbande, die sich an die Heimat, an die Kinderjahre auf der Heide knüpften. Mit Leib und Seele war Niels dabei, wenn die Jagdstunde schlug. Aber genauso begeistert kehrte er danach zu seinen Büchern zurück. In allem, was er unternahm, zeigten sich Willen und Ausdauer. Die heftigen Ausbrüche, von denen wir einen miterlebt haben, als er die Katze gegen den Kachelofen schmetterte, traten nur noch selten auf. Würde der nächste dafür umso schlimmer werden?

Niels hatte das Glück, dass seine neue Heimat besonders wohltuend auf sein Naturell wirkte. Über dem Pfarrhof ruhte ein Geist des Friedens, und der christliche Sinn, der wie ein Sonnenschein die Herzen durchdrang, machte die Menschen gut und besser. Sein kindliches Gemüt hatte eine Empfänglichkeit wie die Bononischen Steine, die das

Sonnenlicht einsaugen und leuchten, wenn man sie an eine dunkle Stelle legt. Daran dachte und glaubte Bodil, die ihm die liebevollste und verständnisvollste Schwester war. »Durch das ganze Leben wird dieses Licht des Friedens und der Liebe, das er hier als Kind aufnimmt, leuchten und ihm Kraft geben.« Das alte Ehepaar Mollerup freute sich über Niels' bemerkenswerte geistige Entwicklung, seine Bibelkenntnis und seinen Eifer bei der Verkündigung des Wortes. Der Junge sprach mit Leidenschaft davon, Missionar zu werden und das Reich Christi auf Erden zu verbreiten.

Der Konfirmationstag, der um Michaelis lag, wie auch der Festtag des ersten Abendmahls waren in Wahrheit Tage des Bundes mit Gott, dem persönlichen Gott, zu dessen rechter Hand der Sohn sitzt und bei dem der heilige Geist wohnt, drei und doch einer und derselbe.

»Der Hochmut des Menschen führt in die Irre«, sagte der alte Pfarrer. »Gott lässt eine Zeit lang auch das Böse gewinnen, aber das reine Licht des Glaubens ist wie die Sonne, es bricht nach den finsteren Tagen zuletzt siegreich hervor und vertreibt die dunklen Wolken.«

Als Niels noch auf dem Runden Turm gelebt hatte, waren die Bibel und *Tausendundeine Nacht* gleichermaßen Bücher der Wahrheit für ihn gewesen. Jetzt war das Märchenbuch in das richtige Regal gestellt worden, und die Bibel erhielt den Rang eines heiligen Buches des Glaubens. Sie stand da wie ein mächtiger Baum, der immer fester in seinem Herzen wurzelte und in dessen Krone die Stimme Gottes brauste. Ja, die Bibel war das Buch der Bücher! Ihre Worte waren im Pfarrhaus lebendig in Gedanken und Rede eingegangen; die geistige Welt drängte sich in die körperliche hinein. Auch der Aberglauben hatte sich Einlass verschafft, der leibhaftige Teufel und seine Macht waren schreckliche Gestalten, aber was vermochten sie gegen die wahrhaft christlich Frommen? Ihnen war Gott wie Schild und Waffe. Er, der Augen hat zu sehen und Ohren zu hören, an ihn kann man sich halten, an den Milden und doch Strengen, Gerechten, der den verhärteten Sünder in das ewige Feuer schickt!

So sah und verstand auch Niels den Gott, in dessen Namen er durch die Lehre des Sohnes wirken sollte.

Das stille, einförmige Leben auf der Heide vom ersten Advent bis zum siebenundzwanzigsten Sonntag nach Trinitatis wurde eine reiche, unendliche Zeit. Und doch stellte man an jedem Neujahrsabend fest, dass das Jahr wieder einmal so schnell vergangen sei.

Ein Jahr folgte dem anderen; es war nun schon das sechste, seit Niels nach Jütland gekommen war. Sonderbar, wie doch die Zeit vergehe, meinte Frau Mollerup. Noch sonderbarer, dass sie erst etwas über fünf Jahre zusammen seien, ergänzte Bodil. Niels hatte denselben Eindruck; wie ein Traum, ein ganz anderes Leben, erschienen ihm die Kindheitsjahre in Kopenhagen. Dorthin sollte er nun zurück, um Student zu werden.

Die Zeit war gekommen; mitten im September würde er sich auf die Reise in die Hauptstadt machen, die er sechs Jahre nicht gesehen hatte – sechs lange, lehrreiche Jahre, in denen er herangewachsen war.

Er würde, wie seine Pflegemutter sagte, jetzt die friedliche Heimat verlassen und wieder hinaus auf die wilde See und in die Welt der Sünde ziehen! Damals sei er ein unschuldiges Kind gewesen, aber nun käme er als ein erwachsener Mensch, als ein »Kind der Schwäche«, und der Teufel selbst liefe dort wie ein brüllender Löwe umher. Und doch war es das Ziel seiner Sehnsucht, dem er nun nach Jahren endlich entgegenging! »Student werden« – das klingt nach Größe und Freiheit, nach Jugend und Glück. Doch als die Stunde schlug, als er sich von allem trennen sollte, was ihm lieb war, fühlte er Schmerz. Er wollte sich nichts anmerken lassen, aber selbst der Hofhund Bjäf spürte etwas, denn er umsprang ihn aufgeregt und wedelte mit dem Schwanz. Niels, der einst allein wegen der Köter gern aus Kopenhagen weggelaufen wäre, verabschiedete sich nun unter Tränen von dem Tier. Ja, er hatte sich so verändert, dass er sich sogar einen Hund wünschte, den er mitnehmen könnte. Herrn Skjødts Valdine hatte gerade vier Welpen geworfen; einen davon wünschte sich Niels und dachte nicht daran, dass er Kopenhagens Hundeplage damit noch um ein Exemplar vergrößern würde – und so ein Hund kann Stammvater oder -mutter einer ganzen Rasse werden! Japetus Mollerup war aber so vernünftig, sich dagegen auszusprechen; Niels werde genug mit sich und seinen Büchern zu tun haben.

Frau Mollerup packte ihm neue und gute Sachen aus Wolle und Leinen ein; sie streute Lavendel zwischen die Wäsche, damit sie gut roch. Auch an die kleinen Dinge des Alltags wurde gedacht; an weißen und schwarzen Zwirn, an Näh- und Stopfnadeln, sogar an einen Fingerhut. Denn in der Fremde müsse sich Niels seine Knöpfe selbst annähen können.

Die alte Bibel kam wie auch *Tausendundeine Nacht* mit ins Gepäck, von den gelehrten Büchern ganz zu schweigen, die ihm den Start ermöglichen sollten.

Bodil, ihre Mutter und sogar die Mädchen in der Küche und der Brauerei weinten: »Unser Sohn soll fort nach Kopenhagen!« Der Pfarrer gab ihm wie die anderen einen Kuss und sprach: »Halte dich an dein Vaterunser, darin hast du das Gebet und den Leitfaden für dieses Leben!«

Der Wagen hielt vor der Tür, in Århus würde der Dampfer warten, und bei seiner Ankunft in Kopenhagen wäre auch für Niels gesorgt. Herr Svane hatte ihm Logis bei einer braven Frau, Madam Jensen, besorgt, mitten in der Stadt, in der Svaertegade, unweit der Universität.

»Lebe wohl, du liebe Heimat, du braune Heide!«

Ja, nun ging es nach Kopenhagen.

7. MADAM JENSEN · MUTTER BØRRE · »HIGH LIFE« IM ZWEITEN STOCK

»Am Zollhaus ging ein Matrose an Land«, heißt es in einem Lied. In unserem Fall handelte es sich um einen unerfahrenen, der sich auf große Fahrt in das Gebiet der Wissenschaften begeben wollte. Es war für Niels ein ganz besonderes Gefühl, wieder in die Stadt seiner Kindheit zu kommen, die er ja, mit Ausnahme des Runden Turmes und der Regenz, kaum gekannt hatte. Aber an seinen Paten, Herrn Svane, erinnerte er sich noch gut, und der stand auch am Zollhaus, um ihn zu empfangen. Um Niels Bryde zu begrüßen – denn so müssen wir ihn von jetzt an nennen, so lautete sein Familienname, so stand es in seinen Papieren. Groß und hübsch sei er geworden, bemerkte Herr Svane, hochgeboren sei er schon durch seine Geburt da oben auf dem Turme – und wohlgeboren auch, das könne man sehen. »So witzig sind wir Kopenhagener, daran musst du dich gewöhnen; das wird noch viel schlimmer kommen!«, fügte er hinzu.

Er führte Niels gleich in die Svaertegade zu Madam Jensen, der »gesetzten Witwe«, wie sie sich selbst bezeichnete. Sie sei sechzehn Jahre verheiratet gewesen, nach ihren eigenen Worten »ohne Resultat«. Der Eingang zum »Studentenzimmer« führte zwar durch die Küche, aber so war die Wohnung nun einmal und ansonsten rein und nett und gut ausgestattet.

»Sehen Sie, hier habe ich einen kleinen Vorhang«, sagte sie. »Dahinter können Sie Ihre Kleider hängen, dann stauben sie nicht ein. Und hier ist ein kleines Regal für Ihre Bücher; es ist ein bisschen schief, weil es eigentlich für eine Dachstube angefertigt wurde, wo man keine geraden Wände hat. – Ach, da haben Sie ein Buch für mich«, unterbrach sie ihren Vortrag, als sie einen Band entdeckte, den Niels gerade auf den Tisch gelegt hatte. »Das hat so schöne große Buchstaben! Wissen Sie, ich kann nur groß gedruckte Bücher lesen, weil mein Augenlicht so gelitten hat. Ich habe doch so viel geweint in der ersten Zeit meines Witwenstandes! Diese Erfahrung möge Ihnen erspart bleiben … Natürlich könnte ich mich schnell wieder verändern, an Angeboten fehlt es nicht, aber dann wieder Witwe zu werden, das ist nicht verlockend. Also lässt man es sein, wenn man Charakter hat.«

Alles im Zimmer war nun geordnet. Madam Jensen hatte ein großes Ölgemälde aus ihrer eigenen Stube in das »Studentenzimmer« gehängt; Herr Bryde solle *Die Jungfrau* haben, meinte sie, es handele sich um eine adelige Dame aus hoher Familie, die niemand kenne. Das alte Porträt sah nicht besonders nett aus, sondern eher streng, als wäre es der Jungfrau nicht recht, bei einem Studenten zu hängen. Doch das musste sie, denn da war ein Loch in der Tapete, das sie verdecken sollte.

Und das Examen begann – und endete gut: *Laudabilis* in allen Fächern, ja in Mathematik *prae ceteris* – dabei hatte er sie bei einem alten Pfarrer in Jütland gelernt. Aber Niels Bryde war ein mathematischer Kopf, er kam sowohl mit der Mengenlehre als auch den geometrischen Figuren klar. Es ist wohl eine grundfalsche Redensart, dass sich Phantasie und Verständnis für exakte Wissenschaften nicht vertragen – die das behaupten, haben vermutlich von beidem nicht viel abbekommen.

Unser Student wohnte ziemlich hoch, etwas eng und versteckt in einer der tristesten Straßen der Stadt. Hier war es ganz anders als in dem Pfarrhaus in Jütland, wo der frische Wind über das Heidekraut blies. Aber Kopenhagen hatte auch seine Herrlichkeiten; die neuen Kameraden und das ganze zwanglose Studentenleben gefielen Niels. Und doch hing sein Herz an der Heimat; das leuchtete aus jedem Brief, den er dorthin schickte.

Frau Mollerup war so froh darüber, dass Niels bei Herrn Svane einen Rückhalt hatte, denn der sei eine ältere Person und mit allem vertraut. Er werde gewiss ein wachsames Auge auf seinen Patensohn haben und ihm raten und helfen. Ein Glück auch, dass Niels zu einer so braven Frau wie Madam Jensen gekommen sei. Der ganze Pfarrhof sei stolz darauf, dass »der Sohn«, wie er genannt werde, beste Zensuren erhalten und in einem der schwierigsten Fächer, »im Rechnen«, sogar eine Auszeichnung in lateinischer Sprache errungen habe; nur »der Vater« und Bodil könnten verstehen, was dieses »*prae ceteris*« bedeute.

Mit dem ersten Schiff von Århus wurden gute Nahrungsmittel an Niels Bryde geschickt: Käse und Butter, und an Madam Jensen ein herrlicher Schinken, weil sie so gut zu Niels sei. Und das war sie in der Tat, und außerdem mitteilsam, was Freude und Kummer in ihrem kleinen Hausstand anging. Allein das Dienstmädchen Anne Sophie gab Anlass zu beidem.

»Sie ist nicht tiefsinnig, Herr Student«, beklagte sich die Madam bei Niels Bryde. »Da schicke ich sie neulich zum Gewürzladen, und sie läuft los und bummelt ein bisschen – das hat sie selbst zugegeben –, da stellt sie plötzlich fest, dass der Mond ihr folgt! Sie geht in den Laden, und als sie herauskommt, schaut sie wieder hoch – da steht der Mond still, als hätte er auf sie gewartet. Und auf dem Heimweg folgt er ihr erneut! Das Mädel glaubt tatsächlich, dass sie beim Einkaufen vom Mond begleitet und wieder nach Hause gebracht wird!«

Madam Jensen klärte ihren Studenten über Verhältnisse und Charaktere auf; er sei ja so ein ordentlicher und verständiger Mensch, das habe sie gleich gemerkt. Abends komme er zu bürgerlicher Zeit nach Hause, wenn die Komödie nicht zu lange dauere. Denn die weltliche Lust, die Niels Bryde zuerst mit sich riss, war das Theater. Das sei aber »ein unschuldiges Vergnügen und Bildung noch dazu«, meinte Madam Jensen. Selbst gehe sie nicht dahin; in den ganzen drei Jahren seit dem Dahinscheiden ihres Gatten sei sie nicht dort gewesen. Jetzt denke sie aber daran, wieder einmal hinzugehen. Gerade in diesen Tagen solle »ein Trauerfest« für einen verstorbenen Künstler stattfinden; das erscheine ihr eine passende Gelegenheit. Sie wolle ja ins Theater und es sei ganz angemessen, mit einem Trauerfest zu beginnen.

Und sie ging, kam aber bereits mitten in der Vorstellung wieder zurück. »Das war gar nicht aufmunternd!«, schimpfte sie. »Das war auch ein besonders trauriges Trauerspiel, was da gegeben wurde.« Und sie habe an ihrem eigenen Verlust genug zu tragen. Doch was sie im Besonderen aus dem Theater gejagt habe, sei eine garstige Person gewesen, mit der sie in der Loge zusammengetroffen sei – ein sehr »pressanter« junger Herr (sie meinte: aufdringlich). »Ich weiß nicht, ob Sie da oben in Jütland so etwas kennen«, fuhr sie fort. »In der Apotheke gibt es kleine Kugeln, die stark riechen. Das sind Liebesperlen, die ein Mann einer Frau gibt, und wenn sie die nimmt, dann wird sie von einer Leidenschaft zu ihm ergriffen. Das soll einer Jungfrau wirklich passiert sein; sie nahm nur ein paar dieser Pillen und schon liebte sie ihn! Ich saß da also in meiner Loge in meinem guten schwarzen Kleid, das Sie hier sehen. Ich war gar nicht bei Laune, wegen der Tragödie und meinem eigenen Schicksal. ›Kleine Frau‹, sprach er mich plötzlich an und hielt mir eine Tüte mit weißen Kügelchen hin. Ich nahm eines, ließ es aber fallen. Kurz darauf bot er mir erneut welche an, und wieder ließ ich sie unauffällig verschwinden. Schließlich bat er mich, doch die ganze Tüte zu behalten. Nun konnte ich ja nicht die ganze Zeit dasitzen und Liebesperlen in der Loge verteilen, also bin ich aufgestanden und gegangen. Ich wollte mich doch nicht verführen lassen!«

So kam es, dass Madam Jensen das Ende des Trauerfestes nicht miterlebte, und die Lust, noch einmal hinzugehen, sei, so sagte sie, durch dieses Erlebnis nicht eben gewachsen. Doch verschwunden war sie wiederum auch nicht; es gab Anfechtungen, wenn auch nicht wie bei Niels Bryde ein- oder zweimal in der Woche, sondern nur ein- bis zweimal pro Jahr. Und einen besonderen Anlass brauchte sie obendrein. Das erste Mal ging sie einzig und allein deshalb, weil Speckhökerns Tochter auftreten sollte. »Das ist so ein nettes, süffisantes Mädchen mit einer wunderbaren Stimme. Sie ist am Königlichen Theater, weiß Gott, aber sie singt nicht einfach, sie singt sozusagen im Ganzen, wenn sie alle auf einmal agieren.« (Madam Jensen wollte damit sagen, dass die Tochter des Lebensmittelhändlers im Chor mitsang.) Deshalb besuchte sie ein weiteres Mal das Theater.

Niels Bryde aber ging wegen der Herrlichkeit der Poesie und der Stimmung hin; die Bühne eröffnete ihm eine neue Welt. Hier und über seinen Büchern verlebte er seine glücklichsten Stunden. Er studierte fleißig und besuchte die Kollegien; Physik und Astronomie waren die Vorlesungen, die ihn ganz besonders interessierten. Es war, als ob die unsichtbare Wünschelrute des Gedankens auf diese Fächer zeigte und ihm unermessliche Schätze verspräche. Griechisch und Latein wie auch die Genesis auf Hebräisch wurden trotzdem nicht wie Stiefkinder behandelt. Er lebte vor allem in den Werken des Geistes, den toten auf dem Studiertisch und den lebendigen auf der Bühne. Er litt keinen Mangel; dafür sorgten die guten Pflegeeltern. Und er habe auch keine der vielen Unannehmlichkeiten, die auftreten, wenn man Witwe sei und einen wenn auch kleinen Haushalt allein führen müsse, stellte Madam Jensen fest, und sie hatte Recht! So, nun kennen wir Madam Jensen und können uns zusammen mit Niels Bryde ein wenig außerhalb der Svaertegade umsehen.

Natürlich waren die Regenz und der Runde Turm nicht die letzten Orte, die er besuchte. In der Regenz rührte sich noch dasselbe frische Leben wie früher, aber unter den Studenten dort gab es selbstverständlich keinen mehr aus Niels' Kindheit. Die waren inzwischen als Pfarrer, Ärzte und Juristen im ganzen Land verteilt oder bekleideten andere Ämter, die sich aus ihren Studienrichtungen ergaben. Der Runde Turm dagegen zeigte ihm schon beim Eintreten eine alte Bekannte, die in den sechs Jahren seiner

Abwesenheit kaum gealtert schien; nur ihr Augenlicht war etwas schwächer geworden. Es war Mutter Børre, die noch immer rosarote Zuckerschweinchen anbot – die Frau, die ihr Skelett verkauft hatte. Sie erkannte Niels nicht, schaute ihn kaum an, denn es gingen ja tagein, tagaus Studenten an ihr vorbei, mit denen sie nichts zu tun hatte.

»Erinnern Sie sich nicht an mich?«, fragte Niels. »Früher bin ich jeden Tag hier gewesen, und Sie haben immer mit mir gesprochen.«

Sie musterte ihn von oben bis unten. »Du lieber Gott!«, rief sie dann. »Das ist ja Niels, der Stiefelknecht!«

Diese Bezeichnung klang nicht sehr schmeichelhaft in den Ohren des Studenten, doch er fasste sich und reichte ihr die Hand.

»Lass dich mal anschauen«, sagte sie freundlich. »Wie gut du gekleidet bist! Und Student! Welche Freude für deine Eltern in ihrem Grab!«

Sie nahm die Brille ab und wischte sich die Augen. Ihr gehe es wie immer; sie lebe von der Hand in den Mund und es sei schwer, weil alles so teuer geworden sei. Niels erfuhr, was sie für Butter, Brot und Torf zu zahlen habe – und außerdem, dass sie die besten Äpfel habe, wenn die Zeit reif sei, und auch eine neue Sorte Brustzucker, der sei so gut für die Studenten, die so viel sitzen und sich bücken müssten.

Das Gespräch war recht angenehm, und sie fand, dass Niels gar nicht stolz geworden sei, und sie hatte gewissermaßen Recht, nur bestätigte es sich nicht durch das, was wir später zu berichten haben.

Oben auf dem Turm traf Niels einen Kommilitonen, den jungen Grafen Spuhl. Gemeinsam stiegen sie wieder hinab und unterhielten sich lebhaft. Sie gingen dicht an Mutter Børre vorbei. Diese rief nun, da Niels sie nicht zu bemerken schien, laut und herzlich: »Leb wohl, kleiner Niels!« Diese vertraute Anrede genierte ihn; er wurde rot und grüßte unbeholfen.

»Die kennt Sie, die Alte!«, bemerkte der Graf.

»Ja, von Kind an«, erklärte Niels. »Sie nennt mich immer noch den kleinen Niels, für sie wachse ich wohl nicht.«

Und sie sprachen von anderen Dingen und trennten sich. Niels Bryde aber bereute sein Verhalten; es quälte ihn, dass er aus falscher Scham Mutter Børre hatte verleugnen wollen. Es kam ihm in den Sinn, wie oft er zu Hause in Jütland von Jesus in Gethsemane gelesen hatte. Immer war es ihm undenkbar und böse vorgekommen, dass Petrus vor Angst seinen Herrn und Meister verleugnet hatte. Wie menschlich war das doch in Furcht und Gefahr! Er selbst fühlte sich ja schon unbehaglich, wenn ihn eine arme Frau ansprach, die Zuckerschweinchen verkaufte – nur weil er neben einem jungen Adligen herlief. Als stellte ihn diese Bekanntschaft auf eine geringere Stufe! Er sagte zu sich selbst: Du hast sie schon verleugnet, bevor sie, wie um im Namen des Herrn zu strafen, ihre Stimme erhob und dir »Leb wohl, kleiner Niels!« zurief. Hättest du ihr freundlich zugenickt, du wärst nicht verdientermaßen gedemütigt worden. Dass mich so etwas demütigen kann, dachte er, zeigt doch, dass etwas von einem Lumpen in mir ist. Diesen Lump will ich austreiben!

Und er hatte den Willen dazu. Er begann, mehr auf sich zu achten – aber auch auf andere.

»Jetzt werde ich dich in die Welt einführen«, sagte eines Tages Herr Svane mit einem Gesicht, das vor guter Laune strahlte. »Du wirst mit mir *high life* im zweiten Stock erleben, bei einem meines Schlages, dem Herrn Meibum, einem Hagestolz ohne Rang und Titel. Er hat sich in allen Geistesrichtungen versucht, ist Maler, Schauspieler und Publizist gewesen, hat sich verlobt und hat die Verbindung ›wieder aufgelöst‹ – und von all dem gelebt. Jetzt hat er ein paar hundert Taler geerbt, und deshalb gibt er vernünftigerweise ein großes Fest in einer unserer vornehmsten Restaurationen. Verwandte Seelen wie auch Gutentag- und Lebwohlfreunde, alle sind eingeladen. Ich gehöre ja zu beiden Kategorien und darf deshalb wie beim Kartenspiel mit einem Begleiter erscheinen, besonders mit einem von deinem Kaliber, der mit *Tausendundeiner Nacht* aufgewachsen ist und doch *prae ceteris* in Mathematik geschafft hat.«

Und so kam Niels zu einem Kopenhagener Picknick bei Herrn Meibum.

Eine beleuchtete Treppe war der erste gute Eindruck, den man bei der Ankunft erhielt. Eine Reihe von Räumen, die durch Kerzen in silbernen Leuchtern erhellt wurden, stimmte die Gäste festlich. An der ersten Tür stand Herr Meibum höchstpersönlich, als Dame gekleidet, mit Turban und Schönheitspflaster – er sei die Gastgeberin, sagte er mit affektiert hoher Stimme, und im selben Tonfall verkündete er laut Namen und Titel eines jeden Eintretenden. Besonders akzentuiert begrüßte er einen Hauptmann der Bürgerwehr und einige Sekretärinnen; der vornehmste der Männer war Schreiber im Büro eines Lohnkutschers. Es kam auch die Frau eines Juweliers; sie hatte sämtliche Broschen aus dem Laden ihres Mannes an ihren Hut geheftet; ein Dutzend Goldketten baumelten an ihrem Busen. Dagegen sahen ihre oft gewaschenen Glacéhandschuhe etwas schmuddelig aus.

Im Saal hatte man eine Bühne aufgebaut; dort sollten zwei Stücke gespielt werden, die noch nie zuvor gezeigt worden waren. Das eine stammte von Herrn Meibum selbst und hieß *Die Jungfrau ist heimtückisch oder Kleine Töpfe haben auch Ohren*, das andere war anonym (das heißt: auch von Herrn Meibum) verfasst worden und hatte den Titel *In Moll oder Comala schläft.*

Für die Herren war Punsch, für die Damen Limonade serviert worden. Die Butterbrote waren etwas zäh und hart; Herr Meibum entschuldigte sich dafür: Er habe alles selbst geschnitten und belegt; drei volle Tage habe er damit verbracht; es sei gar nicht so leicht, Gastgeberin zu sein. Zwei Violinen und eine Flöte bildeten das Orchester; die Flöte wurde von »einem wirklichen Fräulein« geblasen, das war das Interessante. Aber Niels achtete kaum auf die Musik; er hatte die Bekanntschaft eines jungen Malers gemacht, der damit die passende Gelegenheit fand, sich über die Kunst und sich selbst auszulassen. Es wurde melodramatisch; auch wir müssen zuhören.

»Die Natur«, erklärte der Maler, »ist immer eine gute Studie und allzeit korrekt, aber mehr auch nicht. Das Genie muss die Natur revidieren. Das haben auch die größeren Meister getan. Betrachten wir die Bildhauerei; da haben wir Thorvaldsen, gut für seine Zeit, sehr gut! Praxiteles, gut für seine Zeit! Die jüngere Generation, wir, die wir auf den Schultern der Älteren kommen – Sie werden einräumen, dass der, der auf den Schultern steht, höher ist als der, der ihn trägt –, unsere, die kommenden Genies«, hier sagte er nicht: wir!, »sind höher als jene! Unsere Genies übersehen die Missgriffe jener, sie übersehen sie mit Achtung! Ich bin nun kein Bildhauer, das ist für mich zu kalt und zu begrenzt; eine Figur, ja selbst eine Gruppe ist nur Stückwerk. Die Welt offenbart sich in Farben, die müssen dazu! Nun kommt das Genie, und auf einer Fläche erzeugt es Länge und Tiefe! Die Welt an sich, die Geschichte, die Poesie, die Allegorie, alles wird lebendig. Der Marmor verharrt in einer Pose – das Gemälde bewegt sich. Das Dichterwerk muss viele, viele Stunden gelesen werden, bevor einem klar wird, was es will; das Gemälde dagegen – bah, da steht es! So sieht es aus! Diesen Weg gehe ich.«

Dann öffnete sich der Vorhang für *Die Jungfrau ist heimtückisch.* Leider war sie auch langweilig, obwohl Herr Meibum selbst mitspielte. Und der war schließlich in seinen jungen Jahren am königlichen Theater gewesen, wo er als Hinterbeine eines Löwen in der *Zauberflöte* Bühnenerfahrung gesammelt hatte. Später war er an vielen Provinzbühnen der Hamlet gewesen und hatte dadurch geglänzt, dass er an der richtigen Stelle das Maul hielt, worin, wie er sagte, die Zaubermacht der Schauspielkunst bestehe. Alle Schauspieler wurden indessen nach der Vorstellung durch den Applaus vor den Vorhang geholt; Herr Meibum sogar drei Mal. Beim letzten Mal hielt er eine spontane Rede, die er am Tag zuvor niedergeschrieben hatte – über den aufgeklärten Geschmack des Publikums und seine eigene Unbedeutendheit. Beides war gelogen, aber so funktioniert das Ganze nun mal. Niels teilte seine Aufmerksamkeit zwischen Vorstellung und Publikum. Zur Rechten hatte er Herrn Svane, zur Linken dagegen einen Studenten, einen jener Einzelnen, vor deren philosophischem Weltblick die Menschheit nur aus Lumpen besteht. Oehlenschläger lässt in einer seiner Tragödien einen Riesen auftreten, der so stolz ist, dass er niemals lächelt. Im geschriebenen Wort wirkt das erhaben; auf der Bühne lacht man jedoch darüber. Hier war etwas von demselben Riesen-Bewusstsein, aber Niels Bryde lachte nicht. Mit halber Bewunderung beobachtete er den Mann, der von Herrn Svane Solon-Diogenes genannt wurde und im schlechtesten Teil der Aufführung rief: »Gut, sehr gut, besser als das Beste!« Und dann lachte er, und auch dieses Lachen war unendlich tief. Hinter ihm saß ein junger Kontorist, der viel und stets in Gegensätzen redete; sein Humor bestand darin, pathetische oder erhabene Ausdrücke für ganz Alltägliches zu benutzen.

Zwischen den beiden Stücken reichte man Eis und Gelee; allerdings war so wenig auf den Tellern, dass es aussah, als wären es die Überreste einer fast verspeisten Portion, die weitergereicht wurden.

Der Abend endete mit dem Sprichwörterspiel und dem »Fragestuhl«, also geistreich und mit Küssen. Der glückliche Niels wurde von dem Fräulein mit der Flöte zum »polnischen Bettelgang« auserwählt, so dass er einen Kuss von jeder Dame empfing und ihn erwidern musste. Das war *high life* im zweiten Stock, großes Picknick.

8. DIE FAMILIE ARONS · SOLON-DIOGENES · DIE AUSLANDSREISE

Niels Bryde war durch Kameraden in einige Familien der Handels- und Beamtenklasse eingeführt worden. In einer von diesen, ob nun durch Zufall, Sympathie oder »weil es so sein sollte«, fühlte er sich besonders wohl und machte die häufigsten Besuche – das war die Familie des Großhändlers Arons. Der Sohn Julius war ein Kommilitone von »Herrn Bryde«; sie fanden Gefallen aneinander, obwohl sie ganz unterschiedlich begabt und ausgestattet waren. Julius Arons war sehr attraktiv, angenehm im Umgang und stets gut gekleidet. Leider mangelte es ihm an Studieneifer, deshalb war er vor dem zweiten Examen zurückgeschreckt. Er glich äußerlich sehr der jüngsten seiner drei Schwestern, die Esther hieß und etwas über vierzehn Jahre alt war. Sonst waren sie alle sehr verschieden. Esther konnte, wie die anderen sagten, ganz in einem Buch verschwinden; dann hörte man kein Wort von ihr und merkte nicht einmal, dass sie im Zimmer war. Bei der ältesten, Rebekka, wusste man es dagegen immer; sie stellte ihr Licht nicht unter den Scheffel und ging, wir können es nicht leugnen, auf etwas zu hohen ästhetischen Stelzen. Ihrem Beispiel folgte ihre Schwester Amalia, die nur ein Jahr jünger war. Rebekka betrachtete sich als den klugen Kopf der Familie, führte deshalb das Wort und ließ der Zunge freien Lauf – und die ist ja der Klöppel in der Glocke.

Man machte Niels Bryde das Angebot, gegen ein angemessenes Honorar die Vorlesungen mit Bruder Julius durchzugehen. Die Arons führten, was man ein gutes Haus nannte; und dieses stand Niels offen. Durch Steen Blichers Novellen kannten die beiden älteren Schwestern Jütland und schwärmten für die jütländischen Heiden und die Zigeuner. Herr Bryde kannte das alles aus eigenem Erleben und war daher ein sehr interessanter Gesprächspartner. Die Zigeunerin mit dem Idiotenkind und die Fata

Morgana waren Erscheinungen, die ganz außerhalb des Kopenhagener Horizonts lagen – und so poetisch! Amalia fand aber auch, dass es schrecklich sein müsse, da oben zu leben, wo es keine Komödie und kaum einen ordentlichen Ball im Jahr gab. Sie schwärmte für einen Schauspieler vom königlichen Theater; sein Porträt hing über ihrem Bett.

Niels gab nun also Julius Arons Nachhilfe; dieser Unterricht verschaffte ihm ein Taschengeld, das er fürs Theater oder für Bücher ausgab. So kaufte er sich, eigentlich wegen des Namens, Goethes Schriften, die er jedoch nur teilweise las. Die Gedichte und der *Werther* gefielen ihm, aber der Rest erschien ihm breit und phantasielos – das war damals seine Meinung. *Faust* verschlang er, das heißt: den ersten Teil. Was vom zweiten Teil vorhanden war, erschien ihm ohne Zusammenhang. Er verstand Goethe noch nicht, und die jungen Fräulein Arons versicherten, dass sie den Mut hätten zu sagen, Goethe sei gar kein Dichter. »Nun ja, Mignon«, sinnierte Amalia, »das ist wirklich ganz wunderbar.« Und sie deklamierte: *»Kennst du das Land ...«*, und ihre Schwester sekundierte: »Und Schiller erst! Erinnerst du dich an Johannas *Lebt wohl, ihr Berge!*« Wir sollten jedoch die Schwestern nicht nach dem hier Angeführten beurteilen; in vielem waren sie, was man »reizende junge Mädchen« nannte, vernünftig und angenehm.

Von den Bekanntschaften, die Niels auf Herrn Meibums Picknick gemacht hatte, wurden nur zwei fortgesetzt, in dem Sinne, dass man sich auf der Straße oder im Theater grüßte. Die eine betraf den Maler, das Genie auf den Schultern »der Älteren«, die andere den »Solon-Diogenes«, wie er genannt wurde. An einem Wintertag blieben Niels und Solon-Diogenes zufällig nebeneinander an der Uferpromenade stehen und betrachteten dasselbe eingefrorene Schiff. Darüber kam es zu einem Gespräch, und Niels verwendete den Ausdruck »unser Herr dort oben«.

»Sie meinen also, er sitzt da oben!«, sagte der Student mit einem ironischen Unterton. »Sie glauben also an ihn!«

Ein Schauder durchlief unseren jungen Freund. Solche Worte hatte er noch nie gehört! Das war kein Scherz, und selbst als solcher wäre er ja grausamster Spott gewesen. »Sie glauben doch auch an ihn?«, fragte er zurück und sein Herz schlug schneller.

»Darüber bin ich hinaus«, antwortete der Student mit einem Lächeln und sprach danach von gleichgültigen Dingen, bis sie sich trennten. Aber seit langem war Niels von nichts so ergriffen und erfüllt worden wie von diesen hingeworfenen Worten. Er betrachtete diesen Menschen als einen ganz vom Glauben abgefallenen, als einen der Hölle gehörenden. Und doch, wie die Klapperschlange durch ihren Blick eine lockende Macht über ihr Opfer gewinnt, übte dieser Mensch eine unerklärliche Anziehung auf Niels aus. Einen Abend später saßen sie zusammen im Parkett. Der Student erklärte, dass er die neuere Literatur nicht verfolge; er lese keinen Schriftsteller, der nicht wenigstens zweitausend Jahre alt sei. Neulich habe er eine Ausnahme gemacht; das sei Strauß' *Leben Jesu* gewesen. Dieses Buch müsse auch Niels lesen, gerade weil er Pfarrer werden wolle. »Es klärt einen auf«, sagte er.

Ohne mehr von dem Inhalt zu wissen, erhielt Niels Bryde doch eine Vorstellung davon, dass es sich um eine Art Cyprianus, ein unchristliches, teuflisches Werk handeln musste. Dieses Buch wollte ihm der Student leihen.

Schon am folgenden Tag erhielt er es. Er wusste, dass darin vieles verspottet wurde, zu dem der fromme Kinderglaube als zu etwas Heiligem und Unantastbarem aufgeschaut hatte. Es schien ihm, als hätte er mit diesem Buch ein zerbrechliches Glas voll Gift in sein Zimmer geholt, die Schlange selbst, die vom Baum der Erkenntnis zischelte. Er versteckte das Buch; keiner sollte sehen, dass er es hatte. Ihm war, als beginge er eine Sünde wider den Geist, indem er diese Schrift aufschlug. Er las und las mit wachsendem Interesse, und er spürte nichts vom Teufel. Er wurde klüger; seine Gedanken, so schien es ihm, schwangen sich höher hinauf – aber um nichts auf der Welt hätte er denen zu Hause auf der Heide geschrieben, dass er Strauß las.

Als er das Buch zurückgab, hatte er unbewusst das Gefühl, der höheren geistigen Gemeinschaft von Engeln oder Teufeln näher getreten zu sein, zu der er in seiner Unkenntnis auch den Solon-Diogenes rechnete. Wenn dieser ihn mit einer Umarmung empfangen hätte, wie ein Klosterältester einen Novizen, er wäre nicht überrascht gewesen – schließlich hatte er ja den Mut gehabt, jenes »Freidenkerbuch« zu lesen.

»Jetzt habe ich es gelesen!«, verkündete Niels ernst und bedeutungsvoll. Doch der Student nahm ihm das Buch gleichgültig ab und entgegnete: »So, haben Sie.« Man hätte glauben können, es wäre irgendein Kochbuch oder etwas anderes Belangloses gewesen. Und Niels ging mit einem Gefühl, als wäre er selbst bereits ein Abgefallener, der vom Baum der Erkenntnis gekostet hatte, um »Verstand davon zu bekommen«.

Im kommenden Sommer wollte Niels Bryde ein paar Wochen heim nach Jütland reisen. Er freute sich sehr darauf; es schien ihm, als wäre bereits ein halbes Menschenalter vergangen, seit er seine Lieben zuletzt gesehen hatte. All die guten alten Erinnerungen sollten aufgefrischt werden – ob sich wohl auch der Glaube seiner Kindheit wieder einstellen würde? Als Student durfte er dort sogar die Kanzel betreten; welche Freude für seine Pflegemutter und für Bodil! Er schaute nach, welche Evangelien auf die Sonntage fielen, die er zu Hause verbringen würde, wählte einen Vers aus und schrieb seine erste Predigt. Doch als sie auf dem Papier stand, war sie nicht gerade eine frische Quelle, kein Ausdruck der Natur, die sich eigentlich in ihm rührte. Es schien, als ob er, indem er in Gedanken die Kanzel des alten Pfarrers bestieg, auch die Denk- und Ausdrucksweise des Alten übernommen hätte. Eine solche Predigt würde zwar seinem Wohltäter, seinem zweiten Vater, sehr gefallen, doch darüber hatte er nicht nachgedacht. Er wusste selbst nicht, dass er schon ein ganz anderer war als zuvor. Die Freude aber, die Heimat und die Lieben dort wiederzusehen, war groß und aufrichtig. Nicht weniger freuten sich alle Bewohner des Pfarrhofs auf seinen Besuch; sie hatten Niels in den anderthalb Jahren sehr vermisst. Briefe waren ja oft eingetroffen, aber was ist das geschriebene Wort gegen das lebendige, gesprochene, gegen den Genuss, denjenigen vor sich zu haben, mit dem man Gedanken austauscht!

Herr Svane hatte wiederholt daran gedacht, doch einmal Jütland und seinen alten Lehrer zu besuchen. Jetzt boten sich eine Gelegenheit und ein Reisekamerad. Niels und er beschlossen also, in den Sommerferien gemeinsam zu reisen. So war es abgemacht, doch es kam anders. Was bedeuten schon unsere Entschlüsse und Pläne, wenn sie nicht mit der höheren Bestimmung konform gehen! Eine Stunde bei Großhändler Arons veränderte alles.

Der Großvater Arons, ein rechtschaffener, liebenswürdiger alter Mann vom Glauben Israels, mochte Niels Bryde sehr und freute sich über dessen Umgang mit seinem Enkel, der endlich das Examen bestanden hatte. Zur Ermunterung und Belohnung für diesen Erfolg, der doch eher dem Glück als eigener Anstrengung zu verdanken war, regte der Großvater eine kleine Reise nach Hamburg, Dresden und Prag an, die einen Monat dauern sollte. Er meinte, dass Julius doch Herrn Bryde zu dieser Reise einladen solle; sie könnten so nach gemeinsamer Mühe auch gemeinsam Spaß haben. Julius ging gern auf den Vorschlag ein; seine Mutter, eine vernünftige Frau, die nur in Bezug auf ihre Kinder ein wenig blind war, fand ihn ebenfalls vortrefflich. Herr Bryde sei sicher ein sehr moralischer junger Mensch und genau die richtige Begleitung für ihren Julius.

Der Vorschlag überraschte Niels; er wurde ganz verlegen. Das sei ja verlockend, meinte er, aber es wäre auch schön, wieder einmal nach Hause auf die Heide zu kommen; darauf habe er sich schon so lange gefreut. Wie viel hätte er doch zu erzählen! Außerdem sei abgemacht, dass ihn Herr

Svane begleite. Bescheiden und herzlich dankte er für die ihm zugedachte großzügige Einladung; leider könne er sie nicht annehmen. Die Ablehnung ließ Julius eifriger werden; er wollte Niels dabeihaben. Der alte Großvater meinte, Niels solle die Sache doch erst einmal überschlafen.

Herr Svane riet nachdrücklich: »Fahr mit nach Deutschland! Nimm, was dir nicht alle Tage geboten wird. Vielleicht kommst du sonst nie in die Welt hinaus. Ergreife das gute Angebot! Nächstes Jahr ist wieder ein Sommer, und die Alten da oben halten noch bis dahin aus!«

»Weise die nette Einladung nicht ab«, schrieb Japetus Mollerup, und sein Zuspruch war ausschlaggebend. »Wir sehnen uns alle nach dir, mein Sohn, aber es wäre eine schlechte Liebe zu dir, wenn wir die Freude, dich wiederzusehen, nicht auf das nächste Jahr verschieben könnten. Du darfst diese herrliche Reise, die dich zudem keinen Schilling kostet, nicht verpassen. Man hat immer einen Nutzen davon, wenn man fremde Länder und Sitten kennen lernt. Einen Monat kannst du dir ruhig freinehmen von deinen Studien; wenn du zurückkehrst, hast du frischere Kräfte und kannst das Versäumte schnell aufholen. Reise mit Gott!«

Die Reise nach Deutschland war also beschlossen. Die Studenten Arons und Bryde reisten mit dem Dampfschiff ab nach Kiel; die Mutter, die Schwester und ein paar Freundinnen standen auf der Uferpromenade und schwenkten die Taschentücher. Herr Svane schaute von seinem Dachzimmerfenster noch lange der letzten Rauchwolke des Dampfers hinterher. »Jetzt geht es los«, murmelte er und meinte die Seekrankheit, denn es wehte ein starker Wind. »Jetzt geht es los«, sagen auch wir – und denken an neue Lebensströmungen.

Könnten fromme Wünsche zu sichtbaren Begleitern werden, dann hätten die beiden Freunde eine ganze Schar derselben bemerkt, die von einem Pfarrhaus auf der Halbinsel Jütland ausgesandt worden waren. Die Gedanken Bodils und ihrer Mutter begleiteten Niels jeden Tag und sahen in unklaren Bildern all die Herrlichkeiten, die sich vor ihm entfalteten. Einen Augenblick lang dachten sie auch an die Gefahren, die ihm in so weiter Ferne und in der langen Zeit begegnen konnten. Aber von der eigentlichen Gefahr ahnten sie nichts – von den Wogen der Jugend, deren Brandung Niels durchschritt. Hier waren eben nicht der Engel und der junge Tobias unterwegs, deren Geschichte Niels einst gelesen und gedeutet hatte. Damit sei aber nicht das Mindeste gegen Niels und noch weniger gegen Julius Arons gesagt.

Nach dem Brand von Hamburg waren um den neuen und alten Jungfernstieg herum neue, prächtige Häuser emporgewachsen. Unsere jungen Freunde wählten das Hotel *Victoria* und jubelten aus ganzem Herzen, als sie die Aussicht bemerkten. Von ihrem Fenster schauten sie direkt auf das Alsterbassin, wo die leichten Gondeln schaukelten und Schwäne schwammen. Musik klang vom Alsterpavillon herauf, an dem sich Menschenmassen vorbeischoben. Eine herrliche Stadt, so lebendig, so frisch, so neu! Sie waren in der Abenddämmerung angekommen und mussten gleich hinaus ins Gewimmel. Später setzten sie sich ans offene Fenster, rauchten Zigarren und tranken Punsch. Die Gaslaternen bildeten einen Feuerkranz um das blanke, windstille Alsterbassin und spiegelten sich darin. Oben an der Windmühle funkelten in einem kleinen öffentlichen Garten Lampengirlanden und Sonnenräder; Raketen stiegen auf und fielen wie leuchtende Kaskaden herab.

»Das ist wie eine orientalische Nacht«, staunte Niels und Julius erzählte von schönen »Huris«, dabei leuchteten seine schwarzen Augen. Er war ja selbst ein Sohn des Orients und schön, wenn auch noch halb ein Knabe. Aber um Mund und Kinn zeigte sich schon ein feiner dunkler Flaum. Seine Haare und Augenbrauen waren pechschwarz, die Haut fein und gerötet wie bei einem Mädchen.

Hamburg war eine Stadt der Pracht und der Freude; gern wollten sie ein paar Tage bleiben. Julius hatte hier Cousins, Söhne der Schwester seiner Mutter, junge, reiche

Hamburger. Schon am nächsten Tag fuhren sie mit ihnen auf die Höhen von Blankenese und bestaunten die prächtigen Villen sowie ein Fischerdorf, das an jene auf Seeland erinnerte. Mächtige Schiffe zogen auf dem grauen Wasser der Elbe vorüber, und auf der anderen Seite konnte man die Heide in Hannover sehen. »Ein anderes Königreich dicht vor sich«, das macht auf der ersten Reise einen magischen Eindruck.

In den Pagoden Indiens führen die Bajaderen heilige Tänze auf, in Paris schwingen sich Grisetten und Studenten im lustigen Cancan; durch diese verschiedenen Tänze pulsiert dieselbe Stimme des Blutes. Derselbe Pulsschlag wird auch an einem Ort in Hamburg vernommen, und dahin müssen wir unsere jungen Freunde begleiten. »Selbst die Malteserritter kommen dorthin!«, versicherte einer der Cousins, als Niels bei der Bezeichnung »Tanzsalon« stutzte.

»Auf einer Reise soll man das Charakteristische in jeder Stadt sehen«, beruhigte er sich selbst und folgte den anderen.

Es war ein elegantes, großes Lokal. Gaslampen brannten, überall sah man niedliche Balldamen und modisch gekleidete junge wie auch ältere Herren. Doch durch den feinen Flor des Salonlebens schimmerte die Flamme des Bacchanals. Die Cousins bewegten sich ganz ungezwungen, und auch Julius fühlte sich sofort wie zu Hause. Niels dagegen blieb ein stiller Zuschauer. Ihm war nicht anzumerken, was er im Inneren fühlte: Teilnahmslosigkeit gegen das Ganze, Kälte und einen eigentümlichen Stolz. Ein Lächeln spielte um seinen Mund, in seinem Herzen flammten die pharisäischen Worte wie eine Inschrift auf: »Ich danke dir, Gott, dass ich nicht wie diese Menschen bin!«

Doch wer kennt sich selbst, wer kennt die Strömungen in der Tiefe seines Herzens!

Es war spät am Abend, als die Freunde heim ins Hotel wanderten. Julius war wie ein offenes Buch, und auch wenn es nicht gerade das war, was Bodil auf der Heide ein gutes Buch genannt hätte, so zeigte es doch einen fließenden, üppigen Stil und die Musik jugendlicher Vitalität. Die Offenherzigkeit, mit der er alles vortrug, gab dem Erzählten eine schmeichelnde, lockende Macht. Welche Erfahrungen hatte Herr Julius nicht schon gesammelt, und zwar schon im letzten Schuljahr in Kopenhagen!

Arme Pfarrersfrau auf der Heide, du wärst entsetzt über diesen Freund und Begleiter, so jung, so schön und doch »so schrecklich erfahren«! Und dein Niels wandte sich nicht ab, hörte ihm zu und hielt ihm keine Predigt über Sünde und Gottlosigkeit. Was mochte da in seinem Herzen vorgehen?

Niels war innerlich aufgewühlt. Es schien ihm, als hätte er in wenigen Stunden weiter in die Welt und tiefer in sich und andere geblickt als in den vielen Jahren zuvor. Sein Blut kochte; er schlief erst bei Tagesanbruch ein.

Damit wollen wir Hamburg verlassen und erst im Harz wieder Luft holen. Dort, zwischen Tannen und Birken, wo die Ilse über Steinblöcke herabstürzt, folgen wir unseren Reisenden hoch hinauf, dahin, wo einst die Priester der Druiden vor dem heiligen Feuer sangen und die vermummten Heiden tanzten und sprangen – ein Anblick des Schreckens, ein Hexensabbat für den gläubigen Christen. Auf dem Brocken sahen sie bei schönem Wetter die Sonne aufgehen, ein flammendes Feuer im Osten, Gott selbst, wie die Weisen der Menschengeschlechter noch glauben. Die ganze Gegend unter ihnen war wie ein Wolkenmeer. Als die Sonne höher stieg, war es, als tauchten die Kontinente aus dem Ozean auf. Zuerst erschien ein Berggipfel, dann dunkle Wälder, schließlich Wiesen und Felder, bis alles duftend und frisch, als wäre es erst an diesem Morgen geboren, vor ihnen lag wie eine sonntäglich-festliche Offenbarung. Diese Morgenstunde hob die Stimmung, wie ein Kirchengesang dem Frommen Kraft gibt. Sie spürten es beide; sie sprachen es aus. Aber der Stil war nicht so fließend wie in dem Kapitel aus Hamburg. Diese Episode war auch kürzer und endete – mit einem guten Appetit.

Beide kamen gut miteinander aus. Es war so unendlich viel Gutes in Julius; das sah und spürte Niels. Ja, er wurde gleichsam durchdrungen von der Barmherzigkeit seines Freundes, dem Armen auch sein letztes Stück zu geben. Julius war hilfsbereit und stets geneigt, jeden zu verteidigen, dem Unrecht geschah. Er war, was man »einen guten Menschen« nennt, ritterlich und offenherzig. Wir müssen aber auch gestehen – falls Frau Mollerup uns fragt –, dass er für Niels ein gefährlicher Freund war. Denn der Verkünder des Wortes sollte auch dessen Beispiel sein! (Keine Angst, alte Pfarrersfrau, deine Gebete und Gedanken begleiten ihn wie unsichtbare gute Engel, die Zeugnis ablegen können.)

Die drei Madonnen in der Bildergalerie zu Dresden, von Raffael, Holbein und Murillo gemalt, wurden zum Streitpunkt zwischen den Freunden. Niels erklärte die jungfräuliche, auf der Wolke schwebende Gottesmutter, wie Raffael sie dargestellt hat, zur Schönsten von allen. Dazu käme noch der ernste Ausdruck in den Augen des Jesuskindes, in denen die ganze Welt liege, die frommen Gestalten der Heiligen und gar die unvergleichlichen Engelskinder ganz unten – etwas Herrlicheres könne es nicht geben! Holbeins Madonna sei die Himmelskönigin, die aus dem mittelalterlichen, frommen deutschen Hausleben hervortrete; Murillos lediglich eine schöne junge Mutter.

Julius stellte die drei in die umgekehrte Reihenfolge. Raffaels Madonna verschwand für ihn in der Wolke, Holbeins war ihm zu selbstbewusst; sie folgte bestimmt nur ihrer eigenen Meinung. Aber Murillos Madonna sei eine Frau, eine reizende Frau! Und er redete über sie, wie es schon viele getan haben und noch manche es tun werden. Aber Hamburg, der Brocken, die Madonnen, und wir müssen hinzufügen: die Eisenbahnfahrt, die erste in ihrem Leben, waren unvergessliche Glanzpunkte der Reise. Und damit haben wir so ziemlich das Resultat derselben, das heißt einen Einblick in die Seele und Psyche der beiden. Würden wir dagegen Niels Brydes Tagebuch abdrucken beziehungsweise das, was Julius als seine »Erlebnisse« bezeichnete, dann hätten wir die ganze Sächsische Schweiz, Prag und Berlin zu berücksichtigen. Doch würden immer nur dieselben Saiten, dieselben Akkorde erklingen, die wir in Hamburg, auf dem Brocken und in Dresden angesichts der drei Madonnen vernahmen.

Wir sind wieder mit den Freunden in Kopenhagen. Die gute Pfarrersfrau hat ihren Niels wieder im Lande; die Gefahren und Ereignisse der großen weiten Welt haben ihm nicht geschadet. Er wohnt wieder in der Svaertegade bei Madam Jensen. Sie müsse ihn am ersten Tag selbst bedienen, sagte sie, denn Anne Sophie, das Dienstmädchen, liege seit diesem Morgen zu Bett – es sei Liebeskummer, der sich in Rückenschmerzen äußere. Sie sei mit dem Burschen im Parterre verlobt, der zu Ostern Geselle werden solle. (Die Moral war: Man kann auch in der Svaertegade Anfechtungen haben.)

Sehr oft besuchte Niels Bryde das Haus des Großhändlers Arons. »Ist es Rebekka oder Amalia?«, wollte Herr Svane wissen. »Du musst es mir endlich sagen, wenn du es weißt, sonst frage ich dich jeden Tag!« Auch mancher Kamerad erkundigte sich, ob es die Älteste oder die Mittlere sei. »Wir werden bald Neues erfahren«, sagte Madam Jensen. »Das sollen hübsche Mädchen sein; man kann sie ja taufen. Und an Geld wird es nicht mangeln!« Aber man kannte Niels Bryde nicht; er hatte keine Anfechtungen. Die Wissenschaften, besonders die Physik und die Astronomie, interessierten ihn mehr als irgendeines der jungen Mädchen. Er besuchte fleißig die theologischen Vorlesungen, die ihn zu dem Ziel führen sollten, auf das die guten Pflegeeltern hofften. Aber in seiner geistigen Haltung war ein Umschwung geschehen; das freie Denken und die ungezwungene Ausdrucksweise der neuen Zeit verdrängten allmählich die Vorstellungen und Auffassungen, mit denen er zu Hause auf der Heide aufgewachsen war. Er konnte mit Worten umgehen; deshalb war er auch kein stiller Zuhörer im Studentenverein, wenn er mit qualmender Zigarre auf dem Sofa saß und verschiedene Themen des Geistes und des Staates diskutiert wurden. Einen Hund hatte er sich ebenfalls angeschafft. Im Haus des Großhändlers waren ein Paar schmucke Welpen zur Welt gekommen; Julius nahm den einen, Niels den anderen.

»Noch quiekst du, kleines Hündchen«, sagte Esther und streichelte das niedliche Tier. »Aber bald bist du ein großer Hund und machst waff-waff! Ich werde dich Waff nennen.«

»So soll er heißen«, bestätigte Niels. Rebekka dagegen schlug den Namen Sappho vor, nach der griechischen Dichterin. Aber Waff war nun mal ein Herr und keine Dame, deshalb durfte er seinen Namen behalten. Wir werden noch von ihm hören.

Fast jede Nacht, bis in die Morgenstunden, saß Niels Bryde über seinen Büchern. Das war notwendig, um etwas zu erreichen; er war gewissenhaft, aber es gab so viele weltliche Ablenkungen. Außer den Kameraden und dem Gesellschaftsleben waren es Konzerte und das Theater. Das Geld, das er durch Nachhilfeunterricht verdiente, reichte nicht, um an allem teilzunehmen, deshalb gab er noch einige Stunden mehr und verschob seine eigenen Studien in die Nacht.

»Es ist sehr vernünftig, verrückt zu sein«, meinte Herr Svane. »Du verwendest die Nacht zum Studieren, ich, um mich herumzutreiben, deshalb bin ich noch immer eine Art Vagabund. Es war einmal meine Leidenschaft, nachts durch die Straßen Kopenhagens zu wandern.«

»Und welches Vergnügen hatten Sie daran?«, fragte Niels.

»Oh, sich zwischen Mitternacht und dem Morgengrauen auf der Straße aufzuhalten, hat eine ganz eigentümliche Wirkung auf die Phantasie, und die war mein Fahrzeug in jenen Zeiten. Jetzt liege ich lieber in meinem Bett, aber damals, da spürte ich, wie die Straßen lebten. Die Stormgade klang nach Trommelwirbel und Kampfrufen; die Luft roch nach Schießpulver und so weiter. Und welche Wehmut mich in der Hyskenstraede ergriff, der Straße der kleinen Häuschen, wo im Mittelalter die deutschen Krämergesellen wohnten und mit Gewürzen handelten! Sie heirateten nie und lebten in Armut – »Pfefferkrämer« nannte man diese hanseatischen Hagestolze, und diese spöttische Bezeichnung wurde zum Synonym für Einsamkeit. Oft überlegte ich, ob nicht Gott Amor selbst in dieser Straße wohnte. Amor blieb ja, soweit ich weiß, Hagestolz, denn die Geschichte mit Psyche war nur ein Verhältnis, ohne Priester! Ja, an Amor dachte ich in der Hyskenstraede!«

In dem Gesagten war mehr Ernst, als Niels glaubte. Die Hyskenstraede hatte Herrn Svane wirklich einmal wehmütig und hoffnungsvoll zugleich gestimmt. Das war sein Geheimnis – wer hat keins? Niels Bryde hatte im Augenblick auch eins; er las Feuerbachs *Über Philosophie und Christentum.*

Im kommenden Sommer, es war sein drittes Jahr in Kopenhagen, wollte er endlich die lieben Pflegeeltern und Bodil besuchen. Das gesunde, ruhige Leben und die freie Natur würden ihm gut tun. Auch die Büchse käme zu ihrem Recht; die ganze Romantik des Jagdlebens stand ihm schon lebhaft vor Augen. Herr Svane wollte mit, wie im Jahr zuvor vereinbart, doch als der Tag der Abreise kam, war er wieder einmal schwermütig und zog es vor, in seiner Höhle zu bleiben, wie er es ausdrückte.

»Das akzeptiere ich nicht«, sagte Niels. »Die Reise nach Jütland und all das Neue wird Ihre Laune schon verbessern. Sie sind doch sonst so empfänglich für den Sonnenschein des Humors!«

»Und doch wird er nie zu einer Realität«, erwiderte Herr Svane. »Meine Wohnung liegt nun mal nicht nach dieser Seite. Mir geht es wie den Häusern in der Mitte einer engen Gasse; ich kenne die Sonne nur als Reflex von den

Fensterscheiben des gegenüberliegenden Hauses. Was da so hell herüberstrahlt, ist wie ein gemalter Sonnenschein ohne Wärme. Das ist mein Los, und es ist wirklich lachhaft, wie oft ich mir einbilden kann, ich lebte auf der Sonnenseite!«

Niels Bryde erkannte bald, dass hier nichts zu machen war. Er musste also allein reisen – doch nein, Waff kam ja mit. Und der Hund konnte nicht wissen, was ihm drohte, welchen Herrn er hatte.

Das Wetter war herrlich. Das Meer lag ruhig da; nicht gerade wie ein blaues Band, aber doch ohne Wellenschlag. Ein schwacher, frischer Wind und Strömungen erzeugten eine leichte Bewegung an der Wasseroberfläche. Ein paar Damen und ein einzelner Herr saßen auf Deck. Sie spürten das Zittern und die Bewegung des Schiffes, beobachteten die »schwere See« und unterhielten sich mit Leidensmienen darüber, dass wohl bald ein Sturm aufziehen würde – und wurden schon vorab seekrank.

Der Maler, das Genie »auf den Schultern«, war auch an Bord; er begann dort so interessant zu reden, wie er bei Herrn Meibum aufgehört hatte. Er definierte Genie: »Was ist das? Gärung! Der Hebebaum für das Ganze! Genie ist das, was die meisten nicht haben, es ist ein Einer, der so viel gilt wie ein Zehner, den man aber nicht leihen kann!« So weit kam er, dann wurde ihm schlecht. Er und Niels Bryde sprachen auf dieser Fahrt nicht mehr miteinander.

In der Nähe der Insel Samsø fiel Waff über Bord. Niels sah es und bat schnell Kapitän und Steuermann, das Schiff anzuhalten. Es sei sein lieber Hund, der ertrinken werde; noch schwamm er nebenher.

»Wir können das Schiff nicht wegen eines Köters stoppen«, antworteten sie.

»Aber wegen eines Menschen!«, schrie Niels Bryde, und ohne Zögern sprang er ins Meer und kraulte zu seinem Hund.

Nun hieß es: »Alle Maschinen stopp!« Triefend nass kamen die beiden wieder an Bord.

9. DER NEUE MONTANUS

Im Pfarrhaus herrschte große Freude, von dem Wohnzimmer der Familie Mollerup bis in die Gesindekammer: »Unser Sohn kommt heim!« Es war der erste Besuch, seit Niels nach Kopenhagen gezogen und Student geworden war.

»Nun ist er beim Packen«, sagte Frau Mollerup. »Jetzt freut er sich schon. Heute Nacht wird er nicht viel Schlaf bekommen. Hoffentlich verschläft er nicht und verpasst das Schiff! Hauptsache, sie wecken ihn rechtzeitig.« Ja, sie hätte ihn am Morgen wecken können, denn sie lag schon zeitig wach und dachte an ihn. Die Uhr schlug sechs; sie rüttelte ihren Mann an der Schulter und weckte ihn: »Wie kannst du noch schlafen, wenn sein Schiff gerade ablegt!«

»Welches Schiff?«, rief der Pfarrer und fuhr auf.

»Na, das Dampfschiff! Jetzt fährt unser Niels von Kopenhagen ab.« Ihre Gedanken waren bei ihm; den ganzen Tag reiste sie mit und war doch in Stube und Küche fleißig am Werken. Bodil freute sich genauso über den Besuch des Bruders, doch sie zeigte es nicht so. Sie hatte Blumen von der Heide in sein Zimmer gestellt; all die lieb gewonnenen kleinen Dinge der Kindheit standen an ihrem alten Platz. Auf den Tisch hatte sie ihre eigene neue Bibel gelegt.

Es wurde Abend, es wurde später Abend. Aber der Weg sei gut und die Pferde kräftig, meinte der Pfarrer, gegen elf könne Niels hier sein. Jetzt rasselte ein Wagen, jetzt bellten die Hunde – jetzt kam Niels Bryde!

Da begann ein Umarmen, ein Fragen, ein Erzählen! Doch es war schon Mitternacht; der alte Pfarrer ging zu Bett und riet den anderen, Gleiches zu tun; Niels brauche den Schlaf.

Der nächste Tag war ein Festtag für alle; ein ruhiges Zusammensein in Freude und Liebe. Niels fühlte sich wie durchstrahlt von der Herzlichkeit, mit der er aufgenommen wurde, von den liebevollen Augen, die ihm entgegenleuchteten. Es war, als läge nur ein langer Traum zwischen damals und heute. Alles hier war unverändert – außer ihm selbst. In Entwicklung, Freiheit und Welterfahrung war er weit fortgeschritten; alles zum Guten, hoffte er.

Bodil war nie in Kopenhagen gewesen; für sie war es die Weltstadt schlechthin gewesen, bis ihr Niels Briefe aus Hamburg, Dresden und Berlin schrieb. Aber am klarsten waren und blieben ihre Vorstellungen von der dänischen Königsstadt. Was wusste er nicht alles über den Studentenverein, das Theater und das Gesellschaftsleben zu erzählen, besonders von dem »lustigen Treiben« im Haus des Großhändlers. Niels' Schilderungen ließen Rebekka und Amalia als wahre Damen von Welt erscheinen, doch Bodil fand vor allem Gefallen an dem »Kind«, der kleinen Leseratte Esther.

Der schnelle Wechsel von Szene und Personen kam Niels ganz seltsam vor. Gerade war er noch mitten in Kopenhagen gewesen; jetzt befand er sich plötzlich weit entfernt auf der jütländischen Heide. Das machte die Dampfkraft, die Macht der neuen Zeit. Dadurch kam das Gespräch auf Dampfschiffe, Eisenbahnen, Elektromagnetismus und die vielen großen Kräfte, die wir heute alle kennen, die sich jedoch damals gerade erst offenbarten.

»Das sind die Wunder der Gegenwart!«, rief Niels.

»So sieht es aus«, konterte der alte Japetus. »Aber sie sind Menschenwerk, gib ihnen keine heiligen Namen!«

»Wie weit werden es die Menschen noch treiben?«, sinnierte Bodil. »Und wohin wird das Ganze führen?«

»Bei den ersten Luftballons wollte man auch wissen, wozu sie dienen sollten. Und Franklin antwortete mit der Frage: Wozu dient ein neugeborenes Kind? In unserer Zeit schreitet das Menschengeschlecht mit Riesenschritten voran. Jedes Jahrtausend hat ein Jahrhundert, in dem man am deutlichsten diesen Ruck vorwärts spürt; in einem solchen Säkulum leben wir!«

So wurde Niels in den stillen Stunden, wenn sie allein auf dem Pfarrhof waren, zu einem wahren Wissenschaftsapostel. Er entrollte für Bodil die Naturschätze von der feinen Spinnwebe bis zum Sternenhimmel und erzählte von dem neuen Projekt, das man verwirklicht habe: die künstliche Zucht von Fischen. Damit hätten die Menschen gleichsam das Gebiet des Schöpfers betreten! Begeistert sprach er von der Bildung der Wolken, von Luftballons und Daguerreotypie. Er zeigte Gott in der Natur, ohne genau diesen Ausdruck zu gebrauchen; er nannte es Gottes Herrlichkeit. Seine Rede war voller Leben; an Worten und Ausdrücken mangelte es ihm nicht. Alles, was man denken kann, lässt sich auch erklären, das wusste Niels. Natürlich nahm er den Mund manchmal zu voll, aber so ist die Jugend.

»Du bist wie ein zweiter Erasmus Montanus nach Hause gekommen!«, bemerkte Japetus Mollerup.

»Ja, aber hier auf der Heide glaubt man nicht, dass die Erde eine Scheibe ist«, erwiderte Niels. »Man ist hier weiter und tut Montanus kein Unrecht. Mir kommt dieses Holberg'sche Lustspiel wie eine Tragödie vor – diese Missachtung, die ihm von seiner Umgebung entgegengebracht wird! Und das Tragischste ist, dass er sich zum Schluss der Unwissenheit beugen und die Wahrheit verleugnen muss, dass er es ausspricht: Die Erde ist flach! Dadurch wird Montanus zu einem Stümper und man verliert das Interesse an ihm. In diesem Bild von der Erbärmlichkeit der Welt fühlt man das Tragische!«

»Was tut man nicht alles, um seine Lisbed zu bekommen«, sagte Japetus Mollerup. »Du hättest sicher dasselbe getan, Niels.«

»Nein«, warf Bodil mit einer Bestimmtheit ein, die den Bruder nicht überraschte.

»Nein«, bestätigte Niels. »Die Wahrheit ist Gott; von ihr lässt man um keinen Preis. Der Wille ist unsere Stärke!«

Und Niels hatte einen Willen.

»Hoffentlich führt die rasche Entwicklung unserer Zeit nicht zu sehr in die rein materielle Welt hinüber«, gab Japetus Mollerup nach kurzem Schweigen zu bedenken. »Alles dient nur dem weltlichen Nutzen, alles geht in Maschinen auf. Es ist eine Unruhe, eine Eile über die Menschen gekommen, wodurch sie sich immer mehr nach außen wenden, anstatt nach innen zur Selbstprüfung.«

»Die Poesie des Lebens wird verwischt«, ergänzte Bodil.

»Im Gegenteil, sie tritt in neuen Gestalten hervor«, erwiderte Niels. »Und wir heißen sie willkommen. Jede Nation versucht auch, sich durch die Poesie geltend zu machen. Hier im Norden besonders durch Oehlenschläger, doch er ist nicht nordisch genug. Grundtvig passt da besser, aber ihm fehlt der schöpferische Geist Oehlenschlägers. Dieser hat indessen seine Gestalten nicht aus dem Marmor der Saga gemeißelt; hätte er es getan, wäre ihm wohl keine Popularität, aber gewiss eine noch größere Bedeutung für eine kommende, kritischere Zeit beschieden gewesen. Seine Tragödien sind nicht nordischer, als der Orientalist Aladin orientalisch finden kann!«

Bodil blickte überrascht und betrübt auf ihren Bruder, der so keck und entschieden über einen Dichter urteilte, zu dem sie und gewiss alle im Land in Liebe und Dankbarkeit bewundernd aufschauten. War das die Sprache der Jugend?

»Unsere Zeit verlangt im Übrigen eine andere Dichtung als die nordische«, fuhr Niels fort. »Die alten Götter sind tot, Heidentum und Heldenzeit sind vergangen. Jene Zeit ist nicht unsere; aus unserer Zeit sollten die heutigen Dichter schöpfen, um sich in Geist und Wahrheit zu offenbaren. Lesen wir die alten Sagas, sie schildern uns das heidnische Zeitalter. Dort treten ihre Charaktere ganz anders hervor als bei unseren Dichtern – die holen nur die alten Rüstungen hervor und stecken unsere Zeitgenossen hinein. Sie sprechen unsere Sprache, mit einem kleinen altertümlichen Beigeschmack. Wir glauben, die alten Götter und Helden zu hören und zu sehen, die alten Zeiten – ›Besser, schöner vielleicht / Ach, aber sie sind es nicht!‹ Die Genialität kann ihnen sicher das Gepräge der Unsterblichkeit aufdrücken, wie es Shakespeare mit seinem *Hamlet* gelang, doch sie sind keine Schöpfungen jener Zeit und Geschichte; sie stehen alle *Hamlet* näher als der Saga. Wenn die Helden und Frauen der heidnischen Zeit sich selbst in unseren Tragödien sehen könnten, sie würden sich nicht besser wiedererkennen als die Herrschaften, die sich durch bewegliche Puppen auf dem Leierkasten repräsentiert sehen.«

In dem Gesagten lag viel Übertreibung und jugendliche Unbedachtheit; dennoch lauschte der alte Japetus Mollerup mit Interesse. Für ihn hatte es allein dadurch Bedeutung, weil Niels es geäußert hatte. Dass er so denken, urteilen und formulieren konnte! Für die meisten Eltern ist die Rede der Kinder wie ein Stück ihrer selbst; sie trägt einen Familienstempel und ist wie ein Urteilsspruch.

Bodil hatte, obwohl sie es nicht aussprach, andere Ansichten über Poesie; durch ihr spontanes Empfinden hatte sie sich ihre eigenen Kenntnisse und Meinungen erworben. Wo dagegen Wissenschaft aus Niels' Rede hervorleuchtete, sah sie zu ihm auf und hörte interessiert zu, bereit, sich neues Wissen anzueignen.

Am Abend war der Himmel klar. Die Sterne traten hervor, einer nach dem anderen; der Horizont schien groß und weit. Bodil stand mit dem Bruder in der offenen Gartentür; der Kosmos mit seinen Welten gab ihnen Gesprächsstoff. Man könnte es Niels Bryde übel nehmen, dass er all seine Weisheit herauskramte, aber man muss einräumen, dass er von den Herrlichkeiten, die er gehört und gelesen hatte, durchdrungen und erfüllt war.

»Welche Unendlichkeit!«, sagte Bodil.

»Größer, als man denken kann«, nahm der Bruder den Gedanken auf. »Stell dir den Flug der Schwalbe vor und denke dann, dass der Wind noch schneller dahinjagt. Und dass der Schall unserer Stimme wiederum zwanzig Mal schneller als der heftigste Sturm vorankommt! Und was ist diese Bewegung gegen die unserer Erde – die dreht sich neunzigtausend Mal hurtiger um die Sonne! Aber noch zehntausend Mal schneller gelangen die Sonnenstrahlen zu uns herab. Eine Kanonenkugel würde bei konstanter Geschwindigkeit fünfundzwanzig Jahre von der Sonne zur Erde benötigen – und ein Sonnenstrahl erreicht uns in Minuten!«

»Woher weiß man das?«, fragte Bodil und faltete unwillkürlich die Hände. »Wer hat die Entfernung messen, die Minuten zählen können?«

»Der menschliche Geist«, antwortete der Bruder. »Die Sonne ist uns viel näher als der Fixstern, den du dort siehst. Ein Strahl von ihm braucht volle sieben Jahre bis zu uns. Der fernste Stern der Milchstraße ist fünfhundert Mal so weit entfernt wie der, der uns am nächsten ist. Und das Licht, das, glaub es mir, in der Sekunde zweiundvierzigtausend Meilen zurücklegt, braucht von dem fernsten Stern, den unser Teleskop entdeckt hat, tausendfünfhundert Jahre, um zu uns zu gelangen.«

Bodil senkte den Kopf und bedeckte die Augen mit der Hand, als stünde sie an einem bodenlosen Abgrund. Die Augen des Bruders dagegen leuchteten, und seine Stimme wurde eindringlicher und klangvoller.

»Jahrtausende vergehen, bis das Licht von dem einen Ende des Sternennebels Milchstraße zum anderen vordringt. Manche Astronomen sind sogar überzeugt, dass es im Weltraum mehrere Milchstraßen gibt, deren Licht mehr als eine Million Jahre zu uns auf dem Weg ist. Vergiss dabei nicht, was ich dir über die Lichtgeschwindigkeit erzählt habe: zweiundvierzigtausend Meilen in der Sekunde!«

»Ich kann es kaum glauben. Die Unendlichkeit ist – wie Gott – unfassbar für mich! Wie groß, wie herrlich – und doch packt mich eine Angst dabei, ich könnte für diesen Gott wie ein Staubkorn verschwinden, für diesen Gott, der im Grenzenlosen lebt und sich bewegt!«

Venus war der einzige Planet, den Bodil kannte und zu finden wusste. Der Bruder sagte ihr, dass die Venus vermutlich auch der einzige Planet sei, den man im Altertum kannte; Homer habe ihn besungen. Er erzählte ihr von der klaren, durchsichtigen Atmosphäre auf der Venus und von den Bergen, die sechsmal höher als Dhaulagiri und Chimborazo, die höchsten der Erde, seien, und malte ihr aus, wie herrlich und lange die Gipfel dort leuchten müssten, bis unsere Erde als Abendstern aufginge, und zwar neun Mal größer als die Venus für uns. »Dorthin, dorthin, singen gewiss die Poeten da oben und nennen unsere Erde ein Land des Lichts!«

Er zeigte ihr den Jupiter, den wir so klein sehen und der doch der größte der Planeten ist, und erzählte, dass dessen Atmosphäre den flüssigen Massen der Erde gleiche und die Wolken aus fester Substanz bestünden. Die vier Jahreszeiten dauerten dort so lange wie drei Erdenjahre, ein Tag dagegen nur zehn Stunden.

Bodil lauschte wie das Kind einem Märchen, voller Glauben und Zuversicht, obwohl sie sich diese Größe, diese Unendlichkeit nicht vorstellen konnte. Wie müssen sich doch die Geschöpfe Gottes auf diesen Planeten von uns unterscheiden – selbst da verschwand jeder Begriff. Sie erfuhr, dass Licht und Wärme auf dem Merkur sieben Mal stärker seien als auf der Erde; dagegen liege auf dem Uranus alles, selbst die Luft, ständig unter unserem Gefrierpunkt. Die hellste Mittagszeit dort sei kaum so hell wie eine sternenklare Nacht bei uns. Dieser Planet kreise vierhundert Millionen Meilen von der Sonne entfernt im Weltraum, umgeben von seinen Monden und einem Ring, den wir leuchtend, die Uranier aber dunkel wahrnehmen.

»Alles genau bedacht, alles genau berechnet«, meinte Niels triumphierend.

»Und lebende Wesen überall«, wiederholte Bodil, und ihr schwindelte bei dem Gedanken: »Ebenbilder Gottes!«

»In jedem Wassertropfen ist Leben«, erklärte der Bruder. »Und auf diesen ungeheuren Himmelskörpern sollte sich kein Leben, keine Spur des Geistes regen? Das ist undenkbar! Aber wie sind sie? Das wissen wir nicht. Doch eines ist klar – dass die Geschöpfe da draußen ganz anders organisiert sein müssen als wir, besonders auf den Kometen. Deren Bahnen führen gelegentlich so nahe an der Sonne vorbei, dass die Hitze auf ihnen ein paar tausend Mal stärker sein muss als in unserem glühenden Eisen. Dann entfernen sie sich wieder so weit von der Sonne, dass ihre Atmosphäre kalt wird wie ein Eisstück. Welche irdischen Geschöpfe würden solche Temperaturwechsel ertragen, ja welche Augen könnten einerseits ein verdoppeltes Sonnenlicht, andererseits eine Finsternis, gegen die unsere Nacht wie eine Dämmerung erscheint, aushalten?«

»Und irgendwann stößt ein solcher Komet mit unserer Erde zusammen!«, rief Bodil. »Und das ist der Tag des Gerichts!« Sie hielt in ihrem Gedankengang inne und fügte hinzu: »Die Bibel verkündet es nicht so ... Wie können die Menschen ... Ich meine, woher wissen sie es dann?«

»Sie wissen es von ihm, der sie schuf, der das Geschaffene ewig erhält und die Gesetze erließ, denen selbst die toten Körper gehorchen. Bis dahin und nicht weiter! Das Gesetz liegt allem zugrunde. Die gedankenschnelle Kugel des Kometen wird von der elastischen Atmosphäre der anderen Himmelskörper abgestoßen. Wir sind über den alten Glauben hinaus, dass es Ungeheuer in der Luft gibt, wie den Walfisch oder die Riesenschlange im Meer, die Pest und Seuchen ausspeien. Die Astronomen haben ihre Bahnen berechnet, haben sie gesehen in ihrem dampfenden Pelz, den sie lösen, wenn sie sich der Sonne nähern, und in einen Schweif verwandeln.«

»Wenn ich ein Mann wäre«, rief Bodil, »ich glaube, ich könnte mich von der Wissenschaft hinreißen lassen. Nichts ist doch so groß, so herrlich wie die Astronomie! Wie glücklich du bist!«, sagte sie zu dem Bruder.

»Das ist ja nicht meine Wissenschaft«, erwiderte er ernst und auch ein wenig traurig.

10. DAS IDIOTENKIND · »BARESKE ALAKO«

Bodil und Niels Bryde spazierten über die Heide auf das Wäldchen zu. Waff, gelbbraun wie eine gut gebackene Brezel und flink wie ein Reh, rannte voraus, zufrieden, dass es ins Freie ging; das sah man an seinen klugen braunen Augen und am Wedeln des Schwanzes, was beim Hund einem frohen Lachen entspricht.

»Ein prächtiger Hund«, stellte Niels Bryde fest. »Und den sollte ich töten und in den schwarzen Topf werfen lassen, wie es im Spiel heißt! Nein, er soll springen und sich noch eine Zeit vergnügen auf dieser schönen Welt.«

»Sein Leben hätte dich deines kosten können. So einfach ins Meer zu springen – du hättest unter das Rad des Dampfers geraten können!«

»Nein, ich sprang ja dahinter hinein. In ruhiger See kann ich mich schon eine Viertelstunde über Wasser halten. Außerdem wusste ich, dass man keinen Menschen ertrinken lässt. Das wäre gegen Recht und Gesetz; also ging ich kein Wagnis ein. In einem solchen Augenblick denkt man nicht lange nach. Man will etwas – und ich wollte Waff!«

»Wie viel Verstand hat doch so ein Tier; manchmal mehr als ein Mensch. Seltsam, dass ein solches Geschöpf nur ein Dasein in diesem Leben hat. Es fühlt Anhänglichkeit und Treue, hat gewisse Tugenden; das ist doch mehr als nur Instinkt!«

»Wer verspricht dir mehr Unsterblichkeit als dem Tier?«, fragte der Bruder mit einem Lächeln.

»Meine unsterbliche Seele, die Religion, die Bibel!«

»Bist du da sicher?«

»Ich habe nie daran gezweifelt. Ich bin überzeugt, dass ich auferstehen werde!«

»Als was? Das ist die Frage! Hier auf Erden geht alles zugrunde und wird in neuen Gestalten wiedergeboren. Aber nicht, wie du es dir denkst, nein, ganz anders! Es ist ein ewiger Kreislauf: Die Chemie beweist uns, dass allen geschaffenen Dingen dieselben Stoffe zugrunde liegen. In ihrer jeweiligen Zusammensetzung weisen sie diese oder jene Kräfte auf und werden so zu einem Stein, einer Pflanze oder einem Tier, die wiederum, wenn sie hier ihre Bestimmung erreicht haben, aufgelöst werden und die Stoffe zurückgeben.«

»Und die Seele kehrt zu Gott zurück, der sie verliehen hat«, sagte Bodil. »Deine ganze Weisheit kann den Glauben nicht umstürzen.«

»Eigentlich ist es ein unendlicher Hochmut von uns Menschen, ewig leben zu wollen – mit unseren Gedanken und unserem Bewusstsein. Was gibt uns das Recht dazu? Unsere Klugheit, unsere Entwicklung? Siehst du den Ameisenhaufen – du selbst hast mich einmal über die Klugheit dieser kleinen Tiere belehrt. Du sagtest damals, der Haufen sei kein planlos durchwühlter Erdhügel. Und die Bienen – haben sie nicht lange vor irgendeinem Mathematiker gewusst, dass das Sechseck die Form ist, die in der Zusammensetzung die geringste Fläche einnimmt, und nach dieser Erkenntnis tausende Waben gebaut?«

Bodil sah ihn ernst an. »Du hast Recht und doch nicht ganz Recht. Das Tier war von der Zeit der Schöpfung an in allen Fähigkeiten ganz entwickelt; in seiner kurzen Lebenszeit erreicht es sein Ziel. Die Menschen dagegen gewinnen durch die Generationen an Klugheit!«

»Und wie hoch, glaubst du, stehen wir über den Ägyptern und Indern?«, fragte der Bruder. »Wir alle haben dieselbe Begrenzung wie das Tier, ganz nach Mischung der Stoffe.«

»Ach du mit deinen Stoffen! Du machst uns ja zu Maschinen! Du sagst Dinge, die du nicht meinst; du willst mir nur zeigen, wie weit du mit deiner Klugheit über mir stehst. Aber im Glauben, hoffe ich, sind wir einander ebenbürtig!«

»Irrtum, da stehst du über mir, sogar hoch über der Wahrheit – ganz oben im Reich des Aberglaubens!« Plötzlich blieb er stehen und schaute sich um.

Waff spitzte die Ohren und hielt den Schwanz still. Kurz darauf rannte er zu einem kleinen Hügel aus Heidekraut und begann zu bellen. Bodil und Niels näherten sich der Stelle, und seltsam: Das von dem Bruder ausgesprochene Wort »Aberglauben« hätte sich, bei anderen als diesen beiden, hier leicht geltend machen können.

In einer Erdmulde lag oder stand ein ganz wunderlicher Zwerg. Er trug ein blaues Hemd und um den Leib ein verschlissenes rotes Tuch. Eine alte rote Zipfelmütze bedeckte den großen, unförmigen Kopf. Kleine schwarze Augen starrten glänzend aus dem braunroten Gesicht, das von dunklen, zottigen Haaren umrahmt wurde. Die Kreatur stieß einen unverständlichen Laut aus.

»Was ist das?«, rief Niels erschrocken.

»Ist das ein Mensch?«, fragte Bodil.

»Ja, ein kleiner Mensch«, antwortete eine Stimme ganz in der Nähe. »Es ist mein kleiner *Knaspert,* mein armer *Veivan.*« Und aus dem Heidekraut erhob sich mühsam eine große, kräftig gebaute Frau. Niels erkannte sie – es war die Zigeunerin mit dem Idiotenkind. Sie habe ihren Kümmerling in das Erdloch gelegt, weil ihr »ein wenig unwohl« sei. Eine Schlange habe ihr in den Fuß gebissen; das ganze Bein sei geschwollen und schmerze so, dass es ihr bis ans Herz gehe. Sie habe nun feuchte Erde umgelegt; die werde bis zum Sonneuntergang das Böse aus dem Bein ziehen. Doch ihr Gesicht zeigte einen kranken Schimmer, und ihre Augen waren stumpf vor Schmerzen. Als sie den Fuß hob, sah man, dass ihr Bein wie aufgeschwemmt war.

»Sie können nicht hier draußen liegen bleiben«, sagte Niels Bryde. »Kommen Sie mit zum Pfarrhof. Das wird nicht leicht in Ihrem Zustand, aber wir werden Ihnen helfen.«

Sie meinte, sie habe so manche Nacht im Heidekraut verbracht, und begann, als sie die Teilnahme bemerkte, mehr in dem Dialekt der Gegend zu reden und Zusätze aus ihrer eigenen Sprache zu vermeiden. Sonst seien ihr ja draußen und drinnen egal, erklärte sie, aber jetzt ziehe sie es vor, unter ein Dach zu kommen, denn der Schüttelfrost fahre ihr durch die Glieder.

»Kann der Zwerg laufen?«, erkundigte sich Niels Bryde.

»Ach«, sagte die Frau, »der ist schlimmer dran als ich! Er ist *muto* in den Füßen; er kann nicht gehen. Ich muss ihm die Beine ersetzen; das ist meine Aufgabe!«

Die Frau konnte sich kaum auf den Beinen halten; der Krüppel noch weniger. Trotzdem bat sie Niels, ihr den *Knaspert* auf den Rücken zu binden; so werde sie ihnen hinterherhumpeln. Auf der Tenne könne sie trocken schlafen, denn es werde nachts Regen geben, das spüre sie in der großen Zehe ihres gesunden Fußes.

Doch sie konnte das Kind nicht tragen, also nahm Niels Bryde es auf den Arm.

»Er ist schwer!«, rief er überrascht.

»In dem steckt etwas drin«, sagte die Frau. »Er ist nur zu klein für einen zehnjährigen Jungen.« Der Körper war wie der eines Vierjährigen entwickelt. Mit schwarzen, glänzenden Augen starrte das Idiotenkind Niels ins Gesicht, und als es spürte, dass niemand ihm wehtun würde, schloss es die Augen, um zu schlafen.

Die Frau schleppte sich mit schmerzverzerrtem Gesicht vorwärts; kurz vor dem Haus sank sie in die Knie und blieb ohnmächtig liegen. Bodil lief voraus, holte Hilfe und brachte Wasser und Essig mit. Die Frau wurde in eine kleine Kammer neben dem Stall getragen, wo man das Zaumzeug aufbewahrte. Man legte sie auf eine alte Decke, wusch und verband ihren Fuß. Als dieser Samariterdienst geleistet war und man eine der Mägde beauftragt hatte, dem Jungen zu helfen, der Grütze und Milch essen sollte, verließen Bruder und Schwester die Kammer.

Musikant-Grethe kam am Tag darauf auf den Pfarrhof, und wie einst die wandernden Troubadoure in der Provence hatte sie ihre Harmonika dabei. Außerdem war ihre Nichte, die »kleine Karen«, mitgekommen, die sich im Haushalt des Amtsrichters bewährt habe, zuerst als Kindermädchen, nun helfe sie in der Küche. Als kleines Mädchen sei Karen ein Wildfang gewesen; nun sei sie von Jahr zu Jahr nachdenklicher geworden – damit war schwermütiger gemeint. Das passe nicht zu ihrem jugendlichen Alter und werde wohl vorübergehen. Um sie ein wenig aufzuheitern, habe man ihr einige Besorgungen aufgetragen und so seien sie beide zum Pfarrhof hinübergegangen. Alle hatten die kleine Karen gern, aber gesprächig oder gar lustig war sie wirklich nicht.

Sie traten bei der kranken Zigeunerin ein. Die kleine Karen fütterte den Jungen, der sich wie ein Vierjähriger benahm. Musikant-Grethe spielte eine Melodie auf ihrer Harmonika, und der Kleine starrte sie immer verwunderter an. Plötzlich lächelte er und stieß ein fröhliches Geheul aus.

»Mein Gründling freut sich!«, staunte die Zigeunerin. »In dem *tjeiko* ist ein schöner Klang, woher hast du ihn?«

»Die Harmonika habe ich schon viele Jahre«, erklärte Musikant-Grethe. »Sie ist ein Erbstück, meine ganze Freude. Mit ihr kann ich mich gesund spielen, wenn ich mal krank zu Bett liege. Vielleicht hilft sie dir auch!« Und sie zauberte ein paar weitere Melodien hervor. Man konnte fast glauben, dass wirklich Heilkraft in dem Instrument lag; die Zigeunerin wurde lebhafter und gesprächiger. Musikant-Grethe hatte wieder einmal viel Freude an ihrem Schatz.

»Sie klingt weit über die Heide und ist wie ein guter Freund, mit dem man sich unterhalten kann. Du sagst ja gar nichts, kleine Karen!«, wandte sie sich an ihre Nichte. »Das Reden hast du dir abgewöhnt, aber das ist gar nicht gut! Jetzt hören wir mal was mit Pfeffer und Salz!« Und sie spielte ein lustiges Lied.

Wenig später humpelte die Zigeunerin in die Küche. Die Schwellung im Fuß war zurückgegangen, das Fieber verschwunden. Die Leute unterhielten sich mit ihr über das elende Wanderleben und den Wechselbalg, den sie mit sich herumschleppe. Der sei wohl ein Troll, den man ihr untergeschoben habe, sagten sie.

»Er hat die Augen seines Vaters!«, rief die Frau in einer ihnen verständlichen Sprache und erklärte, dass sie nun wieder aus dem Land ziehen wolle, um ihren Mann zu treffen. Der sei, wie sie selbst, von echtem Blut und da unten in Böhmen und der Wallachei ein mächtiger Häuptling gewesen. Er habe über viel mehr Leute geherrscht als irgendein Gutsherr in Jütland. Nun aber sitze er in Österreich schuldlos im Gefängnis, während sie mit ihrem kranken *Knaspert* nach Norden gezogen sei, wo sie im Wald bei »Ma Krokone« geboren wurde. Ja, sie sei schon früher hier gewesen; sie kenne die Sprache, wie man hören könne.

Alle lauschten ihr. Das Küchenmädchen wiederholte, sie finde es schrecklich, wie ein wilder Vogel herumzuziehen, ohne Dach über dem Kopf, und Musikant-Grethe spielte ein Lied über »ein Schloss in Österreich«, denn dahin wollte die Zigeunerin ja.

Die kleine Karen musste losgehen, um rechtzeitig nach Hause zu kommen; Musikant-Grethe wollte sie noch ein Stück begleiten. Sie suchte nach ihrer Harmonika; die hatte sie auf das Regal zwischen zwei Töpfe gelegt. Aber nun war sie fort.

»Ich habe sie nicht!«, rief die Zigeunerin. »Ihr könnt alles durchsuchen!« Und zum Entsetzen der Mädchen hob sie ihre Röcke hoch.

»Bestimmt hat jemand die Harmonika irgendwo versteckt, um sie später wegzuschaffen«, meinte Niels Bryde, aber man suchte überall vergebens.

Die kleine Karen fühlte sich schlecht; sie war leichenblass. Die arme Musikant-Grethe hatte jetzt viele Sorgen auf einmal. Karen ging es bald wieder besser, doch die Harmonika blieb verschwunden.

In der Morgenstunde zog die Zigeunerin mit ihrem »Gründling« davon. Sie kam an dem Haus vorbei, in dem

Musikant-Grethe wohnte. Die Ärmste hatte die ganze Nacht nicht geschlafen. Sie hatte wirklich das Liebste und Beste verloren, was sie besaß; für sie war die Harmonika das Leben. Sie stand in der Tür, schaute die Zigeunerin an und fragte mit trauriger Stimme: »Hast du sie genommen? Gib sie mir wieder! Sie ist mein Kind, mein Trost und meine Freude. Ich habe gespielt, um deinen Kleinen froh, um deine Gedanken leicht zu machen. Sei wie ein Christenmensch zu mir, geh nicht fort mit all meinem Reichtum!«

Die Zigeunerin grinste nur. Sie sei wohl eine *puro*, sagte sie, aber sie gebe sich nicht mit *purra* ab. Sie setzte ihr Kind auf den Boden, baute sich in ihrer ganzen Größe auf und schwor erhobenen Hauptes, dass sie im *Snurren* vermodern wolle, wenn an ihrem Körper Diebesgut gefunden würde. Den Jungen wolle sie nicht tragen, während sie den Eid ablege; das sei ihr Prädikantenglaube, sagte sie.

Auf der Heide, eine halbe Meile weiter, setzte sie sich und löste die zusammengebundenen Beine des Idiotenkindes. Dazwischen hatte sie einen Gegenstand eingeschnürt, der in einen Lappen gewickelt war. Sie nahm ihn, schaute sich prüfend nach allen Seiten um, lächelte – und zog die Harmonika hervor. Nicht an ihrem Körper, aber an dem des Kindes hatte sie das gestohlene Instrument verborgen, zwischen den verkrüppelten Beinen, wo niemand suchen würde. Sie versuchte zu spielen – es gab einen scharfen Laut, der sie zu erschrecken schien. Aber bald entlockte sie der Harmonika volle, melodische Töne. Sie lächelte dabei; auch der Junge kniff vergnügt die Augen zusammen. Sie spielte mit ihrem Kind, küsste es liebevoll und versuchte sich erneut an einer Melodie – da schaute sie auf und entdeckte Waff, den Hund, der unmittelbar vor ihr stand. Augenblicklich verbarg sie die Harmonika im Heidekraut und begann zu singen, wobei sie die Töne des Instruments nachzuahmen versuchte. Dabei knickte sie einige Pflanzen, um die Stelle später wieder zu finden. Immer lauter singend, blickte sie sich um, und richtig – sie entdeckte Niels Bryde, der den

Pfarrhof vor ihr verlassen hatte und auf die Jagd gegangen war. Er kam näher, während sie ihren Harmonikagesang fortsetzte.

»Wir spielen Instrument«, erklärte sie, als Niels Bryde vor ihr stehen blieb. »Klang sie nicht so?«

»Ein wenig besser«, sagte er. »Wo haben Sie die Harmonika versteckt? Wo ist das Diebeslager?«

»Ich Ärmste«, antwortete sie, »Sie wollen doch nicht, dass ich mich und den Jungen ausziehe! Sie finden ja doch nichts!« Das war alles, was er von ihrem Wortschwall verstand, der in einer unbekannten Sprache endete. Sie versuchte, Waff zu streicheln, der sich knurrend näherte. Niels gab dem Hund ein Zeichen, mit der Suche zu beginnen. Der senkte den Kopf und schnüffelte umher.

»Sie verdienen eine ordentliche Tracht Prügel, Sie niederträchtiges Weib!«, schimpfte Niels. »Das ist also Ihr Lohn für die Gastfreundschaft. Wissen Sie eigentlich, dass Sie viel mehr gestohlen haben als ein Lamm oder ein paar Gänse? Und Sie haben gestohlen; ich weiß es! Einer armen alten Frau das Liebste und zugleich die einzige Erwerbsquelle zu nehmen! Die Harmonika ist hier; ich habe sie ja gehört! Ihr Gesang war allzu erbärmlich. Ah, sieh da! Der Hund stöbert im Heidekraut – und schon zeigt er uns das Diebesgut!«

Damit war die Harmonika gefunden. Niels stieß die Frau gegen die Schulter und schrie: »Hau ab!« Das war ihre Strafe, und er fügte hinzu: »Und lass dich nie mehr auf dem Pfarrhof sehen, wenn ich da bin, denn sonst wirst du die Reitpeitsche spüren! Mit dem Pfarrer ist auch nicht zu spaßen, und der Amtsrichter wohnt nicht weit!«

Die Zigeunerin grinste und starrte ihn mit ihren dunklen Vogelaugen an. Sie sagte kein Wort, aber dieses Grinsen, dieser Blick reizten Niels Bryde.

»Du lachst noch?«, zischte er. »Hüte dich, ich werde dir zeigen, was es heißt, einer armen Frau das Einzige und Beste zu nehmen …«

»Mir können Sie nichts nehmen, denn ich habe nichts!«, höhnte sie herausfordernd.

Niels begriff ihre Worte – doch da kam ihm ein Gedanke:

»Das Liebste und Beste, was du hast, das Einzige – werde ich dir nehmen!« Und er packte das Kind, nahm es auf den Arm, warf das Gewehr über die Schulter und ging.

»Mein Gründling!«, schrie die Frau, streckte die Hände aus und heulte, sie wolle ihr Kind wiederhaben. Er stieß sie verächtlich zurück. Sie starrte ihn an wie ein gereiztes, gefangenes Raubtier. »*Rakk dero*!«, murmelte sie kaum hörbar. Ihre Blicke trafen sich, und beide verstanden. Sie warf sich auf die Erde; er ging mit raschen Schritten davon. Das Kind legte den schweren Kopf teilnahmslos an seine Schulter.

Hastig war er ein Stück gegangen, da wurde ihm seine Last schwer. Er blieb stehen und schaute zurück. Nur die Heide weit und breit, keine Zigeunerin. War sie geblieben oder weitergezogen? Hatte er sich geirrt in der Annahme, dass sie ihr Kind nicht verlieren wollte und es deshalb bald holen kommen würde? Überließ sie ihm einfach ihren Wechselbalg? Das war ja eine schöne Jagdbeute, die er da nach Hause brachte! Er betrachtete den »Gründling«, der gerade die schwarzen, glänzenden Augen aufschlug und ihn ansah. Da kam ihm sein grässlicher Traum in den Sinn, in dem sich ein Ungeheuer mit Fledermausflügeln an ihn gepresst und ihn überwältigt hatte. Es graute ihn, und das Geschöpf, das er trug, wurde ihm unheimlich. Er wollte es von sich werfen, aber dann fiel ihm ein, dass die Zigeunerin genau darauf wartete, und das hielt ihn zurück. Er wollte sich überwinden, wollte sich nicht von einem Traum beeinflussen lassen. Sie kam bestimmt! Das mütterliche Gefühl würde sie treiben! Schnell lief er weiter und stand bald am Garten des Pfarrhofes.

Bodil trat gerade aus der Pforte und blickte den Bruder erstaunt an. Er schilderte ihr, was vorgefallen war. Erst schüttelte sie den Kopf über seine Unbeherrschtheit, dann lächelte sie und drückte seine Hand. Die Zigeunerin werde kommen und ihr Kind holen, meinte auch Bodil, und fügte hinzu: »Wenn sie nur nicht nachts hier erscheint und Ärger macht! Sie stammt aus einem rachsüchtigen, böswilligen Volk. Wir müssen gut aufpassen!« Den Alten wollten sie erst einmal nichts von der Sache erzählen.

»Du glaubst doch nicht, dass dieses Weib auf die Idee kommen könnte, uns das Haus anzustecken?« Niels hatte plötzlich Bedenken.

»Wir sind in Gottes Hand«, sagte Bodil, doch sie verschwieg, dass sie Angst hatte, als sie ihren Bruder mit dem Idiotenkind in ihr Zimmer führte.

Eine Stunde verging und noch eine; die Zigeunerin kam nicht. Nach dem Mittagstisch vertraute sich Bodil ihrer Mutter an, die ganz entsetzt war, dass Niels ihnen so das Unglück ins Haus gebracht habe. Die Kühe würden nun keine Milch mehr geben und die Pferde an Rotz und Koller krepieren – und erst die Menschen und der Hof, das sei ja schrecklich!

Bodil musste ihre ganze Beredsamkeit und sogar den Trost der Bibel aufbieten – und schließlich die Überzeugung, die sie mit Niels teilte, dass die Zigeunerin ihr Kind niemandem überlassen würde. Frau Mollerup, die nie einen anderen Glauben und eine andere Meinung gehabt hatte als ihr Mann und die Kinder, ließ sich einigermaßen beruhigen und versprach sogar, bis auf weiteres mit niemandem darüber zu reden, nicht einmal mit ihrem Mann.

Niels ärgerte sich, dass sein Temperament mit ihm durchgegangen war, aber das wollte er nicht einmal vor sich selbst zugeben. Aufmerksam beobachtete er den Garten und die Umgebung. Bodil bekam den Auftrag, der Musikant-Grethe die Harmonika zurückzubringen, und machte sich am Nachmittag auf den Weg.

Die Tür war geschlossen; im Haus schien alles wie ausgestorben. Bodil klopfte an; niemand antwortete. Da nahm sie das Instrument und spielte vor dem Fenster einige Töne, immer lauter – und plötzlich erschien ein Gesicht hinter der Scheibe. Es war Musikant-Grethe; sie sei aus Kummer zu Bett gegangen, habe aber nun den fröhlichen Ruf vernommen. Ihre Freude war groß; sie presste die Harmonika an den Mund, küsste sie und rief: »Mein kleiner Singvogel, meine Violine! Oh Fräulein, wie haben Sie mich alten Menschen glücklich gemacht! Wo war sie denn, wie haben Sie die Harmonika gefunden?«

Und Bodil erzählte ihr, dass die Zigeunerin sie gestohlen und wie Niels sie auf der Heide zurückgeholt habe.

Spät am Abend, als alle schon zu Bett waren, hatten sie noch immer nichts von der Zigeunerin gehört. Sollte sie sich wirklich freuen, ihre Bürde losgeworden zu sein? Der »Gründling« hatte gut gegessen und getrunken; jetzt schlief er und atmete mit einem hässlichen Röcheln. Das Ganze war etwas unheimlich; was würde die Nacht bringen? Einen Augenblick lang hielt die Phantasie Niels umklammert, so fest, so furchtbar wie das Untier in seinem Alptraum. Aber bald schüttelte er die Vorstellung ab. »Man hat ja Augen und Ohren«, sagte er sich. »Einen solchen Feind werde ich wohl vom Haus fernhalten.« Er prüfte seine Büchse und holte sich noch einen kräftigen Knüppel; viel Schlaf würde er in dieser Nacht nicht bekommen.

Draußen war alles still. Nach Mitternacht wurde der Hund unruhig. Niels öffnete das Fenster – der Himmel war klar, der Mond schien, nichts rührte sich. Jetzt knurrte der Hund. Niels schlich mit seinem Gewehr in den Garten, schaute sich um, trat auf das Feld hinaus. Alles blieb still; nur ein Vogel schrie von fern. In Bodils Zimmer sah er Licht; auch sie schlief nicht. Er wurde wütend. Wäre die Zigeunerin jetzt unverhofft aufgetaucht, sein Zorn wäre wieder mit ihm durchgegangen. Länger als eine Stunde blieb er lauschend im Freien.

Bodil hatte sich halb entkleidet auf das Bett gelegt; sie konnte nicht schlafen. Immer wieder schaute sie zu dem Idiotenkind, das sie mit weit aufgerissenen Augen anstarrte – nicht wie ein Kind, sondern wie ein erwachsener Mensch. Sie sprang auf, zog sich an und ging in den Garten hinaus; der Morgen dämmerte bereits herauf. Niels war gerade auf sein Zimmer gegangen. Bodil kam bis an den Zaun, und dort, dicht davor, an einer alten Weide, stand die Zigeunerin.

»Fräulein«, bat sie mit gedämpfter Stimme, »bitte schreien Sie nicht! Haben Sie doch Mitleid mit mir!« Sie streckte die Hände aus und schaute Bodil flehend an. »Sie haben mein Kind. Es ist kein Geschenk und keine Freude für den Hof. Geben Sie mir meinen Sohn zurück! Ich bin so an ihn gewöhnt, dass ich nicht vorwärts komme, wenn ich dieses Bündel nicht trage. Es ist für mich wie ein krankes Bein; wie schwer es mir auch fällt, ich kann es nicht abhauen lassen!«

Das war es, was Bodil aus dem Flüstern heraushörte. Die Zigeunerin hatte sich Mühe gegeben, verständlich zu reden, aber es hatten sich doch fremde Wörter und Wendungen darunter gemischt.

»Ja, ja«, sagte Bodil mit ebenso leiser Stimme. Ihr Herz klopfte wild. Sie gab der Zigeunerin ein Zeichen. »Sie werden das Kind bekommen. Mein Bruder wusste, dass Sie kommen würden. Er wollte Ihnen nur klarmachen, was Sie der armen Musikant-Grethe angetan haben, als Sie ihr das Liebste wegnahmen.«

Und Bodil ging hinein, nahm den Wechselbalg aus dem Bett, wickelte ihn in ein Tuch, holte etwas Brot und ein Stück Schinken und war bald wieder bei der Zigeunerin. Die griff in heftiger Freude nach ihrem Kind, küsste es, band es sich auf den Rücken, schaute Bodil mit funkelnden Augen an und murmelte einen Dank. Dann wanderte sie los, nach Nordosten, dem Wald entgegen. Wohin? Gestern hatte sie sich in entgegengesetzter Richtung auf den Weg gemacht, über die Heide. Hatte sie kein Ziel; lief sie, wohin der Wind blies? Nein, in den wenigen Minuten Schlaf, die ihr seit dem vergangenen Tag vergönnt gewesen waren, hatte ein

Traum oder die Phantasie ihr erneut vorgespielt, sie würde endlich finden, was sie immer wieder in diese Gegend trieb, in der sie geboren war. Zu bestimmten Zeiten, gerade wie die Zugvögel, doch mit mehreren Jahren Unterbrechung, wenn Traum oder Eingebung ihr dazu rieten, kam sie hierher. Nur hier, so ihre Überzeugung, war das zu finden, was den Zauberbann von ihrem unglücklichen Kind nehmen konnte.

Im südlichen Teil des Waldes von Silkeborg, wo damals die Landstraße nach Westen führte, stand ein alter Baum, der älteste überhaupt. Er war berühmt und wurde im Volksmund »Ma Krokone« genannt, weil er in seinem Wuchs einer menschlichen Gestalt ähnelte – an der Wurzel dick wie Füße, darüber schmaler, wie Beine, dann ausladend wie der Körper, mit dicken Ästen, den Armen, und ganz oben die breite Krone, der Kopf. Bei schlechtem Wetter suchten Viehhirten gern Zuflucht unter diesem Baum, und da die Gegend ringsum unbewohnt war, fanden auch Reisende Schutz und manchmal sogar ein Nachtquartier. »Maren Krokone« oder »Ma Krokone«, wie es ausgesprochen wurde, war sehr gastfreundlich; sogar bei starkem Regen standen die Menschen hier im Trockenen.

Dorthin ging die Zigeunerin; da war sie geboren. Dort war vielleicht auch der erlösende Schatz zu finden, den sie suchte und der ihr mehr wert war als alle Reichtümer, die Peer Goldgräber nicht gefunden hatte. Hier oder im Tiefen Tal musste er zu heben sein; das wusste sie von ihrer *Madrum*, die von reinem Zigeunerblut war, eine echte Tochter des Stammes vom Himalaja.

Erst in den letzten Jahren hat man durch genauere Untersuchungen der Sprachen und durch bessere Kenntnis Indiens nachgewiesen, dass die Zigeuner von einem indischen Volk abstammen und ihre Sprache mit der vollendetsten aller Sprachen, dem Sanskrit, verwandt ist. Vom Himalaja, aus der Gegend des Ganges, kam dieses Urvolk des Landes, verdrängt von den Hindus und geringer geachtet als die Kaste Shudra. Die Zigeuner wanderten aus der Landschaft

Assam aus, deren Namen sie noch immer in der Sage über die Heimatstadt Assas im Land Assaria bewahren. Dorthin wird Alako sie einmal führen; das ist die einzige religiöse Sage dieses unglücklichen Stammes. Baro Devel, der große Gott, sandte seinen Sohn Alako in Menschengestalt zur Erde, um Gesetze zu offenbaren und niederzuschreiben, und als das vollbracht war, stieg er wieder in sein Mondreich hinauf, wohin er auch die Toten ruft. Alako wird durch einen aufrecht stehenden Mann dargestellt, der in seiner rechten Hand einen Stift und in der linken ein Schwert hält. Das Bild ist in einen etwa faustgroßen Stein geschnitten, der »Bareske Alako« genannt wird; jeder mächtige Zigeunerhäuptling besitzt einen.

Ein solches Gottesbild hatte die Mutter der Zigeunerin getragen und aufbewahrt, doch als sie hier oben in Jütland ihre Tochter zur Welt brachte, verlor sie es unter dem grünen Dach von »Ma Krokone« oder im Tiefen Tal. Sie war eine richtige *Madrum* mit Goldmünzen im Haar und einem Messer im Gürtel. In ihrer Tasche steckte mehr als Schwefel und Teufelsdreck – dort lag der Stein mit dem Bild Alakos. Sie und der Mann kamen von Westen; die Nacht davor hatten sie auf einem einsamen Hof im Tiefen Tal übernachtet. Sie fühlte sich nicht gut, aber das würde wohl vorübergehen, dachte sie. Sie zogen nach Osten, weil sie sich dort mit Freunden verabredet hatten. Sie stützte sich auf den Mann und schaffte es gerade noch bis zu »Ma Krokone«; hier gebar sie ihr Kind. Der Himmel war bedeckt und der Wald dicht; es war Nacht und dunkel. Sie wollte nach dem schweren Stein mit Alakos Bild greifen, den sie immer bei sich trug – doch er war verschwunden! Sie hatte sich auf der Wanderung so schwer und elend gefühlt, dass sie es nicht gemerkt hatte, als sie ihn verlor. Der Schreck ließ sie aufleben; plötzlich verfügte sie wieder über ihre Kräfte. Sie suchte überall; der Mann zündete ein Feuer an, das bis weit in den Wald leuchtete. Sie wollte sofort den ganzen Weg zurücklaufen, den sie gekommen waren, bis zu dem

Hof, wo sie übernachtet hatten, doch die Beine versagten ihr den Dienst, und außerdem war es stockdunkel.

Erst am nächsten Tag gegen Mittag war sie fähig aufzubrechen. Ihr Neugeborenes trug sie auf dem Rücken; es wurde eine schwere, langsame Wanderung für sie und den Mann. Die Luft war schwül, als sie vom Wald kommend über die Hügel gingen. Aus der Heide stiegen Rauchschwaden auf; von der Höhe aus sahen sie, dass es im Tiefen Tal brannte. Der Heidebrand fraß sich wie in Sprüngen voran; immer neue Ginsterbüsche loderten auf. Das Feuer hatte die ganze Gegend um den Hof erfasst, die sie eigentlich absuchen wollten. In der Abenddämmerung leuchtete es von unten, als stünde das ganze Tal in Flammen, und so würde es auch kommen, bis das Moor eine Grenze setzte oder der Sandboden keinen Brennstoff mehr böte. Der Rauch breitete sich immer weiter aus. Das Feuer jagte dahin und trieb Auerhähne, Hasen und anderes Wild den Hang hinauf, wo die beiden langsam voranschritten. Die roten Flammen schlugen immer höher durch den Rauch. Die Leute, die rundum wohnten, mochten keine Zigeuner; davon hatte die *Madrum* oft erzählt. Sie fielen über die beiden her, gaben ihnen die Schuld an dem Unglück und behaupteten, sie hätten die Heide angezündet. Sie schlugen und misshandelten den Zigeuner so sehr, dass er starb. Die Frau mit ihrem erst vierundzwanzig Stunden alten Kind wurde festgenommen und saß Jahr und Tag im Zuchthaus Viborg – natürlich ganz unschuldig! All das wusste sie, die damals getragen worden war und nun selbst ihr Idiotenkind mit sich herumschleppte, von ihrer Mutter. Als die Mutter Viborg verlassen durfte, begab sie sich sofort zu »Ma Krokone«, dem alten Baum, um von dort durch den Wald über die Hügel in das Tiefe Tal bis zu dem Gehöft zu laufen. Doch sie fand das Gottesbild nicht wieder und verließ das dänische Land schließlich für immer. Ihr Auszug sei wie die Reise einer vornehmen Dame gewesen, hatte sie gesagt. Auf dem Weg nach Westen habe sie in der Sandgegend am Meer Gaukler getroffen, die Affen und ein Kamel besaßen. So sei sie auf dem Höcker des Tieres durch den Sand getragen worden, ganz oben auf dem Gepäck habe sie mit ihrem kleinen Mädchen gesessen, mit Pauken und Trompeten, vorn und hinten Affen.

Die Tochter wuchs heran; sie hatte die leuchtenden Augen der Mutter und Haare so schwarz glänzend wie die Waldschnecke. Sie fand einen Liebsten und wurde seine Frau. Mutter und Tochter sahen sich viele Jahre nicht. Erst als die Tochter schon ihr krankes Kind trug und es aussah, als würde der »Gründling« das ganze Leben so elend verbringen, trafen sie unten im Serbischen am Donaustrand unter Walnussbäumen zusammen. Und die *Madrum* erzählte ihr von dem verlorenen »Bareske Alako«, von »Ma Krokone« und allem, was wir gehört haben. Sie erklärte ihr jeden Weg und Steg in Jütland so genau, dass es ihr vorkam, als wäre sie schon da gewesen. Ein Traum nährte ihre Hoffnung nach Hilfe für ihren *Knaspert.* Sie zog nach Jütland, in die Waldgegend südlich von Silkeborg. »Ma Krokone« stand noch da. Die Krone war zwar gefallen, aber den mächtigen Stamm, die Füße, den Körper, die ausgebreiteten Arme konnte man deutlich erkennen; der Baum war noch immer eine Zufluchtsstätte für Hirten und Reisende. Aber weder hier noch im Tiefen Tal fand die Zigeunerin, was sie suchte. Jahr und Tag dauerte der erste Aufenthalt in dieser Gegend; jetzt war sie zum dritten Mal hier.

Inzwischen hatte ein Sturm die beiden Äste abgerissen, so dass »Ma Krokone« ohne Arme dastand; ein unförmiger, dicker Gespensterbaum. Mit Mut und Zuversicht, als wäre der Schatz erst an diesem Morgen verschwunden, begann die Zigeunerin zu suchen und in der Erde zu graben – vergebens. Hier war das Gottesbild auch nicht verloren gegangen; im Tiefen Tal war es geschehen! Und dort war es auch bereits vor vielen Jahren gefunden worden – noch vorgestern, als sie der Musikant-Grethe die Harmonika stahl, hatte sie diejenige getroffen, die ihr das Gesuchte hätte geben können! Und die hätte ihr den Stein auch ausgehändigt, wenn ihr klar gewesen wäre, welche Bedeutung die arme Frau ihm zumaß. Karen, die immer so nachdenklich war, stammte ja von einem armen Hof aus dem Tiefen Tal. Als kleines Kind hatte sie den dunklen Stein mit der seltsamen Gravur gefunden. Ihre Mutter meinte, das sei ein Zauberklumpen und es bringe Glück, wenn man ihn heimlich aufbewahre. Seit Jahren lag er nun in ihrem Kästchen – aber das sah die Zigeunerin nicht in ihren Träumen, das kam ihr nicht in den Sinn.

Sie grub in einem Halbkreis um den Baum, reinigte und betrachtete jeden Stein, den sie fand. Der »Gründling« saß in herabgefallenem Laub, das sie zusammengeschoben hatte. Er war schlechter Laune, brummte vor sich hin und stieß Flüche und Schimpfworte aus, so gut er es vermochte, bis endlich ein Vogel über ihm einen unheimlichen Schrei erklingen ließ. Da schwieg er und schaute sich lauernd um, wie eine Katze, die auf Beute aus ist. Seine Mutter aber suchte und suchte – wie wir wissen – vergebens.

11. UNFRIEDEN IN DER HEIMAT · SILKEBORG WIRD GEBAUT

»Wie hilflos, wie elend ist doch dieses Kind«, sagte Bodil. Sie hatte Mitleid mit der armen Zigeunerin und ihrer lebenden Bürde. »Ein solch erbärmliches Geschöpf würde umkommen, wäre die Liebe der Mutter nicht so unendlich groß!«

»Das ist ein Naturtrieb, der bei Tieren und Menschen gleichermaßen zu beobachten ist«, erklärte Niels. »Das Huhn kämpft, um seine Küken zu verteidigen. Versuche, Ohrwürmer auseinander zu zerren; sie werden wieder zusammenfinden. Der Instinkt ist eines der großen Antriebsräder in der Maschinerie. Schau mich an! Glaub doch nicht, dass wir anders sind! Das ganze Kunstwerk entsteht durch die Zusammensetzung der Stoffe.«

»Ich verstehe dich nicht und will mir darüber auch gar nicht den Kopf zerbrechen«, erwiderte Bodil.

»Das solltest du aber«, forderte Niels. »Man sollte wissen, was man wissen kann und was ein aufgeklärter Mensch wissen muss!« Und er begann über die Urstoffe zu reden, von denen einundsechzig bekannt seien und die sich nicht mischen ließen. »Die vier eigentlichen Elemente des Lebens sind Sauerstoff, Wasserstoff, Stickstoff und Kohlensäure.«

»Das ist gut möglich«, schmunzelte Bodil. »Nur verstehe ich es nicht. Du bist so schrecklich gebildet; so will ich gar nicht sein!« Sie wollte die Unterhaltung nicht fortsetzen, musste ihm aber trotzdem zuhören. Es lag in der Tat etwas Lockendes in all dem Neuen und in Niels' Beredsamkeit. Er schilderte den ewigen Kreislauf der Dinge; erzählte, dass die Teile der Erde, die bei der chemischen Auflösung in die Pflanze stiegen, dort zum Futter für das Tier verarbeitet würden, welches wiederum als Nahrung und Wärmestoff für den Menschen diene. Alles dränge zur Wärme; sie setze die Maschinerie in Bewegung. Die Teile und Gasarten kehrten dann während der Auflösung zu ihrem Ursprung zurück.

»Und der Geist zu Gott«, fügte Bodil hinzu.

»Zu dem großen Ganzen, dem Gott-All!«, rief Niels. »Der alte Pan bleibt als Letzter übrig, wie die Griechen glaubten; er überlebt die Götter!«

»Was ist das für ein gottloses Geschwätz, das du hier verbreitest!«, mischte sich plötzlich die ernste, kräftige Stimme Japetus Mollerups in das Gespräch. Der Alte war unbemerkt herangekommen und hatte einen Teil von Niels' Ausführungen mitangehört. »Schließ dem Teufel nicht die Tür auf, sonst haben wir ihn sofort hier, samt all seinen bösen Werken!« Mit finsterer Miene schaute er Niels an und ging weiter.

Aber noch am selben Abend wurde das Gespräch zwischen Niels und Bodil fortgesetzt. Sie war traurig; die Äußerungen des Bruders machten ihr Angst. Gern wollte sie in dem Gesagten nur die jugendliche Neigung sehen, Klugheit und Gelehrsamkeit zu zeigen. Deshalb konnte sie, als sie sich wiedersahen und er den Faden seiner Darstellung erneut aufnahm, das Geständnis nicht zurückhalten: »Du hast heute vieles gesagt, was mich betrübt hat – oder ich habe es nicht verstanden. Zuletzt war mir, als würde Gott in all dem Geschaffenen verschwinden.«

»Gerade dadurch gelangen wir doch zu Gott!«, erwiderte der Bruder.

»Das ist es! Und durch die Offenbarung! Ich kann nicht so darüber reden, mich nicht richtig ausdrücken. Mein Herz will einen persönlichen Gott, der mir nahe ist und mich hören kann. Die Wissenschaft platziert ihn so weit weg von mir, dass er verschwindet. Du willst Gottes Wort verkünden und es für die Menschen leuchten lassen – ergreife nicht das Irrlicht der Wissenschaft, das uns täuscht und in den Abgrund führt! Das Reich dieser Welt und das Reich jener Welt stehen, glaube ich, in einem Gegensatz zueinander. Man muss entweder den einen oder den anderen Weg wählen!«

»Ich glaube, das sind ganz freundliche Nachbarreiche, die nicht miteinander in Konflikt geraten. Die bornierten Grenzbeamten jedoch können sich streiten, weil es ihnen an wahrer Aufklärung fehlt. Lass uns nur danach streben, die Wahrheit zu finden und uns an sie zu halten, dann werden sich die alten Mythen und Geschichten als das erweisen, was sie sind.«

»Ich fürchte, dass du bei deiner Suche nach dem, was du Wahrheit nennst, einen Weg der Sünde gehst, wenn du Pfarrer werden willst. Wenn du so denkst, wie du jetzt sprichst, dann wirst du Unfrieden stiften und viele verärgern. Du darfst nicht die Kanzel wählen!«

»Daran habe ich auch schon gedacht«, sagte Niels mit einem Lächeln. »Du bist meinen Gedanken sehr nahe.«

»Der Gott, den mir die Wissenschaft zeigt, ist formlos!«, rief Bodil. »Er ist allein die Kraft des Verstandes und des

Willens, so groß, dass ich es nicht wage, mich an ihn zu halten. Meine Natur verlangt den christlichen, lebendigen Gott, mit Augen für mich und die Welt, mit Ohren für meine Freuden und Sorgen. Die Naturkraft in ihrer ordnenden Verständigkeit kann mich und die kleine Welt in mir und um mich herum nicht wahrnehmen. In dem Kreis der großen Gesetze werde ich zu einem Nichts!«

Bodil schien es, als wäre bei dem Bruder ein neues Element zum Vorschein gekommen: die Neckerei. So wollte sie seine Äußerungen am liebsten auffassen. Hart und schonungslos, meinte sie, griff er in alles hinein, was für sie heilig und unantastbar war. Zuweilen ist in uns Menschen eine gleichsam dämonische Macht; das heißt, das Böse in uns ist stärker als das Gute. Eitelkeit, Gedankenlosigkeit und mangelndes Einfühlungsvermögen gehen dem voran. Niels liebte seine Schwester, schätzte ihren Verstand und ihr Herz. Aber gerade gegen sie richtete er die Strömungen, die sich in seinem Inneren bewegten.

War der alte Japetus Mollerup zugegen, wurden solche Reden und Vorträge nicht gehalten. Aber es war unmöglich, die neue Färbung, die in der jungen Seele vorherrschte, zu verheimlichen; bei jeder Gelegenheit leuchtete sie in Worten und Ansichten hervor.

»Du hast dir einige seltsame Ausdrücke zugelegt, Niels«, mahnte dann der alte Pfarrer. »Die solltest du dir abgewöhnen.« Für gewöhnlich endete es damit, dass Niels das Zimmer verließ. Diese Szenen wiederholten sich, und die arme Bodil war diejenige, bei der sich Niels später beschwerte: Das ginge zu weit, er sei kein Kind mehr und habe nicht »Øllebrøds Geduld«, alles zu ertragen. Die Erde sei nun einmal nicht flach und er kein zweiter Montanus. Tränen traten in Bodils Augen; sie verstand und fühlte, wie verschieden der Vater und Niels in ihren Gedanken waren – aber hier musste und sollte Niels doch vor dem alten Mann nachgeben.

Alles hat seine Zeit, so auch hier. Strauß' Buch über Jesus wurde erwähnt. Als der alte Pfarrer, der das Buch nicht kannte, es als »Scheußlichkeit der Sünde« bezeichnete, verteidigte Niels das Werk. Er vermied harte Worte, sprach sich aber bestimmt dafür aus, dass auch das Heiligste es aushalten müsse, diskutiert zu werden.

»Nein!«, unterbrach ihn der Alte heftig und sprang auf. Sein Gesicht wechselte die Farbe, und mit einer etwas gemäßigteren Stimme fügte er hinzu: »In meinem Haus jedenfalls wird so etwas nicht geduldet, und hier bin ich wohl noch der Herr!« Bodil schaute betroffen zu Boden; ihre Mutter zitterte an allen Gliedern. So hatte sie ihren Mann nicht oft erlebt.

Erst am nächsten Tag kam es zu einem Gespräch zwischen ihm und Niels.

»In vielem habe ich gemerkt, dass du vom alten Glauben und der herkömmlichen Denkweise abgerückt bist und vom Strom fortgerissen wurdest. Ich weiß natürlich, dass du in der neuen Zeit lebst und ich in der alten. Aber es gibt etwas, das zu allen Zeiten dasselbe ist und bleibt, und das ist das Reich der Wahrheit. Und wo ist es reiner und heiliger zu finden als in der Lehre unserer Religion? Die Bibel ist der Schatz unseres Reichtums hier und im Jenseits. Ich habe jedoch gemerkt, dass du dieses Buch nicht als das Höchste bewertest. Der Hochmut des Verstandes ist über dich gekommen, kleiner Niels!«

»Es gibt sicher keinen, der mehr als ich anerkennt, welcher Reichtum für uns alle in der Bibel liegt«, antwortete der Sohn. »Sie enthält Gedanken für alle Zeiten und für alle Menschen, so klar, so einfach ausgesprochen – das ist eine Poesie des Lebens.«

»Poesie!«, rief der alte Pfarrer abfällig.

»Mit Poesie meine ich nicht die klingende Schelle des Wortes, sondern den Herzschlag in Freude und Glückseligkeit, in Furcht und Beben.«

»Wagst du daran zu zweifeln, dass jedes einzelne Wort im Neuen Testament von unserem Herrn stammt, dass die ganze Schrift von Gott gegeben ist?«

»Ich weiß, dass Christus selbst nichts niedergeschrieben hat. Wir haben alles durch seine Jünger, und ich bin sicher, dass sie die Wahrheit sagen wollten und konnten. Die Begebenheiten selbst stimmen überein, werden aber von jedem auf eigene Weise erzählt. In den Evangelien leuchten dieselben Wahrheiten in verschiedenem Ausdruck; jeder Evangelist gibt etwas von seinem Naturell mit. Sollten wir da nicht sagen dürfen, dass Menschliches hinzugefügt wurde – das Wort selbst kann verschieden übersetzt werden!«

»Du liest also nur, wie du willst! Die Religion willst du dir nach deiner Bequemlichkeit einrichten, du willst sie nach deiner Lust und deinem Geschmack destillieren und vortragen!«

»Die heiligen Wahrheiten der Religion lassen sich nicht austauschen«, sagte Niels ernst und respektvoll. »Im Wichtigsten, in der Hauptsache, sind wir einer Meinung. Jeder, der unserer Glaubenslehre folgt, wird durch deren Wirkung von ihrer Göttlichkeit überzeugt.«

»Was ist das Wichtigste, was ist die Hauptsache?«, rief der alte Mann. »Nicht ein Buchstabe darf verändert oder fallen gelassen werden!« Er hielt inne; in seiner Seele tobte ein Kampf – und in der Zwischenzeit nahm Niels das Wort, als wäre es eine Aufforderung, eine Notwendigkeit, sich zu erklären.

»Ich weiß sehr wohl, dass nichts in der Bibel verändert werden darf, nichts an dem dort deutlich gegebenen Ausdruck. Aber es wurden Dinge gesagt – wenn auch an und für sich unwesentliche –, die nicht wahr sind. Vier Weltenden kann es an einer Kugel nicht geben; ebenso wenig Grundfesten, denn die Erde schwebt frei im Raum. Grundfesten des Himmels ist auch so ein veralteter Ausdruck. Vieles kann man nur als bildlich gesprochen annehmen; zum Beispiel, dass Gott im Raum auf einem Thron sitzt – das ist doch lediglich die Bezeichnung des Orients für Größe und Macht! Kopernikus beweist uns, dass Josua in Bildern gesprochen hat: Könnten Sonne und Mond plötzlich am Himmel stehen bleiben, wie es geschrieben steht? Das hätte eine Wirkung, als griffe einer mit fester Hand in ein Getriebe und hielte eins der Treibräder fest; alles würde auseinander brechen!«

»Er, der die Welten in den Raum hinausgerollt hat, er sollte nicht eines dieser Atome anhalten können?«, konterte der Alte. »Die Wissenschaft tastet sich voran; die Weisen der Jahrhunderte haben einander widersprochen. Doch die heiligen Männer der Schrift, denen sie von Gott eingegeben wurde, hatten nie Zweifel! Was ist nur in dich gefahren, Niels! Begreifst du denn nicht, dass du mit diesen Gedanken und einem solchen Glauben niemals ein Verkünder des Wortes Gottes werden darfst? So wahr ich lebe!« Der alte Mann erhob sich. Seine Wangen röteten sich, die Augen leuchteten, seine Miene zeigte Kummer und Zorn. »Wenn du kein ganz anderer Mensch wirst, dann will und muss ich, wenn du ordiniert wirst oder die Kanzel besteigen willst, vor die Gemeinde treten und dich im Namen des dreieinigen Gottes fragen, ob du deine Ansichten geändert hast und die ganze Schrift und alle Glaubensbekenntnisse akzeptierst!«

»Ich werde nie zum Lügner werden! Wäre dieses Gespräch doch nie geführt worden!«, erwiderte Niels mit einer Heftigkeit, die den Alten noch mehr verbitterte.

»Geh du lieber hin und werde Feldscher!«, höhnte er. »Körper zusammenflicken, das ist wichtiger. Ein Christ bist du nicht! Du kannst keinen halben Glauben verkünden!«

»Da wir zu diesem Punkt gekommen sind – ja, nach meiner Überzeugung kann und will ich nicht auf Formen schwören, die mir selbst zwar unwesentlich erscheinen, es für viele aber nicht sind, die Vertrauen zu mir haben sollten«, sagte Niels mit fester Stimme. »Wir schauen auf denselben Stern, glaube ich, aber durch verschieden geschliffene Gläser. Wir sehen ihn, entsprechend dem Blickwinkel, jeder an einer anderen Stelle. Selbst das linke Auge nimmt ihn woanders wahr als das rechte.«

»Das gehört nicht hierher«, entgegnete der Pfarrer. »Und ich habe auch keine Lust, deiner gottlosen Rede mein Ohr zu leihen; das passt weder zu meinem Alter noch zu meinem Amt!«

Er verließ das Zimmer. Niels blieb zurück, und ein Lächeln umspielte seinen Mund. Doch wir können es nicht leugnen: Die Seele tat ihm weh; er fühlte, dass das Herzensband zwischen ihm und dem Alten zerschnitten war.

Ein so lebhafter Austausch der verschiedenen Glaubensauffassungen und Gedanken fand nicht oft statt, doch auch wenn sie nicht stritten, war das Gespräch nicht mehr so innig wie früher. Unfrieden zog in das Haus, wo vorher Vertrauen und Zusammenhalt geherrscht hatten. Bodil litt am stärksten darunter; ihr war es ein Herzenskummer, dass der Bruder nicht mehr Pfarrer werden wollte.

»Durch ein unüberlegtes Wort kannst und willst du so viel Gutes und Gesegnetes von dir stoßen, die beiden Alten so tief betrüben!«

»Ich kann nicht anders!«, antwortete Niels wütend. »Und ich bin froh, dass ich rechtzeitig zu Klarheit und Bestimmtheit gefunden habe. Ich werfe nichts weg, was in der Wahrheit wurzelt! Ärgert dich dein Auge oder deine Hand, dann wirf sie doch fort! Körperlich wie geistig tut man das in der Gewissheit, etwas Größeres zu gewinnen. Ich habe über einen alten Freibeuter gelesen, der, als sie sich einem Land näherten, das sie erobern wollten, seinen Leuten versprach, dem Ersten, dessen Hand das Gras an der Küste berühre, solle der ganze schöne Landstrich gehören. Und die Kerle ruderten schneller; ein Boot schoss am anderen vorbei. Da griff einer zu seiner Streitaxt, hackte sich die linke Hand ab und warf sie über die Köpfe der anderen an Land. Die Hand fiel ins Gras, und so wurde ihm das gewonnene Land zugesprochen. Das Gleichnis mag, wie alle Vergleiche, hinken, aber du wirst mich verstehen: Um dort, wohin ich gehe, zu siegen und zu gewinnen, kann ich das Nächste, das Notwendige, wegwerfen!«

»Du lässt dich von deinem Temperament hinreißen! Damals hat es dich dazu gebracht, ins Meer zu springen, dein Leben zu riskieren und die Leute zu zwingen, deinen Hund aus dem Wasser zu fischen. Dasselbe aufbrausende Temperament hat uns auch das Zigeunerkind ins Haus gebracht …«

»Durch meinen Willen habe ich meinen Hund gerettet«, unterbrach er sie, »und die Zigeunerin bestraft. Ich irrte mich nicht; sie musste sich beugen! In mir ist etwas, das mir sagt: Das ist das Richtige! Und dieser Stimme folge ich. Das ist der Gott in mir, der Funken zu der Gasflamme, die beim Start der Maschine gezündet wird und dieselbe in Bewegung hält, bis die Zapfen abgenutzt sind und das Ganze zusammenfällt.«

Niels Bryde verließ bald die Heimat. Der Abschied vom Vater war still und kühl; die Mutter weinte. Bodil schlich sich in den Garten und stand am Zaun, um ihm ein Lebwohl zuzurufen. Niels lächelte und nickte. Waff saß zu Füßen seines Herrn und schaute freudig in die Ferne.

An dem alten Vorwerk unten am Aalwehr, wo Herr Skjødt wohnte, sollte der Kutscher Briefe aus dem Pfarrhaus abgeben. Die Pferde bekamen frisches Wasser und ein Stück Brot; das verlängerte den Aufenthalt. Niels Bryde ging zu dem Hauptgebäude, das noch aus alten Zeiten »das Schloss« genannt wurde. Im großen Saal traf er auf fast hundert Menschen, Maurer, Zimmerleute und deren Handlanger. Sie saßen, so gut es ging, auf Körben und Tonnen und nahmen eine Mahlzeit zu sich; Krüge und Flaschen standen auf dem Boden. Eine große Papierfabrik sollte hier errichtet werden und die reichen Wassermassen der Gudenå nutzen. Noch dachte niemand an die große Bedeutung dieses Bauvorhabens für die Zukunft – dass es der Keim zu einer neuen Stadt sein, dass dadurch neues Leben auf der Heide geboren würde. Es war das Jahr 1844. Schnell wie eine amerikanische Stadt würde die jüngste Gemeinde Dänemarks emporwachsen, während sich vor Niels Bryde ein neues Leben voller Zweifel und Kampf auftat.

Die Arbeiter erhoben sich und gingen an ihr Tagwerk. Niels setzte sich in die Kutsche, und als die Axt des Zimmermanns gegen den Balken schlug, der eingepasst werden sollte, knallte die Peitsche ihr »Vorwärts!«

ZWEITER TEIL

1. DER BRIEF · DER HUND DES KAMMERHERRN · HERR SVANE

Es waren die ersten Tage des Oktobers, des Farbenmonats der Natur bei uns hier im Norden. Der Wald leuchtete rot und gelb, als wäre jeder Baum mit saftigen Äpfeln und Birnen überschüttet. Das zinnoberrote und gelbbraune Laub glänzte an den Büschen und fiel Blatt für Blatt herab, wie das Menschenleben beim Hauch des Todes zu Boden sinkt. Man weiß nicht, »wie leicht, wie schnell« es geschieht und welches sich löst. Das Jahr stand in Farbenpracht und ernsten Gedanken, wie Jephtas Tochter, die in ihrem reichsten Gewand zum Sterben schritt. Über die Heide und die gepflügten Felder zogen sich meilenlange Furchen, die im Abendlicht wie ein riesiges Spinnennetz aussahen, als habe jemand einen Schleier über die Gegend geworfen. Ein Zeichen für Fleiß und Ausdauer – zu welchem Zweck? Die weißen Wände des Pfarrhauses schimmerten rosig in den letzten Sonnenstrahlen, so freundlich, so einladend hier am Rand der großen Heide mit den vielen Gräbern vergessener Helden und Könige. Wir müssen hinzufügen: Ernst und Melancholie ergossen sich über alles, als die Sonne verschwand, und passten zu der Stimmung in dem früher so gemütlichen Heim.

Hast du von der Rose des Abgrunds gehört, aus deren schimmelgrauen Blättern Seuche und Krankheit, Wut, Neid und Hass dufteten? Jedes einzelne Blatt hatte eine vernichtende Macht in sich. Böse Geister pflückten sie in einer Sturmnacht und flogen mit ihr über Länder und Städte, und wo eines dieser Blätter die Erde berührte, zeigte sich die zerstörende Kraft. Ein solches Blatt sei hierher in das fromme Haus getragen worden, meinte der alte Pfarrer, und zwar in Gestalt eines Briefes von Niels – von ihm, den er einst vor einer traurigen Zukunft bewahrt, dem er den Platz eines Sohnes an seinem Herd gegeben, für den er gearbeitet und auf den er gebaut habe; alles voller Hoffnung und im Glauben an Gott. Der Brief spreche zwar eine Anerkennung all dessen aus und enthalte sowohl Dank als auch innige Zuneigung, doch er folge dem Willen seines Verfassers, der seinen Verstand über den Gottes stelle, meinte Japetus. Seine Frau weinte; Bodil bat, mehr durch Blicke als durch Worte, doch nicht so zornig auf den Bruder zu sein.

»Diese Klugheit, diese Klugheit!«, barmte Frau Mollerup. »Sie ist nicht immer ein Segen. Selig sind, die da geistlich arm sind.«

»Gerade von ihm habe ich so viel erwartet«, sagte Japetus. »Die Blüte des Verstandes, an der ich mich in seinen Knabenjahren so erfreut habe, wozu hat sie geführt? Zu einer Frucht, die nicht im Sonnenschein des Herrn reifen will!«

»Der Schlehdorn blüht als Erster; seine Frucht steht den ganzen Sommer und Herbst, ohne zu reifen«, gab Bodil zu bedenken. »Und doch kommt auch ihre Zeit: Im Winter, wenn der Frost klirrt, wenn Eis und Schnee das Land bedecken, dann reift sie.«

»Wird aber herb und bitter«, konterte ihr Vater.

»Wenn man sie auspresst und gären lässt, schenkt sie uns einen herrlichen Wein.«

»Du willst ihn nur entschuldigen; das verdient er nicht! Ganze sieben Wochen sind vergangen, seit er uns verlassen hat, und erst jetzt schickt er uns einen Brief! Und dann noch einen voller Sünde und Ärgernis! Schriebst du ihm nicht gleich in der Woche nach seiner Abreise? Ich weiß, welche lieben Worte deine Seele dir diktiert hat – und er ist so ein Kind des Hochmuts und des Teufels!« Die Lippen des alten Mannes zitterten.

»Nein, Vater!«, rief Bodil, die fühlte, wie schlecht sich Niels gegen ihre Eltern und sie selbst benahm, die sich aber auch an jedes herzliche Wort, jede gute Tat, jedes Detail aus den vielen Jahren des Zusammenlebens erinnerte. Eine ungewöhnliche Natur wie ihr Pflegebruder müsse sich eben anders entwickeln, meinte sie.

»Der verlorene Sohn kehrte zurück«, sagte Frau Mollerup. »Aber Niels wendet sich ab von der Bibel und will ihren heiligen Beispielen nicht folgen.«

»Er ist so jung und, das hast du selbst gesagt, Vater, durch das Herz des Menschen gehen Ströme von Gut und Böse. Das wird auch ihm klar werden! Wir kennen doch seine heftige, aufbrausende Natur, aber wir wissen auch, dass er im Grunde gut und gesegnet ist. Du weißt es, und Mutter weiß es! Glaubt mir, er wird zur Besinnung kommen.«

»Besinnung finde ich wohl in seinem Brief«, höhnte Japetus. »In jedem Satz ist Ruhe, Ernst und Klarheit. Aber all seine Klugheit ist doch nur von dieser Welt! Als hätte ihm der Antichrist, um nicht zu sagen: der Teufel höchstpersönlich, die ganze Weisheit eingeblasen!«

»Jesus Christus!«, stöhnte die alte Frau, bekreuzigte sich und senkte den Kopf.

Es war, wie gesagt, der erste Brief von Niels seit seiner Abreise. Er war an den alten Pfarrer gerichtet und voller Anerkennung für das unendlich viele Gute, das man ihm, dem fremden, armen Kind, erwiesen habe. Doch er sprach auch klar und bestimmt aus, dass er nach seinem Charakter und Gewissen nicht den theologischen Weg gehen könne. Über einen Monat habe er geprüft und überlegt, was die Staatskirche und seine Mitchristen von ihm forderten; er habe mit sich gerungen und die Überzeugung gewonnen, dass sein Entschluss richtig sei.

Besonders eine Stelle in dem Brief machte dem alten Japetus zu schaffen; sie lautete:

»Einer der bedeutungsvollsten Lehrsätze in der Bibel ist der über die Erbsünde. Aus der Wissenschaft weiß ich, dass der Tod bereits vor der Existenz der Menschen in der Welt war; der Tod ist also kein Resultat der Sünde der Menschen. Die Blätter der Genesis und die Erdschichten tragen keine übereinstimmenden Inschriften. Die Menschen schrieben die Genesis, die Kräfte in der Natur schrieben die Erdschichten. Die Erbsünde fällt dabei weg! Und in meiner Seele ist kein solcher Hochmut, dass ich, obwohl ich weiß, dass unsere Erde ein verschwindendes Atom im Weltraum ist, denke, Gott würde ausgerechnet dieses Körnchen wählen, um darauf hinabzusteigen, Form anzunehmen und sich zu kleiden, um von den Augen der Menschen gesehen zu werden.«

Immer wieder suchten die Augen des alten Pfarrers diese hervorgehobenen Zeilen. Seine Wangen brannten wie im Fieber; Tränen traten in seine Augen. Niels Bryde stand vor ihm als der Antichrist, als der Geist der Verneinung, dem ewigen Feuer verfallen. Und in dem frommen Gemüt sprach es laut: Sollte er, der Wunderwerke im Wassertropfen geschaffen, Ameisen Weisheit verliehen und in dem kleinen Schnabel der Fliege Adern, Nerven und Muskeln geordnet hat, nicht neben diesen Wundern auch das vollbringen können, sich selbst Glieder und Kleidung zuzulegen, um sich den Augen der Menschen zu zeigen? Sollte er nicht auf dieses Atom herabsteigen wollen, das Erde genannt wird? Armer Niels, du baust mehr auf den Verstand der Menschen als auf den Gottes. Der leere Staub der Erdschichten hat für dich eine stärkere Stimme als das ewige, lebendige Wort, das der Anfang von allem war! Dummer Junge! Hochmütige Seele! Eitelkeit, oder wie Kingo schreibt: »Was ist das doch alles / Was die Welt schminkt mit holder Gestalt / Das sind ja nur Schatten und schimmerndes Glas / Das sind ja nur Blasen und klapperndes Geschirr / Das ist ja nur Eis, Rumpf, Dreck und Leid / Eitelkeit! Eitelkeit!«

Um Mitternacht ging der abnehmende Mond wie eine krumme Sichel über der Heide auf. Bodil war noch nicht im Bett. Das Licht brannte mit langem Docht; sie merkte es nicht. Die Stirn gegen den Fensterrahmen gelehnt, ließ sie in ihrer sorgenvollen Seele das Bild des Bruders entstehen, des Bruders, der auf den falschen Weg geraten war. Sanft wie das Licht, das sich nun über die traurige Heide ergoss, schlich sich ein Vers Ingemanns in ihre Gedanken: »Bete für die sündige Seele! / Ginge kein Sünder zum Erlöser ein / Du selbst würdest ausgeschlossen sein!«

Der Trost des Gebetes richtete den Gedanken auf Gott. Als er wieder bei den irdischen Dingen war, ging Bodil zum Schrank, um Papier und Schreibzeug zu holen. Der Docht wurde geschnitten; dann setzte sie sich und schrieb. Schwere Tränen rollten über ihre Wangen; eine fiel auf das Blatt. Sie beugte den Kopf tiefer; die Feder fiel ihr aus der Hand. Der Brief wurde an diesem Abend nicht beendet; er hätte ihren ganzen Kummer auch nicht aufnehmen können.

Hast du von der Rose des Himmels gehört, deren schneereine Blätter Leben und Gesundheit, Frieden, Sanftheit und Liebe atmen? Jedes Blatt hat eine segnende Macht; durch die Küsse der Engel verteilen sie sich über die ganze Erde. Wo ein solches Blatt hinfällt, wird eine gute Tat zur Welt kommen und gedeihen. Der Brief, in dieser Nacht durch eine Träne geweiht, am nächsten Tag vollendet, war ein solches Blatt.

Wie bei Bodil auf der Heide schien der abnehmende Mond mit seinen klaren Strahlen auch auf die mitternachtsleeren Straßen Kopenhagens herab. Hier und da blinkten noch Lichter. Die Nachtwächter waren damit beschäftigt, auf Anweisung des Magistrats die Laternen zu löschen, denn jetzt, wo der Mond schien, konnte man am teuren Tran sparen. Noch waren die Wächter wach. Eine einzelne »Lais« im »Athen des Nordens«, wie Kopenhagen genannt wird, schwebte wie eine Elfe auf hohen Absätzen um die Ecke. Vor einem Tor bellte ein kleiner Hund so innerlich verbittert, als wollte er sagen: Soll ich vielleicht einen Hausschlüssel tragen? Die da drinnen haben kein Fünkchen Hundeverstand! Wie soll ich denn bimmeln, wenn der Klingelzug zehnmal so hoch ist wie ich selbst! Ihr wisst wohl nicht, wer ich bin! Er ist der Kammerherr, aber eigentlich hat sie das Sagen und ich bin ihr Ein und Alles.

»Das ist der Hund des Kammerherrn«, erklärte der Wächter einem Mann, der aus dem Fenster schaute, aber der schrie nur: »Schlagen Sie das Biest doch tot! Bei dem verdammten Gekläffe findet man ja nie Ruhe!«

»Das geht mich nichts an«, erwiderte der Wächter. »Das Tier gehört dem Kammerherrn und ist ausgesperrt. Ich habe schon geklingelt, aber es macht keiner auf.«

»Oh, der Hund des Kammerherrn!«, sagte Herr Svane ironisch und lachte. Er kam gerade in Begleitung seines Patensohnes Niels Bryde vorbei; sie waren bei Freunden gewesen und wollten nach Hause. »Mit einem so vornehmen Hund sollte man sich nicht anlegen, sonst beißt einen zuerst der Hund und dann die Herrschaft.«

Herr Svane war in bester Laune; er fühlte sich jung mit der Jugend.

»Halt 's Maul!«, rief Niels Bryde dem Hund zu, aber der nahm es sich nicht zu Herzen. Er zeigte Selbstständigkeit und äußerte sich weiter in seiner Sprache.

»Ich möchte mal wissen, ob der Köter das Haus anbellt oder ob er uns meint. Verstehst du, was er sagt?«

»Nichts, was uns zur Ehre gereicht«, antwortete Herr Svane. »Ich verstehe ihn bestens, kann mich sehr gut in ihn hineinversetzen, mich ganz und gar auf seinen Standpunkt stellen. Ich wollte schon immer so ein vornehmer Hund sein, der zum Haushalt gehört! Glaub mir, er schaut auf uns alle herab, auf die da drinnen und auf uns hier draußen, auf alles, was man Menschen nennt! Wir sind ja auch etwas ganz Eigenes und nicht von seiner Art. Er weiß vermutlich aus seiner Welpenschule, dass der Mensch erst dazukam, nachdem die ganze Welt und alles Lebende bereits erschaffen war. Mehr wäre eigentlich nicht nötig gewesen, aber nein, es musste ja noch so ein Schnörkel sein, so ein Spaß obendrauf – und das war der Mensch. Was für ein seltsamer Bursche, sagten all die anderen Geschöpfe, die rechtzeitig entstanden waren. Was ist das für einer, dieser Mensch? Er ist weder Tier noch Engel, weder das eine noch das andere! Eine Art Auffassungsgabe besitzt er, wenn auch geringer entwickelt als bei uns Tieren. Die Biber bringen ihm bei, Häuser zu bauen, die Ameisen und Bienen, eine Staatsverfassung zu haben. Aber er kann es nicht richtig begreifen! Die Menschen müssen so vieles erst erwerben, was uns angeboren ist. Ausgezeichnete Hilfsmittel haben sie, aber ich glaube nicht, dass der Adler seine Augen gegen eine ihrer besten Brillen eintauschen würde. Sie bilden sich viel auf ihren Orientierungssinn ein, aber damit würde kein Storch heimfinden. Was also zeichnet sie aus? Nur ihr Hochmut! Sie nennen sich Herren der Schöpfung – und doch kann ein Kutschpferd mit einer ganzen Menschenfamilie durchgehen und sie in den Tod befördern!«

Niels lachte und meinte, Herr Svane solle ein Werk verfassen: »Das Hundeleben von einem höheren Standpunkt«. Darin müssten die Menschen wie lächerliche Karikaturen herumtanzen, denn die Zeit der Originale sei vorbei!

»Oh nein«, rief Herr Svane. »Sie haben sich nur weite Mäntel umgelegt und sehen alle gleich aus. Lass dich mit ihnen ein, lüfte die Maskerade und du wirst entdecken, dass mindestens jeder Zehnte einen brauchbaren Charakter für ein Lustspiel abgibt. Ich zeige sie dir! Ich werde mir irgendeinen Spaß ausdenken, damit sie sich bei dir melden. Du bekommst sie auf dem Tablett serviert, sei nur darauf gefasst!«

Während des Gesprächs waren sie in die Nähe von Herrn Svanes Wohnung gelangt und standen auf dem Garnisonsplatz, der zu jener Zeit noch eine wüste Fläche war. Große Steinhaufen lagen hier überall verteilt; niedrige Fachwerkhäuser und hohe Lagerhäuser mit Luken verstärkten noch das triste Aussehen. Ein großer Holzschuppen, der als Fleischerei diente und vor dem Keulen, blutige Lebern und Lungen hingen, prangte gerade an der Stelle, wo der Dreck am tiefsten war. Deshalb schlug Herr Svane vor, dass sie sich an dieser schwer passierbaren Grenze trennen sollten. Doch Niels Bryde, durch den Humor seines Paten mitgerissen, wollte diesen bis zur Haustür begleiten, und als sie dort ankamen, ging er mit hinauf.

»Kirchengeschichte und Dogmatik werden heute Nacht wohl nicht studiert«, stellte Herr Svane fest. Sie konnten also noch eine Zigarre zusammen rauchen.

»Kirchengeschichte und Dogmatik gehören nicht mehr zu meinem Brotbaum«, gestand Niels Bryde. »Dennoch wächst der Baum. Man hat immer einen Ausweg: Man kann Nachtwächter werden!«, fügte er lächelnd hinzu. »Lehren Sie mich die Sprache der Tiere; Sie haben heute Abend gezeigt, dass Sie die verstehen. Das kann ein sehr geistreiches Leben sein! Ganz zu schweigen von den Einkünften zu Ostern, Pfingsten, Weihnachten und an anderen Feiertagen. Glauben Sie nicht, dass ich Stimme genug habe, um Nachtwächter zu werden, falls alles andere fehlschlägt?«

»Oben in Jütland würde man diese Magistratsanstellung als unwürdig betrachten – für einen zukünftigen Bischof oder Kultusminister!«, spottete Herr Svane.

»Ich muss es Ihnen sagen«, rief Niels und war plötzlich ganz ernst. »Ich habe das Studium der Theologie aufgegeben.«

»Aufgegeben?«, wunderte sich Herr Svane, der in den zurückliegenden Wochen engsten Umgangs mit Niels weder etwas gehört noch geahnt hatte. »Und was sagen die da oben dazu?«

»Sie sagen, dass ich schlecht gehandelt habe, dass ich undankbar sei. Aber ich kann nicht anders! Die Sache ist durchdacht und durchstritten. Ich will Feldscher werden, wie der Alte es genannt hat, und Körper zusammenflicken. Doch reden wir heute Abend nicht davon. Ich war guter Laune und will sie mir nicht verderben. Lassen wir der Sache ihren Lauf. Ich kann mich gut selbst leiten und mir helfen; das muss jeder gesunde Mensch können!«

»Aber wenn die Liebe kommt, wenn man nicht mehr allein sein kann?«, fragte Herr Svane.

»Vor fixen Ideen muss man sich hüten – und etwas anderes ist die Liebe doch nicht! Sie selbst sind doch den größten

Teil Ihres Lebens von ihr verschont geblieben; bestimmt konnten Sie sich einzig und allein deshalb ihren frischen Humor bewahren! Das kann ich auch schaffen – weil ich es will! Haben Sie nicht gezeigt, dass Sie es konnten?«

»Nein!«, erwiderte Herr Svane heftig. Er drückte seinem Patensohn die Hand und lächelte dann. Sein Gesicht zeigte, dass er sich über seinen Ausbruch ärgerte. Vielleicht ging ihm die alte Weisheit durch den Kopf: Hüte dein Geheimnis, denn wenn du es entschlüpfen lässt, bist du sein Gefangener!

Wie oft hatte es nicht geheißen: Herr Svane hat niemals an jemand anderen gedacht als an sich selbst und daran, Späße und sarkastische Bemerkung zu machen oder zuweilen ein Misanthrop zu sein. Er hat nie an das gedacht, wovon die jungen Lyriker immer singen: an »Sie« – oder warum Werther sich das Leben nahm. Die Welt glaubt alles zu wissen und weiß doch so wenig.

»Ich habe deinen Sinn, deinen Mut gehabt – und kann dir nur mit Goethes Worten sagen: *Eines schickt sich nicht für alle! / Sehe jeder, wie er's treibe. / Sehe jeder, wo er bleibe, / und wer steht, dass er nicht falle!*«

»Auch Sie!«, rief Niels und ergriff seine Hand als Ausdruck der Verwunderung und Anteilnahme. Eine Saite war berührt, die nicht klingen durfte, nicht klingen sollte – denn auch Herr Svane sagte: Weil ich es will! Es wurde auch kein Wort mehr davon gesprochen. Hätte Niels jedoch wie König Salomo die Sprache der Tiere verstanden, hätte ihm das Hundegebell noch vor dem Schlafengehen von ihr erzählt, die nun nicht mehr schwebend, schlank und jugendfrisch war wie einst, die aus jenen Tagen einzig und allein einen Teil des Glanzes in ihren Augen bewahrt hatte – aber nicht den Zauber, der einen Strohhalm in einen blühenden Rosenzweig, ja in ein wild tänzelndes Ross zu verwandeln vermag. Armer Pate, dachte Niels, auch er hat sich an der Flamme verbrannt. Ob Wachskerze oder Talglicht, es tut gleichermaßen weh. Ich werde mich nie verlieben, jedenfalls nicht so richtig! Ich weiß es! Ich habe anderes vor in dieser Welt!

Das waren Niels Brydes Gedanken, als er sich von Herrn Svane verabschiedet hatte und auf dem Heimweg wieder an dem Haus des Kammerherrn vorbeikam. Der Nachtwächter schien zu schlafen, doch der kleine Hund sprang noch herum, ohne zu bellen. Er lief zu Niels, beschnüffelte ihn; er wollte wohl Bekanntschaft schließen und mit ihm gehen. Niels jagte ihn weg, doch vergebens. Als er seine Haustür erreichte, stand der Hund neben ihm und sah ganz kläglich aus, als wollte er um ein Nachtlager betteln.

»Dann komm«, sagte Niels Bryde.

Der Mond schien in die Stube, genau auf das alte Porträt des ungnädig dreinblickenden hochadligen Fräuleins, das vor dem Loch in der Tapete hing. Waff flog mit freudigem Geheul auf seinen Herrn zu, empfing den kleinen fremden Hund jedoch mit einem unfreundlichen Knurren. Niels gebot Frieden und Kameradschaft, füllte den Trinknapf und brach ein paar Stücke Brot für die beiden. Der fremde, feine Hund verschmähte das Mahl und begnügte sich mit einem Schluck Wasser. Bald lag er mit Waff friedlich auf dem Teppich unterm Tisch. Niels Bryde ging ebenfalls zu Bett und schlief bald ein, ohne vorher an den Pfarrhof auf der Heide und an Bodil gedacht zu haben, die gerade in dieser stillen Nacht um ihn geweint und für ihn gebetet hatte. Was ihr auf der Seele lag, hatte sie dem weißen Papier anvertraut und es dadurch zu einem Blatt der Schönheit, einer himmlischen Rose, gemacht. Niels schlief so fest wie schon lange nicht mehr, denn vieles hatte ihn in der letzten Zeit bewegt. Wir werden davon hören.

2. GENIE UND BLINDER ALARM

Niels Bryde war vor etwas über sechs Wochen aus Jütland nach Kopenhagen zurückgekehrt, wütend auf die zu Hause – vielleicht gerade weil er fühlte, dass er nicht ganz Recht hatte. Jede Erinnerung von dort war er durchgegangen, um alles Bittere herauszufinden und festzustellen, wie rücksichtslos er dort behandelt worden war. Der Alte vergaß wohl ganz, dass das Kind mit den Jahren zum Mann herangewachsen war und dass Wohltaten kein Patent auf Despotie über Person und Gedanken verleihen! Sein Wille erhob sich, seine natürlichen Neigungen rührten sich stärker; das hemmende Band musste und sollte gesprengt werden. Jetzt fühlte er beinahe Unwillen, ja Misstrauen gegen alles, was Geistlichkeit genannt wurde. Sein Gedächtnis kramte jeden Fehler hervor, den der eine oder andere Pfarrer gemacht hatte, sei es aus Mangel an Begabung oder aus menschlicher Schwäche. Die Predigten des einen klangen für ihn wie herz- und geistlos zusammengekleisterte Bibelstellen, ein anderer sprach wie ein ganzes Beet voller Rosen und Tulpen, ein dritter wollte Eindruck machen, indem er mit dem »Tor der Hölle« knallte – alles leer, alles »unchristlich«. Wenn ich so einer werden würde – das könnte den Alten da drüben gefallen, sagte er bitter zu sich selbst.

Bodils erster Brief, der schon in der Woche nach seiner Rückkehr Kopenhagen erreichte, war lieb gemeint und ganz einer seinetwegen betrübten Seele entströmt. Doch der Hinweis auf seine Heftigkeit und seine Jugend kränkte ihn; der Brief wurde deshalb nicht beantwortet. Er erkannte, dass sich etwas Dämonisches in ihm regte, aber er lauschte darauf und entschied, dass jeder Mensch den Mut haben müsste, all die wilden Gedanken und Kräfte heraussprudeln zu lassen und sie zu untersuchen, um die Quelle zu finden und die Motive für seine Handlungen zu verstehen – selbst wenn diese schlecht wären! Der Mensch müsste ohne Angst in das eindringen können, was ihm heilig ist, müsste sich mit jeder geistigen Ausschweifung, ja mit der Sünde selbst vertraut machen können. Er müsste seinen Hang zum Laster vor sich selbst eingestehen und die Macht seiner Seele in dieser Richtung kennen. Er müsste wissen, ob das Christentum Wahrheit ist, und den Mut haben, seine Überzeugung zu äußern, um kein Lügner zu sein wie die meisten! So sprach es in Niels Bryde.

Pfarrer konnte und wollte er nicht werden – aber was dann? Ørsteds naturwissenschaftlicher Vortrag behielt lange die Oberhand. Doch der höhnische Klang, den er in den Worten seines Pflegevaters »werde Feldscher, flicke Körper zusammen« gehört haben wollte, verlieh der Medizin gleichsam einen Glorienschein. Der tüchtige Arzt war eine gesegnete Macht, ein Tröster und Engel der Erlösung. Er konnte seinen Glauben in Taten zeigen. Arzt wollte Niels Bryde werden!

Die gut bezahlten Unterrichtsstunden wollte er nicht aufgeben; sie sicherten ihm ein dürftiges Auskommen. Vom Pfarrhof konnte und wollte er keine Unterstützung mehr annehmen. Die Schuld sei groß genug, meinte er; sie dürfe nicht anwachsen.

So stand es also an dem oben erwähnten Abend, als Niels Bryde sich schlafen legte und der Hund des Kammerherrn und Waff Bekanntschaft schlossen. So stand es auch am Morgen, als er sich, nachdem er sich angekleidet, Kaffee getrunken und ein Weilchen nachgedacht hatte, mit Anne Sophie, Madam Jensens Dienstmädchen, auf den Weg machte. Anne Sophie trug den Hund des Kammerherrn, und zu dessen Heim begaben sie sich nun. Dort musste man inzwischen aufgestanden sein, und so war es auch.

Die Dame des Hauses empfing sie. Sie war eine sehr korpulente Frau, eigentlich zu alt, um noch Nackenlöckchen zu tragen, doch hatten ihr dieselben gewiss gut gestanden, als sie noch jung gewesen war. Das konnte sie nicht vergessen; sie schien eine alte »Gurli« zu sein, bei der die Naivität über Jahre gereift war. Die Intelligenz war bei ihr der Stängel, nicht die Blüte. Ihre Augen waren noch schön; das musste ihr bewusst sein. Dennoch ließ sie salzige Tränen darüber fließen. Sie weinte wegen Zemire, die auf der Straße und bei Wildfremden gewesen war. Der Hund winselte vor Freude, Frau Kammerherrin schluchzte und vergaß ihre Dankbarkeit gegenüber »dem Retter«, wie sie sich ausdrückte. Doch immerhin erklärte sie, dass ihr Haus dem Herrn Studenten Niels Bryde von diesem Tag an stets offen stehe; er sei »durch Zemire eingeführt«.

Der Kammerherr begann ein Gespräch über das Skandinavische und wollte gern wissen, was sich dahinter verberge und was die Studenten dazu meinten! Herr Bryde antwortete, wie hundert andere hätten antworten können, und das Ehepaar hielt ihn daraufhin für einen sehr geistreichen Menschen. Man lade ihn gleich für nächste Woche ein; eine so großartige Soiree müsse einen Studenten aus Jütland doch interessieren.

Zwei Tage später, früh am Morgen, trat Madam Jensen mit einer Zeitung in der Hand in das Zimmer ihres Mieters. »Was steht denn hier in diesem Blatt? Ist das nicht unsere Hausnummer? Svaertegade … ja … richtig. Und wohnen wir nicht im dritten Stock?«

»Ganz recht«, bestätigte Niels.

»Aber … vergeben Sie denn ein Legat von zweitausend Reichstalern? Das ist wirklich nett zu lesen, aber ich verstehe es nicht!« Und sie zeigte ihm einen Artikel mit der Überschrift: »Verkanntes Genie gesucht!«

»Das ist sehr amüsant«, meinte Niels Bryde, als er den langen Text durchgelesen hatte, der sich als Stoff zu einem Lustspiel eignete oder wenigstens für eine Sammlung origineller Typen dienen konnte. »In der Welt geht es immer noch wie in der Komödie zu«, hieß es da zu Beginn. Und dann wurde von zwei Brüdern berichtet; der eine sehr praktisch veranlagt und wohlhabend, der andere sehr genial, aber mittellos. Zum Schluss habe der Arme, der auch noch erkrankt sei, den Reichen um Hilfe bitten müssen. Der habe ihm einmalig fünfundzwanzig Reichstaler geschickt, die er vernünftig für den Arzt, den Apotheker und andere Notwendigkeiten ausgeben sollte. Aber es war gerade der Tag vor der letzten Ziehung der Klassenlotterie, und der Arme kaufte ein ganzes Los. Seine Zahlen wurden gezogen; das Genie gewann die hundertfünfzigtausend Taler – und starb. Starb, bevor ihm die Summe ausbezahlt wurde. Aber ein Testament habe er bezüglich des Lottogewinns noch aufsetzen können. Darin sei festgelegt, dass die jährlichen Zinsen von den hundertfünfzigtausend Reichstalern, also etwa zweitausend Taler, einem dänischen verkannten Genie zufallen sollten. Deshalb fordere man heute, am Geburtstag des Verstorbenen, die verkannten Genies auf, entweder Briefe unter dem Kennwort »Verkannt« mit entsprechenden Beweisen einzusenden oder sich persönlich »vor bürgerlicher Mittagszeit« in der Svaertegade einzufinden. Und hier war wirklich Madam Jensens oder besser Niels Brydes Adresse angegeben, denn es hieß, man möge sich bei dem Studenten melden, dessen Name an der Tür stehe.

Das Ganze war offensichtlich ein Scherz, und Niels dachte deshalb sofort an Herrn Svane, der ja versprochen hatte, ihm zu zeigen, wie reich an Originalen die Stadt sei. Aber sollte ein Mensch wirklich so einfältig sein, diese Annonce ernst zu nehmen? Erfinde das Unglaublichste, es wird doch Gläubige finden, wie auch das schlechteste Buch sein Publikum findet. Es kamen ein paar Briefe; einer davon ging scherzhaft auf den Spaß ein, die anderen schienen die Sache ernst zu nehmen. Vier Herren sprachen persönlich vor, aber wir wollen uns nur auf einen konzentrieren – nicht weil er der originellste gewesen wäre, sondern weil er der einzige war, dem Niels Bryde noch einmal begegnen sollte.

Madam Jensen war noch im Zimmer, entfernte sich jedoch, als diese Person eintrat. Es war ein älterer Herr im Frack, der eine Rosshaar-Halsbinde und, wie wir glauben, einen Stehkragen aus Papier trug. Er meldete sich als einer der Aufgerufenen, als ein ganz und gar Verkannter, was er diesmal als sein Glück, seine Zukunft ansehe. Als Niels Bryde ihn fragte, wer er sei, antwortete er mit einer Gegenfrage: »Kennen Sie Salomon de Caus, den Erfinder der Dampfkraft? Das war ein ausgezeichneter Mann, der hoch über seinen Zeitgenossen stand; deshalb sperrten sie ihn ins Irrenhaus. Schade, dass er nicht mehr lebt; er wäre genau der richtige Mann für die Leibrente gewesen. Ich erwähne ihn, obwohl ich sein erklärter Gegner bin, denn ich halte nichts vom Dampf, viel zu teuer, brauche ich gar nicht!«

»Sie meinen ...«, begann Niels Bryde.

»Dampf kostet Geld, muss unterhalten werden«, erklärte der Mann. »Dampf kostet Menschenleben; ich habe eine bessere Methode, ohne Kosten, und ungefährlich. Nur die Maschine, und ich kann sagen: Hier, bitte, es ist umsonst, Sie bekommen sogar noch Geld dazu! Und es funktioniert!«

»Sie haben also ein billigeres und sichereres Mittel als Dampf?«

»Jawohl! Sie kennen sicher dem Namen nach Robert Fulton, den Erfinder des Dampfschiffes. Er begann ganz klein mit einem Tretrad, und das Boot setzte sich in Bewegung. Genau so war es richtig – beim Einfachen beginnen! Alles ist einfach in dieser Welt. Ich will das Bein heben, gut, also hebe ich das Bein! Ich will den Arm beugen – ich beuge ihn! Das kostet nichts, da ist kein Dampf im Spiel und auch kein Trick, da ist nur die Kraft des menschlichen Willens. Er treibt das Schiff an, wenn er mit einer Tretmaschine in Verbindung gebracht wird!«

Und nun erklärte er, wie das ganze Verdeck des Schiffes mit Tretbrettern und Übertragungselementen seiner Konstruktion versehen werden müsste. Die Passagiere würden einfach auf und ab gehen und treten und treten; so entstände die Bewegung, die das Schaufelrad antriebe – und es würde nichts kosten!

»Dampf ist ein Irrweg«, fuhr er fort. »Dreht sich die Erde durch Dampf, bewegen sich Mond und Planeten durch Dampfkraft? Nein, das Ganze ist einfach – und eine Maschine. So geht es! Hätte Napoleon Tretmaschinen gekannt, wäre er nie auf St. Helena geblieben. Aber da war mir die Idee noch nicht gekommen, und außerdem kannte ich Napoleon nicht und er mich auch nicht. Er verwarf die Dampfkraft; das ist unsere Gemeinsamkeit, darin treffen wir uns!«

Niels Bryde wusste nicht recht, ob der Mann verrückt war oder nur das »Genie-Fieber« hatte. Was sollte er ihm antworten? Das Einfachste und sicher Richtigste war, die Wahrheit zu sagen: dass ein Zeitungsspaß sie zusammengeführt habe, dass alles nur Erfindung sei, dass er kein Legat zu vergeben habe, dass gar kein Geld da sei. Verwundert merkte er, dass der Mann dadurch weder wütend noch niedergeschlagen wurde. Er sagte nur: »Wirklich? Ja, das habe ich mir schon gedacht.« Dann fuhr er fort, die Einfachheit und den außerordentlichen Nutzen der Tretmaschine zu erklären. Es schien beinahe, als wäre der Mann vollkommen zufrieden mit der Entwicklung der Dinge; immerhin hatte er einen geduldigen Zuhörer für seinen Plan gefunden. Als er ging, musste Niels ihm versprechen, sich das Modell der Tretmaschine einmal anzusehen, eine Art Lastkahn, der an »Larsens Platz« lag. Dass Niels nicht hinging, gehört nicht hierher. Sie trafen erst in einer der ernstesten Stunden des Lebens wieder aufeinander.

Von den Briefen, die eingingen, wollen wir auch nur einen hervorheben, der Niels besonders ansprach. Er vermutete einen Scherz dahinter, doch Herr Svane meinte: Ganz im Gegenteil, er sei ganz und gar ernst gemeint und geschrieben. Die Unterschrift lautete: »Kein Genie, nur ein Herz«.

»Verzeihen Sie! Ich wäre gern zu Ihnen gekommen, aber ich bin eine Frau, also muss ich schreiben. Ein Genie bin ich nicht, habe aber Herz und Gedanken für dasselbe. Erlauben Sie daher, dass ich mich auf die Anzeige hin melde.

Ich will Ihre kostbare Zeit nicht über Gebühr in Anspruch nehmen, deshalb habe ich hier kurz, klar und aufrichtig niedergeschrieben, was ich Ihnen sagen will. Ein verkanntes Genie hat die Glorie seiner Zukunft eben in seiner Verkanntheit – nehmen Sie ihm nicht die Hälfte seiner Glorie, indem Sie ihm zweitausend Reichstaler im Jahr geben! Ich habe einen anderen Vorschlag für die Verwendung des Legats und möchte Ihnen denselben zwecks gründlicher Erörterung Ihrerseits schriftlich darlegen. Man kann sagen, dass wir in einem Zeitalter der Monumente leben; für alle Großen sollen Monumente errichtet werden. Aber, so frage ich, haben die Großen nicht Monument genug in sich selbst? Ich glaube und meine: ja! Es wäre doch weit richtiger, wenn man an Monumente für die Kleinen dächte, die sie viel nötiger haben. Mit den Kleinen meine ich Genies, die es nicht bis zur Größe geschafft haben und doch taten, was sie konnten. Es könnte schön und erhebend sein, den kleinen, wirklichen Genies Monumente zu errichten, zum Beispiel dem Erfinder der chemischen Streichhölzer, die nicht riechen! Das ist eine Erfindung, die ins Leben greift und in ihrer Art, im Kleinen eben, genauso viel zu sagen hat wie der Dampf im Großen. Ich habe nachgedacht und meine, es wäre angebracht, dem Erfinder der Kräuselmaschine ein Denkmal zu setzen. Wie viele Mütter mit ihren Kindern leben nicht allein von der Kräuselmaschine! Diese Erfindung ist ein Segen; der Erfinder selbst jedoch ist so ›verkannt‹, dass nicht einmal sein Name aufgezeichnet ist. Vielleicht handelt es sich auch um eine ›Sie‹. Ich nehme an, es war eine Frau – lassen Sie uns ihr ein Monument errichten! ›Die Kleinen können so groß sein!‹, hat ein großer Dichter gesagt. Lassen Sie uns an die verkannten Kleinen denken, von denen wir wissen, dass sie wirkliche Genies waren, und die Leibrente dafür verwenden. Das ist meine Überzeugung, mein Gedanke; greifen Sie ihn auf, indem ich unterschreibe …

Kein Genie, nur ein Herz

PS: Vieles wollte ich noch sagen, aber es ist doch so ziemlich enthalten in dem, was ich geschrieben habe, und ich möchte Ihnen nicht die kostbare Zeit stehlen.«

Diesen Brief, ja den ganzen Packen, steckte Niels Bryde in die Tasche und begab sich zu seinem Paten, Herrn Svane, der den Spaß angezettelt hatte. Die Besuche wurden referiert, die Briefe vorgelesen. »Nun, war das nicht ein guter Einfall?«, schmunzelte Herr Svane. »Man müsste eine ganze Komödie schreiben; ›Genie und blinder Alarm‹ könnte sie heißen. Der blinde Alarm würde denen gelten, die sich gemeldet haben; das Genie müsste der Dichter selbst beisteuern.«

»Schreiben Sie sie!«, forderte Niels.

»Nein, ich habe gerade eine andere Idee, die ich aber auch nicht verwirklichen werde«, erklärte Herr Svane. »Obwohl ich glaube, die würde mir mehr behagen als das Korrekturlesen, die Auktionsbesuche und all die anderen kleinen Knochen, an denen ich nage. Ich könnte eine Zeitung herausgeben – oder gleich zwei, eine zahme und eine bissige! Die zahme würde stets mit einer lyrischen Studie von einem jungen Dichter beginnen, eben sehr dezent am Anfang. Dann Leitartikel mit Charakter und klarer Wertung: sehr gut, beachtlich, mittelmäßig; dafür bekommt man Beiträge von rechts und links. Im unteren Teil müsste ein langer französischer Roman abgedruckt werden – aber nicht zu lang! Das bissige Blatt nenne ich *Das Halseisen.* Jeder kann da hineinkommen, und immer wird es einige Auserwählte geben, auf die man zurückgreifen kann. Es freut die Leute, Bekannte zu entdecken. Kunst und Theater gehören natürlich auch hinein, humoristische Kraftanstrengungen beim Putzen von Straßenlaternen und Anspucken von Sternen.« Herr Svane lachte, und dabei blieb es.

Niels erzählte von seiner neuen Bekanntschaft mit dem Kammerherrn samt Gattin und dass er eine Einladung zum Tee erhalten habe, zum großen »Rout«, und dass er von

Zemire eingeführt worden sei, wie die Dame sich ausgedrückt habe. Er berichtete, wie das Ganze abgelaufen war, und Herr Svane erkundigte sich besonders nach der gnädigen Frau, wie sie ausgesehen, welchen Eindruck sie auf ihn gemacht habe. Niels hatte keine wirkliche Meinung von ihr, da er sie nur in Ekstase, lächelnd und weinend zugleich bei Zemires Heimkehr, gesehen habe. »Sie ist sicher einmal recht hübsch gewesen.«

»Wunderschön!«, verbesserte ihn Herr Svane und war plötzlich ganz ernst.

»Aber wohl unbedeutend«, meinte Niels gleichgültig. »Ich hatte den Eindruck, dass sie – vielleicht urteile ich da etwas vorschnell – ganz gut zu den Originalen passen würde, die Sie mir heute geschickt haben.«

»In ihrer Jugend galt sie als geistvoll – ich meine begabt, mit Sinn für das Schöne. Sie war ja eine der schönsten Frauen Kopenhagens! Ein Lächeln von ihr hat manch einen glücklich gemacht; ein Tanz mit ihr manches unerfahrene Herz verrückt spielen lassen. Damals sah sie aus, wie man sich eine Feenkönigin vorstellt: zart, anmutig – und diese herrlichen Augen!«

»Die Augen – oh ja«, bestätigte Niels. »Aber der übrige Zauber ist leider dahin. Sie haben sie wohl gekannt, als sie jung war?«

»Natürlich! Wer würde das reizendste Mädchen der Stadt nicht kennen und beachten? Deshalb wurde sie ja auch Kammerherrin.« Mehr verriet er nicht. Wäre Niels erfahrener im Umgang mit den Entwicklungen und Verwicklungen des erotischen Elements gewesen, hätte er schneller verstanden, worüber Herr Svane nie sprechen wollte!

Der Abend der Soiree kam. Um neun Uhr traf ein Teil der Gesellschaft ein, der andere zwischen zehn und halb elf. Es waren allzu viele Leute für die kleinen Räume; Diplomaten, Damen und – nicht zu vergessen – Thorvaldsen! Man stand eng aneinander gedrückt; es war sehr warm und schrecklich langweilig. Die Italiener sollten singen, sagte man; der

Tenor Ciaffei wolle kommen. Die Lichter strahlten und ebenso die Augen der Kammerherrin. Niels Bryde empfing das freundlichste Lächeln; »Monsieur l'étudiant!«, lautete der Willkommensgruß, und »Grüße von Zemire« – darin erschöpfte sich auch schon die Konversation, die ihm zufiel, und danach konnte er ihre Intelligenz schwer beurteilen. Gesang gab es nicht, dafür Salate und schlechten Rotwein. Die eigentliche Offenbarung ihrer Gnade zeigte sich erst ein paar Tage später.

Zufällig traf Niels den Kammerherrn genau vor dessen Haustür. Die Frau, die am Fenster saß, erwiderte seinen Gruß. Als der Gemahl unseren jungen Studenten fragte, ob er mit hinaufkommen wolle – ein Höflichkeitsbesuch, wusste Niels, war fällig –, ging er mit. Und so lernte er die gnädige Frau kennen, die einst im Zauber der Jugend durch ihr Äußeres Herzen in Flammen gesetzt hatte und Herrn Svanes »ständiger Gedanke« gewesen war. Um sie zu gewinnen, hatte auch Herr Svane sich auf den Flügeln des Geistes emporschwingen wollen, Erfindungen machen, nicht den gewöhnlichen Weg gehen, denn auf diesem wäre die schöne Fee nicht zu erobern gewesen. Aber der ganze Zauber dieser Schönheit hatte allein im Äußeren gelegen; jetzt war er vergangen und nur das Innere geblieben. Das Lächeln, das sie in jungen Jahren geschmückt hatte, war zu einem breiten Grinsen geworden; die Cendrillon-Locken standen der Matrone nicht mehr, und die Wortkaskaden, die ihr entströmten und die sie für Beredsamkeit hielt, spülten jeden gedanklichen Faden fort. Sie gehörte zu denen, die reich an Gesprächsstoff sind, deren Rede aber nur aus Kapitel-Überschriften besteht, aus kurzen Sätzen, die nicht weiter ausgeführt werden.

Ein guter Kupferstich der Sixtinischen Madonna aus Dresden hing an der Wand und lieferte das erste Gesprächsthema. Herr Bryde kenne das Original, sei also gereist, habe sie gehört.

»Das ist wunderbar!«, sagte die Dame. »Und die Hotels – Eleganz – Sofas mit Samt, wie man es gewohnt ist – Berlin – Dresden – ja, und Venedig! Das ist meine Stadt! – Wasser – Mondschein – Paläste – Marmor bis zur Kellertreppe – die alten Dogen – man fühlt sie – und die Schweiz – wieder ganz anders – waren wir letztes Jahr – oben in den Wolken – gute Landstraßen – Schwindel erregend – ich fiel auf die Knie – und doch bin ich kein junges enthusiastisches Mädchen mehr – Gottes Allmacht – man muss reisen – selbst reisen – sonst ist man nicht auf Reisen gewesen!«

Niels Bryde gelang es nicht, auch nur ein Wort zu antworten; eine Pause entstand erst, als Zemire ihren Kopf aus dem kleinen Korb steckte und Herrn Bryde wiederzuerkennen schien.

»Ihr Schützling!«, rief die Kammerherrin. »Zemire – intelligent – Menschengedanken – die Soiree!«

So ging es über eine halbe Stunde. Zemire lag auf Frauchens Schoß und wand sich, und Herr Bryde wand sich ebenso. Es war, als bekäme er eine Konversationsdusche. Über alles wurde gesprochen, aber immer nur in kleinen Häppchen. Niels Bryde hatte ein Sausen im Kopf, als wäre er im Sturmwind auf einer brausenden Lokomotive gefahren. Dankbar küsste er der Dame die Hand, als er sich endlich verabschieden durfte.

»Sie ist furchtbar!«, sagte er zu Herrn Svane, der sicher dasselbe geäußert hätte, wäre er jetzt mit ihr bekannt gewesen. Fünfunddreißig Jahre war es her, seit er in der Reihe der Bewunderer gestanden hatte und bemerkt worden war. Beinahe wäre er der Glückliche geworden, doch dann kam der Kammerherr … Damals blickte Herr Svane noch mit den verliebten Augen eines Jünglings, und sie war so reizend – alles, was sie sagte, wurde Musik. Die Zeit trennt und klärt, doch Herr Svane war nicht zur Klarheit gekommen und trug sein Geheimnis wie ein Mysterium, einen schönen Traum, der sich nie erfüllt. Und das war sein Glück – aber er wusste es nicht, ahnte es nicht!

Der Brief von Bodil, den sie an jenem Abend in Kummer und Liebe geschrieben hatte, machte einen guten, einen tiefen Eindruck auf ihren Bruder. Er fühlte einen Drang, wieder vertrauensvoll mit ihr Gedanken und Anschauungen auszutauschen, ihr wieder näher zu kommen. In dieser Stimmung, in der die gute Natur in ihm die Übermacht hatte, schrieb er einen Brief, den ihm das Gefühl diktierte. Wir wollen ein paar Zeilen daraus hervorheben, die Bodil wohlgetan hätten, wäre der Brief je abgeschickt worden.

»Glaub mir«, schrieb er, »ich verstehe deine Seele und deine Gedanken so gut! Du bist weit liebenswerter und gütiger, als ich es je werden kann in dieser Welt, deren Strömungen, die guten und die schlechten, durch meinen leicht beweglichen Sinn fließen. Dein Glaube ist ein Schatz für dich, eine Goldmünze, und es wäre dumm von mir, über deren Prägung zu streiten. Denk dir, dass ich vielleicht aus allen Tiefen der Natur sammeln muss, um die Summe an Reichtum zu finden, die sich an Bedeutung mit deiner messen kann. Möglicherweise gelingt es mir mit allem Suchen und Sammeln nicht, den Reichtum zu gewinnen, den du in deinem Goldschatz schon besitzt.«

Das schrieb er. Am nächsten Morgen jedoch las er den Brief durch und fand, dass er ein Geständnis abgelegt hatte – nicht im Klaren, sondern kränklich und schwankend zu sein. Er hatte einen »weibischen Brief« geschrieben, den er zerreißen musste. Schnell schrieb er einen anderen, einen lebendigen, klugen – jedenfalls sollte er so wirken. Darin schwärmte er, wie sehr ihm seine Wissenschaft gefiele und dass er den für ihn einzig richtigen Weg gewählt habe.

Der Brief war perfekt aufgesetzt, ein Herzschlag war darin aber nicht zu vernehmen, dem Bodil hätte lauschen können und der ihr Hoffnung auf eine Erneuerung der alten, lieben Tage hätte geben können. Doch die Gelassenheit und

Sicherheit, die aus seinen Worten hervortrat, gab es bei ihm in Wirklichkeit nicht. Angeborene und fest verwurzelte Vorstellungen, wie er sie selbst nannte, kletterten plötzlich wie der Schwamm in neuen Gebäuden empor, und das starke Gebälk, das die Wissenschaft errichtet hatte, drohte einzustürzen. Bodil hätte gesagt, es sei Gottes Stimme, die ihn warne und rufe. Immer stärker wurde der Drang, zu wissen und zu verstehen. Er vertiefte sich so manche Nacht bis zum Morgengrauen in die Bücher, so dass Madam Jensen meinte, das könne nicht gut gehen – man müsse auch ohne solche Anstrengungen Pfarrer werden dürfen.

Mehr und mehr gerieten für ihn das Reich dieser und das Reich jener Welt in Widerspruch. Besonders interessierte ihn die Anatomie, und er war in den Vorlesungen sehr aufmerksam. Er sah und begriff, wie unser tierischer Körper von kleinen Zellen gebildet wird. Eine entspringt der anderen, alles Leben entsteht daraus. In seiner Betrachtung verlor er sich, wie so viele, im Studium oder der Bewunderung der einzelnen Zellen und stellte sich in seinem Gedanken-Zusammenhang nicht außerhalb des Ganzen, nahm die Lehre nicht an, die uns selbst das kleinste Vogelei erteilt. Auch darin bilden sich die Zellen, teilen und verändern sich, und wo sich dem gemeinen Auge ein langer schwarzer Streifen als Symbol des Zugrundegehens zeigt, entdeckt der wissende Blick den Übergang zu etwas Wichtigerem. Der Streifen wird Rückgrat; die höhere Entwicklung schreitet voran. Ein Pulsschlag ist zu beobachten; eine Schöpfung, der lebendige Vogel, entsteht. Die Vernichtung führt zu dem höheren Gedanken: Alles ist vorausschauend weise bedacht und vorhanden, bis hin zu der scharfen Schnabelspitze, mit der das Küken die harte Schale aufbricht. Niels Bryde beschränkte sich jedoch noch auf die Zellen – und viele kommen gar nicht weiter.

Er wusste um die Macht der Elektrizität, alle Sinneswahrnehmungen hervorzubringen: die Prismaformen für das Auge, die Töne für das Ohr, die Wärmewechsel für das Gefühl und so weiter. Die Sinne waren auf elektrische Ströme reduziert. Das Organ und die Lebenskraft könnten ein und dasselbe sein – wenn er das annahm, musste er zu der Erkenntnis kommen, dass bei einem Hirntod auch die Seele starb; »mit dem Aufhören des Organs erlischt der Phosphor, der, von Vater und Mutter angezündet, in die Zellen überging, die künstlich unsere Gliedmaßen bilden«. Wochen und Monate vergingen in Forschung und Studien; in jugendlichem Übermut machte Niels Bryde so manches kühne Gedankenexperiment. Bevor ein Jahr um war, hatte er »das rare Kleinod des Glaubens« gegen das eingetauscht, was ein berühmter Gelehrter unserer Zeit »das Linsengericht der reinen Vernunft« nennt.

Niels Bryde schien es, als wäre Gott in seine Menschennatur inkarniert; der jugendliche Sinn, die Frische der Seele und des Körpers machten ihn übermütig. Sein Wahlspruch wurde der stoische Lehrsatz: Gehorche dir selbst! Es kamen aber auch Augenblicke, da fuhren helle Blitze durch seine Seele und es erfasste ihn die Sehnsucht, alles Gute und Große in sich aufzunehmen. Es war ein Kampf, wie wir ihn zwischen dem Engel und Jakob aus der Bibel kennen. Er erkannte im Menschen den Höhepunkt der Naturkräfte und die Kraft des Weltgeistes. Dieser Höhepunkt, den die Menschheit bildet, erschien in einer anderen Gedankenströmung verschwindend gering. In der Welt, wusste er ja, hat alles immer dasselbe Ziel. Die Erde verliert kein Gran von ihrem Gewicht, und auch in der Menschheit bleiben Gut und Böse zu allen Zeiten gleich. Bildung, Humanität und der Einfluss der Religion fordern die ungleiche Verteilung. Das Menschenatom lebt in einer Welle, die steigt und fällt, hingeworfen, ein Pendelschlag in der Ewigkeit.

Es war nicht eitler Übermut, sondern eine Überbewertung der Menschennatur. Es war der Gott in ihm, wie er es nannte, der da experimentierte und ihn glauben ließ, er könnte sich über sich selbst erheben und sich oben halten, ohne die

Hoffnung auf Unsterblichkeit, ja ohne Gott, und fröhlich singen: »*Ich hab' mein Sach auf Nichts gestellt. Juchhe!*«

Diese Bewegungen in dem gärenden Gemüt unseres jungen Pfarrer-Apostats waren das Resultat von zwei Jahren Lesen, Denken und Taumel. Am Ende des ersten Jahres hatte er indessen schon die Hälfte des Examens abgelegt, im Jahr darauf absolvierte er den Rest und auch die praktische Prüfung mit Auszeichnung. Unter den Studenten galt er als sehr tüchtig; in der geistigen Entwicklung war er weiter fortgeschritten als die meisten.

Zwei Jahre waren vergangen, seit Niels Bryde zuletzt seine Heimat oben auf der Heide besucht hatte. Briefe waren nur zwischen ihm und Bodil gewechselt worden, in der letzten Zeit allerdings immer seltener. Er war stets in ihren Gedanken; sie hatte auf ein Wiedersehen und eine Versöhnung in diesem Sommer gehofft, weil da die goldene Hochzeit der Pfarrersleute gefeiert werden sollte. Er würde kommen; Frau Mollerup war ganz sicher, denn schließlich war er »ein gutes Kind«. Doch er kam nicht. Ein Brief an Japetus Mollerup übermittelte Glückwünsche zu diesem Festtag, doch machte er einen verstimmten Eindruck. Japetus zeigte ihn Frau und Tochter, beantwortete ihn aber nicht. Immer deutlicher wandte er sich von seinem Pflegesohn ab. Frau Mollerup sorgte sich deshalb, beruhigte sich aber, schien es dem Alten doch nicht allzu nahe zu gehen. Bodil traf es härter; sie liebte ihren Bruder und entschuldigte ihn, so gut sie konnte, vor ihren Eltern, deren Fest mit Freunden und der ganzen Gemeinde gefeiert wurde.

Auch Niels hatte zu dieser Zeit ein schmerzliches Gefühl. Hätte der Vater ihm nur in ein paar Worten geschrieben, dass man auf ihn warte, er wäre ganz gewiss gekommen. So aber tötete er das nagende Gefühl, indem er sich einredete, er passe nicht zu denen da oben, er könne ja auch die Stadt nicht verlassen, weil er für sein Examen lernen müsse. Außerdem habe er den Alten ja geschrieben; damit sei wohl alles in Ordnung.

Er sah es als seine Pflicht an, sich nicht aus seiner guten Stimmung bringen zu lassen. Ging man davon aus, dass mit unserem Erdenleben unser Dasein beendet ist – zu diesem Standpunkt hatte er sich aufgeschwungen –, dann war Epikurs Lehrsatz richtig: Genieße und sei froh! Der Brunnen des Genusses ist tief und hat Quellen, aus denen der Wein des Geistes sprudelt; er birgt in sich aber auch die schlechteste Hefe. Alles kennen und das Beste wählen, sagte Niels Bryde zu sich selbst. Aber was das Beste war, hing oft nur von der Stimmung ab.

»Solon-Diogenes« sah er nicht wieder. Der war in den letzten zwei Jahren wie verschollen gewesen. Inwieweit die beiden jetzt Gefallen aneinander gefunden hätten, war ungewiss. Niels Brydes Bekanntschaft, der Kreis der »Guten-Tag-und-Lebwohl-Freunde« war inzwischen sehr erweitert, und man konnte mit Goethe sagen: *»Wären's Bücher – ich würde sie nicht lesen.«* Bald sah man ihn mit diesem oder jenem jungen oder älteren Kameraden herumziehen, oft Menschen, die ganz verschieden von ihm zu sein schienen. Es war nicht leicht, den Berührungspunkt herauszufinden. Herr Svane sprach seine Verwunderung darüber aus. Die Antwort, die er darauf erhielt, bot eine Erklärung, zeugte aber einmal mehr von dem jugendlichen Übermut, der Niels Brydes Charakter in diesem Lebensstadium dominierte.

»Eine begabte Natur, man sagt, ich sei eine, und ein geistiger Lump geben gelegentlich ein gutes Gespann ab, denn selbst der bedeutungsvollste Mensch hat etwas von einem Lumpen – das ist der Berührungspunkt. Prinz Heinrich musste seinen Falstaff haben; da war eine Ecke, wo sich die beiden Gestalten trafen. Außerdem – das gilt aber nicht für mich und meine Kameraden – ist es üblich, so wie man sich Hunde oder Papageien anschafft, auch Freunde von geringerer Begabung zu sammeln, mit denen man sich eben nur zu Ausschweifungen trifft, wie es Natur und Stimmungen verlangen.«

Niels Bryde war mit allen menschlichen Stimmungen so gut vertraut, dass er auf dem Glatteis der Leidenschaft sehr gefährliche Figuren zu tanzen vermochte. Was ihn auf der sicheren Seite hielt – in seiner Nähe dürfen wir nicht von »seinem guten Engel« sprechen, sondern müssen seine Bezeichnung verwenden – war sein »Schönheitssinn«.

Den Einblick, den ihm Julius Arons in die Hamburger Mysterien und sein junges orientalisches Herz gegeben hatte, bekam er nun auch in Kopenhagen und in sein eigenes. Er konnte gewissermaßen mit Holbergs Chilian sagen: »Genauso bei uns!« Und doch ging es Niels Bryde bei der Annäherung des »Elfenmädchens« wie Faust in der Walpurgisnacht, der aus dem Tanz mit der Schönen heraustritt, denn: »*Ach! mitten im Gesange sprang / ein rotes Mäuschen ihr aus dem Munde.*« Das Schöne forderte bei ihm sein Recht.

Die erhabensten und die niedrigsten Gedanken treffen sich. Das reine Sonnenlicht berührt den fetten Schlamm.

»Amüsant ist es, von der Bergeshöhe hinunter auf den blühenden pontinschen Sumpf zu schauen«, sagte Niels Bryde. »Ich verspüre immer öfter diese Lust, mich in das üppige Grün hinabzustürzen. Doch zugleich trifft mich ein Lufthauch, der mich an den Moder erinnert, und ich weiche zurück. Nennen Sie es nicht Tugend! Das ist nichts Großartiges, es ist nur ein Umschwung, ein widerstreitendes Vibrieren in den Nerven. Ich bin dabei nicht einmal sicher; vielleicht wird mir schwindelig und ich stürze von der Höhe hinunter. Nur diese Gefahr gibt es für mich, wie für jeden. Der Schwindel kann kommen, morgen oder schon heute! Es wäre aber feige, die Bergeshöhen zu scheuen – aus Furcht vor dem Fall!«

Sein »Schönheitssinn« also hielt ihn oben, und dazu kam der Ausblick, der sich dem Auge des Verstandes bot. Er fand Schutzengel dort, wo die meisten nur verderbende Mächte sahen. »Der Weg der Mäßigung führt zum Wohlsein!«, war die Mahnung, die eine unsichtbare Hand an die Wand seines

Epikur-Tempels schrieb. Um auf diesem Weg zu bleiben, sehen wir vor uns die Wollust, die Völlerei, die Trunksucht, alle schlimmen Laster wie warnende Geister, die jeden, der den Weg verlässt, mit der Peitsche schlagen und ihm auf dem Pfad in den tiefen, tödlichen Sumpf folgen, wo die Menschen-Maschine gewaltsam zerbrochen wird.

Niels Bryde spürte es und ging fröhlich seinen Weg weiter – wenn es so weit ist, werden wir sehen, wohin er führt. Im Augenblick begleiten wir ihn zu einem Besuch.

4. GOETHES »FAUST« UND ESTHER

An einem Vormittag – man rechnet in Kopenhagen nach der Tischzeit, auch wenn das Mittagessen erst sechs Uhr abends serviert wird – machte Niels Bryde einen Besuch bei der Familie Arons. Es waren aber alle ausgegangen; nur der Großvater und die kleine Esther, wie die jüngste Tochter trotz ihrer siebzehn Jahre immer noch genannt wurde, waren zu Hause. Sie saß allein im Zimmer und war so in ein Buch vertieft, dass sie nicht merkte, wie jemand eintrat. Herr Bryde wiederholte seinen Gruß. Sie fuhr ganz erschrocken auf, wurde rot und sah ihn mit ihren großen schwarzbraunen Augen an.

»Ich bin es nur«, beruhigte er sie. »Habe ich Sie so erschreckt? Es sind wohl alle ausgegangen?«

Sie antwortete mit Ja und war sichtlich verlegen. Er glaubte zu bemerken, dass sie mit ihrem Taschentuch das Buch verbergen wollte, in dem sie gelesen hatte.

»Ich habe Sie sicher bei einer sehr amüsanten Lektüre gestört«, sagte er.

»Amüsant kann man dieses Buch wohl nicht nennen«, erwiderte sie.

»Darf ich es sehen?«

»Nein!« Sie sagte es nicht unfreundlich, aber sehr bestimmt. »Ich werde Großvater Bescheid geben, dass Sie hier sind«, fuhr sie fort und schlüpfte mit dem Buch aus dem Zimmer.

»Ja, was mag sie gelesen haben«, schmunzelte der alte Mann, als Niels Bryde ihn fragte und hinzufügte, dass sich nicht alle Romane für junge Mädchen eigneten. »Ein Roman ist es wohl kaum gewesen. Eher ein gelehrtes Buch, oder vielleicht – das Neue Testament.«

»Das liest sie?«, rief Niels Bryde erstaunt.

»Ja, ich habe sie einmal dabei überrascht. Sie wählt ihre Lektüre so ganz anders als die meisten jungen Mädchen, aber ich bin sicher, dass sie immer aus einer reinen Quelle schöpft.«

Esther las also auch das Neue Testament. War das gesund und natürlich für eine junge Jüdin? Der alte Großvater, so orthodox er in seinem Glauben auch war, hatte keine Angst um sie.

»Ich habe nicht im Neuen Testament gelesen«, vertraute sie Niels Bryde eines Tages an, der das Gespräch darauf gelenkt hatte, als sie allein waren. »Warum sollte ich verlegen sein, wenn Sie mich darin lesen sehen! Es war ein ganz anderes Buch. Sie hätten vielleicht gelacht, dass ich so eifrig darin las, denn sicher verstehe ich es noch nicht richtig. Aber es hat mir doch viel gegeben!«

»Dann müssen Sie es auch verstanden haben.«

»Ich verstehe es nicht wie Sie oder andere, die mehr wissen als ich. Aber ich spüre, dass es so reich und so tief ist. Es ist wie ein ganzes durchlebtes Leben – ich kann es nicht anders ausdrücken.«

Niels Bryde wunderte sich sehr, als sie den Titel des Buches nannte: Goethes *Faust.*

»Der erste Teil kann Ihnen wirklich viel Freude gemacht haben; er bildet ein zusammenhängendes Ganzes; Gretchen ist gerichtet und gerettet. Der zweite Teil dagegen ist wie ein Kometenschweif, der sich ausbreitet und verschwindet. Da gibt es keinen Zusammenhalt, keinen dramatischen Faden, keine fortgesetzte Geschichte. Goethe ist alt geworden!«

»Haben Sie das Buch vor kurzem gelesen?«

»Nein, seit vielen Jahren nicht mehr. Ich fand diese Maskenaufzüge und all die Allegorien langweilig. Die eigentliche Einheit der Komposition endet mit dem ersten Teil.«

»Gerade durch den zweiten Teil, finde ich, wird es eine ganze Geschichte. Ich bin nicht fertig damit, bevor ich nicht alles gelesen habe.«

»Ja, so sollte man wohl an jedes Buch herangehen«, rief Niels lachend, doch er klang so gutmütig, dass Esther nicht an seinem guten Willen und seiner Ehrlichkeit zweifelte, als er fortfuhr: »Ich muss gestehen, dass ich mich an den zweiten Teil gar nicht mehr erinnern kann. Aber ich weiß noch, dass er mir so lose, so schwebend vorkam. Es war mir nicht möglich, eine Handlung zu entdecken – haben Sie einen roten Faden gefunden? Ich nicht! Deshalb habe ich nie Lust gehabt, die Lektüre zu wiederholen.«

»Dann werde ich Sie auch nicht dazu bringen können«, meinte Esther. »Aber ich habe die Handlung und einen vollständigen Schluss bisher nicht vermisst.«

»Was haben Sie denn herausbekommen? Lässt es sich zu einem ganzen Bild zusammenfassen? Ich kann es nicht glauben.«

Wieder wurde Esther rot, aber es lag etwas Bestimmtes und Ruhiges in ihrem Blick, als sie sagte: »Ich habe nicht versucht, den Gang der Handlung zu ergründen und nachzuerzählen, aber es muss möglich sein!«

Zu Niels Bryde hatte sie immer ein besonderes Vertrauen gehabt, wie sonst zu keinem im Hause. Nur mit ihm konnte sie sich, wie in diesem Fall, über das Gelesene verständigen.

Ihm war es wie den meisten gegangen, und er gab es offen zu: Er hatte den zweiten Teil von Goethes *Faust* nur durchgeblättert. Einen großartigen Eindruck bewahrte er sich dagegen vom ersten Teil, der seinen Platz auf den deutschen Bühnen gefunden hat. In diesem Teil der Dichtung fand er Streben, Kampf, Liebe und Fall. Die Geschichte von Faust und Gretchen bildet den dramatischen Faden, der mit ihrem Tod abreißt. Selbst der erste Teil war zunächst nur Fragment und entwickelte sich erst durch die Jahre in seiner ganzen Fülle an Schönheit. Der zweite Teil folgte stückweise; eine Szene nach der anderen kristallisierte sich. »Ist fortzusetzen«, stand da, aber ob das geschehen würde und konnte, war eine Frage, auf die man nicht einmal eine Antwort erwartete. Wenn man den herrlichen Torso des Herkules im Vatikan sieht, wird einem sofort klar, dass er einmal ein vollkommenes Kunstwerk gewesen ist. Ganz anders stehen wir vor einer Dichtung, die uns nach und nach bekannt gemacht wird, wie einzelne Stücke einer ganzen Heldenstatue. Wenn man weiß, dass der Meister bereits im hohen Alter steht, liegt der Gedanke nahe: Wird er sein Werk vollenden können, wird er mit Jugendfrische und Genialität schaffen, was in den Jünglingsjahren im Augenblick der Inspiration ersonnen wurde? Aber es ist gelungen, kühner, tiefer und reicher, als wir es uns vorgestellt haben. Niels Bryde hatte am bequemsten gedacht: Es ist nicht gelungen! Sein Gedankenflug war in den Allegorien und Maskenaufzügen des ersten Akts gefangen worden – jetzt dagegen durfte er, gleichsam durch den klaren Spiegel einer Kinderseele, den ganzen großen Umriss dieser Riesengestalt der Genialität sehen. Er wurde davon ergriffen und fühlte den Drang, mit eigenen Augen zu sehen und mehr als ein Spiegelbild in sich aufzunehmen.

Es wäre leicht und schnell, hier zu sagen: Esther erläuterte ihm klar und anschaulich den roten Faden, die ganze Geschichte, den Umriss der Dichtung. Aber die, die damals ihren Faust nicht besser als Niels Bryde gelesen haben und sich heute genauso wenig erinnern können, wollen hören, wie er die Dichtung durch Esthers Erzählung verstand. Hier sind nicht ihre Worte, wohl aber der Klang, wie er ihn vernahm, wiedergegeben, denn wir wollen sein Interesse an ihr, dieser besonders reich begabten Natur, verstehen, die in ihrem stillen, tiefen Sinn so viel vom geistigen Erbe des Denkers und Dichters aufgenommen hatte. Wenigstens für Niels Bryde wurde diese Stunde, die hier nur ein paar Seiten füllt, zu etwas Bedeutendem in seinem Leben:

Goethes *Faust.* Zweiter Teil.
Der erste Akt zeigt uns »Faust am Hofe des Kaisers«. Der Narr ist verschwunden; Mephisto nimmt seinen Platz ein und flüstert dem Weisen des Hofes, dem Astrologen, kluge Worte zu. Faust schafft Geld in die leere Staatskasse, führt bei Hofe Karnevalsleben und Belustigungen ein, bei denen der Kaiser als der große Pan und Faust als der Gott des Reichtums, der mit Gold um sich wirft, auftreten. Doch das ist eine böse Saat, auf der kein Segen ruht. Der Kaiser verlangt neue und andere Zerstreuungen und fordert, dass Faust durch seine Kunst das Schönheitspaar des Altertums, Helena und Paris, herbeirufen möge. Faust trifft hierbei auf Widerstand seitens Mephistopheles, der schließlich doch nachgibt und ihm den Schlüssel zum Totenreich überlässt, wo die Mütter in der Leere, dem Grenzenlosen, Verschwundenen wohnen. Ein Hofschauspiel soll es werden; hohe, vornehme Gäste werden in das kaiserliche Schloss eingeladen, wo die Bühne errichtet und die Zuschauer versammelt sind. Mephistopheles nimmt als Souffleur Platz. Man erwartet nur eine arrangierte Vorstellung, aber es ist weit mehr. Faust beschwört die antike Schönheit in die romantische Zeit und verliebt sich in Helena. Bei seiner Umarmung explodiert alles; er wird bewusstlos zu Boden geschleudert. Es herrschen Tumult und Dunkelheit und Mephistopheles packt ihn: *»Da habt ihr's nun! Mit Narren sich beladen, / Das kommt zuletzt dem Teufel selbst zu Schaden.«*

Der zweite Akt zeigt uns Fausts Traumzustand, in den wir durch die Wirklichkeit der Umwelt geführt werden. Wieder sind wir mit Mephistopheles im Studierzimmer; es ist unverändert so, wie wir es aus dem ersten Teil der Dichtung kennen, nur ist alles mit Staub bedeckt. Die Feder, mit der sich Faust dem Teufel verschrieb, liegt hingeschleudert auf dem Fußboden; ein getrockneter Bluttropfen klebt noch an ihr. Mephistopheles nimmt Fausts alten Pelz; die Insekten darin tanzen und singen lustig im Chor. Der Schüler, den wir aus dem ersten Teil kennen, in Demut und Bescheidenheit dem großen Meister lauschend, der ihn belehrte und in sein Stammbuch schrieb, tritt jetzt als Baccalaureus auf, viel weiter fortgeschritten als Mephistopheles dachte. Er hat sich vorgenommen, wie Gott zu werden; er ist so weit in seinem Wissen, dass der Teufel nicht gegen seinen Willen existieren darf. Im Laboratorium arbeitet Wagner, und durch Zusammensetzung der Stoffe schafft oder kristallisiert er einen Menschen: Homunculus, der gerade Leben erhält, als der Teufel eintritt. Wie ist der Kleine klug, amüsant, kenntnisreich – und doch nur ein halber Mensch. Etwas fehlt, und deshalb muss er in seinem Glas bleiben; nur dort findet er sein Gleichgewicht. Er ist nicht einmal ganz körperlich, aber er will es werden. Er denkt an sich und selbst an Faust, der im Traumzustand ruht, und befiehlt Mephistopheles, den Schlafenden in den Mantel zu hüllen. Homunculus fliegt leuchtend voran und führt sie in die antike Welt, die Heimstatt von Fausts Schönheitssinn – und hinein in die klassische Walpurgisnacht. Hier erwacht Faust und wird von der Begeisterung hingerissen, denn hier ist Griechenland, diese Luft hat Helena geatmet. Die Sphinx erinnert an Ödipus, die Sirenen an Odysseus. Er fragt nach Helena, und Chiron nimmt ihn auf seinen Rücken, einst Helenas Sitz, und trägt ihn zu Äskulaps Tochter, die ihn ins Reich der Toten führt. Die Erde bebt; Seismos erhebt sich und kehrt das Unterste zuoberst. Gold und Schätze rollen hervor; Pygmäen, Daktyle und die Kraniche des Ibykus wimmeln und brausen durcheinander, sie sich anzueignen. Die Lamien des Grabes wirbeln im Tanz um Mephistopheles, den mittelalterlichen Teufel, der sich auf klassischem Grund nicht gleich heimisch fühlen kann.

Doch bald kommt er dahinter, dass im Schönheitsland die ganze Fledermaus-Vampirschaft zu finden ist, die sich in seiner Lebenszeit rührt, und er umschmeichelt nun die ekelhaften Lamien und die hässlichen Töchter des Chaos. Homunculus eilt hier seinem Ziel entgegen, körperlicher zu werden. Auf dem Fest des Meeres in der Ägäis sagt ihm Proteus, dass er nur halb zur Welt gekommen sei, dass er das umschließende Glas verlassen, sich in das unendliche Meer werfen und sich dort durch Tausende Formen voranbewegen müsse, um ein ganzer Mensch zu werden. Er folgt diesem Rat und zerschellt an der Muschelschale des Throns im Jubel des Meeres und der anderen Elemente auf dem Fest der Galatee und der Nereiden.

Der dritte Akt spielt in Sparta. Wir sind im Schloss des Menelaos, wo gerade Helena mit einer Schar gefangener Trojanerinnen zu den Reichtümern zurückgekehrt ist, die sie verlassen und ihr Gemahl vermehrt hatte. Er hat sie hierher geführt, jedoch auf dem ganzen langen Weg kein Wort zu ihr gesprochen. Er zeigt sich auch nicht; sie weiß nur um sein Gebot, dass alles zu einer Opferung bereit sein soll. Phorkyas, die alte, ergraute Vorsteherin, tritt heftig gegen ihre Herrin auf, so dass der Zorn des Chors dabei erweckt wird. Phorkyas verkündet Menelaos' Willen: Das Opfer ist Helena selbst. Die erschrickt und fragt nach einem Rat, einem Ausweg. Die Alte weiß nur einen: Jenseits des Flusses Eurotas habe ein mächtiger Fremder – es ist Faust – eine Burg erbaut. Zu ihm solle Helena fliehen. Auf Nebelwolken wird sie samt ihrem Gefolge dorthin getragen und als Herrscherin empfangen. Menelaos stürmt mit seinen Kriegerscharen heran, wird aber durch die Macht der Zauberei verjagt. Jetzt schwärmen, lieben und atmen die beiden glücklich miteinander – Helena und Faust, die antike Schönheit und die mittelalterliche Romantik. In ihrer Umarmung jubelt und singt das bezauberndste Kind: Euphorion. Er ist ihr Glück, ihre Freude und ihre Angst, denn er erhebt sich wie Ikarus, und bald sinkt sein irdischer

Teil ins Grab. Von dort ruft er der Mutter zu, ihm zu folgen. Sie gehorcht ihm, doch das Gewand ihrer Schönheit bleibt zurück, und aufgelöst in Wolken trägt es Faust davon, während der Chor in Naturtöne und -erscheinungen übergeht. Da erhebt sich riesengroß Phorkyas – es ist Mephistopheles; seine Zaubermacht steckte hinter dem Ganzen.

Der vierte Akt bringt uns wieder in die Wirklichkeit, jenseits von Fausts Traum. Die Wolken bringen ihn zurück in die Berge der Heimat, in das Land des Kaisers. Er erwacht kräftig und stark, fühlt den Drang zu handeln, tüchtig zu sein und etwas auszurichten, die vernichtenden Wellen des Meeres zu hemmen, die Macht der Geister wirken zu lassen. Aber das ganze Reich des Kaisers ist in Anarchie gefallen; ein neuer Regent wurde gewählt. Faust schließt sich der Wahrheit und dem Recht an, und auf seinen Befehl müssen, durch Mephistopheles, die Naturkräfte als dienende Geister für das Gute und Wahre wirken. Der Kaiser gewinnt sein Reich zurück, verteilt nun Macht und Würde an die Auserkorenen; zuletzt kommt die Geistlichkeit. Der Erzbischof spricht aus, dass böse Mächte den Sieg bewirkt hätten. Das müsse gesühnt werden; man baut eine Kirche an der Stelle. Tal, Wiesen und Felder werden den Dienern der Kirche geschenkt, die immer mehr fordern; zum Schluss hat die Geistlichkeit fast das ganze Reich verschlungen.

Fünfter Akt. Nach langer Lebensreise kommt ein Wanderer zu einer Hütte, in der zwei Alte glücklich und zufrieden leben. Sie wollen diesen Platz nicht gegen das prächtigste Gut eintauschen, das ihnen der mächtige Faust angeboten hat, weil ihre Kate ihm die Aussicht von seinem großen Schloss versperrt. Durch seine Klugheit und Macht ist das Meer eingedämmt, sind Wiesen und Wälder gewonnen worden. Viel ist erreicht, doch Faust ist unterdessen ein alter Mann geworden, mächtig durch Glück und Reichtum. Aber er hat doch nicht die Macht, diese Hütte wegzuschaffen. Mephistopheles verspricht ihm, dass es geschehen soll und dass die Alten gegen einen besseren Platz tauschen werden.

Die Morgenluft riecht nach Rauch – die Kate ist abgebrannt, die Alten sind umgekommen. Faust ist entsetzt; das hatte er nicht gewollt. »Das kommt auf deine Rechnung!«, sagt der Böse zu ihm. In der Nacht nähern sich nun vier altersgraue Weiber seinem Schloss: Mangel, Schuld, Sorge und Not. Dort ist kein Platz für sie; doch die Sorge schlüpft durch das Schlüsselloch und setzt sich zu Faust ins reiche Haus. Er fühlt Schmerz und Entbehrung. Sie haucht auf seine Augen und er erblindet. Doch innerlich gewinnt er an Klarheit und er ruft seine Leute zur Arbeit. Die giftschwangeren Sümpfe lässt er entwässern und trockenlegen; das Gebiet, das durch die Eindämmung des Meeres gewonnen wurde, verwandelt sich in fruchtbares Land. Auf freiem Grund mit freiem Volk zu stehen wird zu seinem Lebenswunsch, und in der Erfüllung desselben ist es mit seinem irdischen Dasein vorbei. Mephistopheles mit seinem Teufelsheer will die davonfliegende Seele ergreifen, aber im selben Moment schweben himmlische Heerscharen herab. Bei diesem Anblick überkommt Mephistopheles eine Lüsternheit wie die der Katze nach den Vögeln; die Engel sind ihm gar zu »appetitlich«. Er will sie packen, und in seiner Gier vergisst er für einen Augenblick seine Seelenbeute. Duftende Blumen regnen auf ihn herab. Die böse Macht vermag es nicht, diese himmlischen Rosen wegzublasen; sie brennen sich fest an Mephistopheles. Aber seine Natur ist ganz und gar teuflisch; sie lässt sich nicht ausbrennen, nicht läutern. Er schüttelt alles von sich wie einen Hiobskörper. Während er sich dreht und windet, haben die Engel Fausts unsterblichen Teil mit sich genommen, und der Höllengeist muss in ohnmächtigem Hohn in die Tiefe sinken. Die Gesänge der Anachoreten erklingen, die tot geborenen Kinder schweben durch den Erdenraum. Die weltliche Natur wird ihnen gezeigt und erklärt, aber sie sehnen sich nach noch größerer Schönheit und schweben ihr höher hinauf entgegen. Geister bußfertiger Frauen erheben sich, darunter ist »Gretchen«. Sie bittet darum, zu ihrem Kind gelangen und es über diese Welt belehren zu dürfen; noch ist es wie geblendet von dem neuen Tag. Sie, die Liebe, trägt Faust hinauf, der Gnade entgegen. Als Mensch hat Faust im Streben seines Erdenlebens gefehlt, gesündigt, aber durch das Schöne, Wahre und Gute hob sich die Seele im Willen zu größerer Klarheit. Deshalb kann und muss sie, getragen von der Liebe, zur Gnade hinaufsteigen.

So sammelte sich durch Esthers Erzählung die *Faust*-Dichtung in Niels Bryde zu einem Bild. Sie hatte ihm den Faden, die Verbindung, gezeigt; sie hatte, weit über ihr Alter hinaus, das Ganze verstanden. Verwundert schaute er auf das junge Mädchen, das eine so ungewöhnlich entwickelte geistige Natur bewiesen hatte und gewiss nicht mit anderen zu vergleichen war. So wie es in der Welt mehr wahre Dichter gibt als nur die, die ihre Gedanken und Stimmungen zu Papier bringen, so gibt es auch mehr geistvolle Frauen als eine Rahel, Frau Stael-Holstein, George Sand – aber die Lebensumstände lassen sie der Welt nicht so bekannt werden. Oft sind es nur Einzelne in ihrer nahen Umgebung, die Einblick in eine solche ungewöhnliche Natur erhalten. Wie verschieden war sie doch von den anderen beiden Schwestern hier in diesem reichen Kopenhagener Haus! Wie kam das – wie geht es in der Pflanzenwelt zu! Man sieht im Wald oft, dass sich ein seltenes Gewächs nahe bei anderen, gewöhnlicheren Arten entwickelt. Sie haben dieselben Erdstoffe um ihre Wurzeln, atmen dieselbe Luft, denselben Sonnenschein – und doch wächst diese eine Pflanze so ganz einzigartig, so ganz verschieden.

Wir haben, von Jerichau in Marmor gehauen, eine junge Sklavin in Ketten, in deren Gesicht etwas so Reines ist, dass es den Stein gleichsam durchstrahlt; eine Schönheit im Ausdruck wie in der Form. Man sollte glauben, der Künstler hätte eine Porträtstudie von Esther gegeben, gerade in dem Alter, in dem sie jetzt war. Dazu kamen noch die schwarzbraunen, ernsten Augen, die Geist und Phantasie ausstrahlten und von denen man sich wie durchdrungen fühlte. Man hätte vielleicht den Eindruck stiller Sorge gehabt, wenn nicht das ganze Antlitz gleichsam gehoben worden wäre – durch ein glückliches Lächeln, das seltsam keck den feinen Mund umspielte und ebenso beredt war wie die Augen, die sagten: »Ich bin sicher, ich bin froh auf diesem bewegten Lebensmeer!«

Von dieser Stunde an sah Niels Bryde Esther mit ganz anderen Gedanken und größerem Interesse als zuvor. Noch am selben Abend wurde der zweite Teil des *Faust* gelesen und der Umriss, den sie davon gegeben hatte, kritisch geprüft und mit dem Denken des Mannes verstanden.

In Faust selbst fand er eine verwandte Natur. Auch er strebte ja, kämpfte und würde sich hingeben können, selbst an böse Mächte, wenn er dadurch festen Fuß gewinnen, eine Stufe höher steigen könnte. Im Kampf für das Schöne, Wahre und Gute musste das Irdische straucheln und irren – aber der unsterbliche Teil würde zuletzt siegend leben! Goethe war humanistisch-christlich; er gehörte der antiken Schönheitswelt, war ein Olymp-Mensch, einen Lichtgrad höher erhoben als die Weisen des klassischen Altertums, denn er wurde bestrahlt von der Sonne des Christentums.

Das Interesse, das die *Faust*-Lesung in ihrer ganzen Abrundung bei ihm weckte, bewirkte, dass Goethe neben Shakespeare für lange Zeit Niels Brydes vorherrschende ästhetische Lektüre wurde. Bei beiden Dichtern ist die Frau der veredelnde Einfluss, wie in der richtigen Welt. Es ist eine alte Fabel: Der Sturm wollte dem Wanderer den Mantel mit Gewalt entreißen; der Mann wickelte sich nur fester hinein. Da kam die Sonne mit ihren milden Strahlen. Die Wärme durchdrang ihn, und er öffnete den Mantel und legte ihn freiwillig ab. Hier ist die Sonne die weibliche Macht, die von allen großen Dichtern gefühlt und erkannt wurde. Deshalb leuchtet die Frau bei Shakespeare im *König Lear*, im *Coriolan*, in *Viola*, im *Kaufmann von Venedig* hervor, und ebenso bei Goethe im *Tasso* und im *Egmont*, doch am herrlichsten, so schien es Niels Bryde, im *Faust*, wo sie als die Liebe auf dem Weg zur Gnade voranschwebt.

Welche Bedeutung hat nicht die Frau! Niels Bryde dachte darüber im größeren Zusammenhang nach. Seine arme Mutter – wie gut erinnerte er sich doch an den Ausdruck in ihren Augen, als sie stumm und halb gelähmt in der kleinen Stube saß und er ihr die Bibel, den »Mund Gottes«, wie er als Kind geglaubt hatte, auf die Lippen drückte! Eine Summe an Liebe, alle Gedanken einer Mutter lagen in diesem Blick. Er begriff, was sie ihm einmal gewesen war. Bodil, die Schwester auf der Heide, die treue, ehrliche Seele, fromm und liebevoll – er erinnerte sich so lebhaft an ihre sanften, trostvollen Worte, als er verkannt, gekränkt und zornig draußen im Heidekraut lag! So viel von ihrer Herzensgüte leuchtete hervor; sie hatte ihm die Augen für die Schönheit der Natur geöffnet, sogar auf der kargen Heide. Sie, die teilnehmende Schwester in guten wie in schweren Tagen, sie war seinetwegen sicher noch oft traurig. Das begriff er, denn es konnte und wollte zwischen ihm und den Alten zu keiner Versöhnung kommen.

Seine Mutter und Bodil – ja, die beiden bildeten die ganze Galerie einflussreicher, herrlicher Frauen auf seiner Lebensbahn. Die kleine Esther, das Judenmädchen – sie schoss empor, interessant, war noch eine Blüte in der Knospe. Wie würde sie sich einmal ganz entfalten? Ihre verständliche Zusammenfassung der *Faust*-Dichtung war mehr als eine jugendliche Gedächtnisleistung; ihr Dasein in der Bücherwelt mitten in dem belebten Haus, mitten in dem Wellenschlag alltäglichen Geschwätzes, ließ innere Tiefe anklingen. Wohin ging wohl der Strom ihrer Gedanken? Er hatte keine Ahnung. Sie hatte die geistige Hinterlassenschaft so manches Philosophen und Dichters aufgenommen und für sich fruchtbar gemacht, doch wenn er seine Aufmerksamkeit auf sie richtete, entschwebte sie ihm – ihm, der in der Eitelkeit seines Ich oft nicht nach dem »Ruder des Lebens« drängte. Der Strom des Materialismus steuerte zum Ursprung des Ganzen hin. »Das wunderbare Kleinod des Glaubens«, das er weggeworfen hatte, war der reichste Schatz ihres Lebens. Sie, das Judenmädchen, verbeugte sich vor der blutenden Rose des Kreuzes, vor dem Messias, dem Erlöser, von dem die Propheten und Dichter des Alten Testaments sangen, vor ihm, der geboren wurde, lehrte und starb, damit jeder, der glaubt, nicht verloren gehe, sondern das ewige Leben gewinne!

Niels Bryde und der israelitisch gläubige Großvater waren übrigens die Einzigen, die das Eigentümliche an Esther richtig erkannten. Die Schwestern – vor allem Rebekka, die als der eigentliche helle Kopf der Familie galt, bestimmt nach dem geistigen Vermögen der Durchschnittsmenschen – hatten mehr Augen für ihre Schwächen. Wenigstens eine wussten die Schwestern hervorzuheben: Esther legte, wenn sie am Tisch saß, immer ein Bein unter sich und setzte sich darauf.

Amalia, die dritte Schwester, hatte ihren Bewunderer in Herrn Bruß, weil sie bis zum Extrem für das Nordische schwärmte. Und wer war Herr Bruß? Ein begabter junger Theologe, streng orthodox und frech! Ja, das klingt sonderbar, aber solche Naturen gibt es – er verkörperte die grüne Größe des Nordens. Dieses Nordische an ihm interessierte Amalia, der große Klang gewann Esther, und für Rebekka machte ihn das frische Grün zu einem besonderen Menschen. Er vereinte in sich eine merkwürdige Mischung aus Gegensätzen; er war genial und trivial, nett und barsch, zäh und nachgiebig. Während er sich fanatisch orthodox zeigte und nur dem, der seinen kirchlichen Stempel trug, einen wahren Christen nannte, brachte ihn seine Fixierung auf das Nordische dazu, Christentum und Heidentum zu vermischen und, ohne etwas dabei zu finden, Christus und Balder, den Teufel und Loki, das Himmelreich und Gimle, den Tag des Gerichts und Ragnarök in einem Atemzug zu nennen.

Niels Bryde merkte immer wieder, dass Esther Anstoß daran nahm. Es entging ihm aber ebenso wenig, dass sie mit gesteigertem Interesse lauschte, wenn Herr Bruß mit Leben und Wärme vom nordischen Heldenleben erzählte oder ein Stück aus der Edda rezitierte. Das tat er vortrefflich. Eines Abends gab er einen Umriss von Njals Saga; kein großer Dichter hätte es besser gekonnt. Niels Bryde aber mochte ihn nicht. Er fand ihn übertrieben patriotisch, gekleidet wie ein Ladenschwengel und unangenehm durch sein süßlich-hochmütiges Lächeln, gekünstelt übernordisch, ganz unausstehlich durch seine kolossale Eitelkeit – die ja umso unerträglicher ist, je mehr man selbst davon besitzt, aber diese Beobachtung machte Niels Bryde nicht.

Es schien ihm, dass Esther Herrn Bruß ein genauso großes Interesse entgegenbrachte wie ihm selbst. Das gefiel ihm nicht, jetzt, wo sie eine Bedeutung für ihn hatte – nicht bis zur Verliebtheit, er war zu sehr geistiger Narziss, aber – es gefiel ihm einfach nicht. Doch eigentlich fühlte sich Esther vor allem mit Niels Bryde verbunden – nur nicht in dem, was ihr am meisten am Herzen lag: dem Glauben. Es war, als fühlte sie instinktiv, dass es hier keine Annäherung in ihren Anschauungen gab.

Auf dem Nil trug ein Papyrusblatt Moses wie eine Wiege; eine reiche Blume und doch arm gegen die Frucht, die am Kreuz hing – das war die Stimme in ihrem Herzen, das waren Judentum und Christentum im Widerspruch. Gegenüber ihrem gläubigen, liebevollen Großvater, an dem sie in kindlichem Vertrauen hing, sprach sie mit zitternder Stimme von der Überzeugung, die sie erfüllte, von dem Licht des Geistes, das ihr aufgegangen war, von dem seltsamen Drang, der sie zum Christentum hinzog. Mit ebenso viel Verstand wie Herzlichkeit hörte er ihr zu und ließ sich auf sie ein, in der stillen Hoffnung, ihre allzu lebhafte Beweglichkeit möge bei genauerer Selbstprüfung verdunsten, zumal wenn sie recht bedachte, welche Kluft sich im Familienleben bilden würde. Gar nicht zu reden von der Aufmerksamkeit in der Öffentlichkeit! Er machte seinem Herzen Luft in Freude über das Volk Israel, das unter allem Druck durch die Zeiten sich als ein auserwähltes Volk Jehovas, des einen strengen, aber doch barmherzigen Gottes, behauptet hatte. Der alte Großvater blickte mit einer Zuneigung, die fast Schmerz genannt werden konnte, auf die geliebte Enkelin. Sie umarmte ihn und brach in Tränen aus. Aber bald hob sie den Kopf und faltete die Hände – was sprach da in ihr? Ihre Lippen schwiegen davon. »Herr Jesus! Verlass mich nicht!«

5. KEIN CHRIST

Das alte Sprichwort: »Zwei Große passen schlecht in einen Sack« bestätigte sich im Fall von Herrn Bruß und Niels Bryde, falls man diese beiden als Große bezeichnen konnte. Sie waren gleichermaßen begabt und eitel, und das war wohl der Grund, weshalb sie bei jeder Begegnung aneinander gerieten. Heute lieferte Herr Bruß ein humoristisches Dusch- und Sturzbad zur Hegel'schen Philosophie, da er annahm, Niels Bryde würde derselben huldigen. Heiberg und Martensen, sagte Herr Bruß, hätten dieses »Goldene Kalb« eingeführt, um das die hiesige Jugend nun tanze, nachdem der Tanz in Deutschland aufgehört und man dort den herben Geschmack des Eisens bemerkt habe.

Niels Bryde sprach von schlechten Predigern, »blumiger Rede« oder »mit Bibelzitaten gespickter Geistlosigkeit«, von aufgefädelten Perlen, die nicht zueinander passten.

»Sie kommen ja nie in die Kirche«, lästerte Herr Bruß, »außer, wenn Sie einer Leiche folgen. Sie haben so etwas selbst einmal gesagt.«

»Auch zu Trauungen!«, versicherte Niels Bryde. »Ich hörte neulich von den vielen schönen Geschenken, die den jungen Leuten von Freunden und Freundinnen überreicht werden, wenn sie nach Hause kommen.«

So ging es immer weiter. Herr Bruß und Herr Bryde sollten in Zukunft nicht mehr zusammen eingeladen werden, bestimmte schließlich die Herrin des Hauses.

In der Bibel steht, dass wir am Tag des Gerichts für jedes ungebührliche Wort Rechenschaft abzulegen haben. Dazu zählen gewiss auch alle abfälligen Äußerungen, die wir über unseren abwesenden Nächsten von uns geben. Ob nun gedankenlos oder in Bitterkeit ausgesprochen – die Worte fliegen durch die Luft und setzen sich vielleicht als ewige Eisblumen auf unserer Sündentafel fest.

So nahm jedenfalls Esther eine Äußerung Niels Brydes auf. Sie besuchte in der letzten Zeit oft die Witwe des Konsistorialrats Ancker, eine ältere Dame, die in hohem Grad wohltätig und christlich gesinnt war. Esther sprach stets mit großer Zuneigung von ihr.

»Sie ist gewiss eine sehr ehrenwerte Dame«, sagte Niels Bryde. »Schade, dass sie ein bisschen verrückt ist.«

»Verrückt?«, rief Esther.

»Ja, denn sie glaubt allen Ernstes, dass die Sterne vom Himmel fallen und wie welkes Laub liegen bleiben können.«

»Sie glaubt es, weil es in der Bibel steht«, versicherte Esther.

»Aber dass sie so etwas glauben kann und ernsthaft über Dinge spricht, die gegen allen gesunden Menschenverstand sind – das ist doch verrückt!«

»Das ist Ihre Meinung; sie sieht das anders«, erwiderte Esther und fuhr fort: »Ich meine, man sollte den Glauben eines anderen nicht so entschieden verwerfen, wenn es um das Religiöse geht.«

»Meine kleine vernünftige Esther will also heute diskutieren«, spottete Niels Bryde und lachte in ihr junges, entschlossenes Gesicht. »Sie, die Sie Entfernung und Größe der Sterne kennen, wissen nur zu gut, dass unsere kleine Erde unter den herabfallenden Himmelskörpern zerbrechen und verschwinden würde. Wie können Sie da … also, das ist doch wirklich verrückt!«

»Und wenn nun Ihr Wissen das eigentlich Verrückte ist?«, erwiderte das Mädchen.

»Bravo!«, rief Niels Bryde. »Schnee ist schwarz, Kohle ist weiß. Wir spielen Diskussion.«

»Ich wäre Ihnen sowieso nicht gewachsen«, gab Esther zurück und fügte trotzig hinzu: »Aber ein richtiger Christ sind Sie nicht!« Und sie schaute ihn mit einem Blick an, den Niels Bryde nicht zu deuten wusste; er war ernst und doch sanft und zugleich spielte ein kindliches Lächeln um ihren Mund.

»Ich gehöre nicht zu den Christen, die an Unmögliches glauben«, sagte er.

»Für Gott ist nichts unmöglich«, entgegnete sie. »Das glaube ich – und etwas Besseres weiß ich nicht.«

»Nichts unmöglich!«, wiederholte Niels Bryde. »Es ist ihm unmöglich, gegen die Vernunft zu handeln! Er kann das Geschehene nicht ungeschehen machen! Er kann das Böse nicht lieben, er kann nicht lügen! Ich kann Ihnen aus der Schrift selbst genügend Gegenbeweise geben! Ich verstehe Sie nicht – was meinen Sie, was Sie glauben?«

»Dass Sie kein Christ sind!«, schrie sie und rannte aus dem Zimmer.

»Kein Christ«, wiederholte er nachdenklich. »Richtig, nach ihrem Begriff bin ich keiner. Aber sie will einer sein! Ist das gesund oder krank? Ist es nur Lust zum Widerspruch? Hm, vielleicht habe ich ihren Verstand überschätzt ...«

Diese Grübeleien waren nicht gerade schmeichelhaft für Esther, und doch fühlte sich Niels Bryde seltsamerweise zu ihr hingezogen. Er hatte geglaubt, der Berührungspunkt zwischen ihnen wäre ihr Verstand, der reine Grund, das unbewusste Geniale, das klar aus der Tiefe hervorstrahlte. Er hatte in ihr eine dänische Bettina und in sich einen Goethe gesehen.

Als er noch ein Kind gewesen war und bei seinen Eltern hoch oben auf dem Runden Turm gewohnt hatte, saß er dort – der Vergleich ist schon früher bemüht worden – wie die Elfe und die kleine Marie in dem mächtigen Baum, der plötzlich aus dem Obstkern emporschoss, den sie in die Erde gesteckt hatten. Als Kind war er auf den Zauberbaum der Phantasie gehoben worden und hatte von dort ganz Kopenhagen überblicken können. Träumend war er mit Schwalbenflügeln dem leuchtenden Stern entgegengeflogen, den er doch nie erreichen konnte, denn ein Flug dahin hätte mehr als hundert Jahre gedauert! Jetzt hatte die Wissenschaft ihren starken Fruchtkern in den Boden gelegt. Der Baum des Verstandes wuchs und wuchs, und hoch in seinem Gipfel schaukelte er und schaute über die ganze Erde bis in das Universum hinein. Er erfuhr, dass die Töne, die an die Herzen der Menschen rühren, nur Schallwellen in der Luft und die rosaroten, schwebenden Wolken nur nasser Dampf sind. Auch bei der schimmernden, unendlichen Luft sollte es sich lediglich um ein Zittern in der Atmosphäre handeln. Durch das Prisma des Verstandes schien ihm die ganze Herrlichkeit leblos und unbedeutend. Der Augennerv wird durch gewisse Brechungen, die wir Schönheit nennen, weil sie uns wohl tun, gereizt – wie der Geschmacksnerv durch gewisse Nahrungsmittel. »Die Tätigkeit des Gehirns ist das begründende und bedingende Sein unseres höchsten Selbst«, lautete seine Überzeugung. Er erkannte, dass, ähnlich der Entstehung eines Lautes durch das Zittern und die Bewegung der Luft, auch alle Stimmungen und Gefühle durch die Tätigkeit des Gehirns, dieser *terra incognita*, hervorgebracht werden. Feuerbach hatte ihn gelehrt, dass der Phosphor des Gehirns wie ein Licht leuchte bei diesem In-sich-und-um-sich-Schauen. Hierbei gewähre ihm jugendlicher Übermut und die Eitelkeit des Ich, »Grund allen Lasters, aber auch aller Tugenden«, einen Sinnengenuss, der, wie alle Genüsse, auf seinem Höhepunkt keinen Drang zur Erneuerung oder Dauer fühle. Die Minute herrscht; man verliert sich in ihr und verlangt keine Ewigkeit! Diese verschwand wie Gott in der Betrachtung seines Ich. In den gelesenen Schriften hatte er sich besonders die Stellen rot angestrichen, die Ausdruck seiner eigenen Gedanken waren oder von ihm als solche angenommen worden waren. Einen solchen Satz wollen wir hier zitieren:

»Der Mensch allein ist und sei unser Gott, unser Vater, unser Richter, unser Erlöser, unsere wahre Heimat, unser Gesetz und Maß, das A und O unseres staatsbürgerlichen und sittlichen, unseres öffentlichen und häuslichen Lebens und Strebens. Kein Heil außer dem Menschen.« (F. Feuerbach)

Er wusste, dass all das Geschaffene auf so vernünftige Weise entstanden war, dass man dessen Schöpfung verstehen und reproduzieren konnte – wenn man nur die Kräfte dazu besaß. Der Alchimist könnte Gold machen, der Diamant würde entstehen, wenn man nur den Druck erzeugte, der zu seiner Bildung notwendig wäre. Kaum vorstellbar, aber sogar der Mensch selbst ließe sich durch Zusammensetzung der organischen Kräfte erschaffen, bliese man ihm Leben ein. Goethe habe, so meinte er, gewiss dieselbe Überzeugung gehabt, diese jedoch mangels Beweises in die Figur des Homunculus im *Faust* legen müssen. Der Mensch könne durch die Entwicklung und Erfahrung der Geschlechter »wie Gott werden«. So weit war Niels Bryde.

Die Welt ging indessen ihren Gang, »setzte ihre Kristalle«. Die Weltgeschichte, diese Tropfsteinhöhle von Zufälligkeiten, wuchs und wuchs; lustig war es anzuschauen, wenn man oben auf dem Baum des Verstandes schaukelte und sich wie Niels Bryde als Gott im Kelch der Lotosblume der Wissenschaft fühlte.

Niels Bryde kam in all seiner Klugheit nicht hinter das Geheimnis der Mischung der Stoffe, auch nicht im gewöhnlichsten Blatt oder im toten Stein. Und wenn er es auch geschafft hätte, wenn es ihm gelungen wäre, den Marmorblock chemisch aufzulösen und wieder zusammenzusetzen, hätte er doch nicht gewusst, was der außerhalb desselben stehende Geist daraus meißeln wollte.

Der Steinblock des Altertums und der heutigen Zeit war und ist derselbe; derselbe Marmor lässt sich in eine

Laokoongruppe, eine mediceische Venus, einen Ganymed verwandeln – von Phidias, Praxiteles, Thorvaldsen; sie sind die Kräfte außerhalb.

»Der große Meister haut aus dem Block heraus.« In der Weltgeschichte meißelt der Geist. Die Hammerschläge wurden in unseren Tagen vernommen, während Niels Bryde sicher auf dem Baum des Verstandes schaukelte und auf die kristallisierende Welt schaute, die der Mensch erfinden können müsste, wie auch sich selbst, wüsste er nur die Stoffe zu mischen. *»Auf die Mischung kommt es an!«*, lässt Goethe Wagner im *Faust* sagen, während in der Phiole ein Homunculus entsteht.

»Als aber die Zeit erfüllet ward, sandte Gott seinen Sohn«, sagt die Bibel. Wenn die Zeit gekommen ist, wird geboren und geschieht – was wir Menschen in all unserer Klugheit nicht vorausdenken. Wir sehen den Marmorblock, aber wir wissen nicht, was daraus gemeißelt werden wird.

Es klangen Hammerschläge von der Seinestadt her, einst der Ort der kostbaren, leeren, brennenden Girandole Ludwigs des XIV., des Thronsaals Kaiser Napoleons mit den Siegestrophäen, wo die Marseillaise der Rhythmus des Herzschlags ist beim Gedanken an das Vaterland. Der Bürgerkönig Louis Philippe, ein mutiger Mann ohne Furcht vor Teufelsmaschinen, frei und keck, so lange es so sein musste, beugte plötzlich das Haupt – die ihm zugeteilte Rolle war beendet; eiligst verließ er mit Frau und Kindern Frankreich und kam als Flüchtling nach England.

Ein tiefer Freiheitsseufzer ging mit einem Mal durch die Länder Europas. Durch Blut wollte die Volksmasse die goldene Freiheit gewinnen, für welche die Kinder der Zeit noch nicht reif waren. Die schwarz-rot-goldene Fahne wehte. »Sein oder nicht sein!« – die Worte Hamlets wurden zum Volksgedanken in irdischer Bedeutung.

Die Begeisterung des reinen Herzens, Niedrigkeit und Eigennutz, Hass und Leidenschaft tanzten ihren bacchantischen Totentanz durch die deutschen Städte, über die

Ebenen Ungarns und auf den fruchtbaren Landschaften Norditaliens. Ein Dröhnen klang durch die Länder Europas, Hammerschläge im Marmorblock. Sie erreichten Dänemark, die grünen Inseln mit den Lagunen des nördlichen und südlichen Jütlands.

Recht und Gesetz auf seiner Seite zu haben, ist ein herrlicher Schutz, ein wahres »Dänenwerk«, aber Sympathien sind wie die Quellen in der Erde; sie brechen hervor, denn das Wasser respektiert keine Grenzen.

Weit über Europa ergossen sich die Ströme des Volksgedankens; wie Bergflüsse schwollen die verheerenden Sympathien. Träume von Freiheit und Veränderung stiegen sintflutartig empor und trugen schwarz-rot-goldene Wimpel.

Ein Aufruhr war ausgebrochen, ein schmerzvoller Krieg! Bruder wollte gegen Bruder aufstehen, Geschlecht gegen Geschlecht kämpfen!

Es kamen Tage ernster Prüfung, bitter und schwer für den, der – kein Christ war!

6. JULIUS ARONS

An den Ufern der Eider schlug die Alarmtrommel den Freiheitsmarsch, in Jütland und auf den grünen Inseln entzündete sich das Feuer der Begeisterung. Ein Gedanke strahlte über das Land, ein Wille: »Alles für unsere gerechte Sache!« Und das Bauernmädchen nahm ihren goldenen Brautring und gab ihn, und still gab sie ihren Herzensfreund dazu. Reich und Arm, Bauer und Adelsmann reihten sich ohne zu zögern ein. So mancher feine junge Herr, der mit Glacéhandschuhen im ersten Rang des Theaters gesessen hatte, stand bald freiwillig beim Schanzenbau. Julius Arons, der in der letzten Zeit immer blasierter geworden war, weil er das frohe Jugendleben bis zum Überdruss ausgekostet hatte, lebte auf, wurde wieder jung, wie es seinen Jahren entsprach. Plötzlich entwickelte er ein neues und gutes Interesse am Leben; er wollte seinen Teil beitragen, jetzt, wo es darauf ankam. Wir müssen allerdings zugeben, dass er, wie so viele schnell entschlossene junge Menschen, nicht bedachte, was da gefordert wurde, welchen Strapazen, Entbehrungen und Prüfungen er entgegensah. Nur wenigen Ausnahmen konnte man Nebenabsichten unterstellen; bei den meisten war der Grundakkord tief und die Begeisterung echt.

Julius und Esther hatten, wie wir wissen, äußerlich viel Ähnlichkeit. Man sah sofort, dass sie Geschwister waren, aber es gab darüber hinaus auch einen inneren seelischen Berührungspunkt, bei allen Unterschieden in der Begabung und der geistigen Entwicklung. Sie hielten so viel voneinander, dass Esther seine Begeisterung nicht nur teilte, sondern ihn geradezu anspornte, in den Krieg zu ziehen. Sie hätte gern dasselbe getan; sie fand das Los der barmherzigen Schwestern beneidenswert, die dem Ruf des Vaterlands auf den Kampfplatz folgen durften, um dort nützlich zu sein und Segen zu spenden. Rebekka und Amalia sprachen mehr davon, wie viele »Vornehme« sich zum Militär meldeten und wie schmuck Julius in der Uniform aussehe. Niels Bryde war bereits zum Unterarzt ernannt; zufällig im selben Regiment, in dem auch Julius Arons diente.

»Seien Sie meinem Bruder ein treuer Freund«, flüsterte Esther ihm beim Abschied zu. »Ich weiß, dass Sie es sein werden.« Sie drückte Niels Bryde die Hand und sah ihn an. Er bemerkte die Tränen in ihren Augen, die dem Bruder galten – vielleicht aber auch ihm, dem Freund.

Die Mutter und die Schwestern waren bei der Abreise auf dem Bahnhof, wo die Züge nach Roskilde abgingen, aber auch der Vater, Herr Arons, von dem wir bisher wenig gehört haben, außer dass er die Reise von Julius und Niels Bryde nach Dresden und Prag bezahlt hatte. Er hielt sich meistens in seinem Büro oder an der Börse auf, aber heute war er mit an der Bahn und sah, wie Julius in der roten Jacke zwischen seinen Kameraden Platz nahm. Die Augen des Vaters wurden einen Moment lang feucht – eine Umarmung, dann musste er los, noch bevor der Zug abfuhr; die Börse rief.

Es war wie an einem Sonntag, so festlich, so feierlich. Es gab muntere Worte und Tränen; da war Poesie im Augenblick. Der Soldat in der roten Jacke umarmte das feine Fräulein im Seidenkleid. Taschentücher wehten, die Lokomotive stampfte los, und der Soldat sang Kaalunds Lied »Ermanne dich, du Däne!« So wahr klang der Vers:

»Wir werden ja nicht von Trotz oder Hass getrieben, / wir kämpfen für Dänemark, unsere Mutter. / Unser uraltes Land will man uns auseinander sprengen, / und den Bruder vom Bruder wegreißen.«

Hurrarufe erschallten; der Gesang wurde vom Geschrei und dem Signal der Dampfpfeife fast übertönt. Dann ging es los – und die Weberspule des Lebens flog dahin.

Die starken Gefühle, die in Bewegung gesetzt waren, das Neue und die Ungewissheit, wie sich alles entwickeln würde, verliehen dem Augenblick einen Glanz und eine Poesie, durch die der nasskalte Alltag vergessen, der Druck gemildert wurde.

Turner in wilden, phantastischen Anzügen, Totenköpfe auf die Brust gemalt, Freikorps und reguläre Truppen stellten sich bei Bov den Dänen entgegen. Sie fochten tapfer und zeigten verzweifelten Mut, aber sie wurden bald von dem im Stich gelassen, der sie im Kampf hatte führen wollen. Es gab kein Oberkommando, keinen Zusammenhalt mehr; sie wurden umzingelt und überwältigt. Achthundert Gefangene schickte man nach Kopenhagen.

Das ganze Herzogtum Schleswig stand den Dänen nun offen. Der König, der Alsen besuchte, hielt seinen Einzug in Flensburg, wo ihm der Danebrog entgegenflatterte. All das ist Geschichte und gehört zu unserer Erinnerung. Das Glück schien mit den Dänen zu sein. Sie zogen gegen die

Stadt Schleswig. So manches Herz schlug schwer; hier zog der Bruder gegen den Bruder. Verirrung und Sympathien standen gegen Recht und Pflicht; viele Dänen empfanden, was der große Mann der Wissenschaft, der edle Däne Hans Christian Ørsted, sang:

»Tief fühlen wir, dass der Feind doch unser Bruder ist, / Jahrhunderte mit uns verbunden. / Doch er selbst zwang uns zu dem blutigen Zwist, / Nun gilt nur: verloren oder gewonnen.«

In dem Verband dänischer Truppen, der zuerst in die Stadt Schleswig einzog, befanden sich unsere Freunde, Julius Arons als Unteroffizier und Niels Bryde als Unterarzt. Unheimliche Stille ruhte über der Stadt; es waren graue, regnerische Tage. Nur wenige Einwohner zeigten sich auf der Straße; die meisten Familien blieben im Haus. Alle Forderungen wurden pflichtgemäß erfüllt, aber man begegnete finsteren Gesichtern und wortkargen Menschen, auch beim Gesinde. Niels Bryde war in einem Haus einquartiert, dem eine junge Frau vorstand. Dieses Fräulein Hibernia hasste die Dänen tief und unversöhnlich, war aber dabei so mutig und hübsch, dass sie Niels Bryde ausgesprochen gut gefiel.

»Kopenhagen ist ja skandinavisch«, erklärte sie. »Es neigt sich Schweden und Norwegen zu, will Teil einer größeren Einheit sein, basierend auf Sympathie, Nationalität und Sprache. Aber haben wir nicht dasselbe Recht? Wir neigen uns dem großen Vaterland zu, das unsere Sprache spricht und das Land ist, woher wir unsere geistige Erziehung bekommen, wohin unsere Sympathien gehen. Jetzt ist die Zeit, wo sich die Völker trennen, und wir schließen uns den Unsrigen an!«

»Aber dann müssen Sie das dänische Schleswig verlassen«, erwiderte Niels Bryde. »Südlich der Stadt steht noch das fast tausendjährige Dänenwerk, Thyras Wall, schon damals eine Wehr gegen fremde Übermacht. Die hier in alter Zeit überall verbreitete dänische Sprache wurde zuletzt nur noch vom gemeinen Mann gesprochen. Wollte einer mit den

Vornehmen verkehren, musste er Deutsch lernen. Es wurde vornehm, diese Sprache zu verwenden; also wuchs die Zahl derer, die sich ihrer bedienten. Siege, Friedensschlüsse und Traktate müssen doch außerdem auch etwas gelten!«

So sprachen beide gleichermaßen eifrig und überzeugt – und man wird noch lange so sprechen. Niels Bryde schaute tief in ihre ernsten, schönen Augen; sein Temperament flammte auf. »Ich habe eine Idee«, sagte er und lächelte. »Die äußerste Rechte des Dänentums vertritt bei uns der alte Grundtvig; die äußerste Rechte des Deutschtums wird bei Ihnen vom alten Arndt repräsentiert – ich will hier nicht gegen ihn polemisieren. Die beiden sind sich in ihren Gegensätzen so gleich; beide sind Dichter, beide Extremisten – ich wünschte, die Mächte kämen überein, dass diese beiden Kämpen des Dänentums und des Deutschtums auf Sprogø im Großen Belt ein nordisches Duell um Sprachen und Nationalitäten austrügen. Je nach Resultat sollten wir anderen einander um den Hals fallen – und es dabei bewenden lassen!«

»Wie können Sie in einer Zeit wie der unseren Scherze machen!«, rief Hibernia entrüstet.

»Nun, Gott sei Dank ist mir der Humor noch nicht vergangen«, sagte Niels Bryde. »Und ich werde ihn gegen alle Feinde einsetzen, die mir in Weiberröcken entgegentreten.«

Mit hochrotem Kopf starrte Hibernia ihn an. Sie schwieg, aber in ihren Augen funkelten Zorn und Rachlust. Und doch war sie eine edle, großmütige deutsche Frau, deren Herz für das Land schlug, »wo Luther geboren und Goethe gesungen«.

Es lag etwas in dem Auftreten Hibernias, in ihrer Person, das Niels Bryde ganz seltsam ergriff und erfüllte. Sie war ihm nicht gleichgültig. Hass fühlte er nicht, Liebe auch nicht; aber dennoch zog ihn etwas zu ihr, dem Feind, dem erklärten Gegner, der laut erklärt hatte: »Ich hasse Sie!« Ob sie einander noch öfter begegnen sollten?

Von der Straße her erklang der Gesang dänischer Soldaten, das Lied von Thyras Macht. Hibernias Wangen brannten, ihre Augen wurden so groß, so schön; stolz warf sie den Kopf zurück und verließ das Zimmer.

Die Hauptmacht des Feindes stand schon in Holstein.

Osterglocken läuteten; die dänischen Truppen waren auf dem Weg zur Kirche, da ertönte der Generalmarsch, und eine halbe Stunde später empfing die Vorhut den Feind in Bustorf. Bald griff die Schlacht auf die Stadt Schleswig selbst über; von den Häusern und Gärten im Süden raste das Feuer heran. Giebel stürzten ein, Flammen loderten empor. Kanonendonner von nah und fern, das Zischen und Pfeifen der Kugeln, das Rumpeln der Wagen, Trommelwirbel und Trompetenstöße bildeten eine ständige Lärmkulisse.

Als Niels Bryde mit seiner Kompanie an dem Haus vorbeikam, in dem er einquartiert gewesen war, entdeckte er am offenen Fenster Hibernia. Neben ihr waren ein Paar Gewehrläufe zu erkennen. Sie streckte die schwarz-rot-goldene Fahne aus dem Fenster und blickte zufrieden auf die Abziehenden herab. Da fiel ein Schuss – Niels Bryde glaubte einen Schrei zu hören und sah, wie sie zurücktrat oder zu Boden sank. Im Abmarsch war es ihm unmöglich zu erfahren, was geschehen war.

Ein Tag des Kampfes, der erste für Niels Bryde, hatte begonnen. Er lief umher wie in einer gigantischen, alles vernichtenden Todesmaschine und tat seine Pflicht.

Am Waldrand stand ein Haus; aus Fenstern und Türen ragten die schwarzen Gewehrläufe des Todes hervor. Schuss auf Schuss fiel; hinter Hecken und Zäunen lauerten weitere Mündungen, die Vernichtung spien. Es wurde geschlagen und gestoßen, mit Kolben und Bajonetten; der schwere, blanke Säbel spaltete Helm und Schädel. Leichen, Freunde und Feinde, lagen herum wie abgebissene, weggeworfene Patronen. Hier scheuten die Pferde vor der rollenden Kampfeswoge, dort versanken Kanonen im Schlamm der

Straße. Niels Bryde ging mit der Ambulanz durch die Reihen, holte die Verwundeten heraus, amputierte, verband; es war kein Platz, keine Zeit. Das Ganze schien ein wilder, sonderbarer Traum zu sein; man konnte weder denken noch sich irgendwelchen Gefühlen hingeben. Das mächtige Getriebe des Todes drehte sich, und er kroch wie ein Wurm zwischen den einzelnen Rädern hindurch.

»Schließt den Kreis und stehet fest, all ihr dänischen Männer! Gott bestimmt, wann wir wieder siegen werden!« (Ploug)

Die Stadt Schleswig und das Schloss Gottorp, das ganze Schlachtfeld gehörte dem Feind. Neun Stunden hatte der Kampf gegen die Übermacht gedauert. Die Nacht über biwakierten die Dänen im Wald von Idstedt und im Katharinenwald. Die zahlreichen Ärzte, die während des Kampfes im Lazarett von Schleswig Dienst getan hatten, blieben dort als Kriegsgefangene. Niels Bryde dagegen, der auf dem Schlachtfeld gewesen war, lagerte nun müde, aber guten Mutes mit seinen Kameraden an einem großen, flammenden Wachtfeuer, das die nassen Stämme des Waldes beschien. Rundum lagen kriegerische Gruppen; die ganze Szenerie wurde von schwarzem Dunst eingerahmt, der wie eine Haube schwer über dem Wald lag. Es regnete die ganze Nacht. Bagagewagen fuhren zwischen den Bäumen umher; man verteilte Proviant. Was im Laufe des Tages geschehen war, wurde jetzt besprochen. Die Beobachtungen der Einzelnen verdichteten sich zu einem Gesamtbild.

Niels Bryde wurde allerdings bald in den Idstedter Krug gerufen, wo der General und sein Stab einquartiert und die Verwundeten hingebracht worden waren. So schnell es ging, ritt er durch den strömenden Regen. Die Kommandierenden saßen in einem niedrigen, verqualmten Zimmer, wo auf dem schmutzigen Tisch ein Talglicht brannte. Vor dem Schankraum lagen die Verwundeten, die verbunden werden sollten; ein einzelner Schmerzenslaut war zu hören. Niels Bryde half, so gut er es vermochte. Schließlich war es Mitternacht und er so erschöpft, dass er nur noch ausruhen wollte. Um einen entsprechenden Platz zu finden, ging er in die große Schankstube. Sie war, wie alle Räume, überbelegt. Einige schliefen auf dem Fußboden, wenige hatten eine Bank erwischt, auch Kisten dienten als Nachtlager – überall saßen und lagen Menschen. Ganz in der Nähe entdeckte er einen freien Platz. Er betrachtete den Schlafenden daneben, ein bekanntes Gesicht, bleich, leidend, angespannt – es war Julius Arons. Er schlief so fest, dass Niels Bryde es nicht übers Herz brachte, ihn zu wecken. Außerdem war er selbst völlig erschöpft; er schob das Bein des Freundes zur Seite, setzte sich in die Ecke und fiel nach einem Schluck aus der Feldflasche sofort in einen tiefen Schlummer. Aber die Ruhe währte nicht lange. Schon um zwei Uhr, es war der zweite Ostermorgen, brach das Heer sein Biwak ab und bewegte sich still auf Flensburg zu.

Niels lag wie ohnmächtig da; einer der Kameraden weckte ihn. Er fuhr auf und erinnerte sich sofort an seinen Freund, doch er konnte ihn nirgendwo entdecken. Vielleicht wusste Julius nicht einmal, dass Niels Bryde neben ihm gelegen hatte; seine Einheit war bereits auf dem Marsch. Es regnete noch immer; der Rückzug über die aufgeweichten Wege war mühselig.

Um die abziehende Armee zu decken – denn man wusste, dass die Turner über die Schlei vorgerückt waren –, erhielten ein Dragonerregiment und ein Jägerkorps den Befehl, bei Oeversee zu bleiben. Die Pferde, die die Kanonen zogen, wurden gerade ausgespannt und gefüttert, als ein Bauer meldete, der Feind sei in drei Kolonnen im Anmarsch. Ein Teil des Zweiten Jägerkorps musste sich in einem Moor dem Kampf stellen. Mecklenburgische Dragoner bedrängten die Dänen, die noch von den Kämpfen des vergangenen Tages und der kalten Nacht auf nasser Erde erschöpft waren. Dennoch hielten sie hier in Wasser und Feuer stand. Goslarer Jäger schlossen sich den Mecklenburgern an; der

Kampf währte zwei Stunden. Ein Sieg war hier nicht zu erreichen; an Hilfe von eigenen Kräften nicht zu denken. Es ging nur darum, sich hinzugeben, um dem gegnerischen Sturm zu widerstehen, während sich die Hauptmacht nach Flensburg absetzte. Im Pulverdampf sprangen die dänischen Jäger von Moorhügel zu Moorhügel; einzelne sanken tief ein und sahen nie mehr das Tageslicht. Sämtliche Patronen, auch die der gefallenen Kameraden, wurden verschossen; erst dann wehte das weiße Tuch des Hauptmanns zur Kapitulation. Aber die Hauptmacht war gedeckt worden und hatte Flensburg erreicht. Die Bürger der Stadt waren ihren Truppen entgegengeeilt und hatten Erfrischungen gebracht; nun warteten Erholung und Verpflegung in den Quartieren. Bryde und Arons trafen sich nicht, suchten einander auch nicht, dazu waren sie, wie alle, viel zu durchnässt und müde. Jeder genoss nur die Ruhe.

Da sprengten Dragoner in die Stadt mit der Nachricht von dem Überfall bei Oeversee; es hieß, der Feind rücke nach. Die müden, erschöpften Dänen fuhren auf, die Verwirrung war groß. Aus Angst vor dem übermächtigen Feind wollten die Einwohner der Stadt ihre Einquartierungen möglichst schnell wieder loswerden. Tornister und Mäntel wurden aus den Fenstern geworfen, Alarmtrommeln ertönten. »Beeilt euch! Rettet euch!«, lautete der mehr oder weniger gut gemeinte Ruf. Mehrere Bataillone marschierten in Reih und Glied aus der Stadt; große Gruppen von Uniformierten blieben aber in Nebel, Dunkelheit und Verwirrung einfach auf der Straße stehen. Es ging nach Bov. Der Regen strömte weiter herab; das Stroh, das man zum Nachtlager von den Bauernhöfen holte, war schnell durchnässt. Die Hauptmacht sollte nach dem Sundeved verlegt werden und auf den Düppeler Höhen kampieren. Eine dritte Nacht im Regen – dadurch wären die Truppen ganz und gar kampfunfähig gemacht worden. Deshalb ordnete man an, dass sie in Booten und auf Fähren nach Alsen übersetzen sollten.

Julius Arons war krank. Die Anstrengungen der Tage und Nächte hatte sein zarter, an ein anderes Leben gewöhnter Körper nicht ertragen können. Er wurde in das Lazarett Augustenborg eingewiesen.

Die feindlichen Scharen besetzten das ganze Herzogtum Schleswig, und in jeder Stadt, wo sich deutsche Sympathien regten, erklang Jubel, regnete es Blumen, wehten schwarz-rot-goldene Fahnen. Der schmale Als-Fjord war das gezogene Schwert des Meeres, das zwischen den Kämpfern lag. Der Feind überschritt die Königsau und drang in Jütland ein. Sein Feuer loderte schon in Fünen, als Granaten von Fredericia geworfen wurden und den Fährhof von Strib in Brand schossen. Von Snoghøi aus wurden mehrere Häuser in Middelfart getroffen und brannten ab.

Die dänische Hauptmacht blieb auf Alsen. Niels Bryde war in Sønderborg stationiert, als ihn aus dem Lazarett Augustenborg die Nachricht erreichte, dass Julius Arons schwer am Typhus erkrankt sei. Trotz der späten Stunde warf er sich sofort auf ein Pferd und ritt die eine Meile nach Augustenborg. Als er das große Schloss erreichte, sah es aus wie in Friedenszeiten, wenn es ein Fest gab, denn alle Fenster waren erleuchtet. Aber es waren die Kerzen, die an den Krankenbetten standen, in denen so manches Lebenslicht erlosch. In den Räumen hatte sich nichts verändert, seit die dänischen Truppen eingerückt waren, doch in den prunkvollen Sälen des Schlosses wohnte nun der Schmerz.

Julius lag reglos da. Er war bleich und abgemagert; seine Ähnlichkeit mit Esther war nun noch augenfälliger. Niels Bryde saß an seinem Bett und schaute ihn an. Plötzlich schlug der Puls des Kranken schneller; er riss die Augen auf und redete wirr vom dunklen Wald, von dem großen Feuer und von schönen Frauen; ein Bildhauer hätte die nackten tanzenden Bacchantinnen nicht üppiger gestalten können – es waren Gedanken, wie sie in den italienischen Sonetten Goethes wogen. Mit einem Mal fühlte er sich von der tanzenden Schar mit in das Feuer gerissen, um dort zu verbrennen; er wehrte sich und schrie laut auf. Kühlendes Eis auf der Stirn ließ ihn wieder zurücksinken. Er lag eine Weile schwer atmend da, dann öffnete er erneut die Augen und schaute Niels Bryde an, als würde er ihn erkennen.

»Ich bin sicher sehr krank«, sagte er. »Aber ich sterbe nicht. Es ist doch so schön zu leben!« Und er sah den Freund mit einem Vertrauen, einer Zuversicht an, als hinge das Leben von ihm ab.

»Es wird schon besser werden«, beruhigte ihn Niels Bryde. »Es ist ja schon besser geworden.«

»Besser!«, wiederholte Julius und lag wieder ganz still da; nur seine Hand umklammerte die des Freundes. »Glaubst du, dass es ein Leben nach dem Tod gibt?«, fragte er dann.

Er sprach diese Worte so ernst, so flehend aus, dass Niels Bryde, der nicht an ein solches Leben glaubte, tief ergriffen war. Er schwieg; die Frage war ihm peinlich. Gegen seine Überzeugung antworten konnte er nicht, aber hier, in diesem Augenblick »Nein, das glaube ich nicht« zu sagen, brachte er auch nicht übers Herz.

»Ein Leben nach dem Tod?«, wiederholte Julius mit schwacher, fragender Stimme.

»Der Christ glaubt daran«, entfuhr es Niels Bryde unwillkürlich.

»Ja!«, rief der Sterbende. »Das sagt Esther auch!« Sein Kopf fiel zur Seite, und seine Augen schlossen sich, um sich nie mehr zu öffnen.

Von draußen drang kein Laut durch die Nacht; nur das Stöhnen der Kranken war zu hören. Niels Bryde sprang auf; er saß an einem Totenbett – der Freund war gestorben.

Erschüttert ritt er im kalten Morgengrauen nach Sønderborg zurück. Er dachte an den Tod, wie er noch nie an ihn gedacht hatte – als an den letzten Moment, »wenn die Maschine still steht, der Phosphor im Gehirn erlischt und die Teile auseinander fallen«.

»Sein oder nicht sein!«, dachte er mit Hamlet, aber er fügte nicht hinzu: »Schlafen! Vielleicht träumen!« Er wusste, es war vorbei, »die Stoffe kehrten zu ihrem Ursprung zurück«.

Wie eine Musik, die wir gehört haben und die uns in die Seele gedrungen ist, klang in ihm die Zeit nach, die er mit dem Freund verbracht hatte, der jetzt nur noch in der Erinnerung weiterlebte. Solche Gedanken hoben nicht gerade die Stimmung.

»Nicht sein!«, war seine Gewissheit.

7. AUF DEM SCHLACHTFELD

Seit Wochen war ein Angriff auf Sundeved und eine Landung bei Helgenæs oberhalb von Århus vorbereitet, als eines Morgens plötzlich die dänische Flagge von der Festung Fredericia herabwehte. General Wrangel, der Jütland damals um vier Millionen Reichstaler erpressen wollte, verließ auf höchsten Befehl unerwartet und in großer Eile das Land. Die frohe Nachricht gelangte schnell bis nach Alsen.

Am achtundzwanzigsten Mai setzten die dänischen Truppen um die Mittagszeit zum Sundeved über. Hier ist jedoch nicht der Platz, die Geschichte von Dänemarks Kampf um Schleswig zu schreiben. Beabsichtigt ist ein Seelengemälde des Einzelnen; deshalb sind wir in diese Tage der Prüfung und der Ehre geraten, deshalb stehen wir in der Reihe der Kämpfenden. Niels Bryde war in seinem Dienst einer der Schnellsten, Mutigsten und Gewissenhaftesten.

Mit wehenden Fahnen und klingendem Spiel, mit Gesang und munterer Rede, wie bei einem Fest, ging es über die Brücke; die Truppen sehnten sich nach dem Kampf. Herrlich schien die Sonne, die Wälder, Felder und Hecken grünten frühlingsfrisch. Gerade erst hatte die Buche ihre Blätter entfaltet, mit dem weichen Flaum am Rand als Schutz gegen den scharfen Wind. Jede Bewegung der Luft trug milde Sonnenwärme und erfrischenden Duft heran. Die Waldprimeln blühten schon und verströmten ihren kräftigen, an Hopfen erinnernden Geruch, und auch die wilde Krausemünze stand in reicher Fülle. Die ganze Opferschale des Frühlings wurde geschwenkt, und die Vögel sangen. Ein Storchenpaar flog zu einem Hof bei der Düppeler Mühle, wo der Feind gefechtsbereit in Deckung lag. Die Natur hatte sich sonntagsfestlich herausgeputzt und verkündete Frühlingsfreude und Lebenslust. Wie viele Augen sollten sich heute noch vor Sonnenuntergang für immer schließen, wie viele Wangen erblassen, wie viele Herzen aufhören zu schlagen!

Bald begann der Beschuss; von der Düppeler Mühle her feuerte der Feind ununterbrochen aus allen Rohren. Die dänischen Soldaten stürmten und ihre Bajonette blitzten in der Sonne, bis der Pulverdampf alles einhüllte. Noch bevor das Zentrum der gegnerischen Kräfte und der rechte Flügel nach Nybøl zurückgedrängt wurden, lagen Tote und Verletzte, Freund wie Feind, wie hingemäht auf dem Schlachtfeld. Kugeln und Granaten flogen durch die Luft; Strohdächer loderten auf. Hier explodierte eine Munitionskiste; Pferde bäumten sich auf und rissen das Geschirr in Stücke, dort sprengte die Batterie vor, hier kamen Jäger herangestürmt, dort sandten Feldschlangen ihre Kugeln ab, die zischend und pfeifend ihrem Ziel entgegenflogen. Die Ambulanz war nicht nur in den hinteren Reihen tätig, sondern auch ganz vorn, mitten im Tirailleurgefecht, um die Verwundeten aufzunehmen. Niels Bryde war hier der führende, sturmbewegte Gedanke.

Die Dunkelheit brach an; die Schlacht endete erst gegen halb zehn Uhr abends. Die Ambulanz kehrte zurück, doch Niels Bryde war nicht dabei. Wer denkt schon im blutigen Kampf an den Einzelnen? Als man ihn zuletzt gesehen hatte, kletterte er gerade über eine Mauer, aus deren Deckung dänische Soldaten auf den Feind schossen.

Nun war es fast Mitternacht und sternenklar; dänische Truppen waren bis Gravensteen aufgestellt.

Als Niels Bryde den Steinwall fast überwunden hatte, fühlte er einen Stich in der Brust, als hätte ihn eine Bremse gestochen. Ein Schock fuhr ihm durch alle Glieder, er schwankte und fiel in einen tiefen Graben, der von Brombeerranken und jungen Haselbüschen überwuchert war. Ihm wurde schwarz vor Augen; die Verbindungen zur Welt lösten sich. Er war im Übergang; er war dabei, ein Ding zu werden, wie er es selbst genannt hätte – da ließ das, was in uns das Höhere ist, seinen Puls wieder schlagen, die Augen wieder sehen. Um ihn herum war es still und mondhell. Dennoch schien es ihm, als wäre er noch vom Pulverdampf umgeben, als hörte er das Pfeifen der Kugeln, als müsste er noch immer damit rechnen, von den Hufen vorüberjagender Pferde zertrampelt zu werden. Ihn schauderte bei dem Gedanken, dass ihm ein Gegner im Übermut des Sieges das Bajonett in den Leib, vielleicht sogar in die Augen jagen könnte. Er meinte, den Stahl schon über sich blinken zu sehen. Hier lag er nun, halb tot, und konnte sich nicht bewegen. Er fühlte sich geringer als ein Tier, an die Stelle gebunden wie eine Pflanze, von der Luft und dem fallenden Tau lebend; die Wurzel des Todes fesselte ihn an die Erde. Die Wunde brannte. Alle äußeren Eindrücke nahm er noch wahr, sie glitten jedoch chaotisch an ihm vorbei. Doch darüber, über dem Chaos, schwebte ein Gedanke, der mächtiger war als die Eindrücke, eine Angst, wie er sie noch nie gefühlt hatte – die Angst vor der Vernichtung. Wie der Lebensfrohe am Rand eines bodenlosen Abgrunds zurückschaudert und sich fürchtet, so durchfuhr ihn nun der Schreck. War es die Schwäche des Körpers, eine Krankheit, ein Fieber, die Angst, im nächsten Moment weggewischt, verweht zu sein? Ohnmächtig, wie man in einem bösen Traum sein kann, lag er hier, hilflos, wehrlos – er, der geglaubt hatte, auf Gott und die Unsterblichkeit verzichten zu können.

Gestern um dieselbe Zeit – wie anders war da die Szene, die Stimmung, das Dasein gewesen! Mit Freunden und Kameraden hatte er sich in Sønderborg zu einem festlichen Gelage getroffen; es war ja der Abend vor einem neuen Kampftag gewesen. Vaterländische Lieder erklangen, zu wohlgemeinten Trinksprüchen wurden Punsch und Wein ausgeschenkt. Es herrschte eine Offenheit, eine Freude, ein jugendliches Vertrauen in die rollende Glückskugel. »Morgen wird vielleicht vielen von uns der Lebensfaden durchschnitten, ist für viele das Ganze vorbei!« Dieser Gedanke kam ihm wohl für einen Augenblick, aber er nahm ihn leicht und ließ sich die Stimmung nicht verderben. Es kam ihm nicht in den Sinn, dass er vielleicht selbst an der Reihe war, auf die schwarze Tafel des Todes geschrieben zu werden.

Ein paar Freunden verkündete er sein Wissen, seine Überzeugung: »Der Mensch ist wie das Tier eine Maschine; das Denken ist ein Resultat der Organisation, wie die Töne aus dem Leierkasten durch die Anordnung der Walzen und Zapfen entstehen. Wir haben eine Seele, sagen wir, aber was ist das anderes als ein Sammelbegriff für die verschiedenen Funktionen, die ausschließlich zu dem Zentralnervensystem gehören, das wir Gehirn nennen? So wie der Laut durch das Zittern und die Bewegung der Luft zustande kommt, so entsteht alles Denken, jede Stimmung, jedes Gefühl durch die Tätigkeit des Gehirns. Wird der Körper zerstört, so hört die Funktion, das heißt die Seele, völlig auf zu existieren. Seht, das ist das Ganze, was wir unseren unsterblichen Teil nennen! Glaubt mir, wir sind nicht mehr Herren über uns und unsere Vernunft, als wir Herren über die materiellen Teile sind, die sich von unserem Körper absondern. Unsere Stimmungen entstehen in dem Maße, wie unser Blut zirkuliert, und deshalb, ich wage es kaum zu sagen, sind wir nicht zurechnungsfähiger als das Tier, das dressiert wird. Auch wir gewöhnen uns daran, den von uns – von Mensch zu Mensch, in der Einheit von Ich und Du, das heißt Gott – gegebenen Gesetzen für das Richtige, das gesellschaftlich Notwendige, zu gehorchen. Wir ordnen uns ihnen unter, um das zu erreichen, was wir für das noch Bessere halten!«

All dieses Wissen, das er noch gestern verkündet hatte und das so lange in ihm lebendig gewesen war, bildete nun, da er vergessen und ohnmächtig hilflos auf der nackten Erde lag, die Summe seiner Gedanken.

»Der Mensch ist eine Naturerscheinung, ein vergängliches Produkt, nur ein Moment im Kreislauf des Lebens« – das war seit langem seine Überzeugung, und in ihr hatte er die Lust verspürt, sich über das zu erheben, was der Masse der Menschen Bedürfnis und Stütze war: die Überzeugung, es gäbe einen Gott und das ewige Leben. Er hatte geglaubt, auf beides verzichten zu können. Woher kam nun diese schreckliche Angst vor der Vernichtung? War sie nur ein böser Fiebertraum, ein Resultat des körperlichen Leidens? Rundum auf dem Feld lagen noch Sterbende, die Trost im Glauben und Stärke in der Gewissheit Gottes und der Unsterblichkeit der Seele fanden. Körperlich fühlte er Durst; seine Zunge lechzte nach einem Tropfen Wasser. Doch der geistige Durst brannte noch mehr. Ein Tropfen aus dem Brunnen des Glaubens hätte ihn erquickt und ihm Kraft gegeben.

Sein Gedanke war tiefsinnig, nicht fromm. Er klammerte sich im Tode an sein Wissen über das »Sein oder nicht sein«. Er klammerte sich nicht an das Gebet des Herrn, sondern an die Lehrsätze der Klugheit. Er wiederholte im Stillen: »Der Mensch ist ein Produkt seiner Eltern und der Amme, von Art und Zeit, von Luft und Wetter, von Laut und Licht, von Ernährung und Bekleidung!« Und das Höhere in uns, das Denken? »Ist eine Bewegung des Stoffs! Ohne Phosphor kein Gedanke! Der Stoffwechsel und die Elektrizität erzeugen in Verbindung mit den Nerven die Gehirnwahrnehmung, die wir Bewusstsein nennen.«

Die Wunde brannte; der Schmerz lastete wie ein Gewicht auf seinem Kopf. Sein ganzes Dasein war ein Schmerz, der seinem Höhepunkt, der Auslöschung, entgegenstrebte!

Ganz in seiner Nähe stöhnte ein Pferd und hauchte sein Leben aus. Dort hatte nur der Körper gelitten. Das Höchste im Leben des Tieres war das Wohlbefinden gewesen. Es war wohl unter Schmerzen krepiert, aber nicht unter seelischen; Angst vor der Vernichtung hatte es nicht gekannt. Das Tier war viel glücklicher als er, der Mensch; der Herr der Schöpfung lag hier verlassen, wie Orest von den Furien des Gedankens gepeitscht.

Er dachte an Esther, an Bodil und an seine Mutter, und dadurch auch an den Glauben seiner Kindheit und an Gott – aber das war nur eine momentane Erleichterung. Von Feuerbach wusste er, dass die Gottesidee eine Schöpfung unserer Phantasie ist und dass unsere Größe darin besteht, uns über diese Idee, über alle Hoffnungen und den eitlen Traum von einem ewigen »Sein« zu erheben. Auf eigenen Füßen stehen zu können, ohne sich an einen Beschützer, ohne sich an das Wesen zu hängen, das ein freier, unabhängiger Wille außerhalb der Summe alles Geschaffenen ist – dieses Ziel, das er mit gesundem Körper und wachem Sinn erreicht hatte, sollte er nun im kraftlosen Zustand wieder aufgeben. Das Denken vieler Jahre und die gewonnene Stärke waren in diesem Augenblick nur noch fiebrige, krampfhafte Zuckungen des Geistes! Nein – mit dem Willen musste auch dieser Zustand zu überwinden sein; der Wille musste diesen Wirbel der Gedanken stoppen können! Er musste das aufgeben können, woran er sich klammerte: Freunde, die Schwester, die Eltern! Er musste durch den Willen wieder zu sich selbst finden, obwohl er in dem großen All auf dem sich drehenden Erdball lag, der sich viel schneller als die Sonne, als der Schall bewegte.

Er warf sich in den Abgrund des Nichts; er zerdrückte jedes Gedankenbläschen, das aufsteigen wollte: »Vorbei! Das ist mein Dasein, mein Flug aufwärts! Das ist das Leben!

In dem nassen Graben – vergessen! Wasserblase im Erdenschlamm, das Ganze! Gut – ausgelöscht – vergessen. Gras und Halm, Tautropfen und Morast werden! Das ist das Dasein – im ewigen Kreislauf – ewig – ewig!«

Plötzlich bewegte sich etwas, ganz in seiner Nähe! Ein Kopf stieß an seinen, zwei Augen schauten ihn an – es war Waff, sein Hund, der ihn gesucht und gefunden hatte! Zu ihm, dem Menschen, der sich von Familie, Freunden, der Seele und von Gott losgesagt hatte, kam das Tier, das Geschöpf, das unter allen seinen Lieben am niedrigsten stand, und brachte ihm Trost.

Waff legte die Vorderpfoten um seinen Hals wie in einer menschlichen Umarmung und leckte ihm das Gesicht. Dann heulte er auf und jagte eine Runde im Kreis, als wollte er Luft holen und neue Kräfte sammeln. Diese Zeremonie wiederholte er immer wieder. Der Hund war zu ihm gekommen! Sollte das nur Instinkt gewesen sein? War das nur eine Funktion des Gehirns, der Nerven und des Blutkreislaufs, die zu dieser Entscheidung und dieser Handlung geführt hatte? Oder war da etwas Höheres, das ihm das Tier hier zwischen Leben und Vernichtung verkünden sollte?

Wie ein Lichtstrahl fuhr die Freude durch seinen Sinn; er hob den Kopf und sah in die großen, verständigen Augen des Hundes. Bei dieser Bewegung brachen seine Wunden erneut auf und frisches Blut strömte heraus.

Niels Bryde sank zurück. Aber sein letzter Gedanke erhob sich: Glücklich ist, wer im Tod den Glauben des Kindes hat! Ich habe ihn nicht … ich weiß … ich weiß!

»Es blies ein Jäger wohl in sein Horn, / Und alles was er blies, das war verlorn!«

Er lag reglos; sein Hund saß winselnd an seinem Kopf. Klar schien der Mond über dem Schlachtfeld, dem großen Blatt mit den Todeshieroglyphen, das den Schlüssel zu der Frage barg:

»Sein oder nicht sein!«

DRITTER TEIL

Im Pfarrhof auf der Heide herrschten Angst und Sorge, wie im ganzen Land. Seit dem Ausbruch des Krieges flogen bei Tag und bei Nacht die schrecklichsten Gerüchte wie auf Sturmflügeln durch das Land. Man wusste von der Schlacht bei Schleswig, man wusste, dass sich die dänische Hauptmacht nach Alsen zurückgezogen hatte und dass die Halbinsel den vordringenden feindlichen Heeren schutzlos preisgegeben war. Das Gerücht sandte seine Schreckensbilder aus; es hieß, die Gefangenen der Festung Rendsburg seien ausgebrochen und zögen schändend und brandschatzend durch Jütland. Ein Eilbote folgte dem anderen; ihre Pferde waren schaumbedeckt und hatten Blut am Maul. Nun wurde fälschlicherweise erzählt, dass mehrere Ortschaften brannten und sich alle, selbst die Frauen, bewaffnen sollten; der Feind sei im Anmarsch, alle Brücken müssten abgebrochen werden. Flüchtlinge aus dem Süden meldeten, dass die feindlichen Truppen immer näher kämen. Panik ergriff die meisten, doch der alte Japetus fand Trost in der Bibel, wo der Psalmist singt:

»Kommt her und schauet die Werke des Herrn, der auf Erden solch ein Zerstören anrichtet, der den Kriegen steuert in aller Welt, der Bogen zerbricht, Spieße zerschlägt und Wagen mit Feuer verbrennt.« (Psalm 46, 9.10.)

Bodils Gedanken waren bei ihrem Pflegebruder Niels Bryde, der lange, lange nicht geschrieben hatte. Sie wusste, dass er am Krieg teilnahm, doch nicht, auf welchem Schauplatz er eingesetzt war. Wo mochte er leiden? Bestimmt dachte er an sie, die bald in der Gewalt des Feindes sein würden. Tränen traten ihr in die Augen. Auch die Mutter weinte und das Gesinde, aber es waren Tränen der Angst bei der Vorstellung, welchen Grausamkeiten man bald ausgesetzt sein würde. Sagen und alte Geschichten aus dem Krieg vor zweihundert Jahren lebten auf. Damals waren die Schweden mit ihren polnischen Hilfstruppen, darunter Kalmücken und Türken, in Dänemark einmarschiert, und die hatten genauso schlimm gewütet wie der Feind jetzt. Sie hatten Kirchenbänke in ihre Lagerfeuer geworfen und Priester an ihren langen Bärten an Bäume geknüpft und zu Tode geprügelt. Aber auch aus der Sagenwelt holte sich Bodil Kraft. Immer wieder erzählte sie die Geschichte von dem verängstigten kleinen Kreis, der ebenfalls auf einem Pfarrhof nachts das Kommen des Feindes erwartete und Trost in den Worten des Liedes fand: »Eine feste Burg ist unser Gott! Eine gute Wehr und Waffen.« Gefasst legte man sich zur Ruhe; von draußen klang kein Laut. Sie schliefen lange in den Tag hinein, der nicht kommen zu wollen schien. Und doch schien draußen das Tageslicht – über einem abgebrannten Dorf. Den Pfarrhof aber hatten mächtige Schneewehen dem Feind verborgen gehalten. Gott hatte eine Schanze um sie errichtet, eine gute Wehr, wie in dem Lied versprochen.

General Wrangel zwang den Jütländern eine Kriegssteuer von vier Millionen Reichstalern auf, die nicht aufgebracht werden konnte. Ein Wunder musste geschehen, wollte man gerettet werden: Gott musste für »eine gute Wehr und Waffen« sorgen.

Die armen Menschen überlegten hin und her – aber wie gering ist doch der Verstand der Menschen gegen Gott!

Spät am Abend kam die fast unglaubliche Botschaft: Der Feind zieht nach Süden ab, die preußischen Truppen sind durch einen unerwarteten Befehl plötzlich von Jütland abberufen worden. Ein weiterer Bote bekräftigte die Nachricht. Welcher Jubel! »Gott lebt! Gott wacht!« Ja, ein Wunder schien geschehen zu sein. Aus allen Augen strahlte die Freude hervor. Die Mädchen tanzten und sangen, nur eine, die kleine Karen, die jüngste, die so »nachdenklich« war, blieb schwermütig.

»Du solltest auch fröhlich sein!«, sagte Bodil zu ihr. »Der Feind hat das Land wieder verlassen; was in der einen Stunde düster erscheint, kann Gott in der nächsten erstrahlen lassen.«

»Es ist gut, einen solchen Glauben zu haben«, erwiderte Karen leise.

Bodil nahm ihre Hand und schaute ihr teilnahmsvoll in die Augen. »Etwas liegt dir auf der Seele. Hast du einen Freund, der im Krieg ist?«

»Ich habe keinen!«

»Darf ich wissen, was dir Sorgen macht?«

»Es ist nichts«, behauptete das Mädchen. »Ich habe nur nachgedacht.«

Alle anderen auf dem Pfarrhof waren froh gestimmt, doch bald sollte neuer Kummer einziehen. Im Nachbardorf Funder war ein Brief eingetroffen; dort wohnte ein altes Ehepaar, dessen Sohn bei der Ambulanz diente. Musikant-Grethe war dabei gewesen, als der Brief vorgelesen wurde, und hatte ihn mitgebracht, denn darin stand auch etwas über Niels Bryde: Er sei ebenfalls im Krieg, er sei Arzt und ein tapferer Kerl. Der Brief berichtete von dem Einmarsch des dänischen Heers in Sundeved, von der Schlacht und dass Niels Bryde gefallen oder in Gefangenschaft geraten sei. Der Brief war am Morgen nach der Schlacht geschrieben, als feststand, dass Niels nicht zurückgekehrt war. Er habe zwischen der ersten und zweiten Sturmlinie Verwundete versorgt. Die Ambulanz habe ununterbrochen Sterbende abtransportiert; in dem Getümmel habe man nicht aufeinander achten können. Von dieser Botschaft wurde Bodil im ersten Moment überwältigt, doch der nächste Gedanke war die Hoffnung, dass er vielleicht noch lebte und nur in Gefangenschaft geraten wäre. All die schönen und lieben Erinnerungen an die gemeinsame Zeit stiegen in ihr auf und die Tränen strömten. Die kleine Karen stand neben ihr und fühlte dasselbe, doch sie sprach nicht davon.

Eine solche Nachricht, entschied Bodil, durfte sie den Eltern in solchen Zeiten nicht vorenthalten. Sonst vermied sie es, mit ihnen über Niels zu sprechen, denn dann endete es meistens damit, dass der Vater schlechte Laune bekam und die Mutter weinte. Er war in ihren Gedanken, aber hier traf Härte auf Härte: Er, der Jüngere, musste doch den ersten Schritt zur Annäherung tun. Jetzt würde er ihn, gefangen oder tot, vielleicht nie mehr gehen können. Sie überbrachte die schlimme Botschaft. Der alte Japetus fuhr sofort heftig auf; sein Herz war gerührt. Aber bald saß er wieder still und sagte nur nachdenklich: »Unser Herr sei ihm gnädig!«

Die Ungewissheit, ob Niels noch unter den Lebenden war beziehungsweise wie es um ihn stand, türmte sich wie Flugsand immer wieder auf und lastete schwer auf den Seelen. Lange war nicht mehr so laut von dem Pflegesohn des Pfarrers gesprochen worden wie jetzt. Man erinnerte sich an seine Kinderstreiche, seine Tüchtigkeit und Klugheit, drinnen bei den beiden Alten wie draußen beim Gesinde; so manches Auge wurde feucht.

»Wenn man tot ist, hat alles ein Ende«, meinte Karen; sie war in ihrer Nachdenklichkeit also ebenso weit gekommen wie Niels Bryde mit all seinem »Wissen« in dem Augenblick, als wir ihn ohnmächtig auf dem Schlachtfeld liegend verließen.

Was man auf dem Pfarrhof bald erfuhr – wie von Gott gesandt stand es wahr und deutlich auf dem Papier –, wollen wir hier mit wenigen Worten berichten,.

Wir sahen Niels Bryde an jenem Abend Verwundete und Gefallene zwischen der ersten und zweiten Linie versorgen. Beim Vorrücken der zweiten Linie überstieg er eine Mauer, als ihn ein feindlicher Schuss in die Brust traf. Die Kugel ging an der Rippe entlang und trat am Rücken wieder aus. Er erlitt einen Schock und stürzte in den von Brombeerranken und Haselsträuchern überwucherten Graben. Der Blutverlust ließ ihn ohnmächtig werden. Es war bereits später Abend.

Vergessen, wie hingeworfen, lag er dort. Da revanchierte sich Waff, sein Hund, dem er einst das Leben gerettet hatte.

Durch das Jaulen und Umherspringen des Tieres wurden dänische Soldaten in den frühen Morgenstunden aufmerksam, dass hier jemand liegen könnte, tot oder lebendig. Sie kamen zu der Stelle, fanden ihn und brachten ihn ins Lazarett. Hier hatte er nun über eine Woche gelegen, als sich die aus einem Herzensdrang geborene, aber immer wieder unterdrückte Lust erhob, einmal ein paar Worte an die Schwester zu Hause auf dem Pfarrhof zu schreiben. Seit Jahr und Tag hatte sie keinen Brief mehr von ihm bekommen. Jetzt, da er im Krankenbett lag, war sie, waren viele alte Erinnerungen in seiner Seele aufgetaucht. Selbst in seinen Träumen trat die Schwester auf, sanft und herzensgut. Deshalb schrieb er gleich am ersten Tag, an dem er aufstehen konnte, einige Zeilen, in denen er ihr mitteilte, wie es ihm ging und wo er sich befand.

Wie viel Sonnenschein findet doch auf einer Seite Papier Platz! Bodil sollte es erfahren. Der Tag der Trauer wurde zu einem hellen, reichen Tag in dem Haus auf der Heide.

»Ein Brief! Ein Brief!«, rief sie laut. »Es ist seine Handschrift!« Ihre Hände zitterten, als sie das Siegel erbrach und zuerst auf den Ort und das Datum schaute. Augustenborg stand da, und der Brief war erst wenige Tage alt. Sie las ihn einmal schnell und dann noch einmal ganz in Ruhe durch. Das erste Lesen war wie ein tastendes Greifen nach dem Wiedergefundenen: Stimmt es? Ist es wirklich so? Er lebte, er war außer Gefahr, konnte vielleicht in einige Wochen seinen Dienst wieder antreten; so stand es da.

Der Brief war, wie das Ölblatt der Taube, eine Botschaft des Lebens. Frau Mollerup weinte und küsste Bodil; der alte Pfarrer lächelte und nickte kurz, sagte aber nichts weiter. Niels hatte am Tor des Todes gestanden, doch dieses war wieder geschlossen worden; noch war seine Zeit auf dieser Welt nicht abgelaufen.

Noch kann er seine Unschuld, den Glauben seiner Kindheit, wiederfinden, dachte Bodil unwillkürlich, und sie dankte dem gütigen Gott für die Freude dieses Tages, für seine Gnade gegen ihren Pflegebruder, für die Zuneigung ihr gegenüber, die sich Niels hatte bewahren dürfen, so dass er sich sogar auf dem Schmerzenslager an sie erinnert hatte. Sie war so glücklich; alle mussten mit ihr fröhlich sein! Musikant-Grethe hatte um Niels geweint und getrauert; sie sollte die Freude mit ihr teilen.

Als Bodil mit der Nachricht von Niels bei ihr ankam, war gerade die kleine Karen zu Besuch.

»Ich war ganz sicher, dass er noch lebt«, sagte Grethe. »Wie ich auch glaube, dass ich ihn mit diesen meinen Augen hier oben bei uns wiedersehen werde, diesen lieben Mann, der so gut gegen mich alten Menschen gewesen ist! Das Instrument hier ist wie ein Erinnerungsstück an ihn. Gott weiß, wo in der Welt es ohne Niels Bryde gelandet wäre! Ja, er heißt ja auch wie der Schütze in dem Märchen von der Kugel des Glücks. Möge er doch auch eine Königstochter oder wenigstens eine mit einem kleinen Gutshof finden!« Und sie redete weiter von Niels, der Harmonika und von den Kriegsgerüchten und -gefahren.

Bodil erklärte, dass sie ihr bei Gelegenheit eine neue Harmonika kaufen und schenken wolle, da der alten, wie Grethe selbst sagte, »der Atem so gut wie ausgegangen« sei, obwohl sie das gute Stück immer wieder geflickt und geklebt hatte. »Das verspreche ich dir zum Andenken an diesen Freudentag!«

Die alte Frau wurde angesichts solcher Güte ganz verlegen. Das sei eine zu kostbare Gabe, meinte sie, und außerdem könne kein neuer »Spielkamerad« das werden, was der alte, mit dem sie so viele Jahre gelebt habe, ihr sei. »Ja, zu Festen und zum Tanz tönt sie nicht mehr laut genug; es ist, als wäre sie heiser, und sie flüstert nur noch. Aber ich kenne sie so gut, dass ich sie trotzdem verstehe.«

Sie wollte Bodil die Hand küssen; auch die kleine Karen schaute freundlich herüber, aber ein Lächeln war es doch nicht.

»Wie schön ist es doch, einen leichten, frohen Sinn zu haben!«, rief Bodil. Auf dem Heimweg erzählte sie Karen von Gottes Gnade gegen uns arme Menschen. Da brach das Mädchen in Tränen aus, ergriff Bodils Arm und seufzte laut.

»Die Gnade Gottes! Die Gnade Gottes!«, wiederholte sie. »Ich bin oft so elend, wie es ein Mensch nur sein kann.« Voller Vertrauen öffnete sie nun Bodil ihr Herz. »Ich habe eine Sünde auf mich geladen«, gestand sie. »Ich habe mehr gelitten, als Polizei und Strafe einem auferlegen können, und doch scheint es mir manchmal, dass ich nicht richtig schuldig bin, sondern dass einfach geschehen ist, was ich mir nie vorstellen konnte. Möge mir Gott die Gnade erweisen, von der Sie sprachen!« Und dann erzählte sie: »Ich war nur ein Kind, nichts weiter, ein Kindermädchen, wie sie es nannten. Ich war oben beim Amtsrichter und seiner Frau, damals noch junge Leute. Aus Kopenhagen kamen viele Fremde zu Besuch; ein junger Mann war darunter, der zeichnete und Bilder machte. Er ließ immer alles offen stehen; seine Uhr und sein goldener Ring lagen auf dem Tisch, während er draußen herumlief. Er konnte mit der Schere wunderschöne Bilder ausschneiden, die sogar der jungen Frau des Richters gefielen. Es lagen immer viele davon auf dem Tisch, und als eines Tages die Tür weit offen stand, ging ich hinein, nur um mir die Zeichnungen und Scherenschnitte anzusehen. Da lagen so viele Sachen – und da lag ein wunderschöner Fingerring! Ich konnte nicht widerstehen, ich musste ihn aufprobieren, aber er war zu groß, nur an meinem Daumen passte er, und dort blieb er stecken. Plötzlich kam der junge Mann herein! Ich lief schnell hinaus und log: Seine Scherenschnitte seien vom Tisch geweht worden. Er schaute mich mit seinen seltsam zärtlichen Augen an; es war, als wollte er mich verführen. Vielleicht tue ich ihm darin unrecht, aber ich lief davon – und der Ring saß immer noch auf meinem Daumen. Unten hörte ich, dass Geld im Haus verschwunden sei; man sprach von Dieben und einem

Diebstahl. Der Schreck fuhr mir durch die Glieder, lief ich doch mit fremdem Eigentum herum! Angstvoll wartete ich auf den Moment, da der Fremde herunterkommen würde. Ich glaubte zu hören, wie er in die Stube trat, und rannte so schnell es ging hinauf, um den Ring zurückzulegen. Doch er war noch gar nicht unten, sondern kam mir oben auf der Treppe entgegen. Glücklicherweise gab es auf dem Treppenabsatz eine kleine Kammer, wo der arme Flickschneider, der bei uns arbeitete, sein Nachtquartier hatte. Die Tür war nur angelehnt und ich sprang hinein. Es war dort nicht mehr Platz als für das Bett und die Kleiderkiste des Schneiders. Ich war völlig aufgelöst wegen des Kopenhageners und wegen meines Gewissens, obwohl ich den Ring nicht auf den Finger geschoben hatte, um ihn zu behalten. Da lagen ein Paar Socken auf dem Boden – ich musste doch etwas zu tun haben da drinnen. Ich nahm sie, steckte die Hand in einen von ihnen und wendete ihn, während mir der Kopenhagener galante Komplimente machte. Ich zitterte am ganzen Körper und sah, dass ihn das belustigte. Im selben Moment kam meine Herrin dazu; sie fragte, was ich da zu schaffen hätte. Ich antwortete, ich hätte aufgeräumt, und rannte hinunter zu dem Kind. Unterdessen war mir aber der Ring vom Daumen und in den Strumpf des Schneiders gerutscht. Ich saß nun unten in der Stube mit dem Kind, während man im ganzen Haus nach dem fehlenden Geld suchte. Es war und blieb verschwunden, doch im Strumpf des Schneiders – er war wohl kurz nach mir in der Kammer gewesen, hatte aufgeräumt und die Socken in seinen Kasten getan – fand man den Ring. Der Schneider wurde als Dieb angeklagt – und ich, ich Sünderin, hatte solche Angst, dass ich nicht zu sagen wagte, wie sich das Ganze in Wahrheit verhielt. Ich war ein Kind, ein sündiges, unglückliches Kind! Der arme Schneider verlor den Verstand, kam in die Irrenanstalt, und ich – ich habe bis heute nicht gewagt, meine Sünde und mein Elend zu gestehen. Ich weiß nicht, warum ich gerade jetzt …«

So, wenn auch zu spät, war das Rätsel endlich gelöst; doch die Sphinx des Wahnsinns, die den armen Flickschneider plagte, konnte durch die Macht des Wortes nicht mehr besiegt werden.

»Ich will nicht dein Richter sein«, sagte Bodil. »Aber Gott ist gnädig, er legt unsere aufrichtige Reue mit in die Waagschale.« Und sie schwieg. Die stürmische Freude, von der sie durch den Brief des Pflegebruders durchdrungen gewesen war, hatte sich durch den Kummer und das Geständnis Karens gleichsam verflüchtigt. Die richtigen Worte des Trostes, die sie hätte sagen sollen und müssen, fielen ihr nicht ein. Sie waren auf dem Weg stehen geblieben. Die kleine Karen setzte sich an den Rand, von ihrem Kummer überwältigt.

»Läge mein Kopf doch auf dem Schafott!«, schluchzte sie. »Dann hätte ich meine Sünde gebüßt! Oh nein, der Tag des Gerichts ist nicht am Ende aller Dinge, nein! Für mich findet er jeden Tag und jede Nacht statt, wenn sich meine Sünde in meinen Gedanken bewegt.«

Bodil ergriff ihre Hand und sprach die Worte des Psalms: »Er handelt nicht mit uns nach unsern Sünden und vergilt uns nicht nach unsrer Missetat. Denn so hoch der Himmel über der Erde ist, lässt er seine Gnade walten über denen, die ihn fürchten.« (Psalm 103,10.11.)

Still und einsam war es auf der Heide, aber nicht in den Herzen dort.

Und die Brieftaube flog vom Pfarrhof auf der Heide zum Schloss Augustenborg, auch ein Kampfplatz, wo es um Leben und Tod ging. Aber Niels konnte ihn gesund wieder verlassen, und bald war der Feldzug des ersten Jahres beendet. Der Waffenstillstand wurde erklärt und die dänischen Truppen wurden ins Winterquartier verlegt, zumeist nach Jütland. Doch leider kam Niels Bryde nicht mit, wie Bodil gehofft hatte; vielleicht hätte ja ein Aufenthalt zu Hause in der frohen Weihnachtszeit die Spannungen beseitigt. Aber es kam nicht so; Niels musste auf Alsen bleiben. Die weiße

Brieftaube flog zum zweiten Mal hinaus, als es bereits heftig schneite oder, wie man sagte, die weißen Bienen schwärmten. Mägde und Knechte saßen am Feuer und strickten wollene Strümpfe; die Klügsten lasen aus alten Zeitungen über den Krieg vor und sangen *Der tapfere Landsoldat, Goten an Bord!* und *Läutet die Osterglocke.* In diesen Liedern lagen die Gedanken eines ganzen Volkes, das ganze schwere, lange Jahr eines Landes. Und die kleine Karen saß dabei und lauschte mit einem wehmütigen Lächeln. Die Beichte hatte ihr Gewissen erleichtert; der alte Pfarrer und sogar der Amtsrichter wussten von ihrer Tat und ihren Gedanken. Strenge Worte der Gerechtigkeit waren gesprochen worden, aber auch Worte des Trostes und der Gnade. Musikant-Grethe besaß nun, wie versprochen, eine neue Harmonika, die Bodil ihr beim Kaufmann in Århus bestellt hatte. Grethe konnte jedes gesungene Lied nachspielen. Zuerst ging es nur langsam und sie musste manchmal zu Hause üben, aber schließlich lernte das Instrument doch, »richtig zu singen«, und so klangen die Melodien aus dem Pfarrhof: »Ja, wäre da keine Gefahr, ich bliebe hier bei dir!«

Wann endlich war die Gefahr vorbei? Was würde das neue Jahr bringen?

Am 3. April 1849 endete der Waffenstillstand. Mit dem Wind und den Vögeln des Frühlings kamen die Gerüchte: »Die Lerche kommt von Süden geflogen, / Sonderbares hat sie zu berichten. / Der Kibitz kommt mit zerzausten Federn / und seinem trauernden Weibchen. / Der Storch kommt, so schnell er kann, / seine Beine sind blutig rot: / Könnte ich erzählen, was ich gehört, / ihr säßet hier nicht so ruhig. / Raff dich auf, Bauer! / Feinde setzen ihren Fuß auf deinen Strand. / Eia, eia, so ruft er, der Storch.« (Dieses echt poetische Lied stammt, wie wir erfahren, von Henriette Nielsen, der Autorin des Vaudevilles *Die Verwandten* und der herrlichen Kriegserzählung *Dorthe.*)

Wie in unserer Jugendzeit, als der elektromagnetische Draht noch nicht bekannt war und nur das wechselnde schwarze Brett die schnelle, stumme Sprache des Telegraphen war, galt auch hier: Jede Nachricht hatte einen pechschwarzen Hintergrund.

In Eckernförde wurde, wie ein zwischen Sandriffen gefangener Wal, das dänische Linienschiff harpuniert; mancher dänische Matrose ging da Hvitfeldts Weg gen Himmel. Auf den Düppeler Höhen fand ein Kampf statt, und bald wurde die offene Stadt Kolding in Brand geschossen; im Regen der Kugeln und Kartätschen lagen überall Verwundete und Verstümmelte herum. Das Gerücht und die Bestätigung desselben verbreitete Schrecken auf der Heide, die früher einsam gewesen war, aber nun nicht mehr. Die stillen Tage dort waren Vergangenheit; Unruhe und eine nervöse Angst hatten alle ergriffen. In schneller Folge kamen die Nachrichten; es wurde gemeldet, dass die Reichsarmee nach Jütland hineindränge und General Rye auf dem Rückzug sei.

In den Dörfern und auf den Höfen, auch hier in der Wald- und Heidegegend, dachte jeder daran, das Beste, was er hatte, zu verstecken oder fortzuschaffen. Auf dem Pfarrhof wurde das Silber gesammelt; Frau Mollerup legte sogar die bekannte Riechdose dazu. Vor dem Garten, bei der alten Weide, gruben Bodil und Karen ein großes Loch. Im Wald von Silkeborg zeigten sich schon feindliche Truppen. Flüchtlinge kamen am Pfarrhof vorbei und berichteten davon; sie hatten Betten und Kupferkessel vor sich auf dem Pferd und ritten schnell weiter nach Westen.

Schon waren die Bayern auf Silkeborg. Von der Tann saß unten am Langsee auf dem neuen Hof des Fabrikherren Drewsen am Frühstückstisch, und der Feind war bereits bis Århus vorgedrungen. Bei Nørresnede, dem Dorf nahe den Grabhügeln von König Snio und seiner Königin, hatten die Dänen die Kurhessen überrumpelt. Man wusste von allem und mehr als alles; es war, als würden die Nachrichten von der Luft getragen, von Vögeln gemeldet, von fallenden Regentropfen verkündet. Die Schrecken des Krieges lagen in der Zeit und den Gedanken. Der Heideboden selbst schien zu zittern und den Kanonendonner zu übertragen; Luft und Erde meldeten Kampf und Vernichtung. Kein Brief kam mehr von draußen – wo war Niels, wie erging es den Dänen?

»Gott ist der Herr des Glücks!«

Niels Bryde befand sich in Jütland, in dem belagerten Fredericia; das wusste man auf dem Pfarrhof nicht und erfuhr es auch nicht. Alle Gedanken und Gespräche drehten sich um den Krieg, selbst von der Kanzel aus wurden Gebete angeregt und Trost gespendet. Es waren Tage, da sehnte sich das Herz nach seinem Gott, denn nur im Glauben war Hoffnung und Rettung.

In der großen Natur dagegen ging alles seinen gewohnten, fröhlichen Gang. Das unverwüstliche Heidekraut stand in Blüte und wurde von der fleißigen Biene umsummt, die Jungfische standen in Schwärmen im Fluss, und die Wildente dachte weder an den Jäger noch an den Schuss. Nur durch Sinn und Gedanken des Menschen gingen die Tage schwerer Prüfung. Aber auch sie hätten ihren Segen, meinte der alte Pfarrer und sprach davon, dass Holger Danske im ganzen Volk wieder erwacht sei, dass all die kleinen, halbherzigen Fäden zerrissen seien und nur ein Gedanke alle erhebe: der Zusammenhalt in Liebe zum Vaterland. Das Kleinliche fiel weg; große und schöne Taten leuchteten, und der Kampf und die Bewegung der Zeit predigten dem menschlichen Verstand, dass nur Gott allein herrsche.

Bodil dachte in Liebe an den Bruder und wie es ihm ergehen mochte; eine Schule des Glaubens konnten ihm diese Jahre und Tage wohl sein. Auf dem Schlachtfeld und im Lazarett, wenn eine Seele bei vollem Bewusstsein dahinschied – würde er in diesem ernsten Moment die Gewissheit eines ewigen Lebens vernehmen? Würde der leichte Sinn der Jugend, würde das Spiel mit dem Heiligen vergehen und der Bruder durch diese schweren Tage zu der Erkenntnis gelangen, dass er noch immer auf Gottes Gnade hoffen durfte?

Fredericia hatte eine lange Belagerung ausgehalten; einzelne Häuser und ganze Straßen waren abgebrannt, Menschen verwundet oder getötet. Jetzt lief die Nachricht von der gewonnenen Schlacht durch das Land: »Der Engel des Sieges flog über die Insel / und pries der Dänen Mut. / Er sang von herrlicher Großtat / doch seine Flügel trieften von Blut.« (B. S. Ingemann)

Ein Brief von Niels Bryde erreichte den Pfarrhof. Er war nicht an Bodil, sondern an den Vater gerichtet, und sie war sehr glücklich darüber. Das war ein Schritt zur Annäherung, der erste. In wenigen Worten wurde der teuer erkaufte herrliche Sieg gemeldet, doch war General Rye gefallen; tapfere Männer hatten mit ihrem Leben und Blut Dänemark zu einer festeren Position auf eigenem Grund und Boden verholfen, hatten Mut und Zusammenhalt des Vaterlandes gestärkt.

Bald sprach man auch auf dem Pfarrhof über die Friedensverhandlungen. Vielleicht würde Niels Bryde nach Hause kommen, in wenigen Tagen schon – Waffenstillstand, hieß es. Doch er kam nicht, sondern musste den Winter im Quartier auf Fünen verbringen. Wir folgen ihm nicht dorthin, wir begleiten ihn auch nicht in das dritte Kriegsjahr. Wir bleiben bei Bodil auf der Heide und erleben die Ankunft der Schweden, die das Vordringen des Feindes in Schleswig abwehren sollen. Wir hören von deren Abmarsch und dem Biwakleben der dänischen Truppen südlich von Flensburg. Herr Skjødt aus Silkeborg brachte die Botschaft davon; er hatte, wie so viele Dänen, die Soldaten besucht, mit Niels Bryde gesprochen und mit ihm in dem lustigen Sommerlager, wie er es nannte, gespeist. Dort war eine ganze Stadt aus mit grünen Zweigen geschmückten Erdhütten entstanden, deren Wege man nach Kopenhagener Straßen benannt hatte. Dänische Fahnen wehten, es war eine herrliche Sommerzeit mit hellen Nächten, und im Lager erklang der Gesang geübter Stimmen. Der Krieg habe dort sehr lustig ausgesehen, meinte Herr Skjødt, und sein Bericht strahlte in das Gemüt der

Alten und in Bodils Gedanken. Sie bekam ein Sommerbild vom Krieg, wie sie es vorher nicht gekannt hatte; sie sah den dänischen Soldaten den frischen Buchenzweig schwingen, »Birnams Wald« schritt voran; sie fühlte, was bald der Dichter sang: »Von Alsen zum Dänenwerk / von Sli zu Aegers Tür / soll Dänemarks Löwe springen / auf goldenem Grund wie zuvor. / Bei Angeln und bei Friesen / im wiedergeborenen Freundeskreis / sollen Kampflieder gesungen werden / auf den Julitag des Sieges.« (Grundtvig)

Die Schlacht bei Idstedt war gewonnen; Friedrichstadt, ein flammender Scheiterhaufen, illuminierte den dänischen Sieg. Das Läuten der Kirchenglocken war der Klang des Friedens, der über das ganze Land hallte: »Sein Versprechen hat er gehalten, der tapfere Landsoldat! Hurra!« Er allein war der jubelnde Gedanke des Volkes, des Augenblicks. Ehrenkränze wurden geflochten; der einst so wenig angesehene Soldat war zum Helden geworden – ohne dass er es selbst wusste.

Nach drei erlebnisreichen Jahren kehrte Niels Bryde wieder nach Kopenhagen zurück. Drei Jahre voller Eindrücke hatten ihn erschüttert, gehoben und entwickelt; sie waren ihm eine geistige Schule gewesen und hatten ihn – wie weit geführt?

Wir wollen ihm folgen, wie Bodils Gedanken ihm in den drei langen, schweren Jahren gefolgt waren, in denen die Heide wunderschön geblüht und die Vögel des Waldes vergnüglich gesungen hatten. Nur der Mensch war wie unter einer schweren Last gegangen. Und doch hatte er sich, wie Antäus, bei jedem Schlag zu Boden wieder erhoben, mit neuer, vermehrter Kraft – in Gott.

In der Dorfkirche hielt der Pfarrer ein Dankgebet für Sieg und Frieden. In ihrer kleinen Kammer dankte Bodil noch einmal unserem Herrn, ihm, dem persönlichen Gott, der ihr nahe war und Augen und Ohren für ihr Gebet hatte. Sie betete für jeden, der um seine verlorenen Lieben trauerte, sie betete für jeden, der sich auf dem Schmerzenslager wand. Sie dachte an die unendliche Gnade Gottes und an den Segen des Friedens, sie dachte an Niels Bryde und wie es nun wohl in seinem Inneren aussehen mochte. Jetzt waren der jugendliche Übermut, der neckende Scherz und die allzu strenge Verständigkeit sicher geläutert und verschwunden! Ihre Sehnsucht nach ihm war groß; sie weinte in ihrer Freude, sie lächelte in ihrer Trauer – und wir wollen ihn mit ihren Gedanken in Kopenhagen suchen, in einem neuen Lebensabschnitt.

2. DIE HEIMKEHR DES SOLDATEN · GLAUBE UND WISSEN

Gewiss war der Soldat niemals herzlicher empfangen und besser einquartiert und umsorgt worden als in diesen Tagen der Ankunft in Kopenhagen. Er beschäftigte die Gedanken aller; es gab wieder Helden im Alltagsleben. Es war kein zufälliger Modeton, kein Nachplappern, keine gespielte Euphorie oder andere Strömung, von der sich die Kopenhagener gelegentlich hatten hinreißen lassen. Hier handelte es sich um wahre, natürliche, gesunde Begeisterung. Der Däne hatte seinen Namen, seine Bedeutung vor dem Auge der Welt gehoben; man lebte darin, und in diesem Augenblick vergaß jeder sein eigenes kleines Ich.

Die meisten Hauswirte veranstalteten schnell ein Fest für die bei ihnen Einquartierten; die Gattin und die Töchter setzten sich dazu, und vielerorts wurde ein munterer Ball improvisiert. Eine frische, herrliche Luft wehte durch die dumpfen Alltagsstuben: »Ein Jubel ging im Lande um, / und alle Herzen brannten …« (H. P. Holst).

Niels Bryde war von der Familie Arons eingeladen worden, bei ihr bis auf weiteres Quartier zu nehmen. Die beiden kleinen Zimmer, die Julius einmal bewohnt hatte und in denen noch seine Möbel und Bücher standen und seine Kupferstiche und Bilder hingen, alles so, wie er es vor drei Jahren verlassen hatte, stellte man nun dem Freund zur Verfügung. Niels Bryde wurde wie ein lieber Verwandter aufgenommen; der Vater und der Großvater küssten und umarmten ihn, die beiden älteren Töchter weinten und lachten; besonders Rebekka zeigte ihre Gefühle offen. Amalia dagegen hatte einen Bräutigam vorzustellen, einen schwedischen Offizier. Esthers Augen strahlten vor Freude, und doch lag in den Zügen um ihren Mund ein Schmerz, ein Ausdruck, den Niels Bryde so gut verstand. Ihre Mutter fasste ihn in die Worte: »Unser Julius musste drüben bleiben!«

»Er ist auch bei uns!«, rief Esther da lebhaft. »Er ist bei uns in unserer Freude und feiert mit uns das herrliche Fest der Heimkehr!«

Wie schön war sie geworden, nicht nur geistig, sondern auch körperlich prächtig entwickelt; manch ein unsterbliches Gedicht der Sänger Persiens und Arabiens hat keine so große Schönheit besungen wie ihre.

Auch Herr Svane trat auf, mit strahlendem Gesicht und in blendender Laune, obwohl ihm die letzten Jahre, er verbarg es nicht, die letzten schwarzen und einen großen Teil seiner grauen Haare vom Kopf gepflückt hatten.

»Man wird alt«, erklärte er. »Man läuft schon mit einer Leibbinde herum. Aber der Erde geht es ja genauso; sie hat ihren warmen Golfstrom von Mexiko bis zu uns hier im Norden; was wären wir ohne diese Binde? Meine hilft mir leider nicht jeden Tag.« Die Unruhe hause in seiner Zwischenetage, wie er es ausdrückte; zuweilen käme es ihm vor, als finde dort ein Feuerwerk statt, als zischten Blitze durch den Magen und zerschnitten ihm das Zwerchfell. »Manchmal glaube ich, dass ich an Unterleibs-Convolvoli leide, um nicht Darmverschlingungen zu sagen«, fuhr er fort. »Aber heute habe ich gebohnert, und der Humor tanzt in allen Etagen! Willkommen, mein Freund!«

Madam Jensen ließ sich ebenfalls sehen; sie machte eine Visite, und das war echte Freundschaft, denn sonst wäre sie sicher nicht zu einem ledigen Herrn hinaufgegangen. Aber sie habe gehört, Doktor Bryde sei gekommen, und er sei doch in der schlimmen Zeit immer in ihren Gedanken gewesen. Auch sie war gut gelaunt und gestand, dass sie oft in die Komödie gehe, aber nicht in »die Königliche«, nein, ins Casino! »Sie machen es da sehr nett, aber sie sind ja auch nicht so vornehm wie die Schauspieler am großen Theater, und sie haben auch nicht so viele Etagen.«

Madam Jensen berichtete ihm auch von Mutter Børre im Runden Turm, von der er erzählt habe und die er von Kindheit an kenne. Sie lebe immer noch und habe neulich das Glück gehabt, dass der Doktor, dem sie ihr Skelett vermacht hatte, gestorben sei. Dessen Witwe habe keine Verwendung dafür, so dass Mutter Børre wieder frei und ledig sei. Ihres hohen Alters wegen habe sie ihre zwei Reichstaler jährlich behalten dürfen – und damit verlassen wir Mutter Børre.

Der Kammerherr und seine Gattin begegneten Herrn Bryde auf dem Wall. Der Kammerherr äußerte seine Besorgnis, das Skandinavische könnte jetzt einen zu großen Einfluss gewinnen, und die gnädige Frau zürnte dem Kriegsminister, weil Hunde nicht mehr auf dem Wall herumlaufen dürften; deshalb sei Zemire nicht dabei. Sie ahnte da noch nicht, was ihrem Liebling in unseren Tagen bevorstehen würde: auf die alten Tage mit einem Maulkorb herumzulaufen! In diesem Fall wurde es, um Zemire nicht zu genieren, nur einer aus Gummi Elasticum – der Hund hätte also ebenso gut mit einem Kreidestrich um die Schnauze spazieren gehen können.

»Herrliches Wetter!«, sagte die Gnädige. »À la Venedig! Schön arrangiert im Reithaus! Anmutiges Mädchen, die kleine Arons! Jüdin … gut gekleidet … Vermögen! Silence! Der kleine Schalk Amor … à revoir!«

Das war der Wortschwall auf dem Wall.

In Niels Brydes erstem Gespräch, das er mit Esther allein führen konnte, sprach sie von ihrem Bruder und erkundigte sich nach jedem kleinen Zug, jeder Einzelheit, die im Brief angedeutet gewesen war. Es habe sie anfangs betrübt, gestand sie, dass er so einfach am Typhus gestorben war, anstatt heldenhaft auf dem Schlachtfeld. Doch bald sei ihr klar geworden, dass auch die, die durch Strapazen, durch die Nachtlager auf kaltem, feuchtem Boden Krankheiten oder Seuchen erlegen waren, ihr Leben für das Vaterland gegeben hatten. Niels Bryde musste ihr von der letzten Stunde, der Todesnacht auf Augustenborg, erzählen. Er wiederholte die Worte des Bruders, und in dem Bekenntnis vernahm Esther, wie bitter es für ihn gewesen war. Die Sonne der Wissenschaft, so schien es ihr, hatte ihn blind für den Schöpfer der Sonne gemacht; er hatte nicht von der Unsterblichkeit reden können.

»Sie glauben nicht an ein Leben nach diesem?«, fragte sie und schaute ihn mit ihrem betroffenen Kinderlächeln an. In diesem kurzen Moment traf ihn die Summe seiner Gedanken, der Geistesblitze dreier Jahre in Kummer und Schmerz.

So wie selbst bei den Völkern auf der untersten Entwicklungsstufe, den Wilden des Urwalds, eine wenn auch noch so unklare Gottesidee vorhanden ist, so gibt es auch bei dem stärksten Materialisten eine Grenze, ein Äußerstes, wo der Gedanke unsicher wird und er den Atem Gottes spürt. Im Raum sind die Grundstoffe das Gegebene, in unserer Seele ist es der religiöse Glaube. Die Wissenschaft hatte Niels Bryde in klaren Stunden mathematisch bewiesen, dass in allem eine Kraft lebt und sich rührt, die bewirkt, dass das Unveränderliche – die Urstoffe, die nicht absterben – in ewigem Wechsel veränderlich bleibt. Und für diese Kraft, durch die das Leblose Bewegung, Leben und Denken und das Geistlose Geist gebärt, für diese Kraft, dieses Übersinnliche wusste er jetzt nur einen Namen – das war

Gott. Zu dieser Überzeugung, dieser mächtigen Stütze war er auch durch das Wissen gelangt. Aber Unsterblichkeit für uns Menschen, Unsterblichkeit im Bewusstsein und im Sein – die wird nur durch das Okular des Glaubens sichtbar, und das hatte er weggeworfen.

Es ist besser zu glauben als zu wissen, denn der Glaube hat alles und unser Wissen ist gering. Der Gedankenfaden aus jener Nacht auf dem Schlachtfeld war nicht ganz verweht, er flatterte, wenn auch ein wenig lose. Bodil würde hier sagen: Gottes liebevolle Hand könnte ihn im Nu festbinden und ihm die Stärke eines Ankertaus geben. »Sein oder nicht sein« – diese große, die Ewigkeit umfassende Frage kam und verschwand wie ein Blitz, der nach seinem Verlöschen alles rundherum nur noch finsterer macht.

Wie oft hatte er sich nicht an einem Todeslager gefragt: Was ist dieser Glanz im Auge des Sterbenden, der eine Wirkung auf meine Sehnerven hervorbringt, die wiederum die Gefühlsnerven meines Herzens zum Zittern und mich zu der Gewissheit bringen: Sein Tod ist selig, dieser Glanz verkündet seine Gewissheit von einem ewigen Leben? Mit der Sonde des Verstandes hatte er diese Gefühle untersucht, die sich zum ersten Mal deutlich in ihm rührten, als sein Hund auf dem Schlachtfeld den Kopf an sein Gesicht legte und ihn so treu und verständig ansah, als hätte auch er eine Seele! Unsterblichkeit, was für ein erhabener Gedanke! Woher kommt dieser Drang in uns Menschen? Jeder Trieb, jede Neigung in der Schöpfung wird ja zufrieden gestellt! Unsterblichkeit – ist das nur eine Phantasie, die nie Wirklichkeit werden wird?

Diese Gedankensumme, diese Geistesblitze, die wir hier in viele Worte gefasst haben, flammten in dem Moment auf, als Esther es schmerzlich berührt aussprach: »Sie glauben nicht an ein Leben nach diesem!«

»Überzeugen Sie mich davon, Esther!«, sagte er. »Überzeugen Sie mich, wenn Sie können.«

Sie sah ihn ernst an.

»Auf dem Weg, auf dem Sie zu überzeugen sind, bin ich fremd«, erwiderte sie. Und sie schwieg, sagte lange kein einziges Wort. Plötzlich fiel ihr Blick auf das Fensterbrett, wo in einem Blumentopf ein verwelkter Rosenstock stand. Alle Blätter waren abgefallen, die Zweige dürr und ohne Lebenskraft, selbst die Wurzeln verdorrt und vermodert. »Sehen Sie die Rose dort?«, begann sie. »Sie ist eingegangen, wie man so sagt. Liegt nicht eine große Lehre in diesen Worten, die sich auf die Pflanze wie auf den entschlafenen Menschen anwenden lässt? Der, dessen Religion nur auf Wissenschaft baut, muss diese Bedeutung erkennen. Wer sich auf die Offenbarung der Bibel stützt, begreift sie aber ebenso gut. Sie ist eingegangen, sagt der Gelehrte, die Bestandteile sind jeweils zu ihrem Ursprung zurückgegangen; Wasserstoff, Sauerstoff und wie die Elemente noch alle heißen, aus denen die Dinge bestehen, sind zurückgekehrt, sie sind aus dem Kreislauf dieser Schöpfung wieder in das große Weltall eingegangen, um für immer und ewig zu wirken, doch nicht in derselben, sondern in verschiedenen Erscheinungen und ohne Bewusstsein. Beim Tier ist da schon etwas mehr, etwas Höheres vorhanden als in der Zusammensetzung und den Kräften der Pflanze. Und beim Menschen, wir fühlen es ja alle, ist die Entwicklung noch weiter gegangen; wir verfügen über ein Gewissen, einen Gerechtigkeitssinn, kurz über alle Gaben des Geistes, von denen wir uns Namen leihen müssen, um uns in deren höchster Entwicklung Gott zu vermenschlichen. Unsere irdischen Teile gehen ein in den großen Kreislauf, auch der Geist, der auf weit höherer Stufe seinen Ursprung wieder erreicht! Hier treffen sich Wissenschaft und Bibel, der Geist geht zu Gott, zu seiner Auferstehung, einem ewigen Leben!«

»Und bewahrt Erinnerung und Bewusstsein?«, fragte Niels Bryde. »Geht der Phosphor des Gehirns in Gasarten auf, was ist dann unsere Unsterblichkeit? Sie ist keine!«

»Die Bibel verspricht sie uns!«, sagte Esther.

»Nicht das Alte Testament«, erwiderte Niels Bryde. »Die Geschichte Hiobs ist ein Dornenbusch, der den gläubigen Schafen die Wolle aus dem Fell reißt. Hiob sagt: ›Meine Tage sind schneller dahingeflogen als ein Weberschiffchen und sind vergangen ohne Hoffnung. Eine Wolke vergeht und fährt dahin; so kommt nicht wieder herauf, wer zu den Toten hinunterfährt.‹«

»Das Alte Testament«, sagte Esther, »ist eine Sammlung von Volksbüchern. Das Neue Testament, das wissen Sie als Christ, ist eine Offenbarung Gottes und verheißt uns das ewige Leben. Aber Sie glauben ja nicht wirklich an die Bibel. In der höchst geistigen Angelegenheit sollte man sich aber an das Bedeutendste halten, die geistige Grundlage! Hier ist ein anderes Buch«, fuhr sie mit einem seltsamen Lächeln fort, blätterte und suchte unter verschiedenen unterstrichenen Stellen eine heraus. »Hier steht, was ich denke, aber nicht so kurz und klar aussprechen kann.« Es war Goethes *Faust*, jene Dichtung, für die sie sich immer besonders interessiert hatte, denn die Person des Faust erinnerte sie stets an Niels Bryde. Es war der zweite Teil, den sie ihm reichte.

Er las: *»Daran erkenn' ich den gelehrten Herrn! / Was ihr nicht tastet, steht euch meilenfern; / Was ihr nicht fasst, das fehlt euch ganz und gar; / Was ihr nicht rechnet, glaubt ihr, sei nicht wahr; / Was ihr nicht wägt, hat für euch kein Gewicht; / Was ihr nicht münzt, das, meint ihr, gelte nicht.«*

»Auch Sie«, fuhr er fort, »stellen Glauben und Wissenschaft einander gegenüber, trennen sie, wie das Wortspiel es will: der Glaube im Oratorium und die Wissenschaft im Laboratorium!«

»Nein«, erwiderte Esther, »ich sehe ein, dass Wahrheit nicht gegen Wahrheit kämpfen kann. Aber ich glaube mehr an das Wissen Gottes als an das der Menschen. Sie streiten, sie beweisen, sie verwirren und schaden den geistig Armen. Ich könnte mit den Worten der Bibel sagen: ›Besser, ein

Mühlstein hinge an ihrem Hals, als dass sie einem dieser Kleinen Ärgernis geben!‹«

»Sie meinen hier besonders die Materialisten«, bemerkte Niels Bryde. »Sie betrachten sie als Gottlose, als zur Hälfte böse Mächte. Hören Sie für einen Moment auf, ihnen schlechte Motive zu unterstellen, versuchen Sie, sich in ihre Denkweise hineinzuversetzen. Es ist der von Gott gegebene Drang in uns, sich selbst und die Welt zu erforschen, zu kennen und zu begreifen, der den Mann in die Wissenschaft leitet; er sondiert, erklärt und gibt der Welt das Gefundene und Gewonnene. Kann er denn seine Überzeugung verleugnen? Als Galilei seiner Behauptung, die Erde bewege sich, abschwören musste – glauben Sie, dass er dadurch seine Meinung änderte? Es ergeht der Menschheit wie dem einzelnen Menschen: Im Vorwärtsschreiten wirft sie ihre falschen Begriffe weg. Zaubereien werden zu Naturkräften, das Übernatürliche wird natürlich, denn wir verstehen allmählich die Zusammenhänge. Die Wissenschaft reißt das Unkraut des Aberglaubens aus dem Acker des Glaubens. Und greift die Hand auch manchmal daneben, dann geschieht es nicht mit dem Willen zu sündigen. Der größte Materialist wird, wenn er merkt, dass er irrt, umkehren – und Gott, wie Sie ihn verstehen, wird, wie in der Parabel vom verlorenen Sohn, ein Fest geben, nicht materiell, sondern in der Seele. Der Materialismus ist keine giftige Pflanze, keine Krankheit unserer Zeit; er ist ein Baum der Erkenntnis, den Gott schon in grauer Vorzeit wachsen ließ. Die Allegorie sagt, im Garten des Paradieses sei er verlockend anzusehen; die Bücher der Geschichte und die Schriften der Philosophen sind seine Blätter, durch die wir das Rascheln des Geistes vernehmen. In unserer Zeit nehmen ganze Generationen das in sich auf, was früher nur der Einzelne in sich barg oder durchkämpfte. Die streng Orthodoxen wollen davon nichts wissen; sie folgen nicht der Lehre ihres Meisters: ›Richtet nicht, auf dass ihr nicht gerichtet werdet, verdammt nicht, auf dass ihr nicht verdammt werdet!‹ Für sie gibt es Wahrheit nur im Glauben, aber diesen Glauben sollen wir nicht prüfen und überdenken dürfen!«

»Ich halte nicht jeden Glauben für Wahrheit«, erwiderte Esther, »sonst würden ja auch die widersprüchlichen Aussagen der verschiedenen Religionen allesamt wahr sein. Nein, es gibt Irrtümer im Glauben wie im Wissen!«

»Jawohl!«, rief Niels Bryde. »Die Astrologie musste verschwinden, weil sie nicht den Kern der Wahrheit besaß!«

»Zumindest habe ich keine Angst, über den Glauben nachzudenken«, fuhr Esther fort. »Sollte es den Menschen nicht erlaubt sein, ihre wichtigsten Angelegenheiten zu prüfen und zu überdenken? Das kann nicht der Wille Gottes sein; er offenbart, und wir erkennen! Aber wie das menschliche Sehvermögen Grenzen hat, so können wir auch mit dem geistigen Auge nur bis zu einem bestimmten Ziel gelangen. Bei diesem dürfen wir nicht aufgeben, sondern müssen uns hingeben, in dem großen Wunderwerk an Wunder glauben, wie wir an Planeten in der Milchstraße und an noch entlegenere Welten glauben, die durch irdische Mittel niemals zu sehen sein werden! Aber«, unterbrach sie sich selbst, »ich bin hier auf ein Gebiet geraten, wo ich den Eindruck erwecken könnte, eine Nachbeterin, ein gelehrtes Frauenzimmer zu sein. Das bin ich nicht und das will ich von allem am wenigsten sein, obwohl es der Weg ist, jedenfalls der einzige, den ich kenne, auf dem man die heilenden Kräuter suchen muss, die Ihre Augen für das ewige Leben öffnen können.«

»Genau dort habe ich selbst gesucht, aber ich fand die Kräuter nicht kräftig genug«, sagte er. »Von Ihnen wollte ich mich gern belehren lassen, wenn ich könnte! In Ihrer Verteidigung dessen, was Sie für das Wahre ansehen, ist so viel Innerlichkeit, dass sie eine Macht ausüben muss. Ich verstehe Sie besser, als Sie mich, davon bin ich überzeugt, aber wie sollte es auch anders sein? Die letzten Jahre haben mir vieles klar gemacht, haben mich dahin gebracht, dass

ich mich selbst besser kenne. In den Jugendjahren macht man so manches Kraftexperiment und prüft, was der Körper aushalten kann. Der Schwimmer probiert, wie lange er sich unter Wasser halten, der Starke, welches Gewicht er heben oder gegen welchen Gegner er im Ringkampf bestehen kann; oft bricht man sich dabei einen Arm oder ein Bein. Auch mit dem Geist veranstaltet man in diesem Alter Kraftexperimente, und ich gestehe, dass ich im jugendlichen Übermut versucht habe, mich so hoch zu erheben, dass ich glaubte, Gottes Existenz und die Unsterblichkeit entbehren zu können; ja ich betrachtete es sogar als eine große Aufgabe für den Menschen, es so weit zu bringen. Aber auf dieser Höhe hält sich keiner; das ist eine übermäßige Kraftanstrengung. Wir alle fühlen eine Abhängigkeit von etwas anderem als von Zufällen, eine Notwendigkeit anzunehmen, was der Verstand nicht zu leugnen vermag. In all unserem Wissen bleibt ein unendliches Tasten und Stolpern, und man hat nur den einzigen Stützpfeiler – Gott; ohne ihn geht die Rechnung nicht auf. Ich glaube an ihn; wir glauben alle – aber wie? Selbst die Gläubigsten, selbst die Weisesten – wie glauben sie an Gott? Goethe hat diese Wahrheit im *Faust* so treffend, so menschlich ausgesprochen, wenn nämlich Gretchen fragt: ›*Glaubst du an Gott?*‹«
Niels Bryde nahm das Buch, das auf dem Tisch lag, schlug es aber nicht auf, denn die Worte waren in seinen Gedanken lebendig: »›*Wer darf sagen, / Ich glaub' an Gott?*‹ Und auf Gretchens Ausruf: ›*So glaubst du nicht?*‹ fährt Faust fort: ›*Wer darf ihn nennen? / Und wer bekennen: / ›Ich glaub' ihn!‹ / Wer empfinden / und sich unterwinden / Zu sagen ›Ich glaub ihn nicht!‹ / Der Allumfasser, / der Allerhalter, / Fasst und erhält er nicht / Dich, mich, sich selbst?*‹ Wie Gretchen und Faust fassen vielleicht auch wir Gott verschieden auf. Aber unsere Auffassungen liegen doch näher beieinander, als es der Dichter im ersten Teil seinen Figuren zugesteht. Der Glaube an Gott ist schwebend. Wir haben keinen richtigen Ausdruck für das Unnennbare, nicht Fassbare, aber die Gewissheit ist wahr,

ist unerschütterlich! Gott ist, aber es gibt noch etwas außer Gott, das wir nicht entbehren können, nämlich die Unsterblichkeit mit Bewusstsein und Erinnerung. Das ist ein Drang, eine Hoffnung – aber als Tatsache ist die Unsterblichkeit nicht zu beweisen!«

»Aber gewiss doch!«, rief Esther. »In Gottes Liebe, in Gottes Gerechtigkeit ist sie offenbart. Sehen wir sie dort nicht, was hilft dann, wenn ›selbst die Toten auferstehen und Zeugnis ablegen‹? Bis in die Fingerspitzen spüren wir die Fürsorge Gottes; alles ist in Liebe und so weise bedacht. Alles, was geschaffen ist, empfängt ja, wessen es bedarf; jeder bekommt, wonach er mit Trieb und Sehnsucht dürstet. Sollte da der Mensch, das vollendete Geschöpf, nicht seinen Seelendurst gestillt bekommen: Unsterblichkeit! Gottes Liebe versichert uns das, Gottes Gerechtigkeit bedingt es. Wir alle, wie eng unser Lebenskreis auch ist, spüren die Disharmonien, sehen die ungleiche Verteilung des Guten auf dieser Welt. Wie seltsam ergeht es den Menschen, wie viel ist wie verschüttet, als wäre alles nur ein Spiel! Sie haben mir von der Musikant-Grethe auf der Heide und ihrem ungenutzten Talent erzählt; Sie haben von dem armen Flickschneider berichtet, der wie ein Spielball der Zufälle gepeinigt und hin- und hergeschleudert wurde, so dass ihm der Tod wie ein Segen vorkommen musste! Der Abschaum der Menschheit, ein gebieterischer Caligula, Dummheit, Grausamkeit, tierische Laster, wie sie uns die Geschichte an vielen Machthabern zeigt, Herrscher über Millionen edlere und bessere Menschen, steht wie auserkoren, beschützt von dem Gott, den wir alle als gut, weise und fürsorglich kennen – das wäre er dann nicht, für uns nicht und nicht für die Welt, und das ist undenkbar! Die Rechnung geht hier nur auf durch einen Faktor: ein ewiges Leben, das mir dadurch zu einer mathematischen Gewissheit wird, so wie zwei und zwei vier ist!«

»Ich muss einräumen, dass Sie klar beweisen«, sagte Niels Bryde. »Ihre Worte dringen in mein Bewusstsein wie

Musik und Ihre Überzeugung hebt mich gleichsam, doch den Glauben können Sie mir nicht geben. Mein Gedanke weist ihn zurück!«

»Nein!«, unterbrach ihn Esther. »Zum Glauben denkt man sich nicht – der wird einem gegeben! Und im Neuen Testament ist er gegeben; dort strömt die Quelle des Lebens! Ich darf mich nicht Christin nennen, denn ich bin nicht getauft; ohne Taufe bin ich noch das Judenmädchen, doch – möge dieses Leben, die Gnade, die Gott über mich hat leuchten lassen, auch Sie durchdringen! Und das wird geschehen!« Sie nahm seine Hand und sah ihm fest in die Augen. Es war eine Wehmut, eine Freude in diesem Blick, und während sie sprach, beleuchtete die Pfingstflamme des Geistes die sanften, kindlichen Züge.

3. MEHR ÜBER ESTHER UND EINEN ALTEN BEKANNTEN · SELBSTPRÜFUNG

In vielen Familien war Niels Bryde ein gern gesehener Gast. »Aber das kann man auch satt bekommen«, meinte Herr Svane. »In einigen Häusern dreht sich ja alles um die Kinder, die alle helle Köpfe sind und nur Pech beim Examen gehabt haben. In anderen hat man nur das Haushaltsbuch im Sinn; man kommt ganz ungelegen, wenn man nicht eingeplant ist. Niels nimmt die Behaglichkeit und das Geschwätz an ein und derselben Stelle; das ist reeller.«

Das Haus der Familie Arons war ihm ein Zuhause geworden. Alle hier mochten ihn, selbst Rebekka mit dem klugen Köpfchen, die etwas zäh in ihren Meinungen und mit Herrn Bruß sowie dem Maler, dem Genie von Herrn Meibums Soiree, immer gegen ihn war. Herr Bruß war im Laufe der Zeit radikal-nordisch geworden, predigte ein Edda-Christentum und forderte den ewigen Tod für jeden, der seinen Glauben nicht teilte. Der Maler geriet immer in Ekstase über die Bedeutung einiger seiner Mitkünstler. Niels Bryde fand diese ziemlich langweilig und sagte ihm das eines Tages. Die Antwort lautete, alle Kunst sei langweilig, aber das verstehe man nicht, wenn es einem – wie Niels Bryde – an Jungfräulichkeit mangele (er meinte Unmittelbarkeit).

Solche kleinen Reibungen mit Rebekka, Herrn Bruß und dem Genie fanden häufig statt. Zu vielen Themen außerhalb des Religiösen äußerte sich auch Esther gelegentlich abweichend von Niels Brydes Meinung, doch das störte ihn nicht. Es wäre ihm wie ein Verlust vorgekommen, hätte er sie nicht täglich gehört.

Den Schriften Kierkegaards, aus denen Humor und Verstand wie Tropfstein wachsen und deren Tendenz nach Herrn Svanes Auffassung darin bestand, orthodoxe, gotische Kirchengewölbe zu bilden, konnte Esther nichts abgewinnen, und auch ihrem Verfasser, den manche Dame mit dem Geist eines Nähmädchens zu verstehen meint – alles Herrn Svanes Worte –, mochte sie sich nicht anschließen. Sie bewunderte den Begabten, ermüdete aber beim Klettern über das sprachliche Pflaster, das zum Tempel des Gedankens führte. Der Weg war ihr zu lang und das Grün, das sie fand, nicht eben frisch emporgeschossen.

Esther verstehe nichts von Musik, behaupteten die Schwestern, die jeden Abend die italienische Oper besuchten. Sie liebten diese Art Aufführungen und besaßen eine Haarlocke von Rossi. Und doch räumte Esther ein, dass diese Musik der Stimme liege, dass Norma in Melodien weine, wenn sie dem Vater ihre Sünde beichte. Die Quelle, aus der Rossinis Töne sprudelten, sei wie Champagner, meinte sie, doch sie selbst schätze einen ganz anderen Trank – einen aus dem ewigen Naturbrunnen, aus dem Gluck, Beethoven und Mozart geschöpft hätten. Sie liebe die Musik Hartmanns und Gades; die erreiche ihr Herz – und doch sagten die Schwestern, sie verstehe nichts von Musik.

Esther war mit in der Kunstausstellung, doch sie vertrat nicht die Meinung der anderen. Da wir hier ihre Ansichten nicht teilen, wollen wir auch nicht zu Gehör bringen, was sie sagte. Am höchsten schätzte sie die Bildhauerkunst, die uns, wie der Danebrog, als ein himmlisches Geschenk erreichte – durch Thorvaldsen.

Ihre Bewunderung galt auch Oehlenschläger; sie begriff seine Bedeutung für den Norden und dass durch ihn die nordische Literatur im Laufe der Zeit wieder Bedeutung für die anderen Länder erlangen würde. Doch sie sah auch Mängel, oft gerade dort, wo sich ihre Umgebung in Entzücken verlor. Sie fand seine nordischen Frauen zu weich. Thora, Signe und Valborg seien zarte, anrührende, astralklare christliche Frauen, die uns in ihrer idealweiblichen Erscheinung bewegten – doch in der Wirklichkeit, meinte sie, hätten sie so nicht gewesen sein können. Die Geschichte und die Heldenlieder zeigten sie uns anders und deshalb müsse es die Darstellerin verstehen, nach dem historischen, wahren Vorbild künstlerisch zu akzentuieren. Als besonders verfehlt bezeichnete sie Eleonore Ulfeld in dem Drama *Dina.* Ihrer Auffassung nach dürfe ein Vorbild für Frauen – und so sei Eleonore Ulfeld in der Geschichte und den Schulbüchern erwähnt – nicht weich, lieblich und anrührend sein. So sei Eleonore nicht gewesen, behauptete sie; sie sei durch die Liebe und Treue zu ihrem Gemahl in den Kämpfen und Prüfungen des Lebens zum Vorbild geworden. Sie habe einen Willen gehabt und die Worte, diesen Willen auszudrücken, menschliche Leidenschaften, Charakter; Esther forderte in Dichtung und Darstellung die historische Eleonore Ulfeld.

Solche Ansichten so nachdrücklich zu vertreten, wie sie es tat, bedeutete, mit ganz Kopenhagen, dem »Athen des Nordens«, zu brechen. Daher war es klug, dass sie sich nur gegenüber Niels Bryde aussprach. Gerade die Tatsache, dass sie in ihrem Urteil nicht mit dem Strom schwamm und doch in ihrer Behauptung gegen ihn nicht Rebekkas

Ausdauer zeigte, zog ihn mehr und mehr zu ihr. Sie wurde ein Teil der Welt, den er nicht missen wollte; deshalb besuchte er die Familie täglich.

Als er eines Tages ins Zimmer trat, las Esther gerade in Kerners *Die Seherin von Prevorst.* Er bezeichnete das Buch als einen hysterischen, überspannten, ungesunden Bissen und riss es ihr mit einer Grimasse aus der Hand.

»Haben Sie es gelesen?«, fragte Esther. »Gewiss nicht anders als viele Kritiker Bücher lesen, über die sie sich schon vorab eine Meinung gebildet haben; sie blättern nur und ›orientieren sich‹. Ich bin von diesem Buch nicht gerade erfüllt, aber doch in eine gewisse Stimmung versetzt. Sie glauben nicht an das Übernatürliche, glauben nicht recht an das Höchste in uns. Sie wollen das Seelische durch die Sinne erfassen; aber durch den gewöhnlichen Griff ist das nicht möglich. Aber Sie müssen erkennen, dass wir in uns eine Seele, einen unsichtbaren Geist haben, denn der ist Ihr Ich, Ihr eigentliches Selbst. Haben Sie nie gemerkt, dass diese Seele gleichsam Fühler hat, die in gewissen Momenten über die gewöhnliche Sinneswelt hinausreichen können? Manchmal fühlen wir etwas im Voraus, was unsere ganze Klugheit nicht herausfinden kann. Sollte nicht das Gebet, wenn es aus einer sehr bewegten Brust kommt, eine solche Kraft sein? Es gab eine Zeit, da wusste die Wissenschaft nichts von den Bahnen der Kometen. Deren Lauf betrachtete man als zufällig; mit den damals bekannten Gesetzen über das große Weltall war er nicht vereinbar. Inzwischen hat man gelernt, dass auch die Kometenbahnen wissenschaftlich bestimmbar sind. Sollte man nicht für die Geisteswelt wie für die Kometen eine natürliche Erklärung finden können? Sind wir vielleicht einfach noch nicht weit genug, sie zu begreifen? Sollte ich in dem großen Wunder, das wir Schöpfung nennen, nicht an eine höhere Welt des Geistes mit besonderen Gesetzen und Bahnen glauben, ganz außerhalb des rein Materiellen? Wie soll ich es ausdrücken? Wenn in der großen Himmelsmechanik die Kometen die Bahnen des Mondes, der Erde und der Sterne schneiden, sollte es dann nicht auch für das so genannte Übernatürliche Bahnen geben, die das Gewöhnliche schneiden? Wir kriechen wie der Wurm auf einem mächtigen Gebäude herum. Der Wurm sieht jeden Stein, über den er kriecht, ja er kennt sogar dessen chemische Zusammensetzung. Trotzdem kann er nicht einmal einen Flügel, geschweige denn das ganze Gebäude auf einmal überblicken. Ergeht es uns nicht genauso? Inmitten des Wunders soll man nicht am Wunder zweifeln.«

»Aber wo verläuft dann die Grenze der Welt des Geistes? Wir geraten ja auf das Gebiet von Spuk und Doppelgängerei, wo es so weit geht, dass die Kleidungsstücke mitspuken, denn der Geist ist meistens genauso angezogen wie der Betreffende!«

»›Es sind mehr Ding' im Himmel und auf Erden / Als eure Schulweisheit sich träumt‹, sagt Shakespeare in seinem *Hamlet*, und das sind Worte, die sich anwenden lassen: Die Wissenschaft weiß so wenig, und wo sie aufhört, beginnt der Glaube!«

»Oder der Aberglaube«, sagte Niels Bryde. »Und den sollte man vom Acker des Glaubens entfernen.«

»Sind Sie denn in dieser Richtung Botaniker genug, die Pflanzen voneinander zu unterscheiden? Ich hatte nach einem früheren Gespräch geglaubt, wir wären einander näher gekommen! Aber Sie sind ja noch weit von dem Glauben an die Unsterblichkeit entfernt.«

»Nun gut«, scherzte Niels Bryde. »Ich verspreche Ihnen, Esther, dass ich mich Ihnen offenbaren werde, falls ich vor Ihnen sterbe und es ein Weiterleben des Geistes und einen Wiedereintritt in die körperliche Welt gibt. Haben Sie keine Angst, ich werde Ihnen als ein Klang, als ein Ton erscheinen – und nicht im Burnus wie die gewöhnlichen Gespenster!«

»Wenn ich nun aber nicht über die geistigen Organe verfüge, diese Offenbarung zu vernehmen!«, erwiderte Esther im vollen Ernst. »Sie haben ja nicht einmal ein

Denkorgan für so etwas, und deshalb glaube ich, dass sich Ihre Bahn nach dem Tod in eine ganz andere Richtung bewegt als durch die Wirklichkeit dieser Erde. ›Ein Klang, ein Ton‹«, wiederholte sie nachdenklich, »ja, so würde auch ich mich gern meinen Lieben zu erkennen geben.«

Es sei doch etwas Kränkliches an Esther, fand Niels Bryde. Es zeige sich in einfachen Anschauungen. Im Gespräch über Kunst, Poesie und alles Schöne dagegen liege Wahrheit und Gesundheit – denn hier war er ja einer Meinung mit ihr.

Sie sahen einander, wie gesagt, fast täglich, außer in den paar Sommerwochen, in denen Niels nicht in Kopenhagen war. Gerade in dieser Zeit fand im Hause Arons ein großes Ereignis statt, für die Familie und besonders für Esther.

Der junge Graf Spuhl – wir erinnern uns, dass er in den Studentenjahren einmal mit Niels Bryde den Runden Turm hinabgestiegen war, an und für sich nichts Bemerkenswertes – hatte seinen ehemaligen Kommilitonen schon öfter zu sich nach Fünen eingeladen. Der Graf war während des Krieges Freiwilliger gewesen, hatte eine leichte Verwundung davongetragen und war von dem Freund verbunden und gepflegt worden.

Der Besuch auf Fünen gehört indessen nicht zu den großen Linien in Niels Brydes Lebensgeschichte. Der Aufenthalt in Odense jedoch rührte an eine schmerzliche Saite; Niels traf hier auf eine Person, die wir nicht ganz vergessen dürfen: den armen Flickschneider. Der bedauernswerte Mensch lebte und litt noch immer; hier, in der Irrenanstalt von Odense, wurde er versorgt, wie es hieß. Was für ein Dasein – lieber gar nicht geboren! Sein Leben war gleichsam eine Buße für etwas, das er nie verbrochen hatte. Niels Bryde besuchte ihn in Begleitung des Anstaltsarztes, sah den Kranken und hörte von ihm berichten.

Im *Grünen Hof*, wo die ruhigen Fälle, die für die Gesellschaft ungefährlichen Blöden und Wahnsinnigen, versammelt waren, durfte sich auch der Schneider aufhalten. Wenn seine Nerven allzu sehr bebten, saß er zusammengerollt wie ein Igel in seiner Zelle. Die große Reinigungsmaschine des Gesetzes tobe wie eine Wasserhose über Gute und Böse hinweg, sagte er, sie habe keine Gedanken, nur Gesetze. Die dünne Schattengestalt war noch dürrer geworden. Alles Leben schien aus seinen Gliedern gewichen; der Kopf hing auf die Brust herab. Als er so auf der Bank unter dem Baum saß, sah es aus, als hätte jemand ein paar Kleidungsstücke hingeworfen und ein Paar Stiefel davor gestellt.

»Ich schmelze weg«, erklärte er selbst. »Aber ich bin auch der reine Schnee, und wenn ich geschmolzen bin, sollen alle sehen, dass kein Ring übrig bleibt. Ich habe ihn nicht! Ich bin kein Dieb! Jetzt dreht sich alles … Ein Sturm bläst durch mein Gehirn! Herr, mein Jesus, du bist mein Schatz! Ich bin Peer Goldgräbers Enkel, ich lasse den Schatz nicht los, aber jetzt liegt Flugsand auf meinem Kopf. Begraben, begraben! Nie gefunden worden! Ich habe den Ring doch nicht!«

Das war der Pendelschlag seines Wahnsinns in Worten. Niels Bryde sprach zu ihm, erwähnte Japetus Mollerup, Musikant-Grethe und Silkeborg – der Kranke sah ihn nur groß an und verstand ihn nicht. Die Gefängnisstrafe eines Verbrechers ist nicht so hart wie die Seelenqualen, an denen dieser arme, unschuldige Mann immer wieder litt, weil – Niels Bryde hatte ja bereits früher die Erklärung gegeben, dass es an seinen Nerven, seinem Blut, der ganzen Zusammensetzung seiner Maschine liegen müsse. Jetzt genügte ihm diese Erklärung nicht mehr! Der Besuch in der Anstalt wurde zu einem düsteren, bleibenden Bild in der Erinnerung an diese sonst sonnigen Tage.

Bei seiner Rückkehr in Kopenhagen hörte er, dass Esther gerade am Tag zuvor zum Christentum übergetreten war. Es sei ihr ein Seelenbedürfnis gewesen, die Taufe zu erhalten. Ohne sie betrachte sie sich nicht als Christin, und sie wolle doch eine sein, für das Leben hier und im Jenseits. Auf Niels machte diese Entscheidung einen tiefen Eindruck und wurde für ihn eine Aufforderung zur Selbstprüfung.

Er erkannte Esthers feste Überzeugung von der Göttlichkeit der Lehre nicht nur in ihren Folgen, sondern auch in der Auffassung, dass Gott und Christus ein und derselbe seien. Er begriff die selige Verheißung, sich einem Glauben hinzugeben, den sie mit ihrem gesunden Verstand geprüft hatte und der ihr also zur Überzeugung geworden war. Er dachte darüber ernster und tiefer nach als je zuvor. Die Aufgabe des Lebens sah er darin, das Wahre und Gute zu wollen. Sein Verstand forderte, dass sich der Glaube ganz auf Tatsachen stütze. Der Begriff Glaube in geistigerer Bedeutung, wie ihn Esther verwendete, bedeutete dagegen, sich auch ohne klare Erkenntnis hingeben zu können. Glaube blieb ihm so, wie auch Ewigkeit und Unendlichkeit, ein übersinnlicher Begriff. Er erkannte ihn nicht als Möglichkeit an, obwohl er doch wusste, dass derselbe sich in Zahlengrößen geltend macht; so dass eine anerkannte Wissenschaft, die Mathematik, ihre ganze Existenz darauf baut.

Es gab eine vergangene Zeit, in der er, das hatte er Esther gegenüber zugegeben, mit jugendlichem Übermut bestrebt gewesen war, sich über Gott und die Unsterblichkeit hinwegzusetzen. Aber er hatte aufgeben, hatte Gott und den Drang nach einem ewigen Leben fühlen und erkennen müssen. Die Persönlichkeit Christi war weniger Gegenstand seiner Überlegungen, doch sprach er die Überzeugung aus, dass man sich in unserer Zeit zu sehr an die Person und zu wenig an die Lehre, diese Quelle von Gott, halte.

Wenn er so in das Gedankenmeer seiner Vergangenheit eintauchte und dieses nach der Anschauung reflektierte, die er sich jetzt zugelegt hatte, musste er teilweise einräumen, dass sich Bibel und Wissenschaft in vielem bemerkenswert nahe kamen. Er erinnerte sich an die verschiedenen Stadien seines Glaubens an Gott und seines Wissens über Gott – erst Verwerfung, dann Eingeständnis.

Niemand kann beweisen, dass Gott existiert, aber auch keiner, dass er nicht existiert. Die Gesetze des Daseins erfordern und beweisen uns Gott; er ist eine Tatsache und war es auch für Niels Bryde geworden. Die Welt wurde erschaffen, indem die Stoffe, die Urmaterie, die kein Chemiker erklären oder ergründen kann, sich vermischten; aber dazu war eine treibende Kraft nötig, sonst wäre nur ein Chaos entstanden. Es bedurfte nur eines Lufthauchs. »Und der Geist Gottes schwebte auf dem Wasser« – in diesen Worten der Bibel liegt das, was den Materialisten fehlt. Mit dem Wort Gott löst die Bibel das große Rätsel; an vielen Stellen in diesem Buch, so fromm, so einfältig formuliert, liegt das offenbart, was der Weise erst nach anstrengendem Studium herausfindet.

In den wasser- und quellarmen Gegenden wächst die Wassermelone zur Erquickung, als wäre sie durch einen vorausschauenden Gedanken gerade dort hingepflanzt worden. Wo ist der, der sie gepflanzt hat? Wo ist der, der an Nahrung für die ungeborene Ameise gedacht hat und deshalb die Blattlaus zum fruchtbarsten Geschlecht werden ließ, das in winterlicher Kälte Eier legt, im warmen Sommer dagegen lebende Junge gebärt? Ein so vorausschauender Plan in Bezug auf das Dasein des geringen Tieres versichert uns, dass an den Ersten der Schöpfung, den Menschen, in nicht geringerem Maße gedacht wurde. Was die Natur uns lehrt, spricht das Wort der Schrift aus: »Sehet die Vögel unter dem Himmel an: Sie säen nicht, sie ernten nicht, sie sammeln nicht in die Scheunen; und euer himmlischer Vater nährt sie doch. Seid ihr denn nicht viel mehr als sie?« (Matthäus 6, 26.)

Durch die Bibel selbst war Esther zu der Überzeugung gelangt, dass Christus und Gott eins seien. Niels Bryde gab zu, dass die Weisheitslehre der Brahminen, die Resultate des Denkens der Philosophen und die ergreifendsten Inspirationen der Dichter alle zusammen nichts Heiligeres, Seligeres und Tröstlicheres darböten als das Christentum, das außerdem noch kurz, klar und allen verständlich war. War diese Erkenntnis die Hauptsache, wozu dann noch der

Glaube an die Person Christi? »Gerade der gehört dazu!«, hatte Esther gesagt.

Ein Strom religiöser Gedanken ging durch seine Seele. Esther war der stille, klare Vollmond, dessen starke Strahlen diese Flut bewirkten. Er war jetzt konsequenter auf dem Weg der Theologie als in seiner Studienzeit. Die Bibel, in der er schon als Kind gelesen und später die Schriftstellen nachgeschlagen hatte, war die Quelle, zu der er finden musste. Dort stehe das Wort lebendig und nicht bildlich, hatte Esther gesagt.

Er las im Evangelium nach Matthäus: »Und der Hohepriester sprach zu ihm: Ich beschwöre dich bei dem lebendigen Gott, dass du uns sagest, ob du seist der Christus, der Sohn Gottes. Jesus sprach zu ihm: Du sagst es. Auch sage ich euch: Von nun an wird's geschehen, dass ihr sehen werdet des Menschen Sohn sitzen zur Rechten der Kraft und kommen in den Wolken des Himmels.« (26, 63. 64.)

Er antwortet also nicht: Ich bin es, sondern: Du hast es gesagt, und legt die Offenbarung und seine Göttlichkeit in die folgenden Worte, die er von Daniel (7, 13.) geliehen hat:

»Ich sah in diesem Gesicht in der Nacht, und siehe, es kam einer mit den Wolken des Himmels wie eines Menschen Sohn und gelangte zu dem, der uralt war, und wurde vor ihn gebracht.«

Daher stammen die Wendungen »des Menschen Sohn«, »Wolken des Himmels«, bekannte Worte eines der Propheten.

Im Evangelium des Matthäus (16, 15-17.), wo der Erlöser fragt: »Wer saget denn ihr, dass ich sei?«, antwortet Simon Petrus: »Du bist Christus, des lebendigen Gottes Sohn!« Und die Replik darauf lautet: »Selig bist du, Simon, Jonas Sohn; denn Fleisch und Blut hat dir das nicht offenbart, sondern mein Vater im Himmel.«

Er, der uns alle zu beten lehrte: »Vater unser, der du bist im Himmel«; er, der Reinste und Beste, sollte er nicht besonders sagen können: »mein Vater im Himmel«? In Zeiten und in Völkern, wo das Wunder Bestätigung ist, muss ein äußerer Zuspruch hinzukommen. Aber sollte nicht der geistig entwickelte Teil der Menschheit den Punkt erreicht haben, sich nur an die Lehre selbst zu halten und diese zeugen zu lassen, dass sie für alle Völker ist, heilig und groß in ihrer Reinheit, wie Christus sie gab? Aber das Gewand der Lehre, wie haben die Menschen es nicht von allen Seiten betastet, zerknittert, gedehnt und gezerrt, je nach Zeit und Umständen! Wieder dachte er nach und kam auf einen Gedanken.

Beim Apostel Johannes (1,1.1,14.) steht: »Im Anfang war das Wort«, »und das Wort war bei Gott«, »und das Wort ward Fleisch und wohnte unter uns«! Hier war das Mysterium ausgesprochen, das sich bei Esther in lebendigen Glauben verwandelt hatte.

Da waren Kampf und Streit in seiner Seele; das gewonnene Land hieß Gott, das erhoffte: Unsterblichkeit. Aber dafür fehlte ihm der Glaube. Sollte er diesen wirklich einmal gewinnen können, dann würde auch dieses Mysterium gelöst werden. Jetzt stellte sich ihm das Christentum als der größte Lichtblick auf Erden dar, als eine der mächtigsten Stützen der Fürsorge des alles lenkenden Gottes für uns. Er beugte sich vor dem Gottmenschen und erkannte so in ihm, wie er sagte, die Möglichkeit, in seine Fußstapfen zu treten. Wäre die Unsterblichkeit erst – wie die Existenz Gottes – eine Gewissheit für Niels Bryde, dann wäre ihm ein Licht gegeben, so stark, dass er bei jeder Gedanken-Versteinerung hier durchstrahlt werden würde. Dann würde das Wort – das Gott und Fleisch ward – zu ihm kommen. Dann würde ihm der Glaube »Erlösung« werden, wie die christliche Dogmatik lehrt: »Keine Naturmacht, keine zeitliche und räumliche Schranke kann Christus daran hindern, den Weg zu den Seelen zu finden. Da sein Reich auch in das Reich der Toten gekommen ist und weiter vordringt, hat der Unterschied zwischen Lebenden und

Toten, zwischen früh- und spätgeborenen Geschlechtern, zwischen Zeiten der Unwissenheit und der Erkenntnis nur eine verschwindende Bedeutung. Jeder Fatalismus ist hiermit für die menschlichen Individuen aufgehoben, indem sie die Erlösung selbst wählen oder verschmähen!« (Martensen)

Erneut las er vieles, was von Feuerbach, Zeller, Vogt und anderen bedeutenden Männern vom materialistischen Standpunkt aus geschrieben worden war, und wenn es jetzt nicht für zu leicht befunden wurde, so war es doch nicht überzeugend. Nur eine Stufe noch meinte er erreichen zu müssen: die Gewissheit der Unsterblichkeit. »Mit dieser und der Überzeugung von der Existenz Gottes werde ich das Übrige wohl erreichen!«, sagte er. Esther hätte dem nicht zugestimmt; Bodil hätte gebetet, dass es so kommen möge. Herr Bruß hätte »verdammt, ewig verdammt!« gewettert, aber er war ja nur ein armer Mensch, begabt und in Hochmut begraben!

4. HERR SVANE

»Hier bereitet sich wohl jemand auf das theologische Examen vor?«, lästerte Herr Svane, als er eines Tages seinen Patensohn besuchte und auf dem Tisch die Bibel, Martensens *Dogmatik* und ein Exemplar von Augustinus aufgeschlagen vorfand.

»Sie werden hier auch den Koran und Zendavesta finden.« Niels Bryde wies auf einen Stapel, auf dem Schriften von Vogt, Zeller, Schleiden, Liebig und anderen lagen.

»Was kommt denn bei all dem Materialismus heraus?«, stichelte Herr Svane. »Denn du steckst doch mittendrin! Vielleicht einmal ein gutes Lustspiel: Aus dem Fatum wird die Mischung der Stoffe, man muss nach dieser

Zusammensetzung handeln, man ist und bleibt Maschine. Der Schuft, der Räuber, der Mörder sind alle höchst respektabel, denn sie können nicht anders sein, als sie durch die Mischung der Stoffe sind. Und doch steckt man sie ins Gefängnis, raubt ihnen das Dasein! Aber die Richter können dann auch nichts dafür; auch sie sind aus Stoffen zusammengesetzt, die gebieten, die Gesetzesbrecher zu verurteilen, sie zu hängen oder ihnen den Kopf abzuschlagen. Die Richter sind ebenfalls unschuldig! Das ist das Tragische in den Stoffen, und das liefert Stoff zu einem Lustspiel – die Extreme berühren einander!«

»Ich bin weit über den Standpunkt hinaus, auf dem Sie mich noch vermuten«, erklärte Niels Bryde. »Aber ich würde wirklich wünschen, dass Sie Ihre Auffassung vom Fatum in der Mischung der Stoffe als Lustspiel herausbrächten. Schreiben Sie es! Unser Zeitalter lechzt nach einer Gegenwartsdichtung, einem Narzissbild seiner selbst, das in der Galerie der Ewigkeit aufgehängt und das neunzehnte Jahrhundert genannt werden kann.«

»Ich fürchte, dass ich dazu nicht die Stoffe in mir trage«, sagte Herr Svane. »Ideen habe ich vielleicht genug, doch mein Geist verfügt noch nicht über die Erkenntnis wie die Materie. Ich fürchte auch, dass ich zu zeitig komme; das Publikum muss mitziehen, oder wenigstens die Zeitungsredakteure, die großen Omnibusfahrer!«

»Warum schreiben Sie denn nicht auf, was Sie sagen, was Sie denken?«, fragte Niels.

»Tja, da geht es mir wie Jeppe, ich kann nicht, und zwar aus drei Gründen. Aber es sind nicht wie bei ihm Mangel an Courage, Furcht vor Meister Erich oder ein grundgütiges Gemüt. Nein, ich habe einfach viel zu viel zu tun, dann kann ich mir das Gedachte und Gesagte nicht so lange merken, bis ich mal wieder einen Stift in der Hand halte, und schließlich will ich gern in Ruhe und Frieden leben. Wäre ich wirklich ein Genie und zeigte es, so dass die Unmittelbarkeit in ihrer ersten Freude Palmen für mich streuen würde, müsste ich doch darauf gefasst sein, dass sie morgen ›Kreuzigt ihn!‹ rufen würde.«

»Herr Svane, Sie reden fast, als wären Sie ein anonymer Verfasser, der schändlich behandelt wurde! Haben Sie etwa die Komödie *Zauberei* geschrieben? Die war bemerkenswert und geistig so bedeutend, dass man einige dramatische Unbeholfenheiten vergessen sollte. Doch das große Publikum pfiff nicht bloß, es spuckte, johlte und höhnte. Dabei wurde das Stück von den größten Talenten und mit Liebe gespielt; es gab keinen Schauspieler, der sich beim Publikum angebiedert hätte, nach dem Motto: Wir wissen ja alle, dass das Ganze nichts taugt!«

»Ich schreibe nicht fürs Theater – erst, wenn ich in der anderen Welt bin, wo das Publikum examiniert wird, bevor es eintreten darf. Und der Kontrolleur muss mindestens Professor der Ästhetik sein!«

»Man darf sein Pfund nicht vergraben, selbst die Bibel predigt das in der Parabel. Dumme Kritik verdunstet, und wenn man angespuckt wird – ja, das ist immer unangenehm, aber auch Spucke trocknet. Das ist bei jedem Dreck so – bloß nicht anfassen, solange er feucht ist, spätestens nach einem Tag fällt er dann von allein ab.«

»Das ist ganz richtig, aber wenn ich in diesen vierundzwanzig Stunden geplagt und gepeinigt werde, ärgere ich mich doch gelb! Nein, ich bin glücklicherweise aus einem Stoff gemacht, dass ich in der Kunst glücklich sein kann, ohne selbst agieren zu müssen. Wenn ich nur in ihr glücklich sein könnte, so wie sie mir lieb und heilig ist; aber man lässt mich nicht. Alle urteilen über Kunst, und die Menge behauptet, dass jeder dazu das gleiche Recht habe, dass es eine Geschmackssache sei. Ich aber sage: Es ist eine Gedankensache! Die Leute reden über Kunst wie über Wind und Wetter, und in Wind und Wetter und heiliger Einfalt. Auch ich habe das Recht auf eine Meinung, sagt der Speckhöker, sagt seine Frau, der geistige Speckhöker, und ist er dann ein respektabler Beamter, geachtet, wie der Holzhauer es in seinem Gewerbe auch sein kann, dann muss man Achtung haben vor dem Urteil des achtbaren Mannes. Publikum ist ein Mann von hohem Ansehen und kann Orden und Kammerherrenschlüssel besitzen, ich meine Ehre vorn und hinten; Publikum ist ein mächtiger Herr, vor dem man sich verbeugt, obwohl er manchmal ein reiner – Verzeihung, ich sage lieber nicht, was ich meine! Publikum, dieser Herr Masse, der ohne Examen ins Theater kommen darf und sich dort für gewöhnlich prostituiert – er lacht falsch, er klatscht falsch und verdirbt das Talent! Manchmal klingt es sogar aus dem Orchester zu mir herauf: Publikum, dumm, dumm, dumm! Man muss nur noch einen Text unterlegen.«

»Aber so ist das Publikum sicher in allen Ländern und zu allen Zeiten«, meinte Niels Bryde. »Das Publikum ist wie ein Fluss, der die Farbe wechselt, je nachdem, was sich gerade in ihm spiegelt oder was er selbst mitführt. Er fließt und fließt; es ist nie dasselbe Wasser und doch immer derselbe Fluss. Manchmal trifft er auf einen Felsen und dann zeigt sich dort Schlamm, aber der Schlamm stammt vom Fluss und nicht vom Stein.«

»Mit der Zeit«, sagte Herr Svane, »wenn man nur so lange durchhält, kommt alles zur Klarheit, kommt das Tüchtige ebenso zu seinem Recht wie das Böse. Ich glaube mit Goethe: *›Alle Schuld rächt sich auf Erden!‹* Sonst hätte ich wohl nicht mein einziges Buch geschrieben, meine Jury-Erkenntnis über das Hier und Heute abgegeben.«

»Ihr Buch!«, rief Niels Bryde. »Haben Sie endlich eins geschrieben?«

»Sogar zwei«, erklärte Herr Svane. »*Das Jüngste Gericht im Großen* und *Das Jüngste Gericht im Kleinen.* Aber so heißen die Bücher nicht, denn sie sind nicht fertig, und ich werde auch nicht erleben, dass sie fertig werden. Aber wir können über die Aufzeichnungen reden, die ihnen zugrunde liegen; Notizen über die Personen und Ereignisse meiner Zeit, die man jetzt durch die Brille der Parteien oder Verhältnisse sieht. Ich habe alles wortwörtlich aufgeschrieben,

Wahrheit ohne Glacéhandschuhe oder bösen Willen. Ich glaube und hoffe, unser Herrgott selbst wird darauf vermerken, dass alles sehr ehrlich und richtig ist, was Herr Svane erzählt. Das Manuskript kann noch ein halbes Jahrhundert nach meinem Tod liegen bleiben, und dann – ja, liebe Leute, ihr wisst nicht, wer von euch in Herrn Svanes Buch steht und was ich berichte! Ich habe die Kleinen und Großen ausgezogen, so dass sie sich ins Bett zur Ruhe legen können – wenn sie ein gutes Gewissen haben!«, fügte er mit einem gutmütigen Lächeln hinzu.

»Das ist also das Jüngste Gericht im Großen, aber nun im Kleinen, wo ist da die Szene?«

»Im Theater! Und dort ist das Jüngste Gericht vonnöten – auch für das Publikum, über das ich mich gerade ohne Komplimente aussprach. Bei Gelegenheit sollst du einen Bissen davon bekommen!«

»Danke, wenn ich ihn denn bekomme«, sagte Niels Bryde, »aber weder ich noch die Welt werden wohl Ihr Jüngstes Gericht im Großen und im Kleinen kennen lernen. Sie sollten die Parabel von dem anvertrauten Gut lesen und sich zu Herzen nehmen. Sie sind in Wahrheit eine Dichternatur!«

»Die ihr Werk mehr als neun Jahre im Kasten behalten kann«, bestätigte Herr Svane und deutete auf seine Stirn. »Fallen einmal ein paar Schnipsel heraus, landen sie im Papierkorb! Ich will kein Poet sein, auch wenn ich goldene Berge damit verdienen könnte; ich meine ein gutes Auskommen zu Lebzeiten und Ruhm, wenn ich sterbe. Der wahre Dichter muss sich im Leben fühlen wie der Aal, dem man die Haut abgezogen und den man dann wieder in den Mühlteich geworfen hat. Dort kann er ja, zäh wie er ist, weiterleben, doch hört er die anderen Schuppenfische sagen: ›Nein, wie empfindlich er doch ist! Kann er das denn nicht aushalten?‹ Neid und Mitleid sind die beiden Pole in unserem Charakter; wir dulden es nicht, dass sich jemand über den Strom der Allgemeinheit erhebt. Tut er es, dann nieder mit ihm! Gerät er zu tief in den Schlamm, dann rührt er unsere Herzen, dann ziehen wir ihn wieder herauf! Der Verstand, nach dem Maßstab eines jeden, ist unser Dalai Lama; wir verdauen ehrerbietig alles, was wir für einen Teil desselben halten. Wir können uns über eine Komödie amüsieren und von Anfang bis Ende lachen, aber wenn der Vorhang fällt, werden wir plötzlich kritisch und finden es unwürdig gelacht zu haben; also pfeifen wir! Kann da jemand Lust haben, sich in diesen Strom zu werfen? Wenn man Poet wird, verliert man seine Aalhaut. Lebe ich nun auch noch in einer kleinen Gasse, wo nur einzelne Auserwählte das geistige Vorrecht besitzen, auf dem Bürgersteig zu gehen, dann ist ein *dolce far niente* am günstigsten – oder ich laufe zu der urteilenden Macht über und zeige meine Verständigkeit beim Messen und Tadeln! Noch nie war ein Urteil so falsch, dass es nicht, gefällig eingefärbt, seine Anhänger gefunden hätte!«

»Sie sind in bester Laune hergekommen«, sagte Niels Bryde, »reden Sie sich jetzt nur nicht in eine schwarze Gasse hinein. Ich sehe schon, wie sich Ihre Augenbrauen zusammenziehen. Sie sind einer der Menschen, deren innere geistige Maschinerie ich gern kennen lernen möchte, diese Nervenschwingungen in Dur und Moll, die durch äußere Strömungen in Bewegung versetzt werden.«

»Wenn es nun aber an der Saite selbst läge«, sagte Herr Svane, plötzlich ganz in der befürchteten Stimmung versunken. »Es liegt mehr im Bernstein selbst als am Blankreiben, dass sich das Phänomen zeigt; es liegt an der sympathetischen Tinte und nicht an der Wärme, dass einst Geschriebenes und Verschwundenes wieder erscheint. Jeder Mensch, selbst die redseligste Natur, hat eine Geheimkammer; darin befindet sich der Resonanzboden, an dem die Saiten befestigt sind, und von dort kommen Moll und Dur! Auch ich habe meine Geheimkammer – und dort stehen viele Inschriften, die ich nur im Licht der schlechten Laune lese!«

»Und diese Inschriften – wie lauten die zum Beispiel?«, wollte Niels Bryde wissen.

»Glaube an niemanden, nicht einmal an dich selbst! Hat dir jemand Unrecht getan, hüte dich vor ihm; er wird seines Gewissens wegen einen wirklichen Fehler bei dir suchen und in dessen Aufdeckung seine Entschuldigung finden! Der Zufall herrscht öfter als der Verstand! Frauen und Bänder sollst du nicht bei Kerzenschein kaufen, du könntest dich schnell in der Farbe irren! Die letzte Inschrift ist nun fast zum Sprichwort geworden. In dieser Art könnte man noch viele formulieren, besonders wenn man aus seiner Aalhaut gefahren ist und durch den Strom schwimmt.«

Herr Svane hatte sich tatsächlich in seine schlechte Laune, seine Schwermut, hineingeredet. Er drückte seinem jungen Freund die Hand, ging nach Hause, schloss die Tür und warf sich auf das Sofa. Die Mollsaite in der Geheimkammer des Herzens vibrierte immer stärker.

Durch die Märchendichtung sind vor allem zwei Begriffe aus dem dänischen Volksglauben personifiziert auf die Bühne gebracht worden: der Schlaf mit seinen Träumen in der Gestalt von Ole Lukøie und die Erinnerung mit ihrer Macht als Fliedermütterchen, als Dryade im Gartenbusch. Auch die Illusionen finden sich im Volksglauben verwandelt wieder – als Irrlichter. Während Ole Lukøie den armen Herrn Svane floh und das Fliedermütterchen sein Blütengewand über ihn breitete, war doch der Irrwisch, der Herr der Illusionen, der Dämon mit den flimmernden Laterna-magica-Bildern, die Hauptperson. Dieser Dämon, der uns hinaus ins Moor lockt, der rote Mann mit der Laterne auf dem Kopf, wie die Flamme biegsam und alles vernichtend, hatte den armen Herrn Svane verzaubert, hatte ihn von der Beamtenkarriere auf den Weg der Erfindungen geleitet, hatte in seinem Licht Zemires Beschützerin in ein Schönheitsideal verwandelt, dessen Zunge Espenlaub, dessen Esprit Geschwätz war. Herr Svane hatte im Glanz des

Irrlichts an die Menschen geglaubt und sein Vermögen eingesetzt; sein Genie, seine Kraft, Tüchtigkeit und Stärke waren durch das Irrlicht in einer ganz falschen Beleuchtung erschienen. Dann warf es ihn in den Lehnstuhl der Ironie, setzte sich wie ein Alp auf seine Brust und presste sie zusammen, so dass er hinter verschlossenen Türen im bittersten Seelenschmerz ächzte. Seine Stimmung in dieser Situation beschrieb er mit einem Bild:

»Die hohen Götter sammelten eine Menge Zwiebeln und drückten jeder einen begeisterten Kuss auf, so dass sie die Kraft bekamen, in Schönheit zu erblühen. Aber dann überschliefen es die hohen Götter, und am nächsten Morgen nahmen sie nur ein paar Zwiebeln und steckten sie hier und da in die Erde. Und sie wuchsen zur Freude der Götter und der Welt. Die anderen aber wurden einfach hingeworfen, blieben liegen und trieben wild ohne Blüten, siechten dahin, lösten sich auf, und so war das Ganze verloren!«

Dazu wurde er noch zum Fatalisten und begründete, dass es so am besten sei, nicht aus der Lehre Mohammeds, sondern durch christliche Schriftsteller: »Einige Menschen sind vorausbestimmt zum Glück, andere sind dazu da, alle mögliche Unbill erleiden zu müssen!« Er machte sich zu eigen, was der weise Calvin schreibt: »Ich sage mit Augustinus, dass der Herr Menschen geschaffen hat, denen er vorausbestimmte, dass sie ins Verderben gehen sollten, und dass es so geschehen ist, weil Er es so gewollt hat.« Herr Svane meinte, unsere Wege seien aufgemalt, alles sei vorausbestimmt; die Bibel sage es: »Alle unsere Haupthaare sind gezählt«; »Kein Sperling fällt zu Boden ohne den Willen unseres himmlischen Vaters«. Die Bekenner Mohammeds besitzen in ihrem offenbarten Glauben den Wahrheitsstrahl: »Unser Schicksal ist vorausbestimmt.« Mit diesem Glauben warf sich Herr Svane auf das Bett – und blieb dort liegen, bis Körper und Seele wieder ins Gleichgewicht kamen. Dann konnten ein leuchtender Stern, ein Sonnenstrahl oder die

Aussicht vom Fenster übers Meer im Nu eine vollständige Verwandlung bewirken; dann stand der farbenprächtige Regenbogen der guten Laune lustig vor der schwarzen Wolke der Melancholie. Eine Idee jagte die andere wie die Scharen der Zugvögel; es sang, es klang und Herr Svane lachte wieder über sich selbst und die ganze Welt.

Niels Bryde hatte die Ursache für diese Stimmungen in seiner früheren, rein materialistischen Phase auf einen kleinen Klumpen Fett oder ein winziges Blutgerinnsel irgendwo im Gehirn reduziert, die ganze künstliche Mensch-Maschine ist von so wenigem abhängig. Es ist uns indessen eine große Freude mitteilen zu können, dass durch einen äußeren Umstand die gute Laune – wir wollen hoffen: für immer – vorherrschend wurde, und da wir nun einmal bei Herrn Svane sind, wollen wir von seinem Glück hören, bevor wir ihn verlassen.

5. WIE ES HERRN SVANE, MADAM JENSEN UND HERRN MEIBUM ERGING

Herrn Svanes Glück war, dass er in der Lotterie gewann. Zwar nicht das große Los, aber doch fünfundzwanzigtausend Reichstaler; und darüber kann man sich auch freuen, wenn man das Geld brauchen kann, zum Beispiel für den Rentner, das Alter sozusagen. Wir erinnern uns an seinen Scherz in der Zeitung betreffs »Genie und blinder Alarm«. Eigentlich war das ja eine gute Idee und eine solche hat ihre Wurzel immer im Realen. Die Geschichte von den zwei Brüdern, von denen der eine ein gewöhnlicher Mensch war, dem es gut ging, und der andere ein Genie, das elend dahinlebte und schließlich erkrankt den Bruder um Hilfe bitten musste, worauf dieser gerade so viel Geld gab, dass es für ein Lotterielos reichte, welches schließlich den Hauptgewinn zog – das alles hätte zwischen Herrn Svane und seinem Bruder, dem »General« stattgefunden haben können. So war es zwar nicht geschehen, aber es hätte geschehen können. Von dort stammte die Idee, die nach einigem Zögern zur Ausführung kam. Zwei Jahre lang hatte er nur die Illusionen, die schöne Phantasie-Komödie, in der sich unsere Hoffnungen paaren; das Los war die Eintrittskarte zu der Vorstellung, die endete, wie eine Komödie enden soll – mit unerwartetem Geld! Die fünfundzwanzigtausend Reichstaler wurden gewonnen und warfen tausend Taler an Zinsen ab, die, wie es im Scherz geschrieben worden war, einem verkannten Genie zufielen. So geht es in der Wirklichkeit zu, und so wird man Herrn Svanes anhaltend gute Laune verstehen können.

Der Erste, der von dem Glück wissen sollte, war der Patensohn Niels Bryde, der im selben Moment als Freund in der Not vor Madam Jensen stand. Sie hatte sich in einer Lebensfrage an ihn gewandt, die durch das Dienstmädchen ausgelöst worden war. Anne Sophie sei inzwischen verheiratet, nicht mit dem »Burschen vom Parterre«, sondern mit einem anderen, der aber auch nichts tauge. Deshalb habe sie ihn verlassen und »feine Kondition« bekommen. Sie sei ja noch jung, nun aber Mormonin geworden, wozu sie auch Madam Jensen habe überreden wollen. Sie finde, der neue Glaube habe etwas sehr Vielversprechendes: Die Welt solle in zehn Jahren untergehen; nur die Mormonen würden übrig bleiben und alles bekommen. Viele gingen jetzt nach Amerika, wo dieser Glaube seine Königsstadt habe. Dort drüben wüchsen Kaffee und Zucker; alle Arbeit erledigten die schwarzen Menschen. Man habe ein gemeinschaftliches Vermögen und die reichsten Familien seien Mormonen. Das klinge sehr einladend und sie sei ja schon drauf und dran, mit Anne Sophie nach Amerika zu gehen, aber nun habe ihr der Gewürzhändler gesagt, davon sei kein Wort wahr! Dagegen gäbe es dort viel Ekelhaftes; die Männer hätten mehrere Frauen, der Bischof sogar fünfzig! Das sei höchst unmoralisch, fand Madam Jensen; der Gewürzhändler habe ihr das schwarz auf weiß gezeigt. Anne Sophie habe jedoch gesagt, man sehe ja, dass das nicht ärgerlich sein könne, denn das Gesetz habe nichts dagegen und außerdem hätten die Mormonen die richtige Bibel, die viele tausend Jahre vor unserer gedruckt worden sei. Nun sollte also Herr Bryde sie aufklären – denn sie sei, wie sie sagte, schon ganz wirr im Kopf. Niels Bryde schloss sich dem Gewürzhändler an und erläuterte ihr dessen Worte. Herr Svane ergriff dieselbe Partei und erzählte dann von seinem Glück in der Lotterie. Er riet Madam Jensen, statt ins Mormonenland lieber, so wie er, zum Losverkäufer zu gehen. Das machte solchen Eindruck auf sie, dass sie ein Los kaufte, und Anne Sophie beteiligte sich daran. Sie gewannen nicht, reisten aber auch nicht ab, denn erst mussten sie ja wissen, welche Zahlen gezogen wurden.

Niels Bryde glaubte, dass die ganze Geschichte von Herrn Svane über die fünfundzwanzigtausend Reichstaler einzig und allein die Erfindung »einer guten Laune« wäre. Aber das Geld wurde wirklich ausgezahlt; das Gerücht davon verbreitete sich und lockte aufdringliche Gratulanten an. Einer von ihnen meldete sich schriftlich, ein Jugendfreund, der »nicht in der Lotterie gewonnen« habe; er verlange kein Geld, nur einen Besuch draußen im Allgemeinen Hospital, falls das Glück den einst gutmütigen Herrn Svane nicht übermütig gemacht habe. Der Brief war von Herrn Meibum, der einst das große Picknick gegeben hatte, der aber in den letzten Jahren heruntergekommen war, was man an seinem fadenscheinigen, blank gescheuerten Rock, den schiefen, schmutzigen Stiefeln und dem verbeulten Hut sehen konnte. Vor zwei Jahren hatte er Herrn Svane einmal auf der Straße angehalten und sich zwei Mark geborgt. »Ich bin kein Säufer«, hatte er versichert, »ich bin arm, und dafür kann man nichts. Ich trage zerlumpte Kleider, die Flecken haben; um diese herauszubekommen, verwendete ich Branntwein, nur äußerlich wohlgemerkt, aber der Geruch ist geblieben und lässt wohl in diesem Augenblick einen falschen Eindruck entstehen. Hätte ich Wein getrunken, wäre ich berauscht und würde nicht nach Branntwein riechen!«

Ihn also sollte Herr Svane im Allgemeinen Hospital besuchen. »Ja, dahin will ich dich nicht zum *high life* einladen«, sagte er zu Niels Bryde und ging hinaus zu der großen verschimmelten Menschenarche.

Dort war gerade Essenszeit. Kränkliche, elende Gestalten schlurften mit ihren Tellern und Krügen an ihm vorbei. Er meinte, den einen oder anderen wieder zu erkennen, den er früher vornehm und keck hatte auftreten sehen; nun zeigten alle die verschlissene Seite des Lebens. Er kam durch einen Gang, wo man die mitgebrachten überflüssigen Möbel abgestellt hatte; es sah aus wie in einem Umzugswagen. Dann betrat er den Saal. Dort stand Bett an Bett; außerdem verfügte jeder noch über einen Stuhl und einen kleinen Schrank, der als Speisekammer, Keller und Garderobe diente. Dieser Saal beherbergte ausschließlich Männer; einer flickte gerade seine Kleider, ein anderer las, ein dritter schmierte sich ein Butterbrot. Herr Meibum saß in Gedanken versunken; ein Auge war blau unterlaufen, als hätte er sich bei einem Schwindelanfall am Schrank gestoßen. Auf diesem lagen schmierige Manuskripte, ein paar Bücher, eine Portion Schweinesülze und ein Schnapsglas mit Tinte.

»Günstling des Glücks!«, rief Herr Meibum. »Der Besitzer von fünfundzwanzigtausend Reichstalern beehrt mich mit seinem Besuch!«

Das wurde so laut und stolz herausgeschmettert, dass sich alle Köpfe im Saal Herrn Svane zuwendeten. Das Buch sank in den Schoß, das Hemd blieb ungeflickt, das Butterbrot wurde nur zur Hälfte geschmiert. Es war, als wäre Plutus, der Gott des Reichtums aus Aristophanes' Komödie, im Allgemeinen Hospital abgestiegen.

»So weit habe ich es also gebracht«, sagte Herr Meibum mit einem bitteren Lächeln. »›Das ist das Los des Schönen hier auf Erden‹, aber jetzt sind wir ja im letzten Akt. Camoens hatte es nicht so gut; er bekam nicht solchen Besuch wie ich am heutigen Tag.«

Herr Svane quälte sich in dieser Umgebung mit einigen Fragen herum: Hätte meine Zukunft auch so ausgesehen? Warum geht es gerade mir besser, wo ich doch auch nicht mehr geleistet habe als er? Bei der Prüfung dieser ernsten Gedanken geriet er in eine Stimmung, in der er Herrn Meibum nicht einfach Geld anbieten konnte. Dennoch wollte er ihm helfen, also sagte er: »Die Welt ist eine Komödie! Hätte ich Ihre Rolle erwischt und Sie meine, dann hätte ich Ihnen geschrieben und Sie wären gekommen, und hätten Sie mir ein Vergnügen gegönnt, ich wäre dankbar gewesen. Vielleicht haben Sie Lust, wieder einmal ins Theater zu gehen oder sich das eine oder andere anzuschaffen, eine kleine Annehmlichkeit – ich würde nicht zögern, dergleichen anzunehmen, von einem Freund!« Bei diesen Worten drückte er Herrn Meibum einige Taler in die Hand. Der machte der Peinlichkeit ein Ende, indem er erwiderte: »Ich bin so tief gesunken, dass Sie mir anbieten können, was Sie wollen!«

Das Gespräch schleppte sich dahin. Herr Meibum schwadronierte und endete damit, Herrn Svane seine dramatischen Manuskripte überlassen zu wollen; ein reicher Mann habe es leichter, dieselben unter seinem Namen anzubringen, als er selbst. Herr Svane ließ sich darauf nicht ein, und als er ging, schallte es durch den Saal: »Leben Sie wohl, mein verehrter alter Freund! Gratuliere zu den fünfundzwanzigtausend Reichstalern!«

Dieser Besuch war für Herrn Svane lehrreicher als eine Predigt. Er fühlte das Glück seines Lebens, die Gnade, die ihm widerfahren war. Der Lottoschein und Herrn Meibums Brief waren ihm Erinnerungsblätter gegen die schlechte Laune.

Damit können wir Herrn Svane verlassen, der in seiner Dachkammer wohnen blieb. Er schaffte sich aber Teppiche und Doppelfenster an, damit es im Winter warm und gemütlich war. Im Sommer hatte er ja das Meer vor der Nase, auf dem die ganze Welt zu ihm kam.

Nun müssen wir aber wieder zu Niels Bryde kommen!

6. CHOLERA

Neue schwere Tage sollten für Dänemark heraufziehen, viel leidvoller, als der Krieg sie gebracht hatte, auch für Niels Bryde. Und doch waren es Tage des Lichts, des Lebens, der Erweckung. Die Kriegsjahre hatten schwer auf den Dänen gelastet, aber auch eine moralische Kraft gegeben, die den Geist des Zusammenhalts weckte. Selbst im Bereich »des Schönen« gewannen wir Unvergängliches. Einzelne Lieder aus dieser Zeit werden in der dänischen Poesie weiterleben. Von Bissens Hand wurde uns der im Siegerkranz jubelnde Landsoldat geformt, von der Leinwand sprachen Sonnes tief empfundene Bataillestücke unsere dänische Seele an. Auch Elisabeth Jerichau schuf ein geniales Bild. Ihr Bauernmädchen im Brustpanzer, die goldenen Haare lose über den Rücken fallend, nur um die Stirn durch einen Ring zusammengehalten, schreitet mit wehendem Danebrog und gezogenem Schwert kraftvoll, gesund und selbstbewusst durch die wogenden dänischen Kornfelder – ein Funken im Reich der Kunst aus Dänemarks schweren, blutigen Jahren, der in der Erinnerung aufglüht.

Ohne jede Blüte der Schönheit kam jedoch eine neue Prüfung über das dänische Land: Der Atem wurde schwer; man fühlte sich wie auf einem schwankenden Schiff im Sturm. Wie der Tod in Ägypten einst in einer Nacht von Tür zu Tür ging und das Leben der Erstgeborenen forderte, so kam er auch zu uns – in hässlicher Gestalt, wie wenn sich Schlamm über grüne Wiesen legt, Angst und Schrecken verbreitend. Es war die Pest Indiens, in den Giftdünsten des Flusses geboren, durch die Luft geleitet oder durch den Boden rieselnd, man weiß es nicht – gewaltsam und in Scharen riss sie ihre Opfer an sich; ganze Stadtviertel starben aus. Die Cholera war in Kopenhagen.

Tag für Tag wuchs die Zahl der Toten; die Särge wurden gestapelt, weil die Gräber nicht schnell genug geöffnet werden konnten. So manche Frau zog einen Möbelwagen mit den Leichen von Mann und Kind zur Ablieferungsstelle. Freunde und Verwandte mieden sich. Nur zwei Beamtenklassen begegneten sich ehrlich und treu: der Arzt und der Geistliche. Die Wissenschaft und der Glaube – hier war der Punkt ihrer Vereinigung. In dieser lähmenden, erdrückenden Zeit der Angst leuchteten hier unermüdliche Tatkraft und Menschlichkeit. Wir begriffen: Unser Wissen ist nur gering, der Glaube hat Macht.

Jeder, der die Möglichkeit hatte, verließ die Stadt. Das Alltagsleben ging zwar weiter den gewohnten Gang, doch es lag ein schwermütiger Druck über allem. Jeden Tag waren Verwandte, Freunde oder wenigstens Bekannte unter den Toten. Niels Bryde war unermüdlich tätig; er, der sonst so viel auf sein Äußeres hielt, lief nun nachlässig gekleidet in einem alten Frack herum. Tag und Nacht wurde er an die Krankenbetten gerufen. Darum und um den Tod drehten sich alle Gespräche.

Die Familie Arons wohnte weit draußen am Strandveien. Nur Herr Arons musste zweimal in der Woche in sein Büro. Es herrschte Angst, wenn er in die Stadt fuhr, und Freude, wenn er zurückkehrte.

»Auch diese Tage der Prüfung haben etwas Schönes«, erklärte er. »Die Leute rücken näher zusammen. Mit Menschen, die man vorher nicht gut genug kannte, um sie zu grüßen, unterhält man sich jetzt auf der Straße und redet sich ein bisschen von der Seele. Ein bestimmtes Paar trifft man häufig in der Stadt; es ist geblieben, und das tut den einfachen Leuten gut, die wissen, dass die beiden die Stadt hätten verlassen und aufs Land ziehen können. Doch sie wollten bleiben und diese Prüfung mit dem gemeinen Volk teilen. Vor diesen beiden, dem Erbprinzen und seiner Gemahlin, ziehe ich den Hut noch einmal so tief wie früher. Diese kleine Geste werde ich ihnen nicht vergessen! Es hat mich auch bewegt, die wahre Geschichte eines jungen Mädchens zu hören, deren Vater der höheren Beamtenklasse angehörte. Eines Abends lief sie, von ihrem Herzen getrieben, zum Hospital und bot, ohne ihren Namen und ihren Stand zu erwähnen, ihre Dienste an, doch man wies sie ab. Daraufhin ging sie zum Allgemeinen Hospital; ihre Hand zitterte, als sie an der Klingelschnur zog. Dort benötigte man gerade eine Krankenwärterin; also wurde sie sofort eingestellt – und war und ist ein Segen für alle, sagt man. Auf Filzsohlen läuft sie dort umher, still und unauffällig, wie ein liebevoller Geist; sie wacht und hilft und ist eine nordische barmherzige Schwester. Wäre ich ein Dichter, würde ich sie besingen, und hätte ich Orden zu verteilen, sie bekäme einen! Das junge Mädchen ist übrigens eine Schwester von Clara Raphael.«

»Sie gehören beide dem Adel des Geistes und des Herzens an!«, rief Esther. »Ich fühle, wie ich die stille, im verborgenen wirkende Schwester liebe, aber auch die andere, reich begabte, schätze ich sehr.«

Einmal brachte der Großhändler Niels Bryde mit zum Essen; die Familie hatte den jungen Mann in der ganzen langen Cholerazeit nicht gesehen. Niels Bryde war überarbeitet und halb krank; Herr Arons hatte ihn beinahe zwingen müssen, mit hinauszufahren, um ein paar Stunden in anderer Luft und angenehmer Umgebung zu verbringen. Sie saßen nebeneinander in der Kutsche, doch ein Gespräch wollte nicht recht in Gang kommen. Wie durch einen Trauerflor sahen sie den offenen Strand und die Kornfelder; selbst die Sonnenstrahlen schienen bedrückend.

Erst draußen in der gemütlichen Stube wurde es anders und besser. Die freundlichen Menschen taten Niels Bryde wohl und erfrischten seine Sinne. Esther erschien ihm an diesem Tag in ihrer ganzen geistigen und körperlichen Schönheit, anmutig und bezaubernd.

Herr Arons gab das Bulletin des Tages und entschied dann, dass an diesem Abend Gedanken und Gespräche über Krankheit oder Todesfälle verboten seien; Herr Bryde solle einmal Kraft schöpfen.

»Wir wollen uns wie in Boccaccios Decamerone weit entfernt vom kranken Florenz fühlen und nur leben, um über das Schöne zu sprechen«, sagte Esther.

»Leider habe ich nicht das Genie eines Boccaccio, um den alten Goldstaub vergessener Schriftsteller in gediegene Goldstatuen für alle Zeiten zu verwandeln«, erwiderte Niels Bryde. »Mir kommt es vor, als wären die Kunst und das Schöne aus meiner Welt und meinen Gedanken verschwunden. Den Bilderrahmen, den Boccaccio um sein Decamerone gelegt hat, kenne ich aus der Wirklichkeit; ich würde ihn lieber nur bei ihm und bei Thukydides, Manzoni und Bulwer betrachten.«

»Und über den wollen wir hinausfliegen, denn auch diese Zeit der Prüfung, wie die des Krieges, bringt ihre Blüten hervor.«

»Nein, nein«, rief Niels Bryde, »in dieser Zeit gedeihen keine Blumen! Der Schlamm des Elends, der hässliche, glitschige Lindwurm, hat sich in unseren Garten gelegt.«

»Diese Zeit weckt vielleicht ernste Gedanken in so mancher Brust, die sonst nicht entstanden wären. Man fühlt den Drang, bereit zu sein, wenn die Stunde kommt. Früher war man allzu sicher; jetzt wird man daran erinnert, dass in wenigen Stunden alles hier vielleicht ein Ende hat; all das, woran sich so viele sonst klammern, und diese Mahnung hat ihr Gutes. Es liegt ein Segen in dieser Erweckung. Ich glaube, in diesen Tagen denken viele mehr an unseren Herrgott als sonst in ganzen Jahren, und das ist ein Erwachen, eine Gnade des Lebens. Wir brauchen ab und zu einen geistigen Ruck, sonst verliert sich die Klugheit in der großen materiellen Herrlichkeit. Sie wissen, ich betrachte das Materielle auf meine Weise. Ich bin froh darin wie wenn ich der Arbeit von Maurern und Zimmerleuten auf schwankendem Gerüst zuschaue; ich weiß, dass ein herrliches Gebäude dabei entsteht.«

Niels Bryde lächelte; er schien einen Einwand vorbringen zu wollen, überlegte es sich aber und sagte: »Wir wollen nicht für die Gewalt materieller Kräfte kämpfen, auch nicht für die Wissenschaft – wir wissen so wenig!«

»Wahrlich«, rief Esther, »ich schätze die Wissenschaft und die materiellen Bewegungen ganz anders, als Sie glauben!« Und sie sah ihn mit einem so klugen, einnehmenden Lächeln an, dass ihr Gesicht gleichsam aufleuchtete.

Das lebendige Wort im Gespräch hat eine Kraft, eine Elastizität, eine so sonderbar verschmelzende Zartheit, dass man in wenigen Minuten auf die verschiedensten Themen kommt; der Umschwung, die Übergänge sind kaum merklich. Hier hatte Esther sofort die Fäden ergriffen und lenkte die Unterhaltung auf Entdeckungen in Natur und Wissenschaft und deren Bedeutung für die Menschheit. Das Gespräch war so lebhaft, dass keiner mehr an die Cholera, die Sterbeglocken über der angstgeladenen Stadt und die rundherum verbreiteten Todesoasen dachte.

»Es ist manchmal ganz seltsam daran zu denken, dass in meiner kurzen Lebenszeit beziehungsweise um diese herum so bedeutungsvolle Erfindungen gemacht wurden: Dampfschiffe, Eisenbahnen, elektromagnetische Leitungen, Daguerreotypen – das eine greift so wunderbar in das andere. Distanzen verschwinden, Städte rücken näher zusammen, wie auch die Menschen!«

»Und die Tiere«, ergänzte Niels Bryde und erzählte, dass man versucht habe, lebende Fische von Berlin nach Paris zu transportieren; Arten, die in den französischen Flüssen nicht vorkamen. Durch die Schnelligkeit der Eisenbahn sei das Experiment gelungen, nur die Strandkarpfen hätten sich etwas unwohl gefühlt. Sie seien bahnkrank geworden, so wie manche Menschen seekrank werden, aber sonst hätten sie nicht gelitten.

»Wir leben in einer Zeit der Veränderungen«, sagte Esther. »Die Menschen haben Macht über die Stoffe gewonnen. Die Wüste Sahara wird man bald in ein Meer verwandeln. Ein Ingenieur, las ich, hat vorgeschlagen, das höher gelegene Mittelmeer über die ausgedehnte Sandwüste strömen zu lassen. Bald werden Dampfschiffe verkehren, wo sich jetzt Kamele und Karawanen durch den Sand mühen.«

»Das wird geschehen«, bestätigte Niels Bryde. »Oder man wird Brunnen bohren, so dass sich sprudelnde Quellen ihren Weg durch die Sandschichten bahnen. Eine Oase nach der anderen wird entstehen, bis die Wüste zu einer blühenden Ebene geworden ist.«

»Auf den Eisenbändern des Dampfes fliegt man um die Welt, und wer nicht mitwill, wird durch die Sonnenbilder auf Papier, die uns der Photograph gibt, preisgünstig in den Besitz von Monumenten und Gebäuden gelangen. Den Gelehrten wird es ein Leichtes sein, die alten Inschriften in den entlegendsten Gegenden Indiens zu studieren. Ein genaues Abbild davon wird einfach aufs Papier gebracht und fliegt in einem Brief bis in die ruhige Stube des Wissenschaftlers, der mit der Lupe jeden Schnörkel entziffert. Welcher von Gott gesandte Glanz der Aufklärung strahlt nicht besonders in unsere Zeit hinein! Keine Äolsharfe hat einen so erhebenden Klang für mich wie die Harfe der Gegenwart, deren Saiten von Stadt zu Stadt wachsen – ich meine die lautschnelle Botschaft des Elektromagnetismus! Mein Herz klopft schneller, wenn ich daran denke, dass die erste Idee dazu von einem Dänen stammte.«

»Ich weiß es von Ørsted selbst«, sagte Niels. »In einem kleinen Kreis, wo ich mit ihm zusammen war, erzählte er uns, wie froh und zufrieden er sofort bei seiner Entdeckung war, und dann traf es sich, dass er am selben Tag bei dem dänischen Staatsminister Schimmelmann zum Essen eingeladen war, dessen Haus damals als der Treffpunkt des gebildeten Kopenhagen galt. Die Brüder Stollberg und Klopstock kamen früher dorthin, später Baggesen, Oehlenschläger und natürlich der ganze Adels- und Beamtenstand. Ørsted berichtete von seiner Erfindung und man hörte ihn wie immer aufmerksam an. Anschließend klopfte ihm eine überlegene Größe auf die Schulter und sagte, das sei ja ganz amüsant, aber wo liege der Nutzen? Den Nutzen könne er noch nicht klar benennen, antwortete Ørsted ernsthaft, aber er sei von demselben überzeugt! Er hat den Erfolg erlebt, und wir mit ihm; von der äußersten Grenze Europas fliegt der Gedanke schnell wie der Schall und wird wieder beantwortet. Wenn einmal in Amerika ein mächtiger Draht zwischen dem Norden und dem Süden gespannt ist und der Orkan, der trotz seiner Geschwindigkeit Tage und Nächte braucht, um den Kontinent zu durchqueren, dahinbraust, dann wird der Telegraph rechtzeitig sein Nahen gemeldet haben. Kluge Kaufmänner und Schiffsführer können dann ihre Fahrzeuge sichern, bis der Sturm vorüber ist. Da ist der Nutzen mit Händen zu greifen, und soweit ich weiß, bedient man sich seiner bereits.«

»Und wie weit das führen kann! Und in welche Richtungen die Entwicklung geht!«

»Zweifellos wird es die Genialität in einigen Jahren so weit gebracht haben, dass die großen Virtuosen nicht mehr persönlich zu uns kommen«, scherzte Niels. »Ein Liszt, ein Thalberg, ein Dreyschock werden elektromagnetische Drähte benutzen, die mit dem Piano verbunden sind. Dann geht man hier in Kopenhagen ins Theater und lauscht, während Liszt in Weimar, Thalberg in Paris und Dreyschock in Prag zwei-, vier- und sechshändig spielen. Der Beifall muss natürlich an die Künstler telegraphiert werden, ebenso, wenn ein *da capo* gewünscht wird.« Niels Bryde lächelte und freute sich über seine Idee, und so, zwischen Spaß und Ernst, lebte er immer mehr auf. Nie zuvor hatte er Esther so lebensfrisch, so anziehend gefunden wie an diesem Abend. In ihren Worten trat sie ihm inniger und harmonischer entgegen als bisher; dasselbe Interesse, dieselbe Perspektive erfüllte sie beide. Das Ungewöhnliche, das wir hier Genialität nennen dürfen, hatte bei ihr keinen exaltierten, sondern einen warmen, begeisterten Ausdruck.

»Glücklich ist, wer sich in der Welt umschauen und die Repräsentanten der Zeit sehen und hören kann, die Träger der Gegenwart, die das Zeitalter eine Stufe hinaufheben!«, sagte sie. »Was für ein Segen, wenn man die Großen seiner Zeit erleben durfte, die Auserkorenen unter den Alltagsmenschen! Ich freue mich, dass ich Thorvaldsen, Ørsted und Oehlenschläger gesehen habe; dafür danke ich meinem Gott! Glücklich, glücklich«, wiederholte sie, plötzlich ernst und nachdenklich, »waren die, denen Gott es vergönnte, in der Fülle der Zeit ihn selbst, der in Bethlehem geboren wurde und für die ungeborenen Geschlechter starb, zu sehen. Selig, ihn von Angesicht zu Angesicht erblickt zu haben.« Esthers Augen leuchteten in einem solchen Glanz, dass sich dieses Bild für immer in die Seele des Freundes brannte. Des Freundes, sagen wir – von diesem Moment an war er ein anderer; die Verwandlung war geschehen.

Die beseelte Schönheit in den Formen hatte eine Sympathie geweckt, die er noch nicht kannte, über die er noch nicht nachgedacht hatte. Ihre Worte klangen wie Musik, ihre Worte bekamen eine ganz andere Bedeutung als früher. Die frische Begeisterung und Bewunderung für die Wissenschaft, die Esther geäußert hatte, brachte Harmonie in den Resonanzboden des Verstandes, so dass hier eine Verschmelzung stattfand. Lebhaft sprach Niels Bryde nun über die unendliche Bedeutung der Wissenschaft für die ganze neuere Dichtung und wie froh er sei, dass Ørsted das so klar gezeigt habe. Es sei sonderbar; selbst bedeutende Denker schienen nicht zu begreifen, dass der Dichter auf der Höhe der Entwicklung seines Zeitalters stehen, das Veraltete in die Rüstkammer der Poesie werfen und die Geister der Wissenschaft bewusst einspannen sollte, um sein Schloss des Aladin zu bauen.

»Ich bin sicher«, sagte Esther, »dass in unserer Zeit, im Surren der Maschinenräder, im Brausen des Dampfes, in dem ganzen Getümmel ein neuer Heros der Dichtung auftreten wird, und gerade im Geist der Wissenschaft. Aber nicht die Wissenschaft gibt ihm das Leben. Nuredin mit all seinem Wissen vermochte es nicht, in die Höhle hinabzusteigen und den Schatz zu heben. Der kleine David ist stärker als der Riese Goliath. Es ist die Unschuld, die das Ziel erreicht: Das Himmelreich gehört den Kindern, das kindliche Gemüt kann es erreichen. Und doch wäre es verloren, hätte es nicht wie Aladin den Ring des Nuredin, das heißt die Kraft und Stärke der Wissenschaft. Ich finde, dass die Märchendichtung das am weitesten ausgedehnte Reich der Poesie ist. Es reicht von den blutdampfenden Gräbern der Vorzeit bis zu dem Bilderbuch mit frommen Legenden für Kinder und nimmt Volksdichtung wie Kunstdichtung in sich auf. Das Märchen ist Repräsentant aller Poesie. Wer möchte, kann das Tragische, das Komische, das Naive, die Ironie und den Humor hineinlegen und hat zugleich die lyrische Saite, das Kindlich-Erzählende und die Sprache der Naturbeschreibung zu seinen Diensten. Sind wir darin einig, zeigt dann nicht gerade dieser Repräsentant der Poesie, die Märchendichtung, eine solche Aladin-Natur? Im Volksmärchen ist es immer Hans Klotz, oder Aschenper, wie der Norweger sagt, der zuletzt Sieger wird; er reitet den Glasberg hinauf und gewinnt die Prinzessin. So kommt auch die Unschuld der Poesie, von den anderen Brüdern übersehen und verhöhnt, am weitesten, hebt sich hinauf zur Poesie, der königlichen Tochter, und gewinnt sie und das halbe Reich.«

»Das Unmittelbare, Gottes Offenbarung in uns, ist die Seele und Stärke der Poesie. Die Gliedmaßen aber, die Stoffe, die springen hervor durch den Ring des Nuredin, durch die Macht der Klugheit und der Wissenschaft. Die werden in jedem Jahrhundert wechseln, wie der Schnitt der Kleider, während die Poesie, die Seele, Unsterblichkeit besitzt.«

»Unsterblichkeit!«, wiederholte Esther, griff unwillkürlich nach seiner Hand und hielt sie fest, während sie ihm in die Augen sah, als hätte er sich durch seine Worte über einen Abgrund zu ihr hinübergeschwungen, zum Glauben an die Unsterblichkeit. Oder dachte sie nicht tiefer darüber nach?

Es war spät geworden; Niels Bryde musste den Kreis der lieben Freunde verlassen. Der Wagen hielt vor dem Haus und wartete auf ihn. Sanfte Augen leuchteten beim Lebwohl – wie schön war Esther, wie melodisch klang ihre Stimme! Niels Bryde vergaß sich in ihr; Liebe, wie groß ist doch deine Macht! Die Luft war leicht und erfrischend. Um ihn herum war Ruhe, war Stille, doch in ihm loderte eine Flamme. Ihm war klar, dass er Esther liebte. Sie war seine erste, seine einzige Liebe; mit ihr würde er sein Leben glücklich auf der einsamen Heide verbringen können – genau dort, frei von all dem dummen Geschwätz, all der Dummheit, die ihn oft ärgerte. Im Gedanken an sie vergaß er ganz sein eigenes Ich. Sein Egoismus verschwand; diese Macht hat die Liebe. Liebte sie ihn auch? Das war die Frage, die er sich bald stellte. Er musste Gewissheit haben, sie musste seine Gefühle kennen.

Alle Sinne auf Liebe, Frohsinn und Zukunft eingestellt, rollte er in die schweigende, vom Tod umklammerte Stadt hinein, wo der Sensenmann von Haus zu Haus ging und Eltern, Kinder, Verwandte und Dienstboten abrief.

7. UNSTERBLICHKEIT

In der Stadt angekommen, wurde Niels Bryde sofort zu Kranken gerufen, und am frühen Morgen weckte man ihn, um Sterbende in einem kleinen, ärmlichen Haus in der Adelgade zu besuchen. Dort war es schmutzig und ungemütlich; eine schiefe, abgenutzte Treppe führte in eine Dachkammer, wo zwischen weinenden Kindern zwei Kranke lagen. Es war eine dem Tod geweihte Stube mit all dem Jammer, den Armut mit sich bringt.

»Mutter stirbt! Und Großvater stirbt auch!«, jammerten und schluchzten die Kleinen.

Niels Bryde erkannte den Mann, obwohl er ihn nur ein Mal zuvor gesehen hatte, und zwar zu Hause bei sich. Die Idee, die er damals vertreten hatte, beschäftigte ihn noch in der Stunde des Todes; es war geradezu unheimlich. Seiner »Tretmaschine«, die nicht verwirklicht worden war und nicht verwirklicht werden würde, galt der letzte leere Gedanke seines Lebens – und der Tochter, dem Sterben nahe wie er selbst, an ihre Kinder denkend, die keinen Vater mehr hatten und bald auch keine Mutter mehr. Das war schwer zu ertragen und schlug auf das Gemüt – doch in Niels Brydes Herz strahlte Lebensglück. Selbst hier und überall, wo er hinkam, sah er in Gedanken das Bild Esthers, so frisch, so blühend, Repräsentantin der Gesundheit und des Lebens. Alles, was er sah und erlebte, wirkte auf ihn wie ein schrecklicher Traum, aus dem er bald wieder erwachen musste. Die Zukunft stand reich und klar vor ihm; es kam ihm nicht in den Sinn, dass er selbst dem Tod so nahe war, »wie leicht und bald« er selbst abberufen werden könnte. Wenn wir jung sind, glauben wir, dass wir nie sterben. Der Tod scheint noch so weit entfernt, dass er unsere Gedanken nicht berühren kann. Noch haben wir hier auf Erden eine lange Lebenszeit vor uns, voller Erlebnisse und Ereignisse, und so dachte auch Niels Bryde.

Der ganze Vormittag verging in unermüdlicher Tätigkeit. Er fühlte sich zuletzt körperlich so müde, dass er auf dem Sofa eine Stunde Ruhe suchte.

Man weckte ihn; es war ein Bote vom Großhändler Arons. Esther sei erkrankt, man habe den Hausarzt aus Kopenhagen gerufen, es sei sehr schlimm, alle hätten Angst. Sie habe nach Niels Bryde gefragt; der Wagen vor dem Haus würde ihn hinbringen.

Niels Bryde erschrak wie noch nie in seinem Leben: Esther krank, sie, die noch gestern im Glanz der Gesundheit gestrahlt hatte! Er beeilte sich, der Kutscher drosch auf die Pferde ein und bald empfingen ihn die betrübten Gesichter.

»Sie stirbt«, weinte die Mutter, »ihr Gesicht ist schon ganz verändert.«

»Das muss nicht das Schlimmste bedeuten!«, erwiderte Niels Bryde und fühlte, wie sein Herz schneller schlug.

Er trat in das freundliche, mit Bildern geschmückte Schlafzimmer. Esther lag mit geschlossenen Augen da, bleich, mit erschlafften Zügen. Der Todeshauch, den man daran erkennt, dass sich das Gesicht in wenigen Stunden verändert, als sei der Tod schon eingetreten, hatte sie getroffen. Das gestern noch lachende, gesunde, geistvolle Antlitz war jetzt scharf gezeichnet. Das Lächeln um den Mund war nur noch eine tote Falte, und unter den geschlossenen, vorher so klug funkelnden Augen zeigte sich ein schwarzblauer Streifen. Die Kranke schlug die Augen auf und bewegte den Kopf; sie wusste, dass Niels Bryde gekommen war. Wie durch einen Nebel schaute sie ihn an. Er vernahm ihre Atemzüge; sie waren eisig wie die Luft aus einem tiefen, kalten Brunnen im Sommer.

»Danke, dass Sie gekommen sind«, flüsterte sie; es klang dumpf, wie aus weiter Ferne. »Sagen Sie es mir nur, es ist bald vorbei. Die Wissenschaft meint, dass es …«

»… der Tod ist!«, vollendete Niels Bryde unwillkürlich den Satz. Von dem Unerwarteten war er wie überwältigt; ihm war schwindlig.

»Und der Glaube sagt, es ist das Leben!« Sie betonte das letzte Wort und griff nach seiner Hand. Es war nicht der Moment zu sprechen; hier waren Worte überflüssig. Ihre Augen sanken gleichsam tiefer. Wie wenn heiße Luft über ein Schneebild weht und dieses seine Form verliert, so schritt die Vernichtung über diese körperliche und seelische Schönheit. Ihre Hand wurde wie Marmor und hielt ihn doch fest. »Es ist das Leben!« Diese vier Worte waren die Brücke zwischen »sein oder nicht sein« hier bei ihren Lieben.

»Sie ist tot!«, klagte die Mutter.

»Tot!«, wiederholten alle rundum – außer Niels Bryde. Er hatte nicht diesen Gedanken, dieses Wort. Esther, die Summe seiner glücklichsten Träume, diese lichte, klare, lebendige Seele – vernichtet, ausgelöscht wie ein Feuer! Nur Asche sollte zurückbleiben; Asche, die nicht mehr zu entzünden war. Doch in ihm wuchs eine andere Überzeugung: Sie ist nicht tot, ist nicht aus den Gedanken und dem Bewusstsein verschwunden! Um ihn herum wiederholten sie: »Tot, tot!« Er erhob sich schweigend, taumelte. Es war, als würde das Blut sein Herz sprengen, doch es traten keine Tränen in seine Augen; er hatte auch keine Worte. Vor dem Haus holte er tief Atem. Eine Viertelstunde später stand er wieder an ihrem Bett und betrachtete die Verstorbene. Für ihn war das nicht Esther; verändert, fremd lag dort ein lebloser Körper, den er nicht liebte, nicht beweinte – sie war von ihm gegangen.

Wenn wir unsere Lieben an den Tod verlieren, spricht Gottes Stimme am lautesten zu uns, von ewigem Leben und einem Wiedersehen im Jenseits. Auch Niels Bryde hörte diese Stimme. »Sterben, schlafen, vielleicht träumen«, so schoss der Gedanke voran, über das »nicht sein« hinaus.

»Sie schläft süß«, sagte der Vater, der sonst still und stumm dastand.

»Schläft …«, wiederholte Niels Bryde lautlos und fügte in Gedanken hinzu: »Die Toten schlafen nicht! Das Neue Testament nennt die Toten nicht Schlafende, sondern Entschlafene. Wo ist nun diese sprudelnde Lebendigkeit, dieser Gedankenquell, diese Reinheit und das Streben, die Wahrheit zu verstehen, wo und wie?« So fragte der Gedanke, doch der Verstand hatte keine Antwort. »Was haben die

Weisesten aller Zeiten über den Zustand nach dem Tod herausgefunden? Nur Phantasien, Hypothesen, einen von Menschen erdichteten Zwischenzustand. Pindar verordnet den Guten in seiner zweiten olympischen Siegeshymne einen Aufenthalt in einem Schattenreich, bevor sie auf die Inseln der Seligen kommen. In Platons Phaidon wird von der Befreiung aus den unterirdischen Stätten und dem Umzug in reinere Wohnsitze über der Erde gesprochen. Was lernen wir daraus? Nur, dass selbst der Heide einen Drang verspürt hat, dieses uns Unbestimmbare zu bezeichnen. Der Tote schläft«, wiederholte er, »so singen noch die Dichter unserer Zeit! Wie unwahr! Nein, selbst der Staub, der im Grab ruht, schläft nicht; er geht über in den Kreislauf der Dinge. Und die Seele? Der rechtgläubige Christ, wie sie ihn nennen, sagt: Sie ist in die stille Seligkeit des Himmels hinübergegangen. Nein! Dafür ist sie bei keinem entwickelt genug; sie schwebt einer größeren Vollkommenheit entgegen oder ist erloschen! Nicht sein ... Nein, nein, das ist eine Unmöglichkeit für den Gott, der Gerechtigkeit und Liebe ist!« Sein Gedanke schwoll bis zum Zerspringen an.

Da – was war das für ein Laut? Ein Klang, ein Ton ging durch das Zimmer, immer höher anschwellend und wieder verhallend. Was war das?

»Nur eine Saite im Klavier, die zersprungen ist«, murmelte die älteste Schwester.

»Welche Saite?«

»Die E-Saite«, sagte sie, über das Instrument gebeugt.

»E! Esther!«, rief Niels Bryde plötzlich und ihm fiel ein, was er einmal im Spaß zu ihr gesagt hatte: Sollte er zuerst sterben und sein Geist weiterleben, würde er sich als ein Klang, ein Ton offenbaren. Esther hatte diese Worte wiederholt, und jetzt – er, der so hoch über dem Glauben stand, für den die Prüfung durch den Verstand das einzig Gewisse war, wurde in diesem Augenblick ein Kind des Aberglaubens. Es ist bei vielen Menschen eine psychologische Besonderheit und in dem Märchen von dem Mann, der sich nicht gruseln konnte, verdeutlicht: Riesen, Trolle oder Gespenster konnten ihn nicht in Schrecken versetzen, aber plötzlich, als er in klarer Morgenstunde im Freien erwacht und eine Schar Krähen laut flatternd über ihn hinwegfliegt, da packt ihn die Furcht, die er immer vergebens gesucht hatte. Das Natürliche, Alltägliche, jedoch Unerwartete vermag uns in Angst zu versetzen.

Der abergläubische Gedanke hielt sich bei Niels Bryde nicht länger, als die Saite vibrierte, und verschwand mit deren Klang. Aber selbst bei ihm hatte sich da gezeigt, dass wir in uns unendliche Fühlfäden für die unbegreiflichen Bahnen der Geisterwelt besitzen.

Das höchste Glück seines Erdenlebens war ihm gestern gewesen, Esther zu besitzen. Sein ewiges Glück, die notwendige Bedingung für die Übergangsentwicklung, die in seinem Inneren geschehen musste, war für ihn vielleicht allein in Esthers frühem Tod zu finden. Doch zu dieser Erkenntnis schwang er sich noch nicht auf, zu überrascht war er von dem Unglück.

Den Schmerz in diesem Haus, den Kummer der Familie wollen wir hier nicht ausmalen. Wir wenden uns ausschließlich demjenigen zu, dem der Fortgang der Toten ein Schritt zum Leben war.

Tätigkeit ist das beste Mittel, unseren Kummer zu bekämpfen, aber gerade die unermüdliche Tätigkeit, die ihm in Kopenhagen in diesen Tagen der Prüfung abverlangt wurde, erinnerte ihn in jeder Stunde an Esthers Tod. Bei jedem weiteren Sterbefall erneuerte sich der Schmerz, den er in sich trug. Der Kelch war allzu voll, er musste überlaufen!

Mit geliebten Menschen kann man auch in deren Abwesenheit ein geistiges Zusammenleben führen; mit den Vorausgegangenen können wir hier gleichsam ein veredelndes Leben fortsetzen. Niels Brydes erste, einzige Liebe war Esther, und diese Liebe erhob sich rein, ohne menschliche

Schwäche. Sie war immer noch bei ihm, mit ihm, und zwar innerlicher als zuvor; sie war der beste Teil seines irdischen Lebens. Für sie war Unsterblichkeit eine Gewissheit, ein Glaube gewesen. War ihr Hinscheiden nicht ein Pfand für die Wahrheit dieses Glaubens? Sie war ja seelisch noch bei ihm geblieben!

Der Zugvogel wird durch einen Trieb, wir nennen ihn einen Instinkt, gesteuert, der ihn durch das große Luftmeer zu der Stelle führt, wo er hinwill. Dieselbe Kraft trägt und führt ihn genau in dasselbe Land, an dieselbe Stelle, auf denselben kleinen Punkt, an den ihn die uns unerklärliche Macht der Sehnsucht trieb. Das ist eine Tatsache, die wir durch alle Zeiten beobachten können. In der Seele des Menschen liegt ein noch mächtigerer Drang, ein Trieb, eine Sehnsucht nach der Heimat der Unsterblichkeit. Niels Bryde fühlte Gewissheit darüber – und wieder Zweifel, den brennenden, niederschmetternden Zweifel! Diese Augenblicke waren ihm eine Qual, die größte, die ein Mensch erleiden kann – besser nie geboren zu sein!

In Esthers Zimmer hingen mehrere gute Kupferstiche; man bot Niels Bryde einen zur Erinnerung an. Er aber bat darum, lieber Goethes *Faust* mitnehmen zu dürfen; das Buch, in dem sie gelesen und Passagen angestrichen hatte. Es erinnerte ihn an ihre wunderbaren frühen Begegnungen; es war, als bewahrten die Worte den Klang ihrer Lippen. Er entdeckte, dass eine Abschrift aus ihrer Hand in dem Band lag. Es war das alte religiöse Gedicht *Oh Ewigkeit, du Donnerwort (Schrecken der Ewigkeit* von Johann Rist, der in der Reformationszeit lebte). Darin hatte sie besonders diesen Vers unterstrichen: »*Oh Ewigkeit, du machst mir bang, / Oh ewig, ewig ist zu lang.*«

Esther hatte diese fromme Dichtung sicher im Geist ihres Bibelglaubens aufgefasst und niedergeschrieben, diesen Angstseufzer, den Niels Bryde vorher nicht gekannt hatte. Er fühlte sich ergriffen von der erschütternden Schilderung des Sünders, der auf demselben Punkt stehen bleibt; was musste er nicht leiden in seinem ewigen Leben! Nicht erwähnenswert Wasser, Feuer und Schwert, die konnten nicht ewig sein; aber die Zeit, die niemand zählen kann, die immer wieder von vorn beginnt – ewig, oh wie lang!

Das Größte, was der Mensch sich denken kann, das »ewig zu sein«, wird zur fürchterlichsten Strafe, weil wir es nicht vermögen, uns durch die Vernunft in der Vernunft, die das Wahre ist, durch die Vernunft im Willen, die das Gute ist, und durch die Vernunft in der Phantasie, die das Schöne ist, zu erheben. Welcher Ruf zur Selbstprüfung, zum Streben hinauf zu Gott!

Durch Goethes *Faust* hatte Esther Niels Bryde zum ersten Mal in ihren geistigen Kreis gleichsam hineingezogen. In demselben Buch lag, wie für ihn hineingelegt, das alte Psalmlied über den *Schrecken der Ewigkeit*; es klang mit der Stimme Esthers aus der großen Ewigkeit zu ihm herüber. Mit dem irdischen Leben ist es wie mit anvertrautem Geld: Wir müssen das Wenige, was uns hier gegeben wurde, so gut verwenden, dass wir uns würdig erweisen, über das Größere gesetzt zu werden. Das irdische Leben ist kein Teil, den wir in Kummer und Schmerz wegwerfen dürfen; aushalten, weitermachen, wirken und probieren sollten wir, bevor wir weiter hinaus in das Unendliche gerufen werden, damit wir dort nicht verzweifelt rufen müssen: *»Ewig, ewig ist zu lang!«*

Es war, als vernähme er Esther um sich, als wären seine Gedanken ihre Rede. Das Zusammenleben zwischen ihnen kam ihm so lebendig, so inspirierend vor wie nichts zuvor. Er fühlte den Drang, mit ihren Glaubensvorstellungen zu verschmelzen, aber er vermochte es nicht ganz.

»Ich glaube an die Herrlichkeit des Himmels, die wir alle in verschiedener Weise erkennen müssen; ich glaube an eine Hölle – schrecklicher als die, in der das Feuer nie verlischt, die Schlange niemals stirbt! Was ist körperliche Qual gegen die Verzweiflung der Seele über vorsätzlich begangene Sünden! Ich glaube an die Liebe Gottes. Wer in der Liebe bleibt, der bleibt in Gott, sagte Christus – er, den sie ans Kreuz schlugen, er, der in den Qualen der Kreuzigung für seine Feinde betete. Wer von uns vermag ihn darin zu erreichen! Ja, zu ihm spricht mein Herz: Du Ausdruck des lebendigen Gottes, ich sehe ihn persönlich in dir! Wer sucht, der wird finden!«

Wieder kämpfte und stritt es in seiner Seele. Der feste Glaube an Gott war bei ihm, der Gedanke, die Erkenntnis von der Unsterblichkeit und von Christus ebenfalls, aber nicht wie bei Esther: »Der Glaube wird gegeben, zu dem denkt man sich nicht!«

In den schweren Jahren des Krieges hatte es stille Tage der Erweckung gegeben; der fruchtbare Boden lag unter dem schützenden Schnee und sammelte Kräfte. Esthers Hinscheiden war die Frühlingssonne, die Erweckung und Leben brachte. »Esther!«, seufzte er. Mit ihr war der beste Teil dieser Welt von ihm gegangen. Sie war ihm vorausgegangen, wie sie ihm in geistiger Perspektive längst weit voraus gewesen war. Und doch schien sie ihm in mancher Stunde noch nahe zu sein wie seine eigene Seele. Er sehnte sich nach dem Wiedersehen; seine Liebe wuchs, wenn möglich, noch höher als zuvor. Jedes Wort des Geistes und des Glaubens, das sie gesagt hatte, ihre klare Überzeugung von Gott, Christus und der Unsterblichkeit, klang in seiner Seele mit Macht und Sehnsucht wider. Gott war ihm eine Tatsache; die Unsterblichkeit musste es ebenso werden; dann würden alle Mysterien geklärt werden und in seine Seele hineinleuchten! Bei diesem unendlichen Schmerz, dieser grenzenlosen Sehnsucht kehrte das kindliche Gemüt zurück; die Hände falteten sich, und das Gebet war auf seinen Lippen: »Gott, mein Gott, gib mir den Glauben!«

In dem Gebet war die Innerlichkeit der tief bedrückten und geprüften Seele. Tränen strömten über seine Wangen – und es wurde hell in seinem Herzen.

Unglücklich ist, wer nicht erkennt, dass Gott in unsere Brust hinabsteigen kann! Hier wurde die Gnade, die Liebe gefühlt!

»Zum Glauben denkt man sich nicht, er wird gegeben!«

Der Unsterblichkeitsgedanke war zum Glauben geworden!

8. DIE LETZTE BEGEGNUNG MIT DER ZIGEUNERIN

Sommer 1856: Wir sind wieder in der Heimat auf der Heide bei Silkeborg; das Ehepaar Mollerup feierte diamantene Hochzeit. Gott hatte den beiden vergönnt, sechzig Jahre miteinander zu leben. »Wen der Herr liebt, dem gibt er Jahre zu leben«, sagt der Psalmist, und hier waren es Jahre in Liebe. Drei Jahre waren seit Esthers Tod vergangen, zwölf Jahre seit Niels Brydes letztem Besuch. Genauso lange war es her, dass man eine andere bekannte Gestalt in der Gegend gesehen hatte: die Zigeunerin mit ihrem Idiotenkind, das inzwischen zweiundzwanzig Jahre alt war. Seit einigen Jahren humpelte es auf Krücken umher, aber meistens, besonders auf langen Wanderungen, trug die Mutter es auf dem Rücken. In Wind und Wetter, all die Jahre hindurch, hatte diese Frau ihr Kind mit sich geschleppt, sich bei dessen Lächeln glücklich gefühlt und dabei Hohn und Elend ertragen.

Sie kam aus dem Inneren des Waldes, wo sie diesmal vergebens den alten Baum gesucht hatte. Leute aus der Gegend erzählten ihr, dass ein Ast nach dem anderen abgestorben sei. Lange hatte der Stamm noch mächtig dagestanden, doch das Forstwesen wollte den hässlichen Krüppel nicht mehr dulden und schrieb ihn zur Auktion aus. Die Bauern liebten »Ma Krokone« jedoch so sehr, dass sie anboten, den

Holzpreis zu bezahlen, wenn der Baum bloß stehen bleiben dürfte. Doch »Ma Krokone« kam erst unter den Hammer und dann unter die Axt. Für die Zigeunerin war der Baum das Zeichen ihrer Geburt und ein alter Freund gewesen, nach dem sie sich sehnen konnte. Nun war er verschwunden wie das Bild Alakos. Deshalb wanderte die Zigeunerin in die Ebene hinaus zum Langsee, wo plötzlich, wie durch einen Zauber emporgeschossen, eine ganze Stadt vor ihr lag: Silkeborg.

Ein Rudel Hunde sprang kläffend auf sie zu; aus Türen und Fenstern starrten neugierige Gesichter herüber. Arbeiter, Frauen und Kinder kamen heraus, um sie zu sehen; einige liefen sogar in einigem Abstand hinter ihr her. Und doch war der Anblick einer aus dem »Lumpengesindel« für sie nicht so überraschend wie es die Verwandlung der Gegend für die Zigeunerin war. Das Unerwartete erschreckte sie. Sie war hierher gekommen, um die Fähre zu nehmen und den Pfarrhof so schnell wie möglich zu erreichen. Dort durfte sie auf Hilfe und Pflege für ihr krankes Kind hoffen. Sie dachte an Bodil; sie hoffte und glaubte, sie noch dort zu finden.

Schnell lief sie durch die Stadt, vorbei an dem großen Fabrikgebäude und dem einladenden Wohnhaus. Man hatte eine große neue Brücke über den Langsee gebaut; sie musste nicht nach der Fähre rufen. Das Haus drüben an den gelben Sandhügeln stand noch; es war aber weiß gestrichen und durch einen kleinen Garten geschmückt worden, in dem hohe Stockrosen blühten. An der Straße wuchs ein großer Erlenbusch; in seinen Schatten setzte sie sich mit ihrem kranken, elenden Kind. Vom Wald her, aus der Richtung, in der Stadt und See lagen, ertönte ein Posthorn. Ein Reisender war von Horsens über Silkeborg zum Pfarrhof an den Hügeln von Hvindingedal unterwegs; es war Niels Bryde. Die Zigeunerin hörte den lustigen Klang, während in ihrem Herz Sorge und Elend herrschten.

»Mein Kind stirbt!«, schluchzte sie und schaute mit der Zärtlichkeit und Angst einer Mutter auf das schäbige Bündel, vor dem sie hockte. Schädel und Oberkörper des Idioten waren entwickelt wie bei einem erwachsenen Mann. Ein dünner, schwarzer Bart kräuselte sich um das hässliche gelbe Gesicht; die halb offenen Augen sahen gläsern aus. Tränen rannen der Zigeunerin über die Wangen. Die schwere Last, die sie jahrelang getragen hatte, wollte Gott ihr nun nehmen. Aber diese Bürde war Teil ihres Lebens gewesen wie der Luftdruck, dieses Zentnergewicht, das wir alle, ohne darüber nachzudenken, immerzu tragen. Es ist ein Druck, der zu unserem Dasein auf dieser Erde gehört, und so gehörte das Kind nun fast ein Menschenalter zu ihr.

Der Erlenbusch verbarg sie vor dem vorbeifahrenden Niels Bryde; so sah er diese Erinnerung aus seiner Jugendzeit, die Mutterliebe als Karyatide, nicht. Langsam ging es den Hügel hinauf; jetzt konnte er die ganze Gegend überblicken.

Er schaute auf dieselben großen Wälder wie früher, die von Hügeln gehoben wurden, so dass sie wie ein Meer voller Wellen wirkten. Der Himmelberg mit seiner braunen, heidekrautüberwachsenen Kuppe überragte die Wipfel der Bäume. Die tiefen, blanken Seen glänzten herüber, ganz wie in seiner Jugendzeit. Aber das Ganze war jetzt ein Rahmen um eine neue Stadt, eine Fata Morgana auf der Sandebene. In Reihen angeordnet, leuchteten dort die roten Dächer und die weißen Mauern. Er sah das weit gestreckte Fabrikgebäude, daneben die herrschaftliche Wohnung mit dem üppig blühenden Garten, in dem es Rosen aller Art gab, und die grünen Grasflächen, *Bowling greens,* die wie Samtteppiche den Sandboden verbargen.

Auf dem See bewegte sich eine schwarze Rauchsäule. Es war ein kleiner Dampfer, der mit wehender Danebrogs-Flagge von Randers heraufkam und Lastkähne mit Eisenröhren für die Gasbeleuchtung der neuen Stadt hinter sich herzog. Die Macht des Dampfes brach hier einen

Weg mitten hinein in die stille Einsamkeit; die materiellen Kräfte nahmen diese früher vergessene Gegend in Besitz. In zwölf Jahren hatte sich so viel verändert, nicht nur in der Umgebung, sondern auch in ihm, der diese Stätten nach so langer Zeit wiedersah! Was hatte nicht das Leben in ihm geprägt, entwickelt, zur Reife gebracht!

Plötzlich ertönte ein durchdringender Schrei, gefolgt von einem lauten Jammern. Der Kutscher hielt an; Niels Bryde lauschte. Die Klagelaute kamen aus einem Erlenbusch. Niels Bryde sprang vom Wagen und lief hin.

Alt und runzlig saß dort die Zigeunerin mit ihrem kranken Kind im gelben Sand. »Er stirbt, stirbt!«, heulte sie erneut und schaute durch die Tränen hindurch mit ihren scharfen Vogelaugen zu dem Ankommenden hinauf. Der Todeskampf des Sohnes griff mit unsichtbaren Händen auch nach der Mutter.

Niels Bryde eilte zum Fährhaus, um Hilfe zu holen. Dort kam ihm schon die neue Hausfrau entgegen, eine andere als früher und doch eine gute Bekannte! Es war die kleine Karen, die jetzt hier wohnte und mit dem Sohn der alten Fährleute verheiratet war. Die jungen Leute hatten das Haus, ein Boot auf dem See und dazu einen kleinen Zusatzverdienst durch den Brückenzoll bekommen. Die alte Mutter hätte die Zigeunerin mit dem kranken Kind nicht so bereitwillig eingelassen. Niels Bryde bekam etwas Essig und Wasser in einer Tasse und betupfte damit die Schläfen des Sterbenden. Ein nasser Lappen wurde zum Kühlen auf den Kopf gelegt und milderte die krampfhaften Zuckungen, die sich jedoch auf die Mutter zu übertragen schienen. Wachsgelb wie Bernstein stand sie da. Nur ihr Blick streifte umher, als erwartete sie, der Tod höchstpersönlich könnte aus einer Ecke, hinter der Gardine oder aus dem Schrank auftauchen und ihr Kind holen. Sie wirkte unruhig, wie in Bereitschaft, sich gegen einen hereinbrechenden Feind zur Wehr zu setzen. Ihre Augen richteten sich auf jeden Fleck, auf jedes Möbelstück im Zimmer, und doch sahen sie nur das Kind. In einem Augenblick fürchtete sie zu weinen, ja selbst zu atmen, als könnte ein Lufthauch die schwache Lebensflamme ausblasen, im nächsten stieß sie wieder jammernde Seufzer aus. Doch hier war sie endlich am Ziel ihrer jahrelangen Suche, mit dem sie Hoffnung, Gesundheit und hellere Tage für sich und ihr Kind verbunden hatte! Nur einen Schritt von ihr entfernt, lag auf der Truhe zwischen Krügen und Tassen der gesuchte dunkle Stein mit dem Bild Alakos, den die Mutter der Zigeunerin im Tiefen Tal verloren und den, wie wir wissen, die kleine Karen gefunden und jetzt über viele Jahre aufbewahrt hatte.

Der Blick der Zigeunerin glitt über den Stein und nahm ihn trotzdem nicht wahr. Und doch dachte sie nur eines: Wenn ich ihn hätte, könnte ich ihn auf das Herz meines Kindes legen, und es würde jetzt nicht sterben, sondern noch eine Zeit bei mir bleiben. Aber sie sah ihn nicht, ahnte nicht, dass er da war. Und ihr Kind hörte auf zu atmen; ein hohler, langer Seufzer, dann lag es still wie in einem ruhigen, sanften Schlaf.

»Er ist tot«, sagte Niels Bryde. Die Zigeunerin schien ihn nicht zu verstehen. Er wiederholte: »Tot!« und zeigte auf den Boden. Da warf sie sich mit einem Schrei über die Leiche und umklammerte sie. Es war nicht der richtige Zeitpunkt für tröstende Worte; sie hörte sie nicht. Ihre heftige Natur entlud sich in einem wilden Ausbruch, dann war sie still. Niels Bryde wollte ihr aufhelfen, doch sie starrte ihn nur an – und dann wieder auf ihr Kind. Ihre Lippen bewegten sich: »Was? Wo?«

»Tot«, sagte er noch einmal und zeigte wieder nach unten, um es ihr recht deutlich zu machen. »Tot. Begraben. In die Erde.«

Die Worte erreichten ihr Ohr und dann ihr Herz; dort drinnen leuchteten und sprachen sie. Sie konnte es nicht ausdrücken, aber ihr war klar, dass, so wenig wie die kranke Knospe zu einer gesunden, blühenden Rose wird, aus ihrem Sohn ein Jüngling oder Mann geworden wäre. Aber alle

Keime dazu hatten doch in dem Kind gelegen, und nun sollte es nur in die Erde und zu Erde werden! Nein! Sie erinnerte sich in diesem Moment, wie einst ihre Mutter ein Maiskorn aus der geballten Hand einer Mumie genommen hatte, in der es viertausend Jahre eingeschlossen gewesen war. Sie hatte es in die fruchtbare Erde gedrückt, und dann war die Sonne mit ihrer Wärme gekommen. Zuerst hatte sich eine grüne Spitze gezeigt, dann bildeten sich Stängel und Blätter, und schließlich hatte die Pflanze hundertfach getragen. »Wenn das Korn, das eingeschlossen in der Hand des Todes gelegen hat, nach Jahrtausenden treiben und Früchte tragen kann, sollte dann nicht mein Kind, eine Menschenseele, die jahrelang unter der Schale der Krankheit gefangen war, emporschießen und wachsen können, wenn sie in den richtigen Boden, in die wahre Sonne des Lebens kommt? Gewiss! Schön wird er sein, schlank und kräftig, mit leuchtenden Augen und roten Lippen! Bei Alako!«

Sie erhob sich, stützte sich auf der Truhe ab – da fiel ihr Blick auf den schwarzen Stein mit dem Bild Alakos! Ihre Lippen zitterten, ihre Augen wurden immer größer; sie nahm ihn in die Hand, starrte darauf und drückte ihn endlich gegen ihren Mund. »Alako!«, schrie sie mit aller Kraft. »Mein Kind stirbt nicht! Stirbt nicht ... ewig sein!« Und bei dieser allzu starken Gemütsregung sank sie zusammen.

9. DER NEUE ALADIN

Im Pfarrhof erwartete man Niels Bryde. Sein Kommen war für die Familie Mollerup ein besonderer Tag in ihrer Lebensgeschichte, und zwei Tage darauf sollte ein noch herrlicherer folgen: der Tag der diamantenen Hochzeit. Aber erst mal galten alle Gedanken Niels. Jeder freute sich auf seine Weise und alle von ganzem Herzen. Zwölf Jahre sind eine lange Zeit für alte Leute. Manche werden schrulliger, die meisten jedoch milder, und so war es auch bei den beiden alten Pfarrersleuten.

Bodil lief bei jedem Geräusch, das an das Rasseln von Rädern erinnerte, vor das Haus – endlich kam er!

Waren das Tränen, war das eine Freude! Äußerlich hatten sich alle verändert, das sah man sofort, aber nach wenigen Minuten entdeckte man die vertrauten Züge wieder, das Leuchten der Augen, das Lächeln, den Klang der Stimme. Die innere, ewige Jugend überstrahlte die gealterte Hülle. Hier waren Blicke Gedanken, und Gedanken brauchen keine großen Worte.

Wie wenn man nach einem langen, anstrengenden Arbeitstag einen erholsamen, traumlosen Schlaf genossen hat und wieder erwacht – so fühlte sich Niels Bryde hier in der Heimat seiner Kindheit.

Musikant-Grethe war trotz ihres hohen Alters mit ihrer Harmonika herübergekommen und spielte zur Begrüßung. Die bekannten alten Töne, die bekannten freundlichen Gesichter, die ganze Gegend, alles war wie früher in der Kindheit. Bis spät in den Abend hinein unterhielten sie sich; es gab keinen Streit, nur Liebe und Verständnis.

Der Morgen des Festtages, des fünften August, kam; es war ein herrlicher Tag des Lebens. Aus der neu entstandenen Stadt auf der anderen Seite des Langsees kam Musik herüber; Waldhörner und Psalmengesänge klangen in der frühen Morgenstunde. Mit leuchtenden Augen küssten sich die beiden Alten; ihre Zuneigung war noch so frisch wie in den Jugendjahren, als sie sich kennen gelernt hatten.

Bodil, Niels und die alten, treuen Freunde aus der Gegend empfingen sie im Wohnzimmer, das mit unzähligen wunderschönen Blumen aus den Gärten Silkeborgs geschmückt war; dazwischen wurden die Geschenke, gestickte Sachen verschiedenster Art, platziert. Draußen hielt der Wagen, der alle zur Kirche bringen sollte. Die Glocken klangen, die

Sonne schien warm wie in den jungen Tagen ihrer Verliebtheit, und vor der Kirche wartete die Gemeinde, Männer, Frauen und Kinder; sie grüßten herzlich und drängten sich fröhlich um das Jubelpaar. Die alte kleine Orgel ertönte mit einem Festpsalm.

An dieser Stelle, bei dieser Musik, in einer Stimmung wie in dieser Stunde war Niels Bryde zuletzt vor seiner Studentenzeit, als Kind noch, gewesen. In dem Heiligtum der Heimat und in den bekannten alten Melodien liegt eine besondere Macht; sie erheben uns und tragen uns fort vom Alltäglichen.

Der Gesang der Gemeinde und die Kinderstimmen darin klangen wie in früheren Zeiten, als seine Altstimme noch dabei gewesen war. All die dazwischen liegenden Jahre kamen ihm nun in den Sinn, bis zum Tod Esthers – seiner Braut vor Gott! Mit den reinsten Liebesgedanken folgte er ihrer Gestalt. War sie ihm nicht wie ein Licht, wie eine Orientierung auf seinem Lebensweg in dieser Welt erschienen? Nur das Beste für uns geschieht! Jeder Druck dient der geistigen Reife. Er erinnerte sich an den frühen Tod seiner Eltern, der ihn zu Fremden geworfen hatte – und das war sein Glück geworden. Die schweren Kriegsjahre hatten ihm neue Erfahrungen und Erkenntnisse gebracht; selbst Seuche und Krankheit waren ihm Quelle der Gesundheit gewesen, hatten ihm durch Esther Leben gegeben! Besser, anders konnte die Schule des Lebens nicht sein. Was er einst als Kind geträumt hatte, war Wirklichkeit geworden: dass er wie Aladin in die Höhle hinabstiege, wo ihn tausend Schätze und schimmernde Früchte fast blendeten, doch er fand die seltsame Lampe, und als er mit ihr nach Hause kam – war es die Bibel seiner Mutter!

Ja, gewiss! Wie ein neuer Aladin war er in die Höhle der Wissenschaft hinuntergestiegen, um zwischen den wunderbaren Früchten derselben die Lampe des Lebens zu finden, und er erhielt – die alte Bibel seiner Mutter, nicht als Gegenstand, sondern deren göttliche Seele!

Mit dem wieder erwachten kindlichen Gemüt, das sich unbewusst an den Glauben hält, wird die Wissenschaft zu einer Verherrlichung der Allmacht, der Weisheit und Güte Gottes. Der gnädige Gott ließ den menschlichen Geist vieles über die Naturgesetze, Gottes Gedanken, herausfinden, doch zum Gesetz der Liebe im Reich des Geistes reicht die Wissenschaft nicht hinauf. Auf der Erde können wir nur das greifen, was der Erde gehört; das Höhere des Geistes erreichen wir nur durch die Hoffnung und den Glauben.

Die Sonne schien durch die Kirchenfenster auf die festlich gestimmte Gemeinde, auf die beiden fröhlichen Alten, die wie junge Brautleute vor dem Altar standen. Alle Herzen leuchteten auf, glücklich, hier zu sein – selig, immer zu sein!

Am späten Abend des Festtages, als auf dem Pfarrhof wieder Ruhe eingekehrt und jeder in seinem Bett war, beteten die beiden Alten und hofften, erhört zu werden, besonders an diesem Abend ihrer diamantenen Hochzeit, die sie durch die Gnade des Herrn erleben durften. Niels habe ein frommes Gemüt, hatten sie vernommen; aber sei er ein ganzer Christ, habe er wohl ihren Glauben, den einzig rechten? Gott würde ihm denselben geben, ihm in Christus gnädig sein.

Niels Bryde war tief bewegt; er fühlte sich im Glauben seiner Kindheit. Er betete zur selben Stunde – für die beiden Alten: »Allmacht! Von dir sind sie durchdrungen! Sie glauben, ohne zu wissen; das war und ist ihnen genug in diesem Leben. Aber im Jenseits – zeige ihnen deine größere Herrlichkeit! Gib ihnen das Licht des Geistes und bewahre dazu den Frieden in ihnen, den sie schon hier in Christus haben.«

Bodil betete, dass der Geist der Versöhnlichkeit, das Verständnis der Liebe in Gott und Christus und allem, was dem Menschen notwendig ist, für jeden aufgehen und dass uns Versöhnlichkeit, Nachsicht und Liebe erhalten bleiben mögen!

Von draußen blinkte zu ihnen allen, gleich stark und bestätigend, ein großer, funkelnder Stern herein. Niels Bryde bezeichnete ihn mit seinem wissenschaftlichen Namen: Jupiter. Die alten Pfarrersleute und Bodil dachten eher an »das Auge Gottes«, das auf sie herunterschaute wie auf den Türken, den Heiden und den irregeleiteten Mormonen, Blicke wie Gedanken nach oben lenkend.

Bodil und die beiden Alten lasen das Vaterunser; Niels Bryde betete es in Seele und Gedanken. Und der Schlaf kam, der Bruder des Todes, der uns mit seinem Drama »Sein oder nicht sein« ein Drittel unseres irdischen Lebens nimmt.

Sie schliefen, sie träumten im Schimmer des Sterns, der nur ein Funke im All zu sein schien und doch eine Welt war, größer als unsere, was uns einmal eine Tatsache werden wird. Ja, was werden wir nicht alles erleben können, weil die unendliche Liebe Gottes uns vergönnt, hier zu sein und ewig »zu sein!«

21 *Johannes Ewald* (1743–1781), dän. Schriftsteller, *Johann Hartmann* (1726–1793), dän. Komponist. Das angesprochene Lied auf König Christian IV. stammt aus dem Singspiel *Fiskerne* (1778, *Die Fischer*)

55 *Christian Winther* (1796–1876), *Thomas Kingo* (1634–1703), *Hans Adolph Brorson* (1694–1764), *Bernhard Severin Ingemann* (1789–1862), dänische Schriftsteller

77 *Bertel Thorvaldsen* (1770–1844), dän. Bildhauer, Hauptmeister des Hochklassizismus

103 *Knaspert:* Kind; *Veivan:* Freund

104 *muto:* tot

105 *tjeiko:* Ding

107 *puro:* alte Frau; *purra:* Stehlen; *Snurren:* Gefängnis, Zuchthaus

109 *Rakk dero:* hüte dich, nimm dich in Acht

113 *Madrum:* Mutter

140 *Hans Christian Ørsted* (1777–1851), dän. Physiker

170 *Johann Ludwig Heiberg* (1791–1860): dän. Komödiendichter und Publizist, hegelianischer Philosoph; *Hans Lassen Martensen* (1808–1884): Theologe, Hegelianer, ab 1854 Bischof von Seeland

174 *Friedrich Feuerbach:* popularisierte die materialistische Philosophie seines Bruders Ludwig Feuerbach (1804–1872) u.a. durch die Broschüre *Die Religion der Zukunft* (1843)

Erik Gloßmann

DIE PROSA SEINES LEBENS

Zu Hans Christian Andersens Roman *Sein oder nicht sein*

Wenige haben die Auffassung, das eigene Leben sei der beste Stoff für den Schriftsteller, so konsequent umgesetzt und bestätigt wie Hans Christian Andersen. Nicht nur die Autobiographien *Lebensbuch* (1832 für Freunde verfasst, gedruckt erst 1926), *Das Märchen meines Lebens ohne Dichtung* (1847) sowie deren stark erweiterte Fassung *Das Märchen meines Lebens* (1855) und die vielen Reisebücher – nahezu alle seine Werke enthalten über die persönlichen Eindrücke, Erlebnisse und Erkenntnisse des Autors hinaus konkrete autobiographische Bezüge und Details. Einige sind nur dürftig kaschiert und erschließen sich schnell. Andere erfordern eine genauere Kenntnis seines Lebens – ganz ohne Dichtung. Hier können seriöse Biographien helfen, etwa die schmale von Erling Nielsen (seit 1958) oder die umfassendere von Elias Bredsdorff (seit 1980). Dabei stößt der Leser auf eine Differenz zwischen dem Selbstbild des Dichters und den biographischen Tatsachen. Während sich Andersen selbst gern als Günstling des Glücks darstellt, dem ein märchenhafter Aufstieg vergönnt gewesen sei, eben wie in der Geschichte vom hässlichen Entlein, zeigt sich bei näherer Betrachtung, dass auch und gerade sein Leben noch andere, verborgene und eher prosaische (im Sinne von: nüchterne, ernüchternde) Seiten gehabt hat.

»Mein Leben ist ein hübsches Märchen, reich und überaus glücklich.« So beginnt Andersens 1855 erschienene Autobiographie. Danach wurde er am 2. April 1805 in Odense auf Fünen als Sohn eines »jung verheirateten Pärchens« geboren. »Es war ein junger Schuhmacher und seine Frau; er kaum zweiundzwanzig Jahr, ein begabter Mensch und eine poetische Natur, sie einige Jahre älter, ohne Kenntnisse von Welt und Leben, aber mit einem Herzen voller Liebe. Der Mann war kürzlich Meister geworden« und so weiter. So kann man sich seine Herkunft idyllisieren. In Wahrheit war Hans Christians Vater ein zunftloser Flickschuster; die Mutter, eine gut ein halb Dutzend Jahre ältere Waschfrau, hatte bereits eine uneheliche Tochter, was der Sohn in *Das Märchen meines Lebens* lieber verschweigt. Der Vater, der die Familie kaum ernähren konnte, wurde später Soldat und starb 1816. Die Mutter endete 1833 als Alkoholikerin im Armenhaus von Odense, wo sie schon seit 1825 gelebt hatte. Die Nachricht erreichte den Sohn am 16. Dezember 1833 in Rom. Bezeichnenderweise war ihm der Tod der »lieben Mutter« weniger Zeilen wert als die Ablehnung seiner Dichtung *Agnete* zur selben Zeit, und er empfand vor allem Selbstmitleid: »Ich weinte, ich konnte mich einfach nicht an den Gedanken gewöhnen, nun auch nicht mehr einen einzigen Menschen in der Welt zu haben, der mich durch die Bande des Blutes und der Natur lieben musste.« Dieselbe Aussage finden wir übrigens fast wörtlich in seinem Tagebuch.

Damit kommt eine andere wichtige Quelle ins Spiel, die Informationen über die eher prosaische Seite des Dichters liefert: die Tagebücher, die erst lange nach seinem Tode bekannt und erschlossen wurden. 1971 bis 1976 erschienen sie in Dänemark; seit dem Jahr 2000 kann man sie auch in einer von Gisela Perlet besorgten deutschen Ausgabe kennen lernen. Und diese Aufzeichnungen, 1825 begonnen und 1875 mit dem Tod des Dichters endend, sind wichtig, wenn man sich dem »wahren« Andersen nähern will. Man erfährt viel über Europa und wenig über das Leben in der Heimat, denn Tagebuch führte Andersen meist dann, wenn er unterwegs war – immerhin unternahm er ab 1831 fast dreißig längere Auslandsreisen. Viele Notizen hat er später für seine Reisebücher und Autobiographien zum Teil wörtlich verwendet. Doch neben dem Offiziellen gibt es eine Reihe von Einträgen, die den »anderen« Andersen ahnen lassen: den auch in netter Gesellschaft Einsamen, den Emporkömmling, den Einzelgänger, den Hypochonder, den sexuell Frustrierten. Häufig notiert er Anfälle von schlechter Laune, oft durch Kleinigkeiten hervorgerufen, angebliche Kränkungen, Schlaf- und Verdauungsstörungen, seltener »sinnliche Gedanken«, »heißes Blut« oder Zeichen, die Erektionen bzw. Masturbationen andeuten sollten. Andersen hat sich in seinen veröffentlichten Werken sehr an den Rat des von ihm verehrten Johann Wolfgang Goethe gehalten, den dieser in *Dichtung und Wahrheit* gab: »Man soll (…) von eignen und fremden Fehlern niemals, am wenigsten öffentlich, reden, wenn man nicht dadurch etwas Nützliches zu bewirken denkt.« In den Tagebüchern weicht er zuweilen von diesem Prinzip ab. Er war wohl nicht sicher, ob sie je publiziert würden.

Hans Christian Andersen war ein Mann der Öffentlichkeit. Es gab zu seiner Zeit wenige Autoren, die ausschließlich als Künstler existierten, ohne die Möglichkeit eines Rückzugs ins Private. Das heißt andererseits, um im Bild zu bleiben: Der Einzelkämpfer Andersen stand immer an der Front, war stets auf der Hut und allzeit verletzbar, was sich in einer gesteigerten Sensibilität, in einer oft in Wehleidigkeit umschlagenden Verletzlichkeit niederschlug. Dabei war die Heimat, vor allem die Hauptstadt Kopenhagen, der wichtigste Kampfplatz. Vielleicht war es Taktik, die Andersen bewog, diesen Kampf mit der einheimischen Übermacht so häufig zu meiden und ins Ausland auszuweichen. In Kopenhagen musste Andersen immer auf Angriffe gefasst sein. Auf einen schützenden familiären Hintergrund hatte er bewusst verzichtet, denn dort hätte er sich seinen persönlichsten, intimsten Problemen stellen müssen. Freunde und Gönner halfen ihm, verhielten sich aber in seinem Streit mit der Gesellschaft neutral. Wenn man sich in einem permanenten inneren und äußeren Kampf befindet und nicht authentisch sein darf und kann, dann ringt man einerseits um das Selbstbild, andererseits um das Ansehen, das man in den Augen der anderen genießt.

Karl Larsen (1926) und Niels Oxenvad (1995) haben Bildbiographien über Hans Christian Andersen erstellt. Ins Auge fallen die Arbeiten von Christian Albrecht von Benzon und Christian Albrecht Jensen, beide 1835/36 entstanden. Auf Benzons Bild fixiert der bereits erfolgreiche Schriftsteller den Betrachter streng-intellektuell; Jensen dagegen lässt Andersen verträumt lächelnd zur Seite schauen. Diese Porträts entsprechen der landläufigen Vorstellung vom weltberühmten Märchendichter: klug und wach und dabei sanft und sensibel. Verstörend jedoch, was die Bände noch enthalten: Bilder und Zeichnungen, die den Verehrten wie ein Vorbild für F. W. Murnaus Filmfigur Nosferatu wirken lassen. Sie zeigen Andersen als einen ungelenken Menschen mit langen Armen und Beinen und schmalen Schultern, zwischen denen ein hässlicher Kopf mit Schweinsäuglein und vorspringender Nase sitzt. Boshafte Karikaturen? Nicht nur; die ab Ende der 1840er Jahre entstandenen Fotografien bestätigen den Eindruck. Kein Wunder, dass der im Ausland berühmte Dichter in Kopenhagen als »Orang Utan« beschimpft wurde. Und auch Friedrich Hebbel beschrieb Andersen als eine »lange, lemurenhaft-eingeknickte Gestalt mit einem ausnehmend hässlichen Gesicht«. Andersen so zu sehen, war ebenso brutal wie ehrlich. Und auch boshaft, denn unter Zeitgenossen galt Andersen als Speichellecker, der sich in den Adelshäusern Europas anbiederte. Die Jagd nach Anerkennung, nach wenigstens temporären Verbündeten im Lebenskampf, ließ den Berufsschriftsteller kaum differenzieren. Die eher oppositionellen Intellektuellen äußerten ihr Missfallen auf ihre Weise, mit ihren Mitteln. Es muss aber noch eine andere Möglichkeit gegeben haben, den Dichter zu sehen – vielleicht in den kurzen Momenten, in denen er als Mensch und Künstler authentisch sein durfte: lesend aus seinen Werken, wenn er sein Publikum verzaubern und vergessen machen konnte, wer da las. Deshalb wohl sind seine Werke so an der mündlichen Sprache orientiert, ist der »Erzähler« in ihnen allgegenwärtig. Das gilt auch und vor allem für die Romane, die Andersen veröffentlichte, und besonders für *Sein oder nicht sein.*

Andersens Märchen sind stets präsent, seine Reisebücher wurden auch in Deutschland häufig aufgelegt; seine Gedichte haben sich zum Teil in Volkslieder verwandelt, seine Dramen sind (zu Recht) vergessen. Wenig bekannt ist heute, dass der Schriftsteller Andersen seinen Durchbruch als Romancier feierte, mit *Der Improvisator* (1835), *O.T.* (1836) und *Nur ein Spielmann* (1837). Alle seine Romane, auch *Die beiden Baroninnen* (1848), *Sein oder nicht sein* (1857) und *Glücks-Peer* (1870) wurden schnell ins Deutsche übersetzt.

Von den großen Prosawerken Andersens ist *Sein oder nicht sein* das inhaltlich ambitionierteste und zugleich das am seltensten verlegte und am wenigsten beachtete. Über die Gründe dafür kann hier nur spekuliert werden: *Sein oder nicht sein* stand bei Erscheinen im Mai 1857 (zuerst in England und Dänemark, einige Monate später in Deutschland) ganz im Schatten des Erfolgstitels *Das Märchen meines Lebens* von 1855. Zudem gehörte der Roman zu den wenigen literarischen Werken Andersens, die das unmittelbare Zeitgeschehen realistisch verarbeiteten. Die europäischen Revolutionen von 1848/49 hatten sich auch auf Dänemark ausgewirkt, wobei ein Interessenkonflikt zwischen den nationaldemokratischen Bewegungen in Dänemark und in dem dänisch beherrschten Herzogtum Schleswig entstand. Es kam zu der so genannten Schleswig-Holsteinischen Erhebung, die das Ziel verfolgte, Schleswig dem Deutschen Bund anzugliedern. Der weitere Verlauf des kriegerischen Konflikts, der sich bis 1851 hinzog, ist in Andersens Roman sehr objektiv beschrieben. Bei aller Sympathie für Deutschland, wo er seine ersten Triumphe als Dichter hatte feiern dürfen, bei aller Freundschaft zu verschiedenen deutschen Adelshäusern, bei allem Verständnis für bestimmte Forderungen der Schleswiger – in der nationalen Frage stand Andersen eindeutig auf der Seite seines Vaterlandes. Das dürfte die Verbreitung seines Buches in Deutschland nicht gefördert haben.

Vielleicht verrät *Sein oder nicht sein* mehr über die verborgenen Seiten des Menschen Hans Christian Andersen als alle seine anderen Werke. Als der Roman entstand, hatte er das fünfzigste Lebensjahr bereits vollendet. *Das Märchen meines Lebens* kann als eine zufriedene Bilanz dieses halben Jahrhunderts gelesen werden – schwer war der Weg, aber am Ende lachte das Glück. Doch ein ebenso sensibler wie produktiver Schriftsteller wie Andersen konnte an dieser Stelle nicht stehen bleiben. Und so läutete die nächste große Prosaarbeit, *Sein oder nicht sein,* gewissermaßen das Alterswerk ein, wurde zu seinem vielleicht philosophischsten, persönlichsten und ehrlichsten Werk. Das »Sein« war gesichert; Andersen war jetzt ein international bekannter Schriftsteller, weit gereist und welterfahren (dass er aufdringlich sein konnte und beispielsweise seinen englischen Gastgeber Charles Dickens furchtbar nervte, merkte er selbst nicht). Nach entbehrungsreichen Jahren verfügte er zwar nicht über Reichtümer, aber doch über geregelte Einkünfte, die ihm weitere Reisen ermöglichten. Allmählich erwarb er sich auch in Dänemark, wo man ihn lange verspottete, Achtung. Nun machte er sich Gedanken über das weitere Leben und über das, was bleiben würde von seinem Werk und seinem Ruhm. So ist *Sein oder nicht sein* ein Ausdruck seines Ringens um »Unsterblichkeit«, um eine Position zu der Unsterblichkeit verheißenden Religion, um die Versöhnung seiner persönlichen Glaubensauffassung mit der offiziellen Glaubenslehre. Wie Niels Bryde im Roman war auch Andersen von David Friedrich Strauß' bahnbrechendem Werk *Das Leben Jesu* (1835/36) beeinflusst und bewegte sich weltanschaulich in einem Dreieck, das in etwa von dem Hegel'schen Idealismus, dem Materialismus Ludwig Feuerbachs und der protestantischen Dogmatik Hans Lassen Martensens gebildet wurde.

Andersen verwendet den Roman auch, um einigen seiner »Hausgötter«, namentlich Goethe, Adam Oehlenschläger und Bertel Thorvaldsen, zu huldigen, denen er ein Weiterleben im Werk wünscht und zugesteht. Zugleich nutzt er die Gelegenheit, eigene Abneigungen zu begründen, etwa gegen das »Eddachristentum« Nicolai Frederik Severin Grundtvigs, oder um alte Rechnungen zu begleichen, zum Beispiel mit Søren Kierkegaard. Der 1855 verstorbene Philosoph hatte Andersen einst gehässig attackiert; nun erst, nach dem Tod des Widersachers, kantet der Dichter nach.

Für einen in der Spätromantik verwurzelten »Biedermeier« begeisterte sich Andersen ungewöhnlich stark für die wissenschaftlichen und technischen Neuerungen seiner Zeit – wie Niels Bryde im Roman. Mit Hans Christian Ørsted (1777–1851) zum Beispiel, dem Entdecker des Elektromagnetismus, verband ihn eine langjährige Bekanntschaft; der Physiker hatte ihm 1828 an der Universität Kopenhagen das Examen abgenommen. Dem modernen, wissenschaftlichen Weltbild steht im Roman der naive »Kinderglaube« gegenüber, der die Bibel als wortwörtliche Offenbarung des Göttlichen versteht. Doch weder Niels Bryde noch Andersen mochten über diesen spotten. Zwar ist er mit den modernen Auffassungen, die sich unter den Intellektuellen Kopenhagens bereits durchgesetzt haben, nicht zu vereinbaren, andererseits steht er für die verlorene und von Andersen insgeheim ersehnte Sicherheit und Geborgenheit. Im Roman gestaltet er weitere Dualismen. Der Untergang der Zigeunerin, die einer archaischen Welt entstammt, wird vom Aufstieg der Industriestadt Silkeborg begleitet, die ab 1846 quasi aus dem Nichts entsteht. Dem Heidehof mit seinen patriarchalischen Traditionen steht die Großstadt Kopenhagen gegenüber, die Chancen und Freiheiten eröffnet, aber auch Gefahren – vor allem die Gefahr des Scheiterns – birgt. Andersen hatte es selbst erlebt. Wie Niels Bryde fühlte auch er sich zum Theater hingezogen; eine Liebe, die nicht erwidert wurde. Als er 1819 mit zehn Reichstalern in der Tasche in die Hauptstadt kam, wollte er Sänger, später Tänzer am Königlichen Theater werden, doch er kam über Statistenrollen nicht hinaus. Auch seine ersten Stücke, unreife, epigonale Tragödien, wurden abgelehnt. Immerhin setzte sich Jonas Collin, Finanzbeamter und Mitglied der Theaterdirektion, für den jungen Möchtegern-Dramatiker ein und erwirkte eine königliche Unterstützung, die Andersen eine solide Schulbildung ermöglichte.

Jonas Collins Familie diente als Vorbild für die Familie des jüdischen Großhändlers Arons in *Sein oder nicht sein.* Es war damals nichts Ungewöhnliches, sich als mittelloser Student oder Künstler von einem oder mehreren Gönnern unterstützen zu lassen. Andersen machte von entsprechenden Angeboten exzessiven Gebrauch. Erst mit über sechzig Jahren schaffte sich der schon lange nicht mehr Mittellose zum ersten Mal ein eigenes Bett an – bis dahin hatte er, nicht nur auf Reisen, in Hotels oder möbliert zur Untermiete gewohnt und sich als »Hausfreund« in verschiedenen Kopenhagener Familien und auf umliegenden Gütern versorgen lassen. Dabei entstanden langjährige Freundschaften – und mehr. Besonders eng fühlte sich Andersen dem zweitältesten Sohn der Familie Collin, Edvard, und der jüngeren der Töchter, Louise, verbunden. Lange Zeit wurde Louise als Andersens große Jugendliebe betrachtet, wenngleich es sicher schon unter den Zeitgenossen einige gab, die es besser wussten. Den ersten Stein zur Enthüllung von Andersens Geheimnis brachte der Däne Albert Hansen ins Rollen, der Andersen in einem Artikel in Magnus Hirschfelds *Jahrbuch für sexuelle Zwischenstufen* als Homosexuellen bezeichnete. Die Öffentlichkeit reagierte empört auf die Verunglimpfung des Mannes, der inzwischen zu den dänischen Nationaldichtern zählte und Generationen junger Menschen in aller Welt begeistert hatte. Aber der Verdacht, einmal geäußert, ließ sich nun wie ein Muster über jedes Werk legen. Und siehe da, der grobschlächtige »Orang Utan« verwandelte sich in die kleine Meerjungfrau, die den Prinzen nicht bekommen, ihre Liebe nicht aussprechen konnte. Thomas Mann hat diese Anspielung sehr wohl erkannt und in seiner Ausgabe von Andersens Märchen besonders markiert. Jahrzehnte später lieferten die endlich veröffentlichten Tagebücher weitere Anhaltspunkte. Auch der Roman *Sein oder nicht sein* bestätigt den Eindruck, dass sein Verfasser ein Meister der Camouflage war, der verbergen, aber nicht verschweigen wollte, was er nicht offen aussprechen durfte. Der literarische Text wirkt, wie das ganze veröffentlichte Werk Andersens, asexual. Geschlechtliche Liebe zwischen Mann und Frau wird nahezu ausgeblendet, bestenfalls erwähnt oder angedeutet, nie literarisch gestaltet. Wenn Andersen sich von »weiblichen Wesen« angezogen fühlte, dann nicht von deren Fraulichkeit. Er schätzte eher den Geist und die Güte einer schwesterlichen Freundin wie Henriette Wulff (1804–1858), der in seinem Leben etwa die Rolle der Bodil aus *Sein oder nicht sein* zukam. Und er konnte für eine berühmte Künstlerin wie die schwedische Sängerin Jenny Lind (1820–1887) schwärmen. Am 19. Dezember 1845 notiert er in seinem Tagebuch aus Magdeburg: »Das Theater ist überaus prächtig; ich habe es jedoch nicht gesehen, ich war nur wegen Jenny da, habe sie wie in einem Traum gehört. Ich spüre wohl, dass ich sie nicht liebe, wie man muss.« Anbetung – oh ja, sexuelles Begehren – nein. Dabei war Andersen mit dem, was zwischen Mann und Frau passieren kann, aus stiller Anschauung wohl vertraut, nicht jedoch aus eigener Praxis. Er hatte in seinen ersten Kopenhagener Jahren im »Bordellviertel« um die Nikolajkirche gewohnt und lange nicht begriffen, welches alte Gewerbe um ihn herum betrieben wurde. Später, auf seinen Reisen, suchte er immer wieder die Nähe von Prostituierten, ging aber im entscheidenden Moment stets auf Distanz – wie Niels Bryde im Roman, als er mit Julius Arons in Hamburg einen »Tanzsalon« besucht. »Niels dagegen blieb ein stiller Zuschauer. Ihm war nicht anzumerken, was er im Inneren fühlte: Teilnahmslosigkeit gegen das Ganze, Kälte und einen eigentümlichen Stolz.« Leidenschaftslos beschreibt Andersen auch die angebliche Liebe Niels Brydes zu Esther Arons. »Esther erschien ihm an diesem Tag in ihrer ganzen geistigen und körperlichen Schönheit, anmutig und bezaubernd.« Viel mehr fällt Andersen zu einer Frau nicht ein. Doch Esthers Bruder Julius, der ist ihm einen Blick mehr wert, denn der hat nicht nur leuchtende schwarze Augen: »Er war (...) ein Sohn des Orients und schön, wenn auch halb noch ein Knabe. Aber um Mund und Kinn zeigte sich ein feiner dunkler Flaum. Seine Haare und Augenbrauen waren pechschwarz, die Haut fein und gerötet wie bei einem Mädchen.«

Sein oder nicht sein ist ein autobiographisch geprägter Roman, aber es wäre falsch, Niels Bryde mit Hans Christian Andersen zu identifizieren, obwohl beide zum Beispiel Angst vor Hunden hatten oder in jungen Jahren eine Deutschlandreise unternahmen, die über Hamburg, den Harz und Dresden führte. Niels Bryde ist nur ein Teil des Selbstbildes, das der alternde, mit den großen Fragen des Lebens befasste Andersen von sich entwirft. Auch Herr Svane ist eine Maske, hinter der er sich verbirgt. In dem mal humorvollen, mal launischen, in Liebesdingen gescheiterten Bohemien, der sich selbst auf eine vertrackte Art treu bleibt, zeichnet sich Andersen mit feiner, souveräner Selbstironie. Das ganze Werk Andersens ist durch den Dualismus von Pathos und Komik geprägt. In *Sein oder nicht sein* verkörpert Herr Svane die heitere, doch keinesfalls banale Seite; auch ihm winkt spät noch das irdische Glück, wenn er auch nur (er, der Freigeist, der Intellektuelle, das »verkannte Genie«!) durch schnöden Mammon von seiner Melancholie geheilt wird. Esther, die kleine, tiefsinnige Jüdin, bildet den tragisch-pathetischen Gegenpol. Ihr, der durch das Neue Testament und Goethes *Faust* zum Christentum

Bekehrten, kann nur der Tod Erlösung bringen – in dem Glauben an die Unsterblichkeit. Da war es für Andersen ein Glück, dass 1853 eine Choleraepidemie fünftausend Kopenhagener dahinraffte – so konnte er Esther sterben lassen, bevor Niels Bryde sie intim berühren oder gar eine Hochzeitsnacht mit ihr verbringen musste.

Zwischen den beiden Polen, Herrn Svane und Esther, die sich als Romanfiguren nie begegnen, steht Niels Bryde, der beiden Gesprächspartner ist und für eine dialektische Beziehung sorgt. Andersen ist zur Zeit der Entstehung von *Sein oder nicht sein* so selbstbewusst, dass er sich nicht nur wiederholt zitiert, sondern neben die philosophischen und theologischen Modelektüren jener Jahre auch eigene Werke in den Mittelpunkt der ästhetischen Debatten seiner Romanfiguren stellt. Aber letztlich waren es nur drei Bücher, die Andersen ein Leben lang begleiteten und sein Werk, seine Anschauungen und seine Erzählweise prägten: die Bibel, die Geschichten aus *Tausendundeiner Nacht* und Holbergs Komödien. Eine Bibel und eine Ausgabe der orientalischen Märchen hatte Andersen, wie Niels Bryde im Roman, schon als Kind besessen; aus Holbergs Komödien las sein Vater gern vor und begründete damit die Liebe des Sohnes zum Theater. Die Bibel wird im Roman so eifrig und überdeutlich zitiert, dass hier nicht weiter darauf eingegangen werden soll. Interessanter sind die Motive, die Andersen aus *Tausendundeiner Nacht* und Holbergs *Erasmus Montanus oder Rasmus Berg* entnimmt. In der Figur des Aladin, die ihm auch durch Adam Oehlenschlägers Märchenspiel von 1805 vertraut war, in dem Aufstieg des Jungen aus dem Volke zu Berühmtheit, Ansehen und Unsterblichkeit, konnte sich Andersen immer wieder selbst entdecken – nur die Tochter des Sultans interessierte ihn nie. In *Sein oder nicht sein* gibt er eine moderne Variante der Geschichte; in aufgeklärter Zeit führt die Synthesis von Glauben und Wissen den »neuen Aladin« Niels Bryde zum Ziel. Zuvor muss er die Bewährungsprobe als »ein neuer

Erasmus Montanus« bestehen und seine Überzeugungen gegen die Engstirnigkeit seines Pflegevaters vertreten. Im Gegensatz zu Holberg lässt Andersen seinen Montanus nicht scheitern, sondern über den Pantheismus zu einem undogmatischen Christentum finden, wie er es auch für sich selbst entdeckt hatte. Indem er die entsprechenden Diskurse in den Roman integriert, antizipiert er den literarischen Naturalismus, der gerade in Skandinavien eine besondere Ausprägung erfahren sollte. Überhaupt kann *Sein oder nicht sein* als einer der ersten modernen Romane der dänischen Literatur angesehen werden, und als solcher hat er sich seinen Reiz bis heute bewahrt.

Erik Gloßmann Hönow, im Juli 2003

EDITORISCHE NOTIZ

Sein oder nicht sein erschien am 15. Mai 1857 bei Richard Bentley in England und am 20. Mai im Verlag C. A. Reitzel in Kopenhagen. Noch im selben Jahr gab der Verlag von L. Wiedemann eine von Svend Henrik Helms besorgte deutsche Übersetzung heraus, die 1880 als »vom Verfasser besorgte Ausgabe« in die Gesammelten Werke, ediert von dem Leipziger Verlag Johann Friedrich Hartknoch, aufgenommen wurde. 1883 erschien eine weitere deutsche Übersetzung von C. H. Denhardt im Verlag Philipp Reclam jun., Leipzig. Die vorliegende Neuübersetzung wurde nach einem Exemplar der zweiten Auflage von *At vaere eller ickke vaere* (C. A. Reitzels Forlag 1877) besorgt. Zitate in Originalsprache wurden kursiv gesetzt. Die im Roman erwähnten Märchen erhielten die Titel, die sich im Deutschen durchgesetzt haben (vergleiche: Hans Christian Andersen, Sämtliche Märchen und Geschichten. Gustav Kiepenheuer Verlag. Leipzig und Weimar 1982).